U0495435

中国历代诗歌精选

先秦汉魏六朝

尚永亮　主编

陕西师范大学出版总社　西安

图书代号 WX24N2419

图书在版编目（CIP）数据

中国历代诗歌精选 . 先秦汉魏六朝 / 尚永亮主编 .
西安 : 陕西师范大学出版总社有限公司 , 2025. 1.
ISBN 978-7-5695-5186-0

Ⅰ . I222

中国国家版本馆 CIP 数据核字第 2024D9X888 号

中国历代诗歌精选：先秦汉魏六朝
ZHONGGUO LIDAI SHIGE JINGXUAN : XIANQIN HANWEI LIUCHAO
尚永亮 主编

出 版 人 / 刘东风
出版统筹 / 侯海英 曹联养
责任编辑 / 冯晓立 张爱林 马康伟
责任校对 / 王 冰
出版发行 / 陕西师范大学出版总社
（西安市长安南路 199 号 邮编 710062）
网 址 / http://www.snupg.com
印 刷 / 西安五星印刷有限公司
开 本 / 787 mm × 1092 mm 1/16
印 张 / 21.5
字 数 / 330 千
版 次 / 2025年1月第1版
印 次 / 2025年1月第1次印刷
书 号 / ISBN 978-7-5695-5186-0
定 价 / 98.00 元

读者购书、书店添货或发现印刷装订问题，请致电（029）85216658 85303635

总序

中华诗歌，源远流长，《诗经》《楚辞》，初创辉煌。《诗经》以四言为主，又杂以三言、五言、六言、七言乃至九言的各种句式；有通篇四言的齐言诗，又有一篇之中长短句交错的杂言诗。这既表明《诗经》的形式并不单一，又可以清楚地看出，这里已孕育着此后产生多样诗体的萌芽。《楚辞》从内容到形式，是特定历史情况下楚地文化与中原文化交融的产儿，句式加长，句中或句末的“兮”字曼声咏叹，情韵悠扬。《诗经》《楚辞》以后，各种新体诗不断出现。由汉魏而六朝，五言诗已十分成熟，七言诗也已形成；而在乐府民歌中，既有五言、七言的齐言诗，又有句式多变的杂言体。到了唐代，近体诗基本定型，便把唐前的各种诗体分别称为古体诗、乐府诗。近体诗是严格的格律诗，古体诗和乐府诗则相对自由。近体诗包括五言绝句、五言律 诗、五言排律和七言绝句、七言律诗、七言排律，在唐代盛开灿烂的艺术之花，争奇斗丽；而各种古体诗和乐府诗的创作，也精益求精，盛况空前。晚唐以后，宋词、元曲大放异彩，名家辈出，灿若群星，流风余韵，至今未衰。值得特别指出的是：每一种新诗体的出现，只给诗歌的百花园中增光添彩，而不取代任何尚有生命力的原有诗体。相反，原有的各种诗体，也在适应反映新的社会生活、抒发新的思想情感、表现新的时代精神的要求，不断开拓和创新。中华民族是饶有诗情诗意的民族，也是自强不息、富有创造力的民族。这在三千多年的诗歌发展中得到了完美的体现。巍巍中华素有“诗国”之誉，良非偶然。

诗歌不仅是文学的瑰宝，更是中华文化的重要组成部分。它承载着历史的记忆，反映了社会的变迁，表达了人民的情感。诗歌中的意象和典故，是中华文化的精髓，它们跨越时空，与读者产生共鸣。为了全面展现中国诗歌的风貌与精髓，我们聘请霍松林先生为总主编，邀请李浩、尚永亮、王兆鹏、欧阳光等知名学者，精心编撰了《中国历代诗歌精选》系列丛书，包括先秦汉魏六朝、唐、宋、元明清四卷。从《诗经》的古朴纯真到唐诗的雄浑壮阔，从宋词的婉约细腻到元曲的清新质朴，再到明清诗歌的多元风格，本丛书精心遴选各个时期具有代表性的诗作，力求为读者呈现一幅完整的中国诗歌历史长卷。

希望广大读者能够通过这套丛书，领略中国诗歌的无穷魅力，感受中华民族深厚的文化底蕴，让这些经典之作在新时代焕发出更加耀眼的光彩，为中华优秀传统文化的复兴与发展贡献一份力量。愿这套丛书成为您心灵的伴侣，陪伴您在文学的道路上不断探索与前行。

前言

诗歌，是文学大家族中历史最悠久、最便于传播和吟唱的一种文体。从《弹歌》《击壤歌》等远古歌谣开始，经过《诗经》《楚辞》的发扬蹈厉，再经过汉乐府、文人五言诗和六朝诗歌的发展嬗变，中国诗歌终于由涓涓细流汇聚成一条九曲长河，至唐宋两代掀起了滔天的巨浪。一般读者提起诗歌，首先想到和推崇的往往是唐诗，是李白、杜甫，这自然是不错的。然而，如果没有此前数千年的诗歌发展和艺术积淀，没有屈原、曹植、阮籍、左思、陶渊明、谢灵运、鲍照、庾信等大家、名家和众多二三流诗人的奋力开拓，唐诗的高潮就不会出现，李白、杜甫也绝难达到现有的成就。数典不宜忘祖，饮水自应思源，这部先秦汉魏六朝诗歌精选，便是出于这种考虑，着眼于诗歌之源及其发展流变而编纂的一部唐前优秀诗歌的选集。

所谓“先秦”，指的是秦以前的上古时期。在这一漫长的历史时段中，最先映入人们眼帘的，除了那些篇幅短小、格调古朴的远古歌谣之外，便是《诗经》

中收集的305篇群体吟唱了。这些诗歌的创作时间，大致从商末周初至春秋中叶，包括风、雅、颂三大系列。风，指从周王室十五属国收集来的民间诗歌；雅，分大、小雅，多为贵族创作；颂，是宗庙祭祀等场合专用的乐歌。这三大系列中的国风和小雅最值得重视，其中有劳人思妇的哀怨，有征旅戍边的艰辛，有对统治者的批判，也有年轻恋人欢快的歌吟。《秦风·蒹葭》写思而不得的怅惘，苍凉渺远，堪称“入神之笔”（姚际恒《诗经通论》）；《王风·黍离》写故国之悲，一往情深，令人“唏嘘欲绝”（吴闿生《诗义会通》）；《邶风·燕燕》写送别场面，凄楚无限，被誉为“万古送别之祖”（王士禛《分甘余话》）；《小雅·采薇》写征夫情怀，情真景真，“历汉魏南朝至唐，屡见诗人追摹，而终有弗逮”（陈子展《诗经直解》）。类似这样的精美篇章，在《诗经》中可以说不胜枚举。

《诗经》中的诗多是四言一句，两字一个音组，节奏分明，古朴厚重；而在章法上，多重叠回环，反复咏叹，具有很强的感染力。其表现方法，往往是赋、比、兴三者交错运用，既增加了诗歌的形象感和情感张力，又创立了中国诗歌“美刺比兴”的传统。由此而言，《诗经》不仅是中国历史上第一部诗歌总集，而且是后世诗歌表现内容和创作方法上的一个总的源泉。

在北方黄河流域诗人们的群体歌吟停歇了二百多年后，南中国长江流域的大地上又站起了伟大的辞赋家屈原和宋玉。屈原是一位诗人，也是一位政治家。他理想高远，才华超卓，本欲为楚国的兴盛大展宏图，却“信而见疑，忠而被谤”（《史记·屈原列传》），惨遭流放厄运。怀着满腹的哀怨和不平，屈原在流放途中创作出《离骚》《九章》《天问》等长篇抒愤之作，极大地扩充了诗歌的容量，提升了抒情诗的质素。《离骚》共373句，2490字，其中反复回荡的，是作者对理想的执着，对政敌的抨击，对个体悲情的抒发，对故国旧乡的眷恋。这是古今第一长诗，也是奠定屈原作为中国第一伟大诗人的基石。此外，屈原还作有《九章》（共9篇）、《九歌》（共11篇）等诗作。《九章》中的《哀郢》被视为“小《离骚》”，凄楚悲怨之至；《怀沙》则是屈原的绝命诗，表现的更是一种对人格的最终持守。《九歌》据说是屈原在楚地民间乐舞基础上整理创作而成，其中的《湘夫人》写洞庭景色，“模想无穷之趣，如在目前”（吴子良《林下偶谈》）；《山鬼》写深山情景，“如入深径无人觉，古藤枯木皆有奇致”（明蒋之翘评校本《楚辞集注》引桑悦语）。至于宋玉所作《九辩》，则以其“悲哉秋之为气也”的发端惊唱，开启了中国古代悲秋传统的先河。

屈原、宋玉诸作，“皆书楚语，作楚声，记楚地，名楚物，故可谓之‘楚辞’”（黄伯思《新校〈楚辞〉序》）。与《诗经》相比，《楚辞》句式加长，四、五、六、七言皆有，而且句中或句末伴随着“兮”字的大量使用，强化了诗歌的咏叹情韵。至于比兴特别是“比”的手法，不仅运用得更为广泛，而且向上提升一步，构成某种整体的象征。王逸《楚辞章句·离骚经序》指出：“《离骚》之文，依《诗》取兴，引类譬谕。故善鸟香草，以配忠贞；恶禽臭物，以比谗佞；灵修美人，以媲于君；宓妃佚女，以譬贤臣；虬龙鸾凤，以托君子；飘风云霓，以为小人。其词温而雅，其义皎而朗，凡百君子，莫不慕其清高，嘉其文采，哀其不遇，而愍其志焉。”这段话，可以说是对《楚辞》特点的准确概括，也是对屈原在中国诗歌史上地位的定评。

《诗经》和《楚辞》，作为早期中国文学史的双璧，给予后世文人创作以巨大的影响。从整体风格看，其一重写实，一重想象；一偏于质朴，一偏于华美；一如北方的群山，显示出厚重的本色，一如南方的长河，显示出奔腾的大气。这些差异和特点，是我们阅读这两部经典时，不可不注意的。

两汉以降，便进入中古时期。如果说上古时期的《诗经》《楚辞》是诗之源、诗之本，那么，中古时期的文人创作便是诗之流、诗之变。

按照常理，汉人去古未远，前有诗、骚的范本，只要放手去写，便不难在诗歌创作上取得大的成就。然而，历史的偶然性在这里发挥了作用，时代的文化氛围使汉人改变了努力的方向，他们似乎于诗歌创作并不热心，而是将主要的精力放到了散文和大赋上，从而导致西汉两百年间竟未出现像样的文人诗作。相比之下，倒是那些驰骋于沙场的战将和统驭万方的帝王，如项羽、刘邦、汉武帝刘彻等，吟出了《垓下歌》《大风歌》《秋风辞》这样一些颇具气势和情韵的楚歌体作品；而身居社会最底层、从未停止过吟唱的劳人思妇们，则为当时的诗坛贡献大量民间的歌谣。这些民歌经汉武帝所设“乐府”这一专门音乐机关的搜集整理，配上音乐传唱，竟然不乏感人的魅力，并成为此后文人效法的另一个样板。这些被后人称为“汉乐府”的民歌，一般篇幅不长，多为三、五、七言交织的杂言体，反映的主要是下层民众的生活实况。诸如《孤儿行》写孤儿受兄嫂奴役的生活悲苦，《战城南》写战争给民生带来的严重破坏，《上邪》表现恋人对爱情的极度忠贞，《怨歌行》表现女子恐被弃捐的深深忧虑，都具有叙事真切、抒情畅达、质朴自然、明白如话的特点，用班固的话说，便是“感于哀乐，缘事而发”（《汉书·艺文志》）。至于《陌上桑》《焦仲卿妻》等叙事写情的名作，其句式已由杂言发展为整齐的五言，篇幅大大扩充，表现手法也更为精纯，则已是经过文人整理加工的东汉晚期的作品了。

自东汉至隋，共经历了八个朝代，前人习惯上将之称为“八代”。又因三国之吴、东晋和此后南朝的宋、齐、梁、陈均建都长江边上的建康（今南京），故简称六朝。如果以“八代”作为一个时间段，那么，在这一长达600年的历史中，除去那些无名氏诗人，有诗作留存的诗人共617人，诗歌总量达5798首（见拙作《八代诗歌分布情形与发展态势的定量分析》，载《东南大学学报》2003年第6期），其中数量最多的是五言诗作品。这一情况说明，从东汉开始，中古诗歌进入了一个大发展的时期，而五言诗的创作，更是达到了空前的繁盛。

一般认为，东汉是文人五言诗的发轫期，现在能看到的，虽然有班固《咏史》、秦嘉《赠妇诗》、赵壹《疾邪诗》、辛延年《羽林郎》等作品，但代表此一时期最高成就的，却是那些无名氏创作的五言古诗。而被萧统《文选》收录的十九首古诗，更是受到了古今评家的一致推崇。这些诗作，表现的主要是社会动荡时期下层文人的命运悲叹和人生思考，而别离、回归、相思、生死，则是其反复咏歌的核心母题。从艺术特点看，这些诗作既具民歌的情调，又有文人诗的精美，既有比兴手法的妙用，又有情景交融的描写，可以说委婉含蓄，惊警动人。钟嵘《诗品》评价说：“文温以丽，意悲而远，惊心动魄，可谓几乎一字千金。”对照《古诗十九首》的实际成就，这个看似极高的评语并不过分。

东汉献帝建安年间及此后的魏明帝正始前后，涌现出以三曹、建安七子以及阮籍、嵇康为代表的一批诗人。他们在艺术上充分吸取了诗、骚和《古诗十九首》的成功经验，而在表现领域和思想内容上又予以大的扩展和提升，使得在诗歌创作上，这一时期成为八代诗史中最为繁盛的一个时期，也成为文人五言诗创作的第一个高潮。这一时期有诗作存世的诗人共35人，但其作品量却多达五百多首，由此可知此期诗歌创作的基本情形。从社会政治层面看，建安时期陷入空前的动荡、离乱之中，政治窳败，军阀争战，灾疫流行，生灵涂炭，曹操《蒿里行》所谓“白骨露于野，千里无鸡鸣”，应是真实的写照。这样一种社会背景，不能不使建安诗歌濡染上浓郁的悲凉色彩，而此期诗人普遍表现出的戮力社稷、平定天下的“烈士悲心”和慷慨任气，又给其作品增添了一种慷慨劲健的格调。悲凉加慷慨，遂成为建安诗歌的典型风格，并由此凝聚为饱含遒劲力度的“建安风骨”，成为后世诗人学习的典范。曹操半生戎马，睥睨一世，发而为诗，古直悲凉。他有一些不错的五言诗作，如《蒿里行》《苦寒行》等，但他的四言诗更为出色，如《短歌行》《步出夏门行》诸篇，皆“如幽燕老将，气韵沉雄”（敖陶孙《诗评》）。其子曹植才高八斗，志向远大，前期作品多写其建功立业的抱负，展示出“捐躯赴国难，视死忽如归”的志节；后期因受曹丕迫害，则多用比兴寄托手法抒写内心的苦闷，充满“高树多悲风”的愤激。《白马篇》《美女篇》《赠白马王彪》和《杂诗》，都是五言诗中的精品，曹植也因他的这些作品而被誉为“粲溢今古，卓尔不群”（钟嵘《诗品》）的“建安诗杰”。在曹氏父子影响下，王粲、刘桢、陈琳、阮瑀、徐幹等建安七子也都有一批反映现实、表现情感的力作。其中王粲成就较高，刘桢诗风挺拔，故常被人与曹植并称为“曹王”“曹刘”。至于曹操的另一个儿子、后来做了帝王的曹丕，其诗虽较少联系现实，但描写细腻，风格清丽，其《燕歌行》更被视为第一首体制完备的文人七言诗而受到后世的重视。

与建安诗歌慷慨劲直的风格相比，生活在魏晋易代之际的阮籍、嵇康的诗风又有了新的变化。嵇康心性磊落，气格清峻，倡言“越名教而任自然”。所作四言组诗《赠秀才入军》词语隽逸，简洁通脱，最能代表他的诗风。阮籍本有济世之志，但身处腐败无能的曹魏政权与图谋篡权的司马氏集团的夹缝中，时时感受到巨大的压抑和生命的忧恐，于是借酣饮以避世，将其愤世嫉俗之心、忧时嗟生之叹写入诗篇，共 82 首，名之曰《咏怀》。这些诗作的一大特点便是以比兴寄托等隐蔽曲折的手法，来表现作者刺世的旨意和苦闷的心绪。前人多说读阮籍诗费解，这是确实的，但阮诗的费解主要在意义层面，而不在文字层面，词显意深，托兴高远，反倒扩大了阮诗的意义空间和诱人魅力。后人给《咏怀》诗以很高的评价，并自觉学习其表现手法，创作出不少以《咏怀》《感遇》或《无题》命名的诗作，便说明了阮诗的影响和价值所在。

进入两晋以后，诗坛有几点新的变化值得我们注意：一是表现领域进一步扩大，且多以组诗的形式出现。如左思的《咏史》组诗，郭璞的《游仙》组诗，孙绰的玄言之作，陶渊明对田园的系列歌咏，都是前人没有或较少涉及的题材和形式。二是开始有意识地模拟古人，出现了不少拟古诗作，其中以陆机对《古诗十九首》的拟作及其乐府诗最具代表性。三是逐渐脱离了建安诗歌瞩目现实、慷慨悲歌的创作传统，而走上重形式、重词藻、重华美的路途。在两晋 150 多年的时间中，有诗作存世的作者共 137 人，诗歌存量 1005 首。这个数字，比此前东汉和曹魏两代的总和还要多将近一倍，说明此期创作较为发达，但从作品质量讲，真正有大成就的作者并不多。钟嵘曾将西晋的著名诗人概括为“三张（张载、张协、张亢兄弟）、二陆（陆机、陆云兄弟）、两潘（潘岳、潘尼叔侄）、一左（左思）”，这是当时的评价，今天看来，大概只有左思最为突出。左思才华卓然，却因家世寒微而不被重用。面对“世胄蹑高位，英俊沉下僚”的混浊现实，他愤声高呼：“贵者虽自贵，视之若埃尘。贱者虽自贱，重之若千钧。”他的八首《咏史》诗，都是借史明志、以古喻今、批判现实、维护自我人格的力作。后人称道左思胸怀高旷，笔力雄迈，并用“左思风力”来概括其诗的基本特征，可以说看中的正是他对建安风骨的继承。与左思一样受到建安风骨影响的，还有稍后的刘琨。刘琨早年曾与祖逖同床共寝，中夜闻鸡起舞，以雄豪著称。后率兵征战，备极艰辛，所作《扶风歌》《重赠卢谌》，表现其“何意百炼钢，化为绕指柔”的志节和英雄末路之悲，沉郁苍劲，极具感染力。

东晋末年陶渊明的出现，给两晋诗坛乃至整个中国诗史添加了一道绚丽夺目的光彩。这位被钟嵘誉为“古今隐逸诗人之宗”的大诗人，于四十岁辞绝官场，归隐田园，过起了种豆南山下、采菊东篱旁的生活。在他大量描写田园生活的诗篇中，没有充斥当时诗坛的玄言气息，只有任真自得的情怀和理趣；没有天人的对立和纷扰，只有心物的沟通与交融。“暧暧远人村，依依墟里烟。狗吠深巷中，鸡鸣桑树巅。”“春秋多佳日，登高赋新诗。过门更相呼，有酒斟酌之。”正是这样的境界，使诗人悠然自得，也使其诗既清淡闲雅又饱含浓郁的生活气息，从而开创了中国诗史中描写田园诗的传统。苏轼说陶诗的特点是“外枯而中膏，似淡而实美”（《东坡题跋》），沈德潜说陶诗“清远闲放，是其本色，而其中自有一段渊深朴茂，不可几及处”（《古诗源》），都应是很准确的评价。

南北朝时期（主要是南朝）是中古诗歌的另一个繁荣期。这种繁荣，主要表现在三个方面：其一是民歌创作南北呼应，创获颇多，分别涌现出《西州曲》《木兰诗》这样的杰作，形成了《诗经》、汉乐府后的另一个民歌高潮。其二是文人创作持续发展，作者数和作品量急剧扩大。据我们统计，此期有诗作存世的作者共 360 人，诗歌作品 3964 首，二者均远远超出与之时间相等的两晋时段。其三是南北相比，南朝独盛。由于自东晋开始建都江南，大量衣冠士族南迁建康，统治者也多是好文之主，遂使得南中国的文化氛围日益浓厚，文学创作水平迅速提升。与之相比，原来处于文化优势地位的北中国，由于若干少数民族政权的频繁更迭，以及忽视文化建设等，反而处于严重的滞后、衰落态势。就作者、作品数量而论，南朝宋、齐、梁、陈四代有诗作存世的作者共 276 人，作品 3471 首；而北朝则仅有 84 人，493 首诗。这样一个数据，已清晰反映出南北两地的巨大悬殊。

谢灵运、颜延之是由东晋入刘宋的诗人，他们与比其年龄稍小的鲍照都在宋文帝元嘉年间从事过创作活动，都取得了很高的成就，所以史称“元嘉三大家”。现在看来，三人中谢、鲍的成就要突出一些，而谢灵运更以其对自然山水的钟情和多方面表现，成为中国诗史上全力创作山水诗的第一人。由于政治上的失意，山水成了给他慰藉的伴侣，也成了他审美观照的对象。“初景革绪风，新阳改故阴。池塘生春草，园柳变鸣禽。”诗句不深奥，却很美，很耐人寻味。作为早期作品，其意义在于作者借歌咏山水寄寓超脱尘世的情志，而这正是当时山水诗创作中的普遍倾向。此后，经过南朝诗人谢朓等人的努力，山水诗得到进一步发展，并为唐宋山水田园诗创作高潮的到来奠定了坚实的基础。与谢灵运相比，出身寒微的鲍照更多表现出对社会不公的抗议，以及寒士阶层备受压抑的激愤。情绪冲动时，他拔剑击柱，仰天叹息，诗的字里行间涌动着一股莫名的悲慨和悲哀。他的不少乐府诗和七言诗，都具有慷慨任气、高亢激烈的特点，与建安诗、左思诗有着内在精神的相通，最能代表其诗的风格。

齐永明年间是中古诗歌的一个转变期。沈约、谢朓等人将平、上、去、入四声用到诗歌创作中去，并制定了若干规则，使得“一简之内，音韵尽殊；两句之中，轻重悉异”（《宋书·谢灵运传论》），具有一种抑扬顿挫的声韵美，从而将此前纯任自然的诗歌创作带上了格律化的道路。不过，这种被后人称为“永明体”的新体诗，在他们成功的诗作中所占比重并不大，为谢朓赢得巨大声誉的，倒是那些并未刻意讲求声律的描摹自然山水的佳作。“大江流日夜，客心悲未央”，“余霞散成绮，澄江静如练”，这样一些或发端惊警、或清新秀丽的诗句，成为谢诗的一道风景，吸引了后世众多诗人的目光，以致连大诗人李白也“一生低首谢宣城”（王士禛《戏仿元遗山论诗绝句》其三）。

梁、陈两代，由于统治者喜作艳诗，一批宫廷诗人遂投其所好，争相创作，于是产生了大量屡屡为后人诟病的“宫体”之作。这些诗歌多内容空虚，流于形式美的追求，固不足取；但就其对新体诗的艺术实践而言，也还是颇有价值的。这一时期的代表作家，有庾肩吾、徐陵、何逊、阴铿等人，不过他们的成就，比起稍后的庾信却远有不及。庾信是庾肩吾之子，早年出入梁朝宫廷，所作诗亦为宫体一路。四十三岁时出使西魏，被羁留长安，后又被迫出仕北周，度过了近三十年有家难归的岁月。特殊的经历，大大增加了其诗的故国之悲、乡关之思和风霜之气，而良好的文学素养和老而弥精的创作技法，使他的不少五、七言诗作均戛戛独造，音律和谐，已与唐人的律体相当接近了。明人杨慎说：“庾信之诗，为梁之冠绝，启唐之先鞭。”（《升庵诗话》）实在是很准确的评价。需要补充一句的是，庾信的创作，更主要的还是代表了北朝诗歌的成就。

隋朝是八代诗的最后一个时段。此期结束了长达二百七十余年的南北分裂，初步实现了南北诗人的会合，但因其实存时间仅三十余年，在作者人数和创作量上均较贫乏（有诗作存世者 66 人，存诗量 252 首），南北诗风也相互分立，未能有机地融合，故整体成就不高，只能算是由八代向唐迈进的一个过渡时期。

以上是唐前诗史的一个简要勾勒，也是编撰这部先秦汉魏六朝诗歌精选的一个基本理念。这部选集，我们主要参考萧统《文选》，孔颖达《毛诗正义》，洪兴祖《楚辞补注》，沈德潜《古诗源》，逯钦立《先秦汉魏晋南北朝诗》，余冠英《汉魏六朝诗选》，吴小如等《汉魏六朝诗鉴赏辞典》，曹道衡、沈玉成《中国文学家大辞典·先秦汉魏晋南北朝卷》等著作，精选了 471 首诗作，其中先秦段 72 首（葛刚岩选注）、汉魏段 96 首（黄超、薛泉选注）、两晋段 57 首（薛泉选注）、宋齐段及南朝民歌 97 首（叶黛莹选注）、梁陈北朝隋段及北朝民歌 149 首（吴大顺选注）。通过选与注，试图将“点”和“面”结合起来，将艺术性和思想性结合起来，既突出重要时期、重要作家、重要作品的地位，又顾及一般时期一般作家的优秀作品，使得读者一册在手，可以多层面、多角度地了解唐前诗歌创作的基本情形，并对若干杰出诗人的诗歌风格获得较深入的了解和把握。当然，由于时间紧迫和自身水平的限制，能否达到预期的目标，我们没有把握；至于书中的缺失和错误，则请读者方家不吝指正。

尚永亮

甲辰秋重订于长安

目

录

先秦

上古歌谣

弹　歌[1]

断竹，续竹[2]。飞土，逐宍[3]。

注释　1. 弹：弹（dàn）丸。也可作弹（tán）射解。　2. 断：砍断。续：连接，引申为制作。　3. 飞土：将弹丸弹射出去。宍（ròu）：古“肉”字。逐宍：指射杀禽兽。

击壤歌[1]

日出而作[2]，日入而息。凿井而饮，耕田而食。帝力于我何有哉[3]？

注释　1. 相传尧帝时，天下太和，百姓无事，有老人击壤而歌此。壤：土，土块。　2. 作：起来，起床。　3. 帝：指尧帝。

蜡　辞[1]

土反其宅，水归其壑[2]。昆虫毋作[3]，草木归其泽[4]。

注释　1. 蜡（zhà）：蜡祭，古代一种年终祭祀。　2. 壑：沟谷。　3. 毋：不要。作：兴起，发作。　4. 泽：有水之处。

采薇歌[1]

登彼西山兮[2]，采其薇矣。以暴易暴兮[3]，不知其非矣。神农虞夏忽焉没兮[4]，我安适归矣[5]。吁嗟徂兮，命之衰矣[6]。

注释　1. 薇：野豌豆苗。《史记 · 伯夷列传》记载，周武王灭殷建周，伯夷、叔齐义不食周粟，隐于首阳山，采薇而食。及饿且死而作此歌。　2. 西山：即首阳山，其所在地有甘肃、陕西、山西、河南等多种说法，现多以河南偃师境内的邙山为其地。　3. 易：替换、更替。　4. 神农：传说中的神农氏。虞：虞舜，传说中的五帝之一。夏：夏禹，夏朝的奠基者。忽：快、迅速。没(mò)：消亡。　5. 适：到……去。安：哪里。　6. 吁嗟（xū jiē）：大声叹息。徂(cú)：消逝，引申为过去的时光。衰：衰老、衰败。

龙蛇歌[1]

有龙于飞，周遍天下[2]。五蛇从之[3]，为之承辅[4]。龙返其乡，得其处所。四蛇从之，得其露雨[5]。一蛇羞之[6]，槁死于中野[7]。

注释　1. 据《吕氏春秋 · 介立》载，介子推随晋文公游历诸国，归晋后不肯受赏，作此歌以明志。龙：喻指晋文公重耳。　2. 周遍：游历。　3. 五蛇：喻指跟随重耳游历列国的五位重要臣属，包括介子推。　4. 承辅：辅佐。　5. 露雨：喻指恩泽。　6. 一蛇：喻指介子推自己。羞：羞惭。　7. 槁死：干枯而死。中野：旷野。

楚狂接舆歌[1]

凤兮，凤兮[2]，何德之衰！往者不可谏[3]，来者犹可追[4]。已而，已而[5]，今之从政者殆而[6]。

注释　1. 楚狂接舆：春秋时楚国的隐士，接舆是他的名字。《论语 · 微子》篇记载接舆作此歌讽刺孔子。　2. 凤：凤鸟，喻指孔子。　3. 往者：过去的事情。谏：

止，规劝（尊长或君主的过失），引申为纠正、更改。 4. 来者：将来的事情。 5. 已而：罢了。 6. 殆：危险。

孺子歌[1]

沧浪之水清兮[2]，可以濯我缨[3]。沧浪之水浊兮，可以濯我足。

注释　1. 孺子：儿童。 2. 沧浪：青苍色的水，有人认为指汉水。 3. 濯（zhuó）：洗涤。缨：帽子上的系带。

越人歌[1]

今夕何夕兮[2]，搴舟中流[3]。今日何日兮，得与王子同舟。蒙羞被好兮[4]，不訾诟耻[5]。心几烦而不绝兮，得知王子。山有木兮木有枝，心说君兮君不知[6]。

注释　1. 越：古代南方部族名，分布于浙、闽、粤等地。《说苑》云：鄂君子晳泛舟于波，越人拥楫而歌此篇。 2. 夕：夜，晚上。 3. 搴（qiān）：提、举，引申为操桨。 4. 蒙：承受。羞：美味。被（pī）：通“披”，穿着。好：美好，引申为华衣丽服。 5. 訾（zǐ）：诋毁，指责。诟：辱骂。这句是说，不以旁人的责骂为耻。 6. 说（yuè）：通“悦”，喜悦。

《诗经》

关　雎[1]

关关雎鸠[2]，在河之洲。窈窕淑女[3]，君子好逑[4]。

注释　1. 此诗出自《国风·周南》，也是《诗经》的首篇，当为描写男女情爱之作。 2. 关关：雌雄两鸟相和的叫声。

参差荇菜[5]，左右流之[6]。窈窕淑女，寤寐求之[7]。

求之不得，寤寐思服[8]。悠哉悠哉[9]，辗转反侧[10]。

参差荇菜，左右采之。窈窕淑女，琴瑟友之[11]。

参差荇菜，左右芼之[12]。窈窕淑女，钟鼓乐之[13]。

雎鸠（jū jiū）：一种水鸟。 3. 窈窕（yǎo tiǎo）：娴静漂亮，纯洁美丽。淑：善，好。 4. 逑（qiú）：通“仇”，配偶。好（hǎo）逑：好的配偶。 5. 荇（xìng）菜：水中植物，叶浮在水面上，根茎可吃。 6. 流：捋取，顺着水势去采。 7. 寤寐（wù mèi）：睡醒为寤，睡着为寐，犹言日夜。 8. 思服：连文同义，表思念。 9. 悠哉：长久，形容思念深长的样子。 10. 辗转反侧：翻来覆去，不能安眠。 11. 友：亲爱，亲近。 12. 芼（mào）：有选择性地采摘。 13. 乐（lè）：娱悦。

卷耳[1]

采采卷耳，不盈顷筐[2]。嗟我怀人，寘彼周行[3]。陟彼崔嵬[4]，我马虺隤[5]。我姑酌彼金罍[6]，维以不永怀。陟彼高冈，我马玄黄[7]。我姑酌彼兕觥[8]，维以不永伤。陟彼砠矣[9]，我马瘏矣[10]。我仆痡矣[11]，云何吁矣[12]！

注释 1. 此诗出自《周南》，当为妻子思念征人的作品。卷耳：木本植物，今名苍耳。 2. 盈：满。顷筐：筐子的一种，犹今之畚箕。 3. 寘：同“置”，放下。周行（háng）：大道。 4. 陟（zhì）：攀登。崔嵬：山高峻貌。 5. 我：思妇代丈夫的自称。下同。虺隤（huī tuí）：腿软病。 6. 姑：姑且。金罍（léi）：一种青铜酒器，口小肚大。 7. 玄黄：马生病而变色。 8. 兕觥（sì gōng）：用犀牛角做的大型酒器。 9. 砠（jū）：多石的山。 10. 瘏（tú）：马匹过度劳累而致病。 11. 痡（pū）：人疲病而不能前进。 12. 吁（xū）：忧叹。

桃夭[1]

桃之夭夭，灼灼其华[2]。之子于归[3]，宜其室家[4]。

注释 1. 此诗出自《周南》。当为一篇民间婚礼歌。夭：茂盛的样子。 2. 灼灼（zhuó）：鲜艳盛开。 3. 之子：这个姑娘，桃之夭夭，有蕡其实[5]。之子于归，宜其家室。

桃之夭夭，其叶蓁蓁[6]。之子于归，宜其家人。

特指新娘。于归：出嫁。　4. 宜：善。室家：家庭。　5. 蕡（fén）：颜色斑驳相间。　6. 蓁蓁（zhēn）：茂盛。

芣　苢[1]

采采芣苢，薄言采之[2]。采采芣苢，薄言有之。

采采芣苢，薄言掇之[3]。采采芣苢，薄言捋之[4]。

采采芣苢，薄言袺之[5]。采采芣苢，薄言襭之[6]。

注释　1. 此诗出自《周南》，是一篇清新优美的劳作之歌。芣苢（fú yǐ）：多年生草本植物，又名车前子。　2. 薄言：发语词，有勉励的意思。　3. 掇（duó）：拾取。　4. 捋（luō）：成把地将茎上的草籽摘下。　5. 袺（jié）：用手捏着衣襟以承其物。　6. 襭（xié）：用衣襟兜承其物。

汉　广[1]

南有乔木[2]，不可休思；汉有游女[3]，不可求思。汉之广矣，不可泳思；江之永矣[4]，不可方思[5]。

翘翘错薪[6]，言刈其楚[7]；之子于归，言秣其马[8]。汉之广矣，不可泳思；江之永矣，不可方思。

翘翘错薪，言刈其蒌[9]；之子于归，言秣其驹。汉之广矣，不可泳思；江之永矣，不可方思。

注释　1. 此诗出自《周南》，是男女怀恋之歌。　2. 乔：高。　3. 汉：汉水。游女：出游的女子，引申为汉水女神。　4. 江：指长江。永：水流长。　5. 方：小舟。引申为乘船渡过。　6. 翘翘：高扬貌。错薪：杂乱的柴草。　7. 楚：植物名，又名荆。　8. 秣（mò）：用草喂马。　9. 蒌（lóu）：蒌蒿。

行 露[1]

厌浥行露[2]，岂不夙夜[3]？谓行多露[4]。谁谓雀无角[5]？何以穿我屋？谁谓女无家？何以速我狱[6]？虽速我狱，室家不足[7]！谁谓鼠无牙？何以穿我墉[8]？谁谓女无家？何以速我讼？虽速我讼，亦不女从！

注释　1. 此诗出自《召南》。《毛诗序》以为是诉讼之诗，也有人认为是反映女子抗婚的作品。　2. 厌浥：露水沾湿貌。厌，通“湆”（qì）。行：道路。　3. 夙夜：早夜。夜未尽天未明之时。　4. 谓：通“畏”，担心，害怕。　5. 角：鸟喙。　6. 速：招致。速我狱，即吃官司。　7. 室家：成室成家，即婚姻。　8. 墉（yōng）：墙。

殷其靁[1]

殷其靁，在南山之阳。何斯违斯[2]？莫敢或遑[3]。振振君子[4]，归哉归哉！

殷其靁，在南山之侧。何斯违斯？莫敢遑息[5]。振振君子，归哉归哉！

殷其靁，在南山之下。何斯违斯？莫或遑处[6]。振振君子，归哉归哉！

注释　1. 此诗出自《召南》，属于思妇之作。殷：雷声。靁：古“雷”字。　2. 斯：这。违：离开。何斯违斯：为何这时离开家？　3. 或：有。遑（huáng）：闲暇。　4. 振振：勤奋的样子。　5. 息：喘息。　6. 处：居。

摽有梅[1]

摽有梅，其实七兮[2]。求我庶士[3]，迨其吉兮[4]！

摽有梅，其实三兮。求我庶士，迨其今兮！

摽有梅，顷筐塈之[5]。求我庶士，迨其谓之[6]！

注释 1. 此诗出自《召南》，是一首女子怀春之作。摽（biào）：落。一说掷、抛。 2. 实：梅树的果实。七：七成，即十分之七。 3. 庶：众。士：未婚的青年男子。 4. 迨(dài)：趁。吉：好日子。 5. 顷筐：扁筐，如今日之簸箕。塈（jì）：拾取。 6. 谓：开口说话。一说乃，“会”的假借字，即会面。

江有汜[1]

江有汜，之子归，不我以[2]！不我以，其后也悔。

江有渚[3]，之子归，不我与[4]！不我与，其后也处。

江有沱[5]，之子归，不我过[6]！不我过，其啸也歌。

注释 1. 此诗出自《召南》，属于怨妇之作。汜（sì）：汜水，长江的一条支流。 2. 之子：指丈夫的新欢。以：用。 3. 渚：水中小块陆地。 4. 与：同居。 5. 沱：沱水，长江的一条支流。 6. 过：来。

野有死麕[1]

野有死麕，白茅包之。有女怀春，吉士诱之[2]。林有朴樕[3]，野有死鹿。白茅纯束[4]，有女如玉。

注释 1. 此诗出自《召南》，是一首描写男女爱情的诗篇。野：郊外。麕(jūn)：小獐。 2. 吉士：善良的青年。诱：挑诱，追求。 3. 朴樕（sù）：树木的一种，又名槲樕。 4. 纯（tún）束：捆扎。

舒而脱脱兮[5]，无感我帨兮[6]，无使尨也吠[7]！

5. 舒而：舒然，慢慢地。脱脱（tuìtuì）：舒缓貌。 6. 感：通"撼"，触动。帨（shuì）：古代女子系在腹前的一块佩巾，犹今之围裙。 7. 尨（máng）：多毛而凶猛的狗。

柏舟[1]

泛彼柏舟[2]，亦泛其流。耿耿不寐[3]，如有隐忧[4]。微我无酒[5]，以敖以游[6]。

我心匪鉴[7]，不可以茹[8]。亦有兄弟，不可以据[9]。薄言往愬[10]，逢彼之怒。

我心匪石，不可转也。我心匪席，不可卷也。威仪棣棣[11]，不可选也[12]。

忧心悄悄[13]，愠于群小[14]。觏闵既多[15]，受侮不少。静言思之[16]，寤辟有摽[17]。

日居月诸[18]，胡迭而微[19]？心之忧矣，如匪浣衣[20]。静言思之，不能奋飞。

注释　1. 此诗出自《邶风》，写妇女自伤遭遇不偶的怨愤之情，或谓仁人不遇之作。 2. 泛（fàn）：随水流动。 3. 耿耿（gěng gěng）：忧心不安貌。 4. 隐忧：深忧。 5. 微：非，不是。 6. 敖：同"遨"，游玩。 7. 鉴：铜镜。 8. 茹（rú）：食，引申为容纳。一谓茹，度也。取度量、估计之义。 9. 据：依靠。 10. 薄：勉强。往愬：去诉苦。 11. 威仪：庄严容止。棣棣：雍容娴雅。 12. 选（xùn）：通"巽"，屈挠退让。 13. 悄悄：心中愁闷状。 14. 愠（yùn）：怨恨。 15. 觏（gòu）：碰到，遇到。闵（mǐn）：通"愍"，忧患，忧虑。 16. 静：仔细。 17. 寤：睡醒。辟（pì）：捶拍胸脯。有摽（piāo）：拍打胸脯的声音。 18. 日、月：代指丈夫。居、诸：都是语尾助词。 19. 迭：更动，更迭。微：隐微，无光。 20. 浣：洗。

燕 燕[1]

燕燕于飞，差池其羽[2]。之子于归，远送于野。瞻望弗及，泣涕如雨。

燕燕于飞，颉之颃之[3]。之子于归，远于将之。瞻望弗及，伫立以泣[4]。

燕燕于飞，下上其音。之子于归，远送于南[5]。瞻望弗及，实劳我心。

仲氏任只[6]，其心塞渊[7]。终温且惠，淑慎其身。先君之思，以勖寡人[8]。

注释 1. 此诗出自《邶风》,《毛诗序》认为是庄姜送别戴妫时所作。 2. 差(cī)池：不整齐。 3. 颉颃（xié háng）：飞上飞下。 4. 伫(zhù)立：久立。 5. 于南：往南方去。 6. 仲氏：排行老二。任：信任。 7. 塞：诚实。渊：深，成熟。 8. 勖(xù)：勉励。

谷 风[1]

习习谷风[2]，以阴以雨。黾勉同心[3]，不宜有怒。采葑采菲[4]，无以下体[5]。德音莫违，及尔同死。

行道迟迟，中心有违[6]。不远伊迩[7]，薄送我畿[8]。谁谓荼苦[9]？其甘如荠[10]。宴尔新昏[11]，如兄如弟。

泾以渭浊，湜湜其沚[12]。宴尔新昏，不我屑以[13]。毋逝我梁[14]，毋

注释 1. 此诗出自《邶风》，是一首弃妇的怨诗。 2. 习习：风声。谷风：山谷里吹来的大风。 3. 黾（mǐn）勉：勉力。 4. 葑（fēng）：蔓青，植物名，今名大头菜。菲（fēi）：萝卜，植物名。 5. 下体：植物的根部。 6. 违：恨。 7. 伊：是。迩：近。 8. 薄：勉强。畿（jī）：门槛，表示送得不远。 9. 荼：苦菜。 10. 荠(jì)：有甜味的菜。今名荠菜。 11. 宴：安乐。昏：同“婚”，婚娶。 12. 湜湜（shí）：水清貌。沚（zhǐ）：河底。 13. 屑：洁净。 14. 逝：往，去。梁：鱼梁，捕鱼时修筑的简易堤坝。

发我笱[15]。我躬不阅[16]，遑恤我后[17]。

就其深矣，方之舟之[18]。就其浅矣，泳之游之。何有何亡[19]？黾勉求之。凡民有丧[20]，匍匐救之。

不我能慉[21]，反以我为雠。既阻我德，贾用不售[22]。昔育恐育鞫[23]，及尔颠覆。既生既育，比予于毒。

我有旨蓄[24]，亦以御冬。宴尔新昏，以我御穷[25]。有洸有溃[26]，既诒我肄[27]。不念昔者，伊余来塈[28]。

15. 发：通"拨"，弄乱。笱（gǒu）：捕鱼的竹笼。 16. 躬：自身。阅：容纳。 17. 遑：暇。恤（xù）：担忧，着想。 18. 方：筏子。舟：小船。此处方、舟都用作动词，表渡水。 19. 亡：通"无"。 20. 民：邻里。丧：困难。 21. 慉（xù）：喜欢，爱惜。 22. 贾（gǔ）：卖。用：货物。不售：卖不出去。 23. 育鞫（jú）：生活穷困。 24. 旨：美。蓄：菜名，即遂菜。 25. 御：抵挡。 26. 洸溃（guāng kuì）：水激流貌。引申为丈夫发怒动武的样子。 27. 既：全部。诒：留给。肄（yì）：辛劳的工作。 28. 塈（jì）：爱。

式　微[1]

式微，式微！胡不归？微君之故[2]，胡为乎中露[3]？

式微，式微！胡不归？微君之躬[4]，胡为乎泥中？

注释　1. 此诗出自《邶风》，写劳役者不能归家的怨情。式：句首发语词。微：幽暗，日迫黄昏。 2. 微：非。 3. 中露：倒装，即露中。 4. 躬：身体，引申为亲自。

北　风[1]

北风其凉，雨雪其雱[2]。惠而好我[3]，携手同行。其虚其邪[4]？既亟只且[5]！

注释　1. 此诗出自《邶风》，是一篇怨刺之作。 2. 雱（pāng）：雪盛貌。 3. 惠而：顺从，赞成。 4. 虚：通"舒"，缓慢。邪：通"徐"，犹豫不决。 5. 亟（jí）：急迫。只且（jū）：语末助词。

北风其喈，雨雪其霏[6]。惠而好我，携手同归。其虚其邪？既亟只且！

莫赤匪狐，莫黑匪乌。惠而好我，携手同车。其虚其邪？既亟只且！

6. 其霏：纷纷。

静　女[1]

静女其姝，俟我于城隅[2]。爱而不见[3]，搔首踟蹰[4]。

静女其娈[5]，贻我彤管[6]。彤管有炜[7]，说怿女美[8]。

自牧归荑[9]，洵美且异[10]。匪女之为美[11]，美人之贻。

注释　1. 此诗出自《邶风》，是男女幽会之作。静：通“靖”，善。静女，即淑女。　2. 俟：等待。城隅：城上的角楼。　3. 爱：通“薆”，隐藏，遮掩。　4. 踟蹰（chí chú）：徘徊，走来走去。　5. 娈（luán）：美好的样子。　6. 贻（yí）：赠送。彤（tóng）：红色。　7. 炜（wěi）：红色鲜明，有光泽的样子。　8. 说（yuè）怿：喜爱，喜欢。女：同“汝”，指彤管。　9. 牧：郊外。归：通“馈”，赠送。荑（tí）：刚长出来的白茅嫩芽。　10. 洵：确实。异：奇异。11. 匪：非。女：同“汝”，指荑草。

新　台[1]

新台有泚[2]，河水弥弥[3]。燕婉之求[4]，蘧篨不鲜[5]。

新台有洒[6]，河水浼浼[7]。燕婉之求，蘧篨不殄[8]。

注释　1. 此诗出自《邶风》。新台：台名。卫宣公替儿子伋娶齐女宣姜，闻其美，遂在界河边搭造新台，强取齐女。国人恶之，故作此诗。　2. 泚（cǐ）：通“玼”，鲜明貌。　3. 弥弥（mí）：水势盛满貌。4. 燕婉：安顺。　5. 蘧篨（qú chú）：蛤蟆一类的东西。鲜：善。　6. 洒（cuǐ）：高鱼网之设，鸿则离之[9]。燕婉之求，得此戚施[10]。

俊貌。 7. 浼浼（měi）：水势平缓状。 8. 殄（tiǎn）：善。 9. 鸿：指大雁。离（lì）：通“罹”，获得，附着。 10. 戚施：指蟾蜍。

墙有茨[1]

墙有茨，不可埽也[2]。中冓之言[3]，不可道也。所可道也，言之丑也。

墙有茨，不可襄也[4]。中冓之言，不可详也。所可详也，言之长也。

墙有茨，不可束也[5]。中冓之言，不可读也。所可读也，言之辱也。

注释 1. 此诗出自《鄘风》，主要讽刺卫国宫廷的淫乱丑事。茨（cí）：草本植物名，又名蒺藜。 2. 埽：同“扫”，扫除。 3. 中冓（gòu）：宫闱。 4. 襄：除去。 5. 束：捆绑，引申为束而去之。

相 鼠[1]

相鼠有皮，人而无仪[2]！人而无仪，不死何为？

相鼠有齿，人而无止[3]！人而无止，不死何俟？

相鼠有体，人而无礼！人而无礼，胡不遄死[4]？

注释 1. 此诗出自《鄘风》，是一篇政治讽刺诗。相：看。 2. 仪：威仪。 3. 止：容止，引申为遵守礼法。 4. 遄（chuán）：快速。

载　驰[1]

载驰载驱，归唁卫侯[2]。驱马悠悠[3]，言至于漕[4]。大夫跋涉[5]，我心则忧。

既不我嘉[6]，不能旋反[7]。视尔不臧[8]，我思不远。既不我嘉，不能旋济[9]。视尔不臧，我思不閟[10]。

陟彼阿丘[11]，言采其蝱[12]。女子善怀，亦各有行[13]。许人尤之[14]，众稚且狂[15]。

我行其野，芃芃其麦[16]。控于大邦[17]，谁因谁极[18]？大夫君子，无我有尤。百尔所思，不如我所之。

注释　1. 此诗出自《鄘风》，多数学者认为是许穆夫人所作。载：发语词，无实义。　2. 唁（yàn）：向死者家属表示慰问。卫侯：卫戴公。　3. 悠悠：道路遥远的样子。　4. 漕：卫国邑名。　5. 大夫：专指追至卫国力劝许穆夫人回去的许国诸臣。　6. 嘉：赞成，支持。我嘉，即嘉我。　7. 旋反：掉转车头返回去。　8. 臧：善，好。　9. 济：渡。　10. 閟（bì）：闭塞，不通。　11. 阿丘：一边高一边低的山丘。　12. 蝱（méng）：药名，即贝母。　13. 行：道路，引申为主张。　14. 尤：怨恨，反对。　15. 稚：幼稚。　16. 芃芃（péng）：茂盛貌。　17. 控：赴告，奔告。　18. 因：依靠。极：至，到。

硕　人[1]

硕人其颀，衣锦褧衣[2]。齐侯之子[3]，卫侯之妻，东宫之妹[4]，邢侯之姨，谭公维私[5]。

手如柔荑[6]，肤如凝脂，领如蝤蛴[7]，齿如瓠犀[8]，螓首蛾眉[9]。巧笑倩兮[10]，美目盼兮[11]。

硕人敖敖[12]，说于农郊[13]。四

注释　1. 此诗出自《卫风》，主要赞美卫庄公夫人庄姜之美。硕人：身材高大的人。此处指卫庄公夫人庄姜。　2. 褧（jiǒng）衣：罩衣。古代女子出嫁途中所穿的一种罩衣，以蔽尘土。　3. 齐侯：指齐庄公。子：女儿。　4. 东宫：指齐国的太子得臣。　5. 私：古时女子称姊妹之夫为私。　6. 荑（tí）：白嫩的茅草芽。　7. 蝤蛴（qiú qí）：天牛的幼虫，色白而身长。　8. 瓠（hù）犀：葫芦的籽，洁白而整齐。　9. 螓（qín）：虫名，似蝉而小，额广且方。蛾眉：蚕牡有骄[14]，朱幩镳镳[15]，翟茀以朝[16]。大夫夙退[17]，无使君劳。

河水洋洋，北流活活[18]。施罛濊濊[19]，鳣鲔发发[20]，葭菼揭揭[21]。庶姜孽孽[22]，庶士有朅[23]。

蛾的触角，细长而曲。 10. 倩：笑时两颊现出酒窝貌。 11. 盼：望，指眼波流动。 12. 敖敖：身材壮硕高大貌。 13. 说：通“税”，停车休息。 14. 牡：雄马。有骄：健壮有力的样子。 15. 朱幩（fén）：马嚼子两边以红绸缠裹的铁饰。镳（biāo）：勒马的用具。镳镳：表示盛美的样子。 16. 翟：长尾野鸡。此指车后用野鸡毛羽作的装饰。茀：用来遮蔽女车的竹制屏障。 17. 夙退：早点退出。 18. 活活（guō guō）：水流声。 19. 罛（gū）：大渔网。濊濊（huò）：撒网入水声。 20. 鳣（zhān）：鲤大者为鳣。鲔（wěi）：形似鳣的另一类鱼。发发（bō）：鱼尾甩动发出的声音。 21. 葭菼（jiā tǎn）：初生芦苇和荻草。揭揭（jiē）：修长貌。 22. 孽孽：盛饰貌。 23. 朅（qiè）：勇武貌。

氓[1]

氓之蚩蚩，抱布贸丝。匪来贸丝，来即我谋[2]。送子涉淇，至于顿丘[3]。匪我愆期[4]，子无良媒。将子无怒[5]，秋以为期。

乘彼垝垣[6]，以望复关[7]。不见复关，泣涕涟涟[8]。既见复关，载笑载言[9]。尔卜尔筮[10]，体无咎言[11]。以尔车来，以我贿迁[12]。

桑之未落，其叶沃若[13]。于嗟鸠兮[14]，无食桑葚；于嗟女兮，无与士耽[15]。士之耽兮，犹可说也[16]；女之耽兮，不可说也。

注释　1. 此诗出自《卫风》，是一篇刺时之作。氓（méng）：民，男子。 2. 谋：谋划。指商量婚事。 3. 涉淇：趟过淇水。顿丘：春秋时卫地名。 4. 愆（qiān）：拖延，错过。 5. 将（qiāng）：请求。 6. 垝垣（guǐ yuán）：毁坏的墙。 7. 复关：地名，氓所居地。 8. 涟涟（lián）：涕泪不断下流貌。 9. 载：则，就。 10. 卜：以甲骨占卦为卜。筮（shì）：用蓍草占卦为筮。 11. 体：卦象。咎言：不吉利的话。 12. 贿（huì）：财物。这里指嫁妆。 13. 沃若：润泽柔嫩貌。 14. 鸠：斑鸠，一种有毒的鸟。 15. 耽（dān）：过分沉溺于欢乐。 16. 说：通“脱”，摆脱，解脱。

桑之落矣，其黄而陨[17]。自我徂尔[18]，三岁食贫。淇水汤汤[19]，渐车帷裳[20]。女也不爽[21]，士贰其行[22]。士也罔极[23]，二三其德。

三岁为妇，靡室劳矣[24]；夙兴夜寐，靡有朝矣。言既遂矣[25]，至于暴矣。兄弟不知，咥其笑矣[26]。静言思之，躬自悼矣。

及尔偕老，老使我怨。淇则有岸，隰则有泮[27]。总角之宴[28]，言笑晏晏[29]。信誓旦旦，不思其反[30]。反是不思，亦已焉哉！

17. 陨(yǔn)：落下。 18. 徂(cú)：往。 19. 汤汤(shāng)：水势盛大貌。 20. 渐(jiān)：浸湿，沾湿。 21. 爽：明。不爽，引申为没有过错。 22. 贰其行(hàng)：有偏差的行为。 23. 罔极：无常。 24. 靡室劳：没有家务劳动。 25. 遂：生活安定。 26. 咥(xì)：大笑状。 27. 隰(xí)：水名，即漯河。泮(pàn)：岸。 28. 总角：古时儿童两边梳辫，成两角状。这里代指童年。宴：安乐。 29. 晏晏：和悦温柔貌。 30. 不思：想不到。反：反复，变心。

河　广[1]

谁谓河广？一苇杭之[2]。谁谓宋远？跂予望之[3]。

谁谓河广？曾不容刀[4]。谁谓宋远？曾不崇朝[5]。

注释　1. 此诗出自《卫风》，为思归之作。河：指黄河。 2. 苇：用芦苇编的筏子。杭：方舟，引申为渡河。 3. 跂(qì)：踮起脚尖。 4. 刀：通“舠”，小船。 5. 崇朝：终朝，一个早晨。

伯　兮[1]

伯兮朅兮[2]，邦之桀兮[3]。伯也执殳[4]，为王前驱。

注释　1. 此诗出自《卫风》，是一篇妻子思夫之作。 2. 伯：周代女子对丈夫的亲昵称呼。朅(qiè)：壮健威武。

自伯之东，首如飞蓬[5]。岂无膏沐[6]？谁适为容[7]！

其雨其雨，杲杲出日[8]。愿言思伯，甘心首疾。

焉得谖草[9]？言树之背[10]。愿言思伯，使我心痗[11]。

3. 桀：才智出众。 4. 殳（shū）：古兵器的一种，类于杖。 5. 飞蓬：乱飞的蓬草。 6. 膏沐：指化妆用的油脂。其中泽面者为膏，洗发者为沐。 7. 谁适为容：为谁修饰打扮。 8. 杲杲（gǎo）：阳光强烈貌。 9. 谖（xuān）草：即萱草，亦称忘忧草。 10. 树之背：种植到北堂台阶下。 11. 痗（mèi）：病。

木　瓜[1]

投我以木瓜，报之以琼琚[2]。匪报也，永以为好也！

投我以木桃[3]，报之以琼瑶。匪报也，永以为好也！

投我以木李[4]，报之以琼玖。匪报也，永以为好也！

注释　1. 此诗出自《卫风》，是一篇表达男女相互赠达情意的诗作。 2. 琼琚：美玉。 3. 木桃：指桃子，因生于桃树，故称为木桃。 4. 木李：即榠（míng）楂，因生在李树上，故称为木李。

黍　离[1]

彼黍离离，彼稷之苗[2]。行迈靡靡[3]，中心摇摇[4]。知我者谓我心忧，不知我者谓我何求。悠悠苍天！此何人哉？

彼黍离离，彼稷之穗。行迈靡靡，中心如醉。知我者谓我心忧，

注释　1. 此诗出自《王风》，是一篇感时之作。黍（shǔ）：糜子，今称小米。离：排列整齐貌。 2. 稷（jì）：高粱。 3. 靡靡：行步迟缓貌。 4. 摇摇：心神不定。

不知我者谓我何求。悠悠苍天！此何人哉？

彼黍离离，彼稷之实。行迈靡靡，中心如噎[5]。知我者谓我心忧，不知我者谓我何求。悠悠苍天！此何人哉？

5. 噎（yē）：咽喉闭塞。

君子于役[1]

君子于役，不知其期，曷其至哉？鸡栖于埘[2]，日之夕矣，羊牛下来。君子于役，如之何勿思！

君子于役，不日不月，曷其有佸[3]？鸡栖于桀[4]，日之夕矣，羊牛下括[5]。君子于役，苟无饥渴！

注释　1. 此诗出自《王风》，主要描写思妇对行役丈夫的思念之情。役：服劳役。　2. 埘（shí）：鸡窝。　3. 佸（huó）：聚会。　4. 桀：木桩。　5. 括：通“佸”，会合。

扬之水[1]

扬之水，不流束薪[2]。彼其之子[3]，不与我戍申[4]。怀哉怀哉，曷月予还归哉[5]？

扬之水，不流束楚[6]。彼其之子，不与我戍甫[7]。怀哉怀哉，曷月予还归哉？

注释　1. 此诗出自《王风》，为表现戍卒思归之作。扬：水流缓慢的样子。　2. 束薪：一捆柴。　3. 子：所怀念的人，具体指新婚的妻子。　4. 戍申：守卫申国。申，春秋时诸侯小国，约在今天河南省唐河县南。　5. 曷：何。还（xuán）归：旋归。　6. 楚：荆条。　7. 甫：春秋时诸侯小国，约在今天河南省南阳县西。

扬之水，不流束蒲[8]。彼其之子，不与我成许[9]。怀哉怀哉，曷月予还归哉？

8. 蒲：蒲柳。 9. 许：春秋时诸侯小国，约在今天河南省许昌市附近。

女曰鸡鸣[1]

女曰鸡鸣，士曰昧旦[2]。子兴视夜，明星有烂[3]。将翱将翔，弋凫与雁[4]。

弋言加之[5]，与子宜之[6]。宜言饮酒，与子偕老。琴瑟在御[7]，莫不静好。

知子之来之[8]，杂佩以赠之。知子之顺之[9]，杂佩以问之。知子之好之，杂佩以报之。

注释 1. 此诗出自《郑风》，主要描写夫妻互敬互爱、互相警戒的美满生活。 2. 昧旦：天将亮时。 3. 明星：启明星。 4. 弋（yì）：用绳系在箭上射。 5. 加：射中。 6. 宜：烹调菜肴。 7. 御：弹奏。 8. 来：慰劳，慰勉。 9. 顺：柔顺。

山有扶苏[1]

山有扶苏，隰有荷华[2]。不见子都[3]，乃见狂且[4]。

山有桥松[5]，隰有游龙[6]。不见子充[7]，乃见狡童[8]。

注释 1. 此诗出自《郑风》，疑是巧妇惧嫁拙夫的歌谣。扶苏：树木枝叶茂盛的样子。 2. 隰（xí）：低洼的湿地。 3. 子都：人名，古时的俊男。此处借子都代指美男子。 4. 狂且（jū）：狂行拙钝之人。 5. 桥：通“乔”，高大。 6. 游：枝叶舒展的样子。龙：通“茏”，一种草本植物。 7. 子充：人名，古代品德高尚之人。此处借子充代指美好的人。 8. 狡童：小滑头。

狡　童[1]

彼狡童兮，不与我言兮。维子之故[2]，使我不能餐兮。

彼狡童兮，不与我食兮。维子之故，使我不能息兮[3]。

注释　1. 此诗出自《郑风》，表现女子失恋之情。狡童：狡猾的小子，犹小滑头。　2. 维：因为，为了。　3. 息：安睡，休息。

伐　檀[1]

坎坎伐檀兮[2]，寘之河之干兮[3]，河水清且涟猗[4]。不稼不穑[5]，胡取禾三百廛兮[6]？不狩不猎，胡瞻尔庭有县貆兮[7]？彼君子兮，不素餐兮[8]！

坎坎伐辐兮[9]，寘之河之侧兮，河水清且直猗。不稼不穑，胡取禾三百亿兮[10]？不狩不猎，胡瞻尔庭有县特兮[11]？彼君子兮，不素食兮！

坎坎伐轮兮，寘之河之漘兮[12]，河水清且沦猗[13]。不稼不穑，胡取禾三百囷兮[14]？不狩不猎，胡瞻尔庭有县鹑兮？彼君子兮，不素飧兮！

注释　1. 此诗出自《魏风》，是一篇讽刺统治者不劳而获的怨愤之作。　2. 坎坎：伐木声。　3. 寘：通“置”，放置。干：河岸。　4. 涟：风吹水成纹。猗（yī）：通“兮”，语助词，无实义。　5. 稼：耕种。穑：收割。　6. 廛（chán）：通“缠”，即捆。　7. 县：同“悬”，挂。貆（huān）：猪獾。　8. 素餐：白吃饭。　9. 辐：车轮中辏集于中心毂上的直木。　10. 亿：束，捆。　11. 特：三岁的兽。　12. 漘（chún）：水边。　13. 沦：微波。　14. 囷（qūn）：粮囤。

硕　鼠[1]

硕鼠硕鼠，无食我黍！三岁贯女[2]，莫我肯顾。逝将去女[3]，适彼乐土。乐土乐土，爰得我所[4]？

硕鼠硕鼠，无食我麦！三岁贯女，莫我肯德[5]。逝将去女，适彼乐国。乐国乐国，爰得我直[6]？

硕鼠硕鼠，无食我苗！三岁贯女，莫我肯劳[7]。逝将去女，适彼乐郊。乐郊乐郊，谁之永号[8]？

注释　1. 此诗出自《魏风》，是对剥削者的讽刺之作。硕鼠：土耗子，大田鼠。　2. 贯：奉侍，养活。　3. 逝：通“誓”，坚决。　4. 爰：乃，就。所：处所。　5. 德：感激。　6. 直：通“值”，价值。　7. 劳：慰劳。　8. 永号：长声地呼叫。

蟋　蟀[1]

蟋蟀在堂，岁聿其莫[2]。今我不乐，日月其除[3]。无已大康[4]，职思其居[5]。好乐无荒，良士瞿瞿[6]。

蟋蟀在堂，岁聿其逝。今我不乐，日月其迈。无已大康，职思其外[7]。好乐无荒，良士蹶蹶[8]。

蟋蟀在堂，役车其休[9]。今我不乐，日月其慆[10]。无已大康，职思其忧。好乐无荒，良士休休[11]。

注释　1. 此诗出自《唐风》，是一篇岁暮抒怀之作。　2. 聿：语助词，无实义。莫：同“暮”，傍晚，犹言“将尽”。　3. 日月：指光阴。除：过去。　4. 无，通“毋”，不要。已：过分，过度。大康：泰康，安乐。　5. 职：还要。居：处，引申为自己担任的职位。　6. 瞿瞿：警惕，警戒。　7. 外：职务以外的事。　8. 蹶蹶（juě juě）：敏捷。　9. 役车：服役的车子。休：停止，休息。　10. 慆（tāo）：通“滔”，水势盛大的样子。　11. 休休：安闲自得。

鸨羽[1]

肃肃鸨羽[2]，集于苞栩[3]。王事靡盬[4]，不能蓺稷黍[5]。父母何怙[6]？悠悠苍天，曷其有所！

肃肃鸨翼，集于苞棘[7]。王事靡盬，不能蓺黍稷。父母何食？悠悠苍天，曷其有极！

肃肃鸨行，集于苞桑。王事靡盬，不能蓺稻粱。父母何尝？悠悠苍天，曷其有常！

注释　1. 此诗出自《唐风》，是一篇刺时之作。　2. 肃肃：鸟摇动翅膀的声音。鸨(bǎo)：鸟名。似雁而大，无后趾。　3. 苞：草木丛生。栩(xǔ)：柞树。　4. 靡盬(gǔ)：没有停息。　5. 蓺：种植。　6. 怙(hù)：依靠。　7. 棘(jí)：酸枣树。

蒹葭[1]

蒹葭苍苍[2]，白露为霜。所谓伊人，在水一方。溯洄从之[3]，道阻且长；溯游从之，宛在水中央。

蒹葭凄凄[4]，白露未晞[5]。所谓伊人，在水之湄[6]。溯洄从之，道阻且跻[7]；溯游从之，宛在水中坻[8]。

蒹葭采采[9]，白露未已。所谓伊人，在水之涘[10]。溯洄从之，道阻且右[11]；溯游从之，宛在水中沚[12]。

注释　1. 此诗出自《秦风》，为怀人之作。　2. 蒹葭（jiān jiā）：初生的芦苇。苍苍：茂盛的样子。　3. 溯（sù）洄：逆流而上。从：寻求，追寻。　4. 凄凄：同“萋萋”，茂盛貌。　5. 晞（xī）：干。　6. 湄（méi）：水草相交地，即岸边。　7. 跻（jī）：升高，登。　8. 坻（chí）：水中的小高地。　9. 采采：众多的样子。　10. 涘（sì）：水边。　11. 右：迂曲的意思。　12. 沚：水中沙洲，比坻稍大。

月　出[1]

月出皎兮[2]，佼人僚兮[3]。舒窈纠兮[4]，劳心悄兮[5]。

月出皓兮，佼人懰兮[6]。舒忧受兮[7]，劳心慅兮[8]。

月出照兮，佼人燎兮[9]。舒夭绍兮[10]，劳心惨兮[11]。

注释　1. 此诗出自《陈风》，当为男女相悦之辞。　2. 皎（jiǎo）：洁白光明。　3. 佼：同“姣”，美好。僚（liǎo）：同“嫽”，娇美。　4. 窈纠（yǎo jiǎo）：形容女子体态苗条的样子。　5. 劳心：忧心，形容思念之苦。悄：极度忧心的样子。　6. 懰（liú）：妖媚。　7. 忧受：形容女子走路徐舒婀娜的样子。　8. 慅（cǎo）：忧愁不安。　9. 燎：明。喻指漂亮。　10. 夭绍：形容女子体态轻盈柔美。　11. 惨：忧愁焦躁不安。

七　月[1]

七月流火[2]，九月授衣。一之日觱发[3]，二之日栗烈[4]。无衣无褐[5]，何以卒岁[6]？三之日于耜[7]，四之日举趾[8]。同我妇子[9]，馌彼南亩[10]，田畯至喜[11]！

七月流火，九月授衣。春日载阳[12]，有鸣仓庚。女执懿筐[13]，遵彼微行[14]，爰求柔桑？春日迟迟[15]，采蘩祁祁[16]。女心伤悲，殆及公子同归[17]。

七月流火，八月萑苇[18]。蚕月条桑[19]，取彼斧斨[20]，以伐远扬[21]，猗彼女桑[22]。七月鸣鵙[23]，

注释　1. 此诗出自《豳风》，是周代的一首农事诗。　2. 七月：夏历七月。流：向下行。火：星名。每年夏历五月，此星出现在南方，六月以后开始偏向西行，谓之流火。　3. 一之日：周历正月，夏历十一月。以下二之日、三之日、四之日，可顺序类推。觱（bì）发：寒风触物的声音。　4. 栗烈：即凛冽，寒气刺骨。　5. 褐（hè）：毛布制的粗衣。　6. 卒（zú）岁：终岁。　7. 于耜（sì）：修理犁头。　8. 举趾：举足下田，开始春耕。　9. 妇子：妻子和小孩。　10. 馌（yè）：送饭至田头。　11. 田畯（jùn）：监工的农官。　12. 春日：夏历三月。载：开始。阳：天气和暖。　13. 懿筐：深筐。　14. 微行（háng）：小路。　15. 迟迟：指春日长。　16. 蘩：草名，又名白蒿。祁祁：形容采蘩妇女众多杂乱的样子。　17. 殆：怕。同归：出嫁。此指去做妾婢。　18. 萑（huán）苇：荻草和芦苇。　19. 条桑：修剪桑枝。　20. 斨（qiāng）：方孔的斧。　21. 远扬：指又长又高的桑树枝。

八月载绩。载玄载黄，我朱孔阳，为公子裳。

四月秀葽[24]，五月鸣蜩[25]。八月其获，十月陨萚[26]。一之日于貉，取彼狐狸，为公子裘。二之日其同，载缵武功[27]。言私其豵[28]，献豜于公[29]。

五月斯螽动股[30]，六月莎鸡振羽[31]。七月在野，八月在宇，九月在户，十月蟋蟀入我床下。穹窒熏鼠[32]，塞向墐户[33]。嗟我妇子，曰为改岁[34]，入此室处。

六月食郁及薁[35]，七月亨葵及菽[36]。八月剥枣[37]，十月获稻。为此春酒[38]，以介眉寿[39]。七月食瓜，八月断壶[40]，九月叔苴[41]，采荼薪樗[42]，食我农夫。

九月筑场圃，十月纳禾稼。黍稷重穋[43]，禾麻菽麦。嗟我农夫，我稼既同，上入执宫功[44]。昼尔于茅，宵尔索绹[45]。亟其乘屋[46]，其始播百谷。

二之日凿冰冲冲，三之日纳于凌阴[47]。四之日其蚤[48]，献羔祭韭。九月肃霜[49]，十月涤场[50]。朋酒斯飨[51]，曰杀羔羊。跻彼公堂，称彼兕觥[52]，万寿无疆！

22. 猗（yī）：通“掎”，拉着。女桑：嫩桑叶。 23. 鵙（jú）：鸟名，又名伯劳。 24. 秀：长穗。葽（yāo）：植物名，又名远志。 25. 蜩(tiáo)：蝉。 26. 萚(tuò)：落叶。 27. 缵：继续。武功：武士，指打猎。 28. 豵（zōng）：小野猪。此处泛指小野兽。 29. 豜（jiān）：三岁的大猪。此处泛指大野兽。 30. 斯螽(zhōng)：一种鸣虫，又称蚂蚱。动股：古人认为蚂蚱是以腿摩擦发声。 31. 莎(suō)鸡：一种昆虫，俗名纺织娘。振羽：动翅发声。 32. 穹(qióng)：治除，打扫。窒(zhì)：名词，灰尘垃圾之类的堵塞物。 33. 向：北窗。墐(jìn)：用泥巴涂抹。 34. 改岁：更改年岁，指过年。 35. 郁：小灌木，果实名郁李。薁(yù)：藤本植物，野葡萄。 36. 亨（pēng）：同“烹”，煮。葵：一种蔬菜名。 37. 剥（pū）：通“扑”，打。 38. 春酒：冬酿春熟的酒。 39. 介：乞求。眉寿：人年岁高寿，眉上长毫毛，称秀眉，所以称长寿为眉寿。 40. 壶：通“瓠”，葫芦。 41. 叔：拾取。苴（jū）：麻子。 42. 荼(tú)：苦菜。樗(chū)：木名，臭椿。 43. 黍：糜子，即小米。稷：高粱。重(tóng)：同“穜”，早种晚熟的谷。穋(lù)：同“稑”，晚种早熟的谷。 44. 上：同“尚”，还得。宫功：修缮建筑宫室。 45. 宵：夜里。索：搓（绳索）。绹（táo）：绳。 46. 亟：同“急”，赶快。乘：覆盖。 47. 凌阴：藏冰的地窖。 48. 蚤：同“早”。这里指早朝，是古代的一种祭祀仪礼。 49. 霜：同“爽”。肃霜：天高气爽。 50. 涤场：清除场上杂物。 51. 朋酒：两壶酒。飨：以酒食待客。 52. 称：举起。兕觥：古代一种铜制伏兕形酒器。

东　山[1]

我徂东山，慆慆不归[2]。我来自东，零雨其濛。我东曰归，我心西悲。制彼裳衣，勿士行枚[3]。蜎蜎者蠋[4]，烝在桑野[5]。敦彼独宿[6]，亦在车下。

我徂东山，慆慆不归。我来自东，零雨其濛。果臝之实[7]，亦施于宇[8]。伊威在室[9]，蟏蛸在户[10]。町畽鹿场[11]，熠耀宵行[12]。不可畏也，伊可怀也。

我徂东山，慆慆不归。我来自东，零雨其濛。鹳鸣于垤[13]，妇叹于室。洒埽穹窒[14]，我征聿至。有敦瓜苦[15]，烝在栗薪。自我不见，于今三年。

我徂东山，慆慆不归。我来自东，零雨其濛。仓庚于飞[16]，熠耀其羽。之子于归，皇驳其马[17]。亲结其缡[18]，九十其仪[19]。其新孔嘉[20]，其旧如之何?

注释　1. 此诗出自《豳风》，是一篇久戍还乡的抒怀之作。东山：山名，亦名蒙山，在今山东省曲阜市。　2. 慆慆（tāo）：长久。　3. 士：同“事”，从事。行枚：又作“衔枚”，古人行军，将木条横衔在口中，避免说话出声。　4. 蜎蜎（yuān）：虫蠕动貌。蠋：“蜀”的俗字。一种毛虫，又名山蚕。　5. 烝：久。　6. 敦：身体曲成一团。　7. 果臝（luǒ）：植物名，又名瓜蒌。　8. 施（yì）：蔓延。宇：屋檐。　9. 伊威：虫名，今称土鳖。　10. 蟏蛸（xiāo shāo）：长脚蜘蛛。　11. 町畽（tǐng tuǎn）：野外空地。　12. 熠（yì）耀：闪闪发光的样子。宵行：萤火虫。　13. 鹳（guàn）：水鸟名，形体似鹤、似鹭。垤（dié）：土堆。　14. 穹窒：清除脏物。　15. 瓜苦：即苦瓜。　16. 仓庚：指黄莺。　17. 皇驳：马色黄白曰皇，马色赤白曰驳。　18. 缡（lí）：佩巾的带子。古代女子出嫁时母亲为女系结佩巾。　19. 九十：虚数，表示结婚时礼仪繁多。　20. 新：新婚。孔嘉：很美满。

鹿　鸣[1]

呦呦鹿鸣，食野之苹[2]。我有嘉宾，鼓瑟吹笙。吹笙鼓簧[3]，承筐是将[4]。人之好我，示我周行[5]。

呦呦鹿鸣，食野之蒿。我有嘉宾，德音孔昭。视民不恌[6]，君子是则是效。我有旨酒，嘉宾式燕以敖[7]。

呦呦鹿鸣，食野之芩[8]。我有嘉宾，鼓瑟鼓琴。鼓瑟鼓琴，和乐且湛[9]。我有旨酒，以燕乐嘉宾之心。

注释　1. 此诗出自《小雅》，是一篇宴饮之作。　2. 苹：藾蒿，艾蒿。　3. 簧：乐器中用以发声的舌片。　4. 承：奉上。将：送。　5. 周行：大路，引申为大道理。　6. 视：同“示”，对待，看待。恌(tiāo)：同“佻”，轻佻，轻薄。　7. 燕：通“宴”，宴会。敖：畅快，高兴。　8. 芩(qín)：蒿类植物。　9. 湛(zhàn)：酒酣，尽兴。

采　薇[1]

采薇采薇，薇亦作止[2]。曰归曰归，岁亦莫止[3]。靡室靡家，玁狁之故[4]。不遑启居[5]，玁狁之故。

采薇采薇，薇亦柔止。曰归曰归，心亦忧止。忧心烈烈[6]，载饥载渴。我戍未定，靡使归聘[7]。

采薇采薇，薇亦刚止。曰归曰归，岁亦阳止[8]。王事靡盬，不遑启处。忧心孔疚，我行不来。

注释　1. 此诗出自《小雅》，写戍边战士的艰辛和返乡路途的悲伤。薇：野豌豆苗。　2. 作：长出，生出。止：语助词。　3. 莫：通“暮”，黄昏，引申为迫近、完结。　4. 玁狁(xiǎn yǔn)：我国古代西北边区少数民族名。　5. 不遑：没有空闲。启居：跪坐，指休息、休整。　6. 烈烈：忧愁貌。　7. 聘：问候，探问。　8. 阳：阳月。周代自农历四月到十月，称为阳月。

彼尔维何[9]，维常之华。彼路斯何[10]，君子之车。戎车既驾，四牡业业[11]。岂敢定居，一月三捷。

驾彼四牡，四牡骙骙[12]。君子所依，小人所腓[13]。四牡翼翼[14]，象弭鱼服[15]。岂不日戒，猃狁孔棘[16]。

昔我往矣，杨柳依依[17]。今我来思，雨雪霏霏[18]。行道迟迟，载渴载饥。我心伤悲，莫知我哀。

9. 尔（nǐ）：通“薾”，花盛貌。 10. 路：大车。 11. 牡：公马。业业：强壮高大的样子。 12. 骙骙（kuí）：马强壮的样子。 13. 腓（féi）：隐蔽，覆庇。 14. 翼翼：行列整齐。 15. 象弭（mǐ）：镶有象牙饰品的弓。鱼服：用鱼皮做的箭袋。 16. 棘：同“亟”，紧急。 17. 依依：犹殷殷，柳条随风飘拂的样子。 18. 霏霏：大雪飘飞的样子。

车攻[1]

我车既攻，我马既同。四牡庞庞[2]，驾言徂东[3]。

田车既好[4]，四牡孔阜[5]。东有甫草[6]，驾言行狩。

之子于苗[7]，选徒嚣嚣[8]。建旐设旄[9]，搏兽于敖。

驾彼四牡，四牡奕奕，赤芾金舄[10]，会同有绎[11]。

决拾既佽[12]，弓矢既调。射夫既同，助我举柴[13]。

四黄既驾，两骖不猗。不失其驰[14]，舍矢如破[15]。

注释 1. 此诗出自《小雅》，描述周宣王与诸侯的田猎生活。攻：通“工”，修理，修缮。 2. 庞庞（lóng）：强壮貌。 3. 徂东：往东都洛阳。 4. 田：通“畋”，打猎。 5. 孔阜：肥壮貌。 6. 甫草：广大丰茂的草地。 7. 之子：指周宣王。苗：夏猎。 8. 选（suàn）：通“算”，清点。嚣嚣：喧哗。 9. 旐：画有龟蛇的旗帜。旄：装饰有牦牛尾的旗帜。 10. 赤芾：红色蔽膝。金舄：黄红色的金头鞋。 11. 会同：诸侯朝见天子的专称。有绎：形容人多。 12. 决：射箭用的扳指。拾：又名臂鞲，射箭时护臂用的工具。佽（cì）：齐备。 13. 柴（zì）：积聚。 14. 驰：驾车时的基本法则。 15. 舍矢：放箭。破：射中。

萧萧马鸣，悠悠旆旌。徒御不惊[16]，大庖不盈[17]。

之子于征，有闻无声。允矣君子[18]，展也大成[19]。

16. 徒御：驾车人。 17. 大庖：宣王的厨房。 18. 允：信，确实。 19. 展：诚实。

鹤　鸣[1]

鹤鸣于九皋[2]，声闻于野。鱼潜在渊，或在于渚。乐彼之园，爰有树檀，其下维萚[3]。它山之石，可以为错[4]。

鹤鸣于九皋，声闻于天。鱼在于渚，或潜在渊。乐彼之园，爰有树檀，其下维榖[5]。它山之石，可以攻玉。

注释　1. 此诗出自《小雅》，主要表达引用贤才的主张。 2. 皋（gāo）：沼泽。九是虚数，言沼泽非常曲折广袤。 3. 萚（tuò）：枯落的枝叶。喻指小人。 4. 错：通“厝”，可琢玉的石具。 5. 榖：即楮树。古人以楮树为恶木，多喻指小人。

节南山[1]

节彼南山，维石岩岩[2]。赫赫师尹[3]，民具尔瞻[4]。忧心如惔[5]，不敢戏谈。国既卒斩[6]，何用不监[7]。

节彼南山，有实其猗[8]。赫赫师尹，不平谓何。天方荐瘥[9]，丧乱弘多。民言无嘉，憯莫惩嗟[10]。

注释　1. 此诗出自《小雅》，属于政治讽谏诗。节：山高峻貌。南山：即终南山。 2. 岩岩：山石堆积貌。 3. 赫赫：显贵盛大的样子。师尹：太师尹氏。尹氏，周代贵族，其祖先尹佚臣属武王，尹吉甫臣属宣王。 4. 具：通“俱”，全都，全部。 5. 惔（tán）：通“炎”，火烧。 6. 卒：尽，全都。斩：灭绝，断绝。 7. 监：察看。 8. 有实：广大。猗：通“阿”，指山坡。 9. 荐：加，降临。瘥（cuó）：

尹氏大师，维周之氐[11]。秉国之钧[12]，四方是维[13]。天子是毗[14]，俾民不迷。不吊昊天[15]，不宜空我师[16]。

弗躬弗亲，庶民弗信。弗问弗仕[17]，勿罔君子[18]。式夷式已[19]，无小人殆[20]。琐琐姻亚[21]，则无膴仕[22]。

昊天不傭[23]，降此鞠讻[24]。昊天不惠，降此大戾[25]。君子如届[26]，俾民心阕[27]。君子如夷，恶怒是违。

不吊昊天，乱靡有定。式月斯生，俾民不宁。忧心如酲[28]，谁秉国成[29]。不自为政，卒劳百姓。

驾彼四牡，四牡项领[30]。我瞻四方，蹙蹙靡所骋[31]。

方茂尔恶，相尔矛矣。既夷既怿[32]，如相酬矣[33]。

昊天不平，我王不宁。不惩其心，覆怨其正。

家父作诵[34]，以究王讻[35]。式讹尔心[36]，以畜万邦。

疫病。　10. 憯（cǎn）：同“惨”，犹曾、乃。惩：惩戒。　11. 氐：通“柢”，根柢，根本。　12. 秉钧：掌握大权。　13. 维：维系，维持。　14. 毗（pí）：辅助。　15. 吊：善。昊天：上天。　16. 空：穷困。师：大众，百姓。　17. 仕：通“事”，察事。　18. 罔：欺骗。　19. 夷：消除，平除。已：完结。　20. 殆：危险。　21. 琐琐：卑微渺小的样子。姻亚：婿之父曰姻，两婿相谓曰亚。此处泛指亲戚。　22. 膴仕：厚加任用，引申为高位厚禄。　23. 傭：均，公平。　24. 鞠讻：极凶。　25. 戾：灾祸。　26. 届：极，至。　27. 阕（què）：止息。　28. 酲（chéng）：病于酒。　29. 秉：掌握。国成：国家政治的成规。　30. 项：脖颈。领：粗大。项领：马脖颈肥大不利于驾车。喻指无马用。　31. 蹙蹙（cù cù）：局促不舒展。　32. 怿：喜悦。　33. 酬：应酬，言反复无常。　34. 作诵：通“作讽”，作诗讽谏。　35. 王讻：周王朝凶乱的根源。　36. 讹（é）：感化，改变。

正　月[1]

正月繁霜，我心忧伤。民之讹言，亦孔之将[2]。念我独兮，忧心京京[3]。哀我小心，癙忧以痒[4]。

父母生我，胡俾我瘉[5]。不自我先，不自我后。好言自口，莠言自口[6]。忧心愈愈[7]，是以有侮。忧心惸惸[8]，念我无禄。民之无辜，并其臣仆[9]。哀我人斯，于何从禄。瞻乌爰止[10]，于谁之屋。

瞻彼中林，侯薪侯蒸[11]。民今方殆，视天梦梦[12]。既克有定[13]，靡人弗胜。有皇上帝[14]，伊谁云憎。

谓山盖卑[15]？为岗为陵。民之讹言，宁莫之惩[16]。召彼故老，讯之占梦[17]，具曰予圣，谁知乌之雌雄。谓天盖高？不敢不局[18]。谓地盖厚？不敢不蹐[19]。维号斯言，有伦有脊[20]。哀今之人，胡为虺蜴[21]。

瞻彼阪田[22]，有菀其特[23]。天之扤我[24]，如不我克。彼求我则[25]，如不我得。执我仇仇[26]，亦不我力[27]。

心之忧矣，如或结之。今兹

注释　1. 此诗出自《小雅》，是讽刺周幽王之作。正月：夏历四月。　2. 孔将：很大。　3. 京京：忧愁不止。　4. 癙(shǔ)：忧闷。痒(yǎng)：病。　5. 瘉(yù)：病，引申为痛苦。　6. 莠：恶。　7. 愈愈：忧惧貌。　8. 惸惸(qióng)：忧念而无人倾诉的样子。　9. 并：都，皆。臣仆：奴隶。　10. 瞻：看。止：停落。　11. 薪：粗柴枝。蒸：细柴枝。　12. 梦梦：昏聩状。　13. 克：能。定：决定。　14. 有皇：即皇皇，光明伟大。　15. 盖：同“盍”，何，怎么。　16. 宁：乃。惩：制止。　17. 讯：问讯。占梦：官名，掌占梦的吉凶及灾异之事。　18. 局：弯曲。　19. 蹐(jí)：小步走。　20. 伦：道。脊：理。　21. 虺(huǐ)蜴：毒蛇和蜥蜴。　22. 阪田：山坡上的田。　23. 有菀(wǎn)：茂盛貌。特：特出，指禾苗壮盛。　24. 扤(wù)：摧残折磨。　25. 彼：指周王。则：语助词。　26. 仇仇：傲慢貌。　27. 不我力：即不重用我。

之正[28]，胡然厉矣。燎之方扬，宁或灭之。赫赫宗周[29]，褒姒灭之[30]。终其永怀，又窘阴雨。其车既载，乃弃尔辅[31]。载输尔载[32]，将伯助予[33]。

无弃尔辅，员于尔辐[34]。屡顾尔仆，不输尔载。终逾绝险[35]，曾是不意。

鱼在于沼，亦匪克乐。潜虽伏矣，亦孔之炤[36]。忧心惨惨[37]，念国之为虐。

彼有旨酒，又有嘉肴。洽比其邻[38]，昏姻孔云[39]。念我独兮，忧心慇慇[40]。

佌佌彼有屋[41]，蔌蔌方有谷[42]。民今之无禄，天夭是椓[43]。哿矣富人[44]，哀此惸独[45]。

28. 正：通"政"，指执政者。 29. 宗周：指西周。 30. 褒姒：褒国之女，周幽王后。 31. 辅：车厢板。 32. 输：堕，掉下来。 33. 伯：古代对男子的敬称。 34. 员（yùn）：益，加大。辐：车厢下面钩住车轴的木头。 35. 逾：越过。 36. 炤：通"昭"，明。 37. 惨惨：忧郁貌。 38. 洽：和谐。邻：亲近的人。 39. 云（yuán）：同"员"，周旋。 40. 慇慇：同"殷殷"，指内心悲痛。 41. 佌佌（cǐ）：细小的样子。 42. 蔌蔌（sù）：鄙陋。谷：俸禄。 43. 天夭：自然灾害。椓（zhuó）：以斧劈柴，喻指打击。 44. 哿（kě）：快乐。 45. 惸独：孤独无依靠的人。

小弁[1]

弁彼鸒斯[2]，归飞提提[3]。民莫不穀[4]，我独于罹[5]。何辜于天，我罪伊何。心之忧矣，云如之何。

踧踧周道[6]，鞫为茂草[7]。我心忧伤，惄焉如捣[8]。假寐永叹，

注释 1. 此诗出自《小雅》，朱熹《诗集传》认为是宜臼被幽王弃逐后所作。也有人认为是伯奇之作。 2. 弁（pán）：快乐。鸒（yù）：即乌鸦。 3. 提提（shí）：群飞安闲的样子。 4. 穀：善，指生活美好。 5. 罹：忧愁。 6. 踧踧（dí）：道路平坦状。 7. 鞫（jú）：堵塞。 8. 惄（nì）：思，想。捣（dǎo）：捣碎。

维忧用老。心之忧矣，疢如疾首[9]。

维桑与梓，必恭敬止。靡瞻匪父，靡依匪母。不属于毛，不离于里。天之生我，我辰安在。

菀彼柳斯[10]，鸣蜩嘒嘒[11]。有漼者渊[12]，萑苇淠淠[13]。譬彼舟流，不知所届[14]。心之忧矣，不遑假寐。

鹿斯之奔，维足伎伎[15]。雉之朝雊[16]，尚求其雌。譬彼坏木，疾用无枝。心之忧矣，宁莫之知。

相彼投兔[17]，尚或先之。行有死人，尚或墐之[18]。君子秉心，维其忍之。心之忧矣，涕既陨之。

君子信谗，如或酬之。君子不惠，不舒究之。伐木掎矣[19]，析薪扡矣[20]。舍彼有罪，予之佗矣[21]。

莫高匪山，莫浚匪泉[22]。君子无易由言，耳属于垣[23]。无逝我梁，无发我笱。我躬不阅，遑恤我后[24]。

9. 疢（chèn）：热病。 10. 菀（yù）：茂盛。 11. 蜩（tiáo）：蝉。嘒嘒（huì）：蝉鸣声。 12. 漼（cuǐ）：水深的样子。 13. 淠淠（pèi）：茂盛状。 14. 届：至。 15. 伎伎（qí）：舒缓的样子。 16. 雊（gòu）：野鸡叫。 17. 相：察看。投兔：被掩捕到网里的野兔。 18. 墐（jìn）：通“殣”，埋葬。 19. 掎（jǐ）：伐树时用绳索拉拽控制树倒下的方向。 20. 析薪：劈柴。扡（chǐ）：沿着木头纹理剖劈。 21. 佗（tuó）：加。 22. 浚：深。 23. 耳：窃听者。属：连，引申为贴着。 24. 遑：哪里顾得上。恤：担忧，担心。

大 东[1]

有饛簋飧[2]，有捄棘匕[3]。周道如砥，其直如矢。君子所履，

注释 1. 此诗出自《小雅》，属怨刺之诗。 2. 有饛（méng）：满溢的样子。簋（guǐ）：古代盛食物的器皿。飧（sūn）：熟食。 3. 有捄（jiù）：长而弯曲的样

小人所视。睠言顾之[4]，潸焉出涕[5]。

小东大东[6]，杼柚其空[7]。纠纠葛屦，可以履霜。佻佻公子[8]，行彼周行。既往既来，使我心疚。

有冽氿泉[9]，无浸获薪[10]。契契寤叹[11]，哀我惮人[12]。薪是获薪，尚可载也。哀我惮人，亦可息也。

东人之子，职劳不来。西人之子[13]，粲粲衣服。舟人之子[14]，熊罴是裘。私人之子，百僚是试[15]。

或以其酒，不以其浆。鞙鞙佩璲[16]，不以其长。维天有汉，监亦有光[17]。跂彼织女[18]，终日七襄[19]。

虽则七襄，不成报章[20]，睆彼牵牛[21]，不以服箱[22]。东有启明，西有长庚。有捄天毕[23]，载施之行[24]。

维南有箕，不可以簸扬。维北有斗，不可以挹酒浆[25]。维南有箕，载翕其舌[26]。维北有斗，西柄之揭[27]。

子。匕（bǐ）：勺，匙类。 4. 睠言：眷顾。 5. 潸（shān）：泪流貌。 6. 小东大东：指东方大大小小的诸侯国。 7. 杼柚（zhù zhóu）：织布机上的两个主要部件。 8. 佻佻：轻薄的样子。 9. 氿（guǐ）泉：泉的一种。泉水上涌受阻，改道侧出。 10. 获薪：砍好的柴。 11. 契契：忧苦貌。寤叹：难以入眠时的叹息。 12. 惮（dān）：通"瘅"，劳苦。 13. 西人：周人。 14. 舟人：大人，指周人中的上层贵族。 15. 僚：春秋时一种奴隶的称谓。百僚，泛指诸多差役奴隶。试：任用。 16. 鞙鞙（juān）：指缀玉的线长而美丽的样子。璲（suì）：玉佩。 17. 监：通"鉴"，铜镜。 18. 跂：通"歧"，分歧，指织女星座的三颗星彼此隔离，鼎足而立。 19. 七襄：织女星在一天的七个时辰中要移位七次。 20. 报：反复。章：布帛上的纹路。此代指布帛。 21. 睆（huǎn）：明亮的样子。 22. 服箱：指牛负车厢。 23. 天毕：星座之一，即毕星。 24. 施（yí）：侧斜而行。行（háng）：行列。 25. 挹：用勺舀酒。 26. 翕（xī）：向内收敛的意思。 27. 揭：高举。

苕之华[1]

苕之华，芸其黄矣[2]。心之忧矣，维其伤矣。

注释　1. 此诗出自《小雅》，《毛诗序》以为是悯时之作。苕（tiáo）：植物名，又名凌霄花。 2. 芸黄：指花将落时色泽蔫黄。

苕之华，其叶青青。知我如此，不如无生！

牂羊坟首[3]，三星在罶[4]。人可以食，鲜可以饱！

3. 牂（zāng）羊：母羊。坟：大。 4. 罶（liǔ）：竹鱼篓。

何草不黄[1]

何草不黄？何日不行？何人不将[2]？经营四方。

何草不玄[3]？何人不矜[4]？哀我征夫，独为匪民。

匪兕匪虎[5]，率彼旷野。哀我征夫，朝夕不暇。

有芃者狐[6]，率彼幽草。有栈之车[7]，行彼周道[8]。

注释 1. 此诗出自《小雅》，《毛诗序》以为是怨刺诗。 2. 将：行。指出征。 3. 玄：黑色。指草枯烂的颜色。 4. 矜（guān）：通"鳏"，老而无妻的人。 5. 兕（sì）：野牛。 6. 芃（péng）：毛发蓬松状。 7. 有栈：役车高高的样子。 8. 周道：大路。

绵[1]

绵绵瓜瓞[2]，民之初生。自土沮漆[3]，古公亶父[4]。陶复陶穴[5]，未有家室。

古公亶父，来朝走马。率西水浒，至于岐下。爰及姜女[6]，聿来胥宇[7]。

注释 1. 此诗出自《大雅》，是一首赞美周人先祖开国创业的史诗。 2. 绵绵：长而不断绝。瓜瓞（dié）：大瓜叫瓜，小瓜叫瓞。 3. 土（dù）：通"杜"，水名。沮（cú）：通"徂"，来到。漆：水名。 4. 古公亶父：周文王祖父。 5. 陶：通"掏"。复、穴：横向挖的洞称复，地下挖的洞称穴。 6. 爰：乃。 7. 胥宇：察看居处。

周原膴膴[8]，堇荼如饴[9]。爰始爰谋[10]，爰契我龟[11]。曰止曰时[12]，筑室于兹。

迺慰迺止[13]，迺左迺右。迺疆迺理[14]，迺宣迺亩[15]。自西徂东，周爰执事[16]。

乃召司空，乃召司徒。俾立室家，其绳则直。缩版以载[17]，作庙翼翼。

捄之陾陾[18]，度之薨薨[19]。筑之登登[20]，削屡冯冯[21]。百堵皆兴[22]，鼛鼓弗胜[23]。

迺立皋门[24]，皋门有伉。迺立应门，应门将将[25]。迺立冢土[26]，戎丑攸行[27]。

肆不殄厥愠[28]，亦不陨厥问[29]。柞棫拔矣，行道兑矣[30]。混夷駾矣[31]，维其喙矣[32]。

虞芮质厥成[33]，文王蹶厥生[34]。予曰有疏附[35]，予曰有先后。予曰有奔奏，予曰有御侮。

8. 膴膴（wǔ）：肥美。 9. 堇（jǐn）：植物名，亦名堇葵。荼：苦菜。饴（yí）：俗称麦芽糖。 10. 始：谋划。 11. 契龟：在龟壳上钻孔刻纹。 12. 时：通“止”，定居。 13. 迺：同“乃”。慰：慰劳。 14. 疆：分疆界。理：治理。 15. 宣：宣告。亩：治田亩。 16. 周：普遍。执事：从事工作。 17. 缩版：用绳捆缚木板，为两层，中实土为墙。载：树立。 18. 捄（jiū）：用器具盛土。陾陾（réng）：铲土声。 19. 度：填土。薨薨：填土声。 20. 筑：捣土使之坚固。登登：用力捣土声。 21. 削屡：削去墙上隆高的泥土，使之齐整。冯冯（píng píng）：削土声。 22. 堵：墙。古时筑墙五版为堵。兴：耸起。 23. 鼛（gāo）鼓：大鼓名。 24. 皋门：城门。 25. 应门：王宫的正门。将将：严正。 26. 冢土：大社。指祭土神的坛。 27. 戎丑：大众。 28. 肆：遂。殄（tiǎn）：消灭，断绝。愠（yùn）：怨愤。 29. 陨：坠，废弃。问：声誉。 30. 兑：畅通，通行。 31. 混（kūn）夷：西戎之一族。駾（tuì）：受惊逃窜。 32. 喙（huì）：气短病困的样子。 33. 虞、芮：古时国名。质：评断。成：成其和平。 34. 蹶（guì）：感动。生：通“性”，善良的本性。 35. 疏附：团结群臣，亲近归附者。

生　民[1]

厥初生民，时维姜嫄[2]。生民如何？克禋克祀[3]。以弗无子[4]，履帝武敏歆[5]。攸介攸止[6]，载震载夙[7]。载生载育，时维后稷。

诞弥厥月，先生如达[8]。不坼不副[9]，无菑无害。以赫厥灵[10]，上帝不宁，不康禋祀[11]，居然生子。

诞寘之隘巷[12]，牛羊腓字之[13]。诞寘之平林，会伐平林。诞寘之寒冰，鸟覆翼之。鸟乃去矣，后稷呱矣。实覃实訏[14]，厥声载路[15]。

诞实匍匐[16]，克岐克嶷[17]。以就口食，艺之荏菽[18]。荏菽旆旆[19]，禾役穟穟[20]。麻麦幪幪[21]，瓜瓞唪唪[22]。

诞后稷之穑，有相之道。茀厥丰草[23]，种之黄茂。实方实苞[24]，实种实褎[25]。实发实秀[26]，实坚实好。实颖实栗[27]，即有邰家室[28]。

诞降嘉种，维秬维秠[29]。维穈维芑[30]，恒之秬秠[31]。是获是亩，恒之穈芑。是任是负[32]，以归肇祀。

诞我祀如何？或舂或揄[33]。或簸或蹂[34]，释之叟叟[35]。烝之浮

注释　1. 此诗出自《大雅》，是周人颂扬先祖后稷的赞歌。　2. 姜嫄（yuán）：传说中帝喾之妃，周始祖后稷之母。　3. 禋（yīn）祀：祭天的典礼。　4. 弗：通“祓”，指除灾去邪。　5. 履：践踏。帝武：上帝脚印。敏：通“拇”，大拇指。歆：心有所感的样子。　6. 介：神保佑。止：神降福。　7. 震：通“娠”，怀孕。夙：通“肃”，指生活严肃，不再和男子交往。　8. 先生：头一胎。达：羊胎。喻指像羊胎一样滑利。　9. 坼：指胞衣分裂。副（pì）：指胎盘分离。　10. 赫：显耀。　11. 不康：不安。指姜嫄因踩上上帝大脚印而怀孕深感不安。　12. 寘：弃置，放置。　13. 腓（féi）：庇护。字：养育，指供其吃奶。　14. 覃（tán）：长。訏（xū）：大。　15. 载路：满路。　16. 匍匐：爬行。　17. 岐：知意。嶷（yí）：识。　18. 艺：种植。荏（rěn）菽：大豆。　19. 旆旆（pèi）：茂盛的样子。　20. 禾役：禾穗。穟穟（suì）：禾穗饱满下垂的样子。　21. 幪幪（měng）：茂盛。　22. 唪唪（běng）：果实众多貌。　23. 茀（fú）：除去。　24. 方：谷种开始发芽。苞：谷种吐芽，嫩苗即将破土。　25. 褎（yòu）：禾苗渐渐长高。　26. 发：禾茎舒发拔节。秀：谷禾开始生穗结实。　27. 颖：禾穗头沉下垂。栗：收获众多的样子。　28. 邰（tái）：有邰氏，古代氏族名。　29. 秬（jù）：黑黍。秠（pī）：一种良黍。　30. 穈（mén）：谷子的一种。芑（qǐ）：一种白苗的高粱。　31. 恒：通“亘”，遍布，遍种。　32. 任：抱，挑。　33 揄（yóu）：舀取。　34. 蹂：通“揉”，搓米。　35. 释：淘米。叟叟：淘米声。

浮[36]，载谋载惟。取萧祭脂，取羝以軷[37]。载燔载烈[38]，以兴嗣岁。

卬盛于豆[39]，于豆于登[40]。其香始升，上帝居歆[41]。胡臭亶时[42]，后稷肇祀。庶无罪悔，以迄于今。

36. 浮浮：蒸米热气上浮的样子。 37. 羝(dī)：公羊。軷(bá)：剥羊皮。 38. 燔(fán)：将肉放到火里烧烤。烈：将肉贯穿起来架到火上烤。 39. 卬(áng)：通"昂"，我。 40. 豆：古代一种高脚碗。登：古代一种瓦制的碗。 41. 居：语助词。歆：餐，享受。 42. 胡臭：浓重的香气。亶时：确实好。

公　刘[1]

笃公刘，匪居匪康，乃埸迺疆[2]。乃积乃仓[3]，乃裹糇粮[4]。于橐于囊[5]，思辑用光[6]。弓矢斯张，干戈戚扬[7]，爰方启行[8]。

笃公刘，于胥斯原[9]，既庶既繁。既顺乃宣[10]，而无永叹。陟则在巘[11]，复降在原。何以舟之[12]？维玉及瑶，鞞琫容刀[13]。

笃公刘，逝彼百泉，瞻彼溥原[14]。乃陟南冈，乃觏于京[15]。京师之野，于时处处，于时庐旅[16]，于时言言，于时语语。

笃公刘，于京斯依，跄跄济济[17]。俾筵俾几，既登乃依[18]。乃造其曹[19]，执豕于牢，酌之用匏[20]，食之饮之，君之宗之。

注释　1. 此诗出自《大雅》，是叙述祖先公刘创业的颂歌。 2. 埸(yì)：田界。疆：边界。 3. 积：露天堆积粮食的场所。 4. 糇(hóu)粮：干粮。 5. 橐(tuó)：没底的口袋。囊：有底的口袋。 6. 辑：和睦。光：光荣。 7. 戚：小斧。扬：大斧，亦名钺。 8. 方：始。启行：动身，出发。 9. 胥：相，察看。 10. 顺：归顺。宣：宣畅，通畅。 11. 巘(yǎn)：小山。 12. 舟：佩带。 13. 鞞琫(bǐ běng)：佩有玉饰的刀鞘。容：装，盛。 14. 溥(pǔ)原：宽广辽阔的平原。 15. 觏：看见。 16. 庐旅：寄居。 17. 跄跄：步趋有节。济济：庄严。 18. 既登：指登席。乃依：指倚靠桌几。 19. 造：通"禧"，告祭。曹：通"槽"，指祭豕神。 20. 匏(páo)：葫芦。

笃公刘，既溥既长，既景乃冈。相其阴阳[21]，观其流泉。其军三单[22]，度其隰原。彻田为粮[23]，度其夕阳，豳居允荒。

笃公刘，于豳斯馆[24]。涉渭为乱[25]，取厉取锻[26]。止基乃理[27]，爰众爰有[28]，夹其皇涧[29]，溯其过涧[30]。止旅乃密[31]，芮鞫之即[32]。

21. 阴阳：山北山南。 22. 单：通"禅"，轮流替换。 23. 彻：开发。 24 . 馆：建筑房舍。 25. 乱：横渡。 26. 厉：通"砺"，磨刀石。锻：捶物的大石。 27. 基：居住。理：治理。 28. 众：指人口增多。有：指物丰。 29. 夹：涧两边对面而居。皇涧：涧名。 30. 溯：面向。过涧：涧名。 31. 旅：寄居。密：众多。 32. 芮鞫（ruì jū）：泛指水边。

常　武[1]

赫赫明明[2]，王命卿士。南仲大祖[3]，大师皇父[4]。整我六师[5]，以修我戎。既敬既戒[6]，惠此南国。

王谓尹氏[7]，命程伯休父[8]。左右陈行，戒我师旅。率彼淮浦[9]，省此徐土[10]。不留不处，三事就绪[11]。

赫赫业业[12]，有严天子。王舒保作[13]，匪绍匪游[14]。徐方绎骚[15]，震惊徐方。如雷如霆，徐方震惊。

王奋厥武，如震如怒。进厥虎臣，阚如虓虎[16]。铺敦淮濆[17]，仍执丑虏。截彼淮浦[18]，王师之所。

王旅啴啴[19]，如飞如翰[20]。如江如汉，如山之苞[21]。如川之流，绵绵翼翼[22]。不测不克，濯征徐国[23]。

注释　1. 此诗出自《大雅》，主要是对周宣王武力平叛的颂扬之辞。常武：经常动用武力。 2. 赫赫：威严貌。明明：明智貌。 3. 南仲：人名，周宣王的大臣。大祖：太祖庙。 4. 大师：即太师，官名，总管军事。皇父：人名，周宣王的大臣。 5. 六师：即六军。 6. 敬：通"儆"，警惕。戒：戒备。 7. 尹氏：指尹吉甫，周宣王的辅臣。 8. 命程伯休父：命令程伯（字休父）任大司马。 9. 率：沿着，循着。淮浦：淮水岸边。 10. 省：察看，巡视。徐土：徐国国土。 11. 三事：立三卿。 12. 业业：军队威武前进的样子。 13. 舒：舒缓。保作：安全前行。 14. 匪绍：不舒缓。游：游逛。 15. 绎（yì）骚：乱动，乱扰。 16. 阚（hǎn）：虎怒。虓（xiāo）：虎啸。 17. 铺：布阵。敦：通"顿"，整顿。濆（fén）：堤坝。 18. 截：截断，断绝。 19. 啴啴（tān）：盛大的样子。 20. 翰（hàn）：如鸟一样高飞。 21. 苞：茂。引申为攒聚。 22. 绵绵：连续不断。翼翼：壮盛。 23. 濯（zhuó）：大。

王犹允塞[24]，徐方既来[25]。徐方既同，天子之功。四方既平，徐方来庭[26]。徐方不回[27]，王曰还归。

24. 犹：同“猷”，谋划。塞：踏实。 25. 来：归顺。 26. 来庭：来朝见。 27. 不回：不违反。

噫嘻[1]

噫嘻成王，既昭假尔[2]。
率时农夫，播厥百谷。
骏发尔私[3]，终三十里。
亦服尔耕，十千维耦[4]。

注释 1. 此诗出自《周颂》，是周人祈谷之乐歌。噫嘻：祈祷天神时呼叫的声音。 2. 昭：表明。假：通“格”，至，达。 3. 骏发：迅速开发。 4. 耦：两人各持一耜，并肩耕种。

载芟[1]

载芟载柞[2]，其耕泽泽[3]。千耦其耘，徂隰徂畛[4]。侯主侯伯，侯亚侯旅，侯强侯以[5]。有嗿其馌[6]，思媚其妇，有依其士[7]。有略其耜[8]，俶载南亩[9]。播厥百谷，实函斯活[10]。驿驿其达[11]，有厌其杰[12]。厌厌其苗[13]，绵绵其麃[14]。载获济济[15]，有实其积。万亿及秭[16]，为酒为醴。烝畀祖妣[17]，以洽百礼。有飶其香[18]，邦家之光。有椒其馨[19]，胡考之宁[20]。匪且有且[21]，匪今斯今，振古如兹[22]！

注释 1. 此诗出自《周颂》，是周王春耕祭神时的乐歌。 2. 载：开始。芟（shān）：除草。柞（zhà）：伐树。 3. 泽泽（shì）：土壤松散的样子。 4. 徂（cú）：前往。隰（xí）：新开垦的低田。畛（zhěn）：以前开垦的田界。 5. 主：家长。伯：长子。亚：次子。旅：众子弟。强：强壮有余力来帮忙耕种的人。以：雇佣的劳动力。 6. 嗿（tǎn）：众人吃饭声。馌（yè）：送到田间的饭菜。 7. 依：通“殷”，壮盛的样子。 8. 略：锋利。耜（sì）：犁头。 9. 俶（chù）：起土。载：翻草。南亩：向阳的田。 10. 实：种子。函：同“含”，充满。活：生机。 11. 驿驿：接连不断。达：指出土。 12. 有厌：美好。杰：苗壮。 13. 厌厌：禾苗茂盛整齐。 14. 绵绵：细密。麃（biāo）：禾苗的穗。 15. 济济：众多。 16. 万亿：万万。秭（zǐ）：亿亿。指粮多。 17. 烝（zhēng）：进献。

畀（bì）：给予。 18. 苾（bì）：芳香浓郁。 19. 椒（jiāo）：香气缭绕。馨（xīn）：飘散很远的香气。 20. 胡考：即寿考，指老人。 21. 且：此，指耕种。 22. 振古：自古以来。

玄　鸟[1]

天命玄鸟，降而生商[2]，宅殷土芒芒[3]。古帝命武汤[4]，正域彼四方[5]。方命厥后[6]，奄有九有[7]。商之先后[8]，受命不殆，在武丁孙子[9]。武丁孙子，武王靡不胜[10]。龙旂十乘[11]，大糦是承[12]。邦畿千里[13]，维民所止，肇域彼四海[14]。四海来假[15]，来假祁祁[16]，景员维河[17]。殷受命咸宜，百禄是何[18]。

注释　1. 此诗出自《商颂》，是祭祀殷高宗的乐歌。玄鸟：燕子。 2. 生商：传说有娀氏女简狄，吞燕子卵有孕，生下商的始祖契。 3. 宅：居住。殷土：殷国土地。芒芒：辽远广阔貌。 4. 古帝：上帝。武汤：武王成汤。 5. 正域：治理疆域。四方：指天下。 6. 方：通“旁”，普遍。后：君，指商汤。 7. 奄：全部，包括。九有：九州。 8. 先后：先王，指商汤。 9. 武丁孙子：成汤的子孙后代殷高宗武丁。 10. 武王：指商汤。 11. 乘：辆，驾。 12. 糦（chì）：同“饎”，酒食，引申为祭祀。 13. 邦畿（jī）：疆界。 14. 肇域：疆域。四海：四海之内，指中国。 15. 假（gé）：到，至。 16. 祁祁：众多。 17. 景员：辽阔的疆域。河：黄河。 18. 何（hè）：通“荷”，承受，蒙受。

屈　原

屈原（前340？—前278？），名平，字原，或名正则，字灵均。因博闻强记，明于治乱，娴于辞令，甚得楚王信任。后为小人谗毁，惨遭流放。因感国事无望，自沉汨罗江而死。屈原是我国第一位伟大的爱国诗人，其作品因作于楚地，故名《楚辞》。据王逸《楚辞章句》，屈原作品共有二十五篇，分别是《离骚》、《九歌》（十一篇）、《天问》、《九章》（九篇）、《远游》、《卜居》、《渔父》。

离　骚[1]

帝高阳之苗裔兮[2]，朕皇考曰伯庸[3]。摄提贞于孟陬兮[4]，惟庚寅吾以降[5]。皇览揆余初度兮[6]，肇锡余以嘉名[7]。名余曰正则兮[8]，字余曰灵均[9]。纷吾既有此内美兮[10]，又重之以修能[11]。扈江离与辟芷兮[12]，纫秋兰以为佩[13]。汩余若将不及兮[14]，恐年岁之不吾与。朝搴阰之木兰兮[15]，夕揽洲之宿莽[16]。日月忽其不淹兮[17]，春与秋其代序[18]。惟草木之零落兮[19]，恐美人之迟暮[20]。不抚壮而弃秽兮[21]，何不改乎此度[22]？乘骐骥以驰骋兮[23]，来吾道夫先路[24]！

昔三后之纯粹兮[25]，固众芳之所在[26]。杂申椒与菌桂兮[27]，岂维纫夫蕙茝[28]！彼尧舜之耿介兮[29]，既遵道而得路。何桀纣之猖披兮[30]，夫惟捷径以窘步[31]。惟夫党人之偷乐兮[32]，路幽昧以险隘[33]。岂余身之惮殃兮[34]，恐皇舆之败绩[35]！忽奔走以先后兮，及前王之踵武[36]。荃不揆余之中情兮[37]，反信谗而齌怒[38]。余固知謇謇之为患兮[39]，

注释　1.《离骚》是屈原的代表性作品，也是《楚辞》中最重要的一篇。班固《离骚赞序》说："屈原以忠信见疑，忧愁幽思而作《离骚》。"离骚：遭受罪罚。也有人解作"别愁""劳商""牢骚"等。　2. 高阳：古帝颛顼在位时的称号。苗裔：后代子孙。　3. 朕（zhèn）：古代"我"的自称。皇考：太祖，始封君。伯庸：西周末年楚君熊渠长子名熊伯庸。　4. 摄提：摄提格的简称，表示时间为寅年。孟陬（zōu）：夏历一年之始的正月。　5. 惟：句首语助词，用于表时间的句子开头。庚寅：庚寅日（用干支纪日）。降：出生。　6. 皇：皇考。览：察看，观察。揆：测度，估量。初度：初生时的情态容度。　7. 肇（zhào），通"兆"，卦兆。即言太祖的神灵通过卦兆赐给他美名。锡：赐。　8. 名：动词，取名。正则：公正而有法则。　9. 字：动词，取字。灵均：灵善而平均。　10. 纷：多盛貌。内美：内在的美好品质。　11. 重（chóng）：加上。修能：优异的才能。　12. 扈：披。江离：草类植物名，即江蓠。辟芷：草类植物名，即白芷。　13. 纫：联结，贯串连缀。　14. 汩（gǔ）：水流迅疾的样子。这里比喻时间过得快。　15. 搴（qiān）：摘，攀折。阰（pí）：山坡。　16. 揽：采集，摘取。洲：水中陆地。宿莽：一种常绿灌木。楚人名草曰"莽"，此草经冬不死，故名。　17. 忽：倏忽，迅疾貌。淹：长时间停留。　18. 代序：代谢，更迭。指季节变化，终始循环。　19. 惟：思，念。零落：凋谢落下。其中草落曰零，木落曰堕。　20. 美人：喻指君王。迟暮：指年岁老大，晚暮之年。　21. 抚：持，凭借。"抚壮"即趁着盛壮之年。秽：秽恶，此喻指君王之恶德。　22. 度：指美人的态度。　23. 骐骥：古代的良马之名。此喻治国贤才。　24. 道：通"导"，前导。先路：前路，前驱。　25. 昔：往古。三后：三王，即西周末年楚君熊渠所

忍而不能舍也。指九天以为正兮[40]，夫惟灵修之故也[41]。曰黄昏以为期兮，羌中道而改路！初既与余成言兮[42]，后悔遁而有他[43]。余既不难夫离别兮[44]，伤灵修之数化[45]。

余既滋兰之九畹兮[46]，又树蕙之百亩。畦留夷与揭车兮[47]，杂杜衡与芳芷[48]。冀枝叶之峻茂兮[49]，愿竢时乎吾将刈[50]。虽萎绝其亦何伤兮[51]，哀众芳之芜秽[52]。众皆竞进以贪婪兮，凭不厌乎求索[53]。羌内恕己以量人兮[54]，各兴心而嫉妒[55]。忽驰骛以追逐兮[56]，非余心之所急。老冉冉其将至兮，恐修名之不立[57]。朝饮木兰之坠露兮，夕餐秋菊之落英[58]。苟余情其信姱以练要兮[59]，长顑颔亦何伤[60]。掔木根以结茝兮[61]，贯薜荔之落蕊[62]。矫菌桂以纫蕙兮[63]，索胡绳之纚纚[64]。謇吾法夫前修兮[65]，非世俗之所服[66]。虽不周于今之人兮[67]，愿依彭咸之遗则[68]。

长太息以掩涕兮[69]，哀民生之多艰[70]。余虽好修姱以鞿羁兮[71]，謇朝谇而夕替[72]。既替余以蕙纕兮[73]，又申之以揽茝[74]。亦余心之所善兮，虽九死其犹未悔。怨

封的句亶王、鄂王、越章王。 26. 固：本来。众芳：喻群贤。 27. 杂：杂用兼取。申椒：申地所产的花椒。菌桂：即肉桂，樟科常绿乔木。 28. 维：通“唯”，仅，只。蕙：蕙草，豆科草本。茝：“芷”的古字，一种香草。 29. 彼：指三后。耿介：光明正大。 30. 猖披：本为衣不结带之貌。此处借喻夏桀、商纣放纵妄行的样子。 31. 惟：只是，一味地。捷径：邪出的小路。窘步：步履艰辛难行。32. 惟：想起。党人：朋党，小集团。偷乐：苟且偷安。 33. 幽昧：昏暗。险隘：危险而狭窄。 34. 惮（dàn）殃：害怕灾祸。 35. 皇舆（yú）：国君所乘之车，代指国家。败绩：颠覆倾败。 36. 前王：前代君王。此处指楚三王。踵武：足迹，步伐。 37. 荃（quán）：香草名。此处喻指楚怀王。中情：内心的真情。 38. 齌（jì）怒：暴怒。 39. 謇謇（jiǎn）：正直敢言的样子。 40. 九天：苍天。古人以为天有九重，故名。正：通“证”，誓证。41. 灵修：楚人对君王的美称。 42. 成言：彼此约定。 43. 悔遁：因反悔而变卦。有他：另有他心。 44. 难：畏惮，担心。 45. 数（shuò）：屡次。化：变化无常。 46. 滋：栽种。畹（wǎn）：三十亩为一畹。 47. 畦：田垄。此处用作动词，指成垄地栽种。留夷：香草名，即芍药。揭车：一种香草，又名乞舆。48. 杂：夹杂，套种。杜衡：香草名，俗名马蹄香。芳芷：即白芷。 49. 冀：希望。峻茂：舒展茂盛。 50. 竢（sì）：同“俟”，等待。刈（yì）：收割。 51. 萎绝：本指草木枯萎零落。此处喻指培养的贤才受到困厄摧折。 52. 众芳：喻自己培养的人才。芜秽：本指草木荒芜杂乱，此处喻指培养的贤才蜕化变节。 53. 凭：众盛貌。厌：满足。求索：此处指对人民搜刮勒索。 54. 羌：楚地方言的发语词，同于“何为”“何乃”。恕己：宽恕自己。量人：根据自己的思想去推测别人。 55. 兴心：生不良之心，指嫉妒贤良。 56. 驰骛：本指马乱跑。此处喻奔走钻营。 57. 修名：美名。 58. 落英：落花。 59. 苟：假如。信：真诚。姱（kuā）：美好。练

灵修之浩荡兮[75]，终不察夫民心。众女嫉余之蛾眉兮[76]，谣诼谓余以善淫[77]。固时俗之工巧兮[78]，偭规矩而改错[79]。背绳墨以追曲兮[80]，竞周容以为度[81]。忳郁邑余侘傺兮[82]，吾独穷困乎此时也。宁溘死以流亡兮[83]，余不忍为此态也[84]。鸷鸟之不群兮[85]，自前世而固然。何方圜之能周兮[86]，夫孰异道而相安？屈心而抑志兮，忍尤而攘诟[87]。伏清白以死直兮[88]，固前圣之所厚。

悔相道之不察兮[89]，延伫乎吾将反[90]。回朕车以复路兮，及行迷之未远[91]。步余马于兰皋兮[92]，驰椒丘且焉止息[93]。进不入以离尤兮[94]，退将复修吾初服。制芰荷以为衣兮，集芙蓉以为裳。不吾知其亦已兮，苟余情其信芳。高余冠之岌岌兮[95]，长余佩之陆离[96]。芳与泽其杂糅兮，唯昭质其犹未亏[97]。忽反顾以游目兮[98]，将往观乎四荒[99]。佩缤纷其繁饰兮[100]，芳菲菲其弥章[101]。民生各有所乐兮，余独好修以为常[102]。虽体解吾犹未变兮[103]，岂余心之可惩。

要：精诚专一。 60. 颇颔（kǎn hàn）：吃不饱而面黄肌瘦的样子。 61. 掔：采集，摘取。木根：泛指香木、香草之根。 62. 贯：穿过，系成串。薜荔（bì lì）：常绿灌木，又名木莲。 63. 矫：矫正，使之直。 64. 索：绳索。此处用作动词，搓成绳。纚纚（xǐ xǐ）：绳索相互连缀而形成的美感。 65. 謇：刚直不阿的样子。 66. 服：佩，用。 67. 周：相合，相容。 68. 遗则：遗留下来的人生信条。 69. 太息：叹息。掩涕：掩面拭泪。 70. 民生：人生。 71. 虽：通“唯”，只有。好（hào）：喜好。修：美好，此处指美德懿行。鞿羁（jī jī）：马缰绳、马络头。此处比喻自我约束，行不苟且。 72. 谇（suì）：骤谏，激谏。 73. 纕（xiāng）：佩带。蕙纕：系有蕙草的带子。 74. 申：重复，加上。 75. 浩荡：恣意放纵的样子。 76. 众女：喻朝中的奸佞。蛾眉：如蚕蛾触角一样细长而好看的眉梢。用以代指女子的美貌。 77. 谣诼（zhuó）：谮毁，谗诬。 78. 工巧：善于投机取巧。 79. 偭：违背。规矩：画圆画方的工具，这里用来比喻法度和准则。错：通“措”，措施，设置。 80. 绳墨：木工用墨斗打的直线，此处用以比喻法制。曲：指曲线，比喻枉法行为。 81. 竞：争相为之。周容：指取悦于人的柔媚表情。度：法度、准则。 82. 忳（tún）：忧懑烦乱。郁邑：心情抑郁不伸的样子。侘傺（chà chì）：茫然失神的样子。 83. 溘（kè）：忽然。 84. 此态：指上面所说的伪诈行为。 85. 鸷鸟：鹰隼一类的猛禽。 86. 圜：同“圆”。周：相合。 87. 尤：罪过。忍尤：忍受着加给自己的罪名。攘诟：容受各种的侮辱。诟，耻辱。 88. 伏：本义为佩戴，此处为保持、持守之义。 89. 相：观看。不察：择道未明。 90. 延伫（zhù）：低回踌躇。 91. 行迷：迷路，走错路。 92. 步：徐行。皋：泽畔高地。 93. 椒丘：长满椒树的山丘。且：暂且，将要。 94. 离：通“罹”，遭到。尤：罪愆，过错。 95. 岌岌：高耸的样子。 96. 陆离：曼长貌。 97. 昭质：纯洁光明的品质，亦即前文所称之内美。亏：减损。 98. 反顾：回顾。游目：纵目远望。

女媭之婵媛兮[104]，申申其詈予[105]，曰鲧婞直以亡身兮[106]，终然殀乎羽之野[107]。汝何博謇而好修兮[108]，纷独有此姱节[109]？薋菉葹以盈室兮[110]，判独离而不服[111]。众不可户说兮[112]，孰云察余之中情？世并举而好朋兮[113]，夫何茕独而不予听[114]？

依前圣以节中兮[115]，喟凭心而历兹[116]。济沅、湘以南征兮[117]，就重华而陈词[118]。启《九辩》与《九歌》兮[119]，夏康娱以自纵[120]。不顾难以图后兮[121]，五子用失乎家巷[122]。羿淫游以佚畋兮[123]，又好射夫封狐[124]。固乱流其鲜终兮[125]，浞又贪夫厥家[126]。浇身被服强圉兮[127]，纵欲而不忍。日康娱而自忘兮[128]，厥首用夫颠陨[129]。夏桀之常违兮，乃遂焉而逢殃。后辛之菹醢兮[130]，殷宗用而不长[131]。汤、禹俨而祗敬兮[132]，周论道而莫差[133]。举贤而授能兮[134]，循绳墨而不颇[135]。皇天无私阿兮[136]，览民德焉错辅[137]。夫维圣哲以茂行兮[138]，苟得用此下土[139]。瞻前而顾后兮，相观民之计极[140]。夫孰非义而可用兮？孰非善而可服[141]？阽余身

99. 四荒：四方荒远之地。 100. 繁饰：繁盛的饰物。 101. 芳：饰物的芳香。菲菲：形容香气浓烈。章：通“彰”，明显，突出。 102. 好修：好为修饰。此处指爱好修身洁行。常：常道，正道。 103. 体解：肢解。古代一种酷刑。 104. 女媭：屈原姊。 105. 申申：和舒宛转貌。詈(lì)：骂，斥责。 106. 鲧：禹的父亲。婞(xìng)直：刚直。 107. 终然：终于，结果。殀(yāo)：早死，非正常死亡。此处指被诛。羽：羽山，相传在北方阴寒之地。 108. 博謇：广博而忠直。 109. 姱节：美好的志行节操。 110. 薋（zī）：草多貌。引申为积聚众多之义。菉（lù）：即王刍，又名荩草，俗名菉蓐草。葹（shī）：即枲耳，又名卷耳。 111. 判：判然，特出而不同于众。 112. 户说：一户户地去劝说。 113. 并举：互相抬举标榜。好朋：好结为朋党。 114. 茕(qióng)独：孤独。 115. 节中：折中。此指公正判断事物的标准。 116. 喟(kuì)：叹息。凭心：愤懑，怨愤填胸。历兹：至此，至今。 117. 沅：沅水。湘：湘水。征：行。 118. 就：趋往。重华：舜之名。陈词：诉讼，声辩。 119. 启：即夏启，禹之子。 120. 康娱：寻欢作乐。自纵：放纵自己。 121. 顾：顾及。图：图谋。 122. 失：为“夫”字之误。家巷：内讧。 123. 羿(yì)：即后羿，相传为有穷氏部落首领。佚：放纵。畋：打猎。 124. 封狐：大狐。 125. 乱流：淫乱之流。 126. 浞（zhuó）：人名，即寒浞，曾为羿相。贪：贪恋，夺取。厥：其，指羿。 127. 浇（ào）：人名，即过浇，寒浞之子。强圉(yǔ)：坚甲。 128. 自忘：忘却自身的安危，犹言“忘身”。 129. 厥首：其头。用：因此。 130. 后辛：殷纣王，名辛。菹醢（zǔ hǎi）：这里指将人杀死，把肉块切成肉酱。 131. 殷宗：殷朝的宗祀、国祚。 132. 俨（yán）：严肃，畏惧。祗敬：谨慎，敬肃。 133. 周：周朝。此处指周初的文王、武王。莫差：没有偏差。 134. 举：选拔。授能：把职务交给有能力的人。 135. 绳墨：本指木工用墨斗打的线，这里比喻法度。颇：倾斜，偏差。 136. 皇天：上天。私阿：

而危死兮[142]，览余初其犹未悔。不量凿而正枘兮[143]，固前修以菹醢。曾歔欷余郁邑兮[144]，哀朕时之不当[145]。揽茹蕙以掩涕兮[146]，沾余襟之浪浪[147]。

跪敷衽以陈辞兮[148]，耿吾既得此中正[149]。驷玉虬以乘鹥兮[150]，溘埃风余上征[151]。朝发轫于苍梧兮[152]，夕余至乎县圃[153]。欲少留此灵琐兮[154]，日忽忽其将暮[155]。吾令羲和弭节兮[156]，望崦嵫而勿迫[157]。路曼曼其修远兮[158]，吾将上下而求索。饮余马于咸池兮[159]，总余辔乎扶桑[160]。折若木以拂日兮[161]，聊逍遥以相羊[162]。前望舒使先驱兮[163]，后飞廉使奔属[164]。鸾皇为余先戒兮[165]，雷师告余以未具[166]。吾令凤鸟飞腾兮，继之以日夜。飘风屯其相离兮[167]，帅云霓而来御[168]。纷总总其离合兮[169]，斑陆离其上下[170]。吾令帝阍开关兮[171]，倚阊阖而望予[172]。时暧暧其将罢兮[173]，结幽兰而延伫[174]。世溷浊而不分兮[175]，好蔽美而嫉妒。

朝吾将济于白水兮[176]，登阆风而绁马[177]。忽反顾以流涕兮，哀高丘之无女[178]。溘吾游此春宫

私情偏袒。　137. 览：察看。错：同“措”，安置，给予。　138. 维：同“唯”，只有。茂行：有盛德高行者。　139. 苟：庶几，或许。下土：犹言“天下”，包括土地臣民。　140. 相观：观察。　141. 服：役使，统治。　142. 阽（diàn）：临近危险。危死：濒死，几乎死去。　143. 枘（ruì）：榫头。　144. 曾（céng）：通“层”，重叠，一次次地。歔（xū）欷（xī）：哀叹抽泣声。　145. 朕时：我所遭遇的时世。不当（dàng）：生不逢时。　146. 揽：持，拿起。茹：柔软。　147. 沾：濡湿。浪浪（láng）：滚滚，流不断的样子。　148. 敷：铺开。衽（rèn）：衣服的前襟。　149. 耿：光明的样子。此处指内心一下豁然开朗。中正：适中，正确。此处犹言在理。　150. 驷：车前驾四马。虬：无角无鳞之龙。鹥（yī）：鸟名，相传为凤凰类的神鸟。　151. 溘（kè）：忽然，迅疾貌。埃风：犹言风云。　152. 发轫（rèn）：启程。轫，止车之木，将起行则发之。　153. 县（xuán）圃：昆仑山上的地名，意为高空中的圃薮。“县”，通“悬”。　154. 灵琐：神灵的宫门。　155. 忽忽：时光迅疾的样子。　156. 羲和：古代传说中驾太阳车的神。弭节：按节徐行。　157. 崦嵫（yān zī）：神话中山名，日入之处。勿迫：不要太迫近。　158. 曼曼：长远的样子。　159. 咸池：神话中日浴处，即天池。　160. 总：束，系，拿在一起。辔：马缰。扶桑：神话中树名，在汤谷之上，日所憩息之所。161. 若木：神话中树名，长在西方日入之处。拂日：蔽日。　162. 相羊：即徜徉，随意徘徊。　163. 望舒：古代传说中驾月车的神。先驱：在前开路。　164. 飞廉：即风伯，古代传说中的风神。奔属（zhǔ）：奔走跟随。　165. 鸾、皇：都是凤一类的异鸟。　166. 雷师：神话传说中的雷神。未具：行装尚未备齐。　167. 飘风：旋风。屯：聚集。离：通“丽”，附依，相靠近。　168. 云霓：犹言云彩。御（yà）：通“迓”，迎接。　169. 总总：云霓盛多而纷乱的样子。离合：忽聚忽散。　170. 斑：色彩驳杂的样子。陆离：此处为参差不齐的样子。　171. 帝阍（hūn）：天宫的守门者。关：门闩，代指门。　172. 阊阖（chāng

兮[179]，折琼枝以继佩[180]。及荣华之未落兮[181]，相下女之可诒[182]。吾令丰隆乘云兮[183]，求宓妃之所在[184]。解佩纕以结言兮[185]，吾令蹇修以为理[186]。纷总总其离合兮[187]，忽纬繣其难迁[188]。夕归次于穷石兮[189]，朝濯发乎洧盘[190]。保厥美以骄傲兮，日康娱以淫游[191]。虽信美而无礼兮，来违弃而改求。览相观于四极兮[192]，周流乎天余乃下[193]。望瑶台之偃蹇兮[194]，见有娀之佚女[195]。吾令鸩为媒兮[196]，鸩告余以不好。雄鸠之鸣逝兮[197]，余犹恶其佻巧[198]。心犹豫而狐疑兮，欲自适而不可。凤皇既受诒兮[199]，恐高辛之先我[200]。欲远集而无所止兮[201]，聊浮游以逍遥[202]。及少康之未家兮[203]，留有虞之二姚[204]。理弱而媒拙兮[205]，恐导言之不固[206]。世溷浊而嫉贤兮，好蔽美而称恶[207]。闺中既以邃远兮[208]，哲王又不寤[209]。怀朕情而不发兮[210]，余焉能忍与此终古[211]？

索藑茅以筳篿兮[212]，命灵氛为余占之[213]。曰两美其必合兮，孰信修而慕之[214]？思九州之博大兮，岂惟是其有女？曰勉远逝而

hé)，天宫的门。　173. 暧暧：日光昏昧貌。　174. 结：挽结，连缀。幽兰：秋兰。因其多生于幽僻之处，故云。　175. 溷（hùn）浊：混乱污浊。　176. 白水：神话中的水名，相传出于昆仑山。　177. 阆（làng）风：神话中昆仑山的一座山峰名。绁（xiè）：拴系。　178. 无女：没有神女，喻无知音。　179. 春宫：神话中东方青帝在昆仑山上所居之所。　180. 继佩：加续到玉佩上。　181. 荣华：本指盛开的花朵，此喻美好的容颜。　182. 相（xiàng）：察看。下女：人间之女。诒；赠送。　183. 丰隆：神话中的云师。　184. 宓妃：神话中人名，传说为伏羲氏之女。　185. 佩纕（xiāng）：一种佩带。结言：即约言，成言。　186. 蹇修：传说中的乐师之名，伏羲氏之臣。理：媒人。　187. 离合：忽离忽合。表示宓妃的态度时而有意，时而无意。　188. 纬繣（huà）：乖戾，闹别扭。难迁：难以说动，难以使其改变态度。　189. 次：就舍，止宿。穷石：神话中的地名，有穷氏曾迁于此。　190. 洧（wěi）盘：神话中的水名，源出崦嵫山。　191. 淫游：无度游荡。　192. 览相观：三词同义，均为看的意思。四极：四方极远之地。　193. 周流：周游。下：指由天上回到人间。　194. 偃蹇：曲折延伸的样子。　195. 有娀（sōng）：传说中的古代部族名。佚女：美女。　196. 鸩：鸟的一种，又名运日，羽有毒。　197. 鸣逝：鸣叫着飞走。　198. 佻巧：轻佻巧诈。　199. 诒：通“贻”，致送。此处作名词，指聘礼。　200. 高辛：高辛氏，即帝喾。　201. 远集：到很远的地方去落脚。　202. 浮游：游荡。逍遥：优游自得。　203. 少康：夏后相之子。未家：未有家室。　204. 虞：上古部族名，舜帝之后。二姚：有虞氏的两个姑娘。后有虞氏将她们嫁给少康。　205. 理弱：媒人不得力。拙：口才拙，能力差。　206. 导言：沟通双方的言词。　207. 称：宣扬，传播。恶：丑恶之事。　208. 以：通“已”。邃远：深远。言美女不可求。　209. 哲王：明哲之王。此为诗人对楚怀王的敬称。寤：醒。引申为醒悟，理解。　210. 不发：不能抒发。　211. 终古：终身。引

无狐疑兮，孰求美而释女[215]？何所独无芳草兮，尔何怀乎故宇[216]？世幽昧以昡曜兮[217]，孰云察余之善恶？民好恶其不同兮，惟此党人其独异！户服艾以盈要兮[218]，谓幽兰其不可佩。览察草木其犹未得兮[219]，岂珵美之能当[220]？苏粪壤以充帏兮[221]，谓申椒其不芳。

欲从灵氛之吉占兮，心犹豫而狐疑。巫咸将夕降兮[222]，怀椒糈而要之[223]。百神翳其备降兮[224]，九疑缤其并迎[225]。皇剡剡其扬灵兮[226]，告余以吉故[227]。曰勉升降以上下兮，求榘矱之所同[228]。汤、禹严而求合兮[229]，挚、咎繇而能调[230]。苟中情其好修兮[231]，又何必用夫行媒[232]？说操筑于傅岩兮[233]，武丁用而不疑[234]。吕望之鼓刀兮[235]，遭周文而得举[236]。甯戚之讴歌兮[237]，齐桓闻以该辅[238]。及年岁之未晏兮[239]，时亦犹其未央[240]。恐鹈鴂之先鸣兮[241]，使夫百草为之不芳。

何琼佩之偃蹇兮[242]，众薆然而蔽之[243]。惟此党人之不谅兮[244]，恐嫉妒而折之。时缤纷其变易兮，又何可以淹留？兰芷变而不芳兮，荃蕙化而为茅。何昔日之芳草兮，

申为永远。　212. 藑（qióng）茅：草名，古人将其视为灵草，用来占卜。筳篿（tíng zhuān）：截断的竹片，也是占卜用具。　213. 灵氛：古代的神巫。　214. 信修：确实美好。　215. 释：放弃。女，同“汝”，指屈原。　216. 故宇：旧居。此处代指故国。　217. 昡曜：眼光迷乱。此处为惑乱之意。　218. 服艾：佩带艾草。　219. 览察：细心察看。　220. 珵（chéng）：美玉。　221. 苏：抓取。帏：佩在身上的香囊。　222. 巫咸：传说中的神巫，与灵氛并为灵山十巫之一。夕降：于夕时降神。古时降神都在夜间，故云。　223. 椒糈（xǔ）：祭神用的精米。要（yāo）：拦截，这里是迎候之义。　224. 翳（yì）：遮蔽。备：都。　225. 九疑：即九疑山。此指九疑山之神。　226. 皇剡剡（yǎn）：灵光闪耀的样子。　227. 吉故：吉利的往事。此指历史上君臣遇合的事例。　228. 榘（jǔ）：同“矩”，画方的器具。矱（huò）：尺度。　229. 合：匹配。引申为志同道合者。　230. 挚：即伊尹，商汤的贤相。咎繇（gāo yáo）：即皋陶（yáo），舜、禹之臣，掌刑狱之事。调：谐调。　231. 中情：内心。此指内在的情操。　232. 行媒：即媒理，指中介通聘问者。　233. 说（yuè）：即傅说，商王武丁时贤相。筑：打土墙时用来夯土的工具。傅岩：地名，约在今天山西省平陆县。　234. 武丁：即殷高宗，为商代著名贤君。　235. 吕望：即姜子牙，周文王太师。鼓刀：操刀，拍刀。　236. 遭：遇。周文：周文王，姬姓，名昌。举：拔擢任用。　237. 甯戚：人名，齐桓公贤臣。讴歌：徒歌，指无音乐伴奏的歌吟。　238. 齐桓：即齐桓公，名小白，春秋五霸之一。该辅：备为辅佐。　239. 晏：晚，迟。　240. 时：时光。未央：未尽。　241. 鹈鴂（tí jué）：即子规，杜鹃。　242. 偃蹇：众盛貌。　243. 薆然：遮蔽的样子。　244. 谅：诚信。　245. 直：直接，干脆。萧：荻蒿，牛尾蒿。艾：艾蒿。　246. 恃：信赖，倚靠。　247. 羌：楚方言，表“为何竟……”的语气。容长：外表美好。　248. 委：丢弃。　249. 佞：谄上。慢慆：傲慢。

今直为此萧艾也[245]？岂其有他故兮，莫好修之害也！余以兰为可恃兮[246]，羌无实而容长[247]。委厥美以从俗兮[248]，苟得列乎众芳。椒专佞以慢慆兮[249]，榝又欲充夫佩帏[250]。既干进而务入兮[251]，又何芳之能祗[252]？固时俗之流从兮[253]，又孰能无变化？览椒兰其若兹兮，又况揭车与江离？惟兹佩之可贵兮，委厥美而历兹。芳菲菲而难亏兮，芬至今犹未沫[254]。和调度以自娱兮[255]，聊浮游而求女。及余饰之方壮兮，周流观乎上下。

灵氛既告余以吉占兮，历吉日乎吾将行[256]。折琼枝以为羞兮[257]，精琼靡以为粻[258]。为余驾飞龙兮[259]，杂瑶象以为车[260]。何离心之可同兮[261]？吾将远逝以自疏[262]。邅吾道夫昆仑兮[263]，路修远以周流[264]。扬云霓之晻蔼兮[265]，鸣玉鸾之啾啾[266]。朝发轫于天津兮[267]，夕余至乎西极[268]。凤皇翼其承旂兮[269]，高翱翔之翼翼[270]。忽吾行此流沙兮[271]，遵赤水而容与[272]。麾蛟龙使梁津兮[273]，诏西皇使涉予[274]。路修远以多艰兮，腾众车使径待[275]。路不周以左转兮[276]，

250. 榝（shā）：一种落叶乔木，又名食茱萸。 251. 干进：营求仕进升迁。务入：趋赴。 252. 祇（zhī）：敬重，尊重。 253. 流从：随波逐流。 254. 沫（mèi）：通“昧”，幽暗，暗淡。 255. 和：调节使和谐。调（diào）：佩玉所发出的声响。度：有节奏的步伐。 256. 历：选择。 257. 羞：美味的食物。 258. 精：动词，捣米使细。琼靡（mí）：美玉的粒末。粻（zhāng）：干粮。 259. 飞龙：指龙马。 260. 象：这里指象牙。 261. 离心：言众人皆与己心离异。 262. 自疏：主动地疏远。 263. 邅（zhān）：转，迂回。 264. 周流：环绕曲折。言人之行为环绕曲折。 265. 晻（yǎn）蔼：云影蔽日貌。 266. 玉鸾：玉铃铛，挂在马的脖颈和车衡上。 267. 天津：天河上的渡口。 268. 西极：西方的极边之地。 269. 翼：名词用为动词，展翅。承：承接，相连接。旂（qí）：上面画有双龙，竿头悬有铃铛的旗。 270. 翼翼：整齐而有节奏的样子。 271. 流沙：神话中地名，在西北沙漠中。 272. 遵：循着。赤水：神话中之水名，在昆仑以东。 273. 麾：用手指挥。梁：浮桥。此处作动词，架浮桥。 274. 诏：命令。西皇：相传即古帝少皞氏，主西方之神。涉予：渡我过河。 275. 腾：传告。径待：抄小路先至而待之。 276. 路不周：取路不周山。

指西海以为期[277]。屯余车其千乘兮[278]，齐玉轪而并驰[279]。驾八龙之婉婉兮[280]，载云旗之委蛇[281]。抑志而弭节兮[282]，神高驰之邈邈[283]。奏九歌而舞韶兮[284]，聊假日以媮乐[285]。陟升皇之赫戏兮[286]，忽临睨夫旧乡[287]。仆夫悲余马怀兮，蜷局顾而不行[288]。

乱曰[289]：已矣哉！国无人莫我知兮[290]，又何怀乎故都[291]！既莫足与为美政兮，吾将从彭咸之所居[292]！

277. 西海：神话中西北的湖名。　278. 屯：聚集。　279. 轪（dài）：车毂端的帽盖。此处代指车轮。　280. 婉婉：龙马前后相连逶迤而行的样子。　281. 云旗：云霓之旌旗。委蛇（yí）：卷曲飘动的样子。　282. 抑志：指控制住自己的心志。　283. 神：神思，神魂。邈邈：遥远无际貌。　284. 九歌：夏启时颂扬大禹功德之歌。　285. 假日：趁着眼下的时光。媮（yú）：同“愉”，欢娱快乐。　286. 陟升：升起。皇：皇考。此指屈氏先祖的神灵。赫戏：闪耀的灵光。　287. 临睨：斜视。旧乡：指楚故都鄢郢。　288. 蜷（quán）局：屈曲，这里形容龙马回转身子的样子。　289. 乱：尾声，表篇章之结语，乐歌之卒章。　290. 无人：没有贤人。　291. 故都：郢都。　292. 彭咸：人名，相传为投水而死的古代贤人。

湘夫人[1]

帝子降兮北渚[2]，目眇眇兮愁予[3]。袅袅兮秋风[4]，洞庭波兮木叶下[5]。登白薠兮骋望[6]，与佳期兮夕张[7]。鸟萃兮蘋中[8]？罾何为兮木上[9]？沅有茝兮醴有兰[10]，思公子兮未敢言[11]。荒忽兮远望[12]，观流水兮潺湲[13]。

麋何食兮庭中？蛟何为兮水裔[14]？朝驰余马兮江皋[15]，夕济兮西澨[16]。闻佳人兮召予，将腾

注释　1.《湘夫人》出自《九歌》，是祠祀湘夫人的祭歌，表现了对湘夫人的怀思之情。　2. 帝子：指湘夫人，传说她是帝尧的女儿，故名。　3. 眇眇（miǎo）：远望而不可见的样子。予：我，湘君自称。　4. 袅袅：风吹落叶的样子。　5. 波：用作动词，起波浪。木叶：秋天的枯黄树叶。　6. 白薠（fán）：水草名，即薠草。骋望：纵目远望。　7. 佳：佳人，指湘夫人。张：陈设，张罗。　8. 萃（cuì）：聚集。　9. 罾（zēng）：方形渔网。木：树。　10. 沅：沅江。茝：同“芷”，一种香草。醴：通“澧”，澧水。　11. 公子：指湘夫人。古代君王、诸侯之女也可称公子。　12. 荒忽：通“恍惚”，隐隐约约的样子。　13. 潺湲（chán yuán）：水流不断的样子。　14. 水裔：水边。

驾兮偕逝[17]。筑室兮水中，葺之兮荷盖[18]。荪壁兮紫坛[19]，播芳椒兮成堂[20]。桂栋兮兰橑[21]，辛夷楣兮药房[22]。罔薜荔兮为帷[23]，擗蕙櫋兮既张[24]。白玉兮为镇[25]，疏石兰兮为芳[26]。芷葺兮荷屋[27]，缭之兮杜衡[28]。合百草兮实庭[29]，建芳馨兮庑门[30]。九嶷缤兮并迎[31]，灵之来兮如云[32]。

捐余袂兮江中[33]，遗余褋兮醴浦[34]。搴汀洲兮杜若[35]，将以遗兮远者[36]。时不可兮骤得[37]，聊逍遥兮容与[38]。

15. 皋：水边高地。　16. 澨（shì）：水边。　17. 腾驾：飞快地驾驭车辆。偕逝：同往。　18. 葺(qì)：用草覆盖屋顶。荷盖：荷叶。　19. 荪（sūn）：即溪荪，一种香草。荪壁：用溪荪装饰屋壁。紫：紫贝，一种珍贵的贝类。坛：楚方言称中庭为坛。紫坛：用紫贝装饰庭院。　20. 播芳椒：用花椒和泥涂墙，取其温暖芳香。成：通"盛"，引申为盛满之意。　21. 桂栋：以桂木作房梁。兰橑（liǎo）：用木兰作屋椽。　22. 辛夷：木兰之类的花树，又名迎春。楣：门框上的横梁。药：白芷。药房：用白芷装饰卧房。　23. 罔：通"网"，编结。帷：帷帐。　24. 擗（pǐ）：剖开，掰开。櫋（mián）：帐顶，屋檐板。既张：指屋檐板已铺好。　25. 镇：镇席，压住坐席之物。　26. 疏：分散地摆放。石兰：兰草的一种，又名山兰。　27. 芷葺：用白芷把屋顶加厚，指在原有的荷叶屋顶上加盖一层白芷。　28. 缭：缠绕。29. 合：集合。百草：泛指各种香草。实庭：布满庭院。　30. 庑（wǔ）：堂外周围的廊屋。　31. 九嶷：山名，在今湖南省。这里指九嶷山群神。缤：众多的样子。　32. 灵：指九嶷山诸神。　33. 捐：抛弃。袂（mèi）：衣袖。　34. 遗：丢弃。褋（dié）：单衣。　35 . 搴（qiān）：拔取，摘取。汀洲：水中沙土积成的小平地。　36. 遗（wèi）：赠送。远者：指湘夫人。　37. 骤：多次，屡次。　38. 容与：安逸闲适的样子。

山　鬼[1]

若有人兮山之阿[2]，被薜荔兮带女萝[3]。既含睇兮又宜笑[4]，子慕予兮善窈窕[5]。乘赤豹兮从文狸[6]，辛夷车兮结桂旗[7]。被石兰兮带杜

注释　1.《山鬼》出自《九歌》，是祭祀山神的乐歌。山鬼：传说中的巫山神女。　2. 若：仿佛。阿：山坳。　3. 被：同"披"。薜荔（bìlì）：一种蔓生植物，又名木莲。带：衣带。此指拴系。女萝：一种蔓生植物，又名菟丝草。　4. 含睇（dì）：美目含情流盼。宜笑：笑容姣好。

衡，折芳馨兮遗所思[8]。余处幽篁兮终不见天[9]，路险难兮独后来。

表独立兮山之上[10]，云容容兮而在下[11]。杳冥冥兮羌昼晦[12]，东风飘兮神灵雨[13]。留灵修兮憺忘归[14]，岁既晏兮孰华予[15]？采三秀兮於山间[16]，石磊磊兮葛蔓蔓[17]。怨公子兮怅忘归，君思我兮不得闲。

山中人兮芳杜若[18]，饮石泉兮荫松柏[19]。君思我兮然疑作[20]。雷填填兮雨冥冥[21]，猿啾啾兮又夜鸣[22]。风飒飒兮木萧萧[23]，思公子兮徒离忧。

5. 子：山鬼对爱慕之人的美称。予：山鬼自称。窈窕：美好的样子。 6. 文狸：有花纹的狸猫。 7. 结：扎，系。桂旗：用桂枝编成的旗子。 8. 芳馨：芳香的花草。遗（wèi）：赠送。所思：所思念的人。 9. 幽：深暗的样子。篁（huáng）：竹子的一种。此指竹林。 10. 表：突出，特立。 11. 容容：云气浮动的样子。 12. 杳：深远。冥冥：阴暗的样子。昼晦：白天光线昏暗。 13. 神灵：指雨神。雨：行雨，降雨。 14. 灵修：山鬼对恋人的称呼。 15. 岁：年岁。晏：迟，晚。孰：谁。华：美。 16. 三秀：灵芝的别名，传说灵芝一年开三次花，故称三秀。於（wū）山：即巫山。 17. 磊磊：乱石堆积的样子。蔓蔓：葛藤蔓延缠绕的样子。 18. 山中人：山鬼自称。杜若：香草名，又名山姜。 19. 石泉：山石间的泉水。荫：遮蔽，庇护。 20. 然疑作：将信将疑。 21. 填填：雷声。 22. 啾啾：猿的叫声。 23. 飒飒：风声。萧萧：风吹树木的声音。

国　殇[1]

操吴戈兮被犀甲[2]，车错毂兮短兵接[3]。旌蔽日兮敌若云，矢交坠兮士争先[4]。凌余阵兮躐余行[5]，左骖殪兮右刃伤[6]。霾两轮兮絷四马[7]，援玉枹兮击鸣鼓[8]。天时坠兮威灵怒[9]，严杀尽兮弃原野[10]。出不入兮往不反[11]，平原忽兮路超远[12]。带长剑兮挟秦弓[13]，首身离兮心不惩[14]。诚既勇兮又以武[15]，

注释　1.《国殇》出自《九歌》，是祭祀为国死难英雄的乐歌。国殇（shāng）：死于国事者。 2. 吴戈：吴地所产的戈，以锋利著称。犀甲：犀牛皮做的铠甲。 3. 毂（gǔ）：车轮中心穿轴的圆木。错毂：车轮交错。 4. 交坠：两军互相射箭，箭交相坠落。 5. 凌：侵犯。躐（liè）：践踏。行：行列，队伍。 6. 殪（yì）：死。右刃伤：右边的骖马被兵器砍伤。 7. 霾（mái）：通“埋”，指陷入泥中。絷（zhí）：绊住。 8. 援：拿起。玉枹（fú）：用玉装饰的鼓槌。 9. 天时坠：天时对我军不利，导致失败。威灵怒：阵亡将士的威武魂灵仍然愤怒不屈。 10. 严杀：即残杀。弃原野：指将士的尸体丢弃在原野，没有人收殓埋葬。 11. 反：同

终刚强兮不可凌。身既死兮神以灵，子魂魄兮为鬼雄[16]。

“返”。 12. 忽：辽阔渺茫的样子。超远：遥远。 13. 秦弓：秦地所产的良弓。 14. 惩：戒惧。 15. 诚：诚然，确实。 16. 鬼雄：鬼中的雄杰。

哀 郢[1]

皇天之不纯命兮[2]，何百姓之震愆[3]？民离散而相失兮[4]，方仲春而东迁[5]。去故乡而就远兮[6]，遵江、夏以流亡[7]。出国门而轸怀兮[8]，甲之鼂吾以行[9]。发郢都而去闾兮[10]，荒忽其焉极[11]？楫齐扬以容与兮[12]，哀见君而不再得。望长楸而太息兮[13]，涕淫淫其若霰[14]。过夏首而西浮兮[15]，顾龙门而不见[16]。心婵媛而伤怀兮[17]，眇不知其所跖[18]。顺风波以从流兮，焉洋洋而为客[19]。凌阳侯之泛滥兮[20]，忽翱翔之焉薄？心絓结而不解兮[21]，思蹇产而不释[22]。将运舟而下浮兮[23]，上洞庭而下江。去终古之所居兮，今逍遥而来东[24]。羌灵魂之欲归兮，何须臾而忘反[25]！背夏浦而西思兮[26]，哀故都之日远。登大坟以远望兮[27]，聊以舒吾忧心[28]。哀州土之平乐

注释 1.《哀郢》出自《九章》，抒写郢都破亡诗人九年不复的悲伤。哀：哀悼。郢：楚国都。 2. 纯：纯一，专一。不纯命：天命无常。 3. 震：震动，受惊。愆（qiān）：罪过。震愆：震动不安，遭灾受罪。 4. 相失：亲人流离失所，相互分离。 5. 仲春：农历二月。东迁：郢都失陷之后楚向东迁都于陈。 6. 故乡：指郢都。就远：到远方去。 7. 遵：沿着。江：长江。夏：水名，夏水。 8. 国门：国都的城门。轸（zhěn）怀：沉痛的怀念。 9. 甲：甲日那天。鼂（zhāo）：通“朝”，早晨。 10. 发郢都：从郢都出发。去：离开。闾：里巷的大门，这里指故乡郢都。 11. 荒忽：通“恍惚”，神志不清的样子。 12. 楫（jí）：船桨。容与：徘徊不进。 13. 长楸（qiū）：高大的楸树，此指的是郢都的楸树。太息：长叹。 14. 淫淫：泪流不止的样子。霰：雪粒。此处比喻泪珠纷纷下落的样子。 15. 夏首：夏水的起点，即夏水分长江水而出之处。西浮：乘船向西漂浮。 16. 龙门：指郢都的东门。 17. 婵媛（chán yuán）：顾念，留恋。 18. 眇（miǎo）：通“渺”，辽远的样子。跖（zhí）：踏，落脚。 19. 焉：于是。洋洋：漂泊不定的样子。客：漂泊他乡的人。 20. 凌：乘，渡。阳侯：波涛之神的名字，这里指波浪。 21. 絓结（dié jié）：心打了结，形容牵挂思念。 22. 蹇（jiǎn）产：连绵字，曲折，形容心情忧郁。 23. 运舟：掉转船头。下浮：顺江东下。 24. 逍遥：原意是安闲自得，此处指漂泊无定。 25. 须

兮[29]，悲江介之遗风[30]。当陵阳之焉至兮[31]，淼南渡之焉如[32]？曾不知夏之为丘兮[33]，孰两东门之可芜[34]？心不怡之长久兮[35]，忧与愁其相接。惟郢路之遥远兮[36]，江与夏之不可涉[37]。忽若去不信兮[38]，至今九年而不复[39]。惨郁郁而不通兮[40]，蹇侘傺而含戚[41]。外承欢之汋约兮[42]，谌荏弱而难持[43]。忠湛湛而愿进兮[44]，妒被离而鄣之[45]。尧舜之抗行兮[46]，瞭杳杳而薄天[47]。众谗人之嫉妒兮，被以不慈之伪名[48]。憎愠惀之修美兮[49]，好夫人之忼慨[50]。众踥蹀而日进兮[51]，美超远而逾迈[52]。

乱曰：曼余目以流观兮[53]，冀壹反之何时[54]？鸟飞反故乡兮，狐死必首丘[55]。信非吾罪而弃逐兮，何日夜而忘之[56]？

臾：片刻。反：通“返”。 26. 背：离开，背离。夏浦：夏水之滨，指夏口。西思：回头面向西方思念故都。 27. 坟：水中突起的陆地。 28. 舒：舒展，排遣。 29. 州土：指楚国，尤其是郢都周围陷落的地区。平乐：升平安乐。 30. 江介：江边，指屈原漂流所经过的沿江地区。 31. 当：遇到。陵阳：即前面所说的陵阳侯，指大波浪。 32. 淼（miǎo）：水波茫无边际的样子。如：去，往。 33. 曾（zēng）不知：岂不知。夏：通“厦”，大屋，这里指楚国的宫殿。丘：这里指废墟。 34. 两东门：郢都的城门，即前面说的龙门。芜：荒芜。 35. 怡：喜悦，愉快。 36. 郢路：返回郢都的道路。 37. 涉：趟水过河。 38. 忽若：忽然。去：离开，指被流放。不信：难以相信。 39. 九年：多年。九为虚数，表示多。 40. 惨郁郁：忧郁压抑的样子。不通：堵塞不通畅。 41. 蹇（jiǎn）：困苦，不顺利。侘傺（chà chì）：失意彷徨的样子。戚（qì）：忧愁，悲哀。 42. 承欢：奉承迎合。汋约（zhuó yuē）：同“绰约”，美好柔媚。 43. 谌（chén）：确实，实在。荏（rěn）弱：软弱。难持：难以自立。 44. 湛湛（zhàn）：厚重的样子。进：进身于君王左右而为其所用。 45. 被离：众多而杂乱的样子。鄣：阻塞，壅蔽。 46. 抗：通“亢”，高尚。 47. 瞭：本指目光明亮，此处是有光辉的意思。杳杳（yǎo）：高远的样子。 48. 被：通“披”，加上。不慈：指父母对子女不够慈爱。 49. 憎：嫌弃，憎恶。愠惀（yùn lún）：忠心耿耿的样子。 50. 夫人：那些人，即前面说的“谗人”。忼慨：情绪激昂。 51. 踥蹀（qiè dié）：小步快走的样子，形容谗人的竞相钻营。日进：日益受到重用。 52. 美：君子贤臣。逾：通“愈”，更加。迈：离去。 53. 曼余目：放眼望去。流观：四下眺望。 54. 冀：希望。壹反：回去一趟。 55. 首丘：头向着生养自己的山丘。据说狐狸死的时候一定朝向它生长的山丘。比喻对故乡的怀念。 56. 之：故乡郢都。

怀　沙[1]

滔滔孟夏兮[2]，草木莽莽。伤怀永哀兮，汩徂南土[3]。眴兮杳杳[4]，孔静幽默。郁结纡轸兮，离慜而长鞠[5]。抚情效志兮[6]，冤屈而自抑。

刓方以为圜兮[7]，常度未替。易初本迪兮[8]，君子所鄙。章画志墨兮[9]，前图未改。内厚质正兮，大人所盛[10]。巧倕不斫兮[11]，孰察其拨正。玄文处幽兮，矇瞍谓之不章[12]。离娄微睇兮[13]，瞽以为无明。变白以为黑兮，倒上以为下。凤皇在笯兮[14]，鸡鹜翔舞。同糅玉石兮，一概而相量[15]。夫惟党人之鄙固兮，羌不知余之所臧[16]。

任重载盛兮，陷滞而不济[17]。怀瑾握瑜兮[18]，穷不知所示。邑犬之群吠兮，吠所怪也。非俊疑杰兮，固庸态也[19]。文质疏内兮[20]，众不知余之异采。材朴委积兮[21]，莫知余之所有。重仁袭义兮[22]，谨厚以为丰。重华不可遌兮[23]，孰知余之从容！古固有不并兮[24]，岂知其何故？汤禹久远兮[25]，邈而不可慕。惩连改忿兮[26]，抑心而自强。离慜

注释　1.《怀沙》出自《九章》，据《史记·屈原列传》记载，此篇是屈原的绝命辞。　2. 滔滔：阳气充盛貌。孟夏：初夏，指阴历四月。　3. 汩徂（yù cú）：急匆匆地奔走。南土：南方的流放之地。　4. 眴（xuàn）：看，视。杳杳（yǎo yǎo）：幽深之貌。　5. 离慜（mǐn）：遭受忧痛。鞠（jū）：穷困。　6. 抚：安抚。效志：考验心志。　7. 刓（wán）：削。　8. 易：改变。本迪：常道。　9. 章：彰明。志：记。　10. 大人：圣人君子。盛：赞美。　11. 巧倕（chuí）：倕，舜臣名，传说该人有巧思，善作百工之物，故曰巧倕。斫（zhuó）：砍削。　12. 矇瞍（měng sǒu）：盲人。古称有其眸而无所见的为矇，无其眸的为瞍。　13. 离娄：传说中黄帝时人，以眼力极佳而闻名。微睇（dì）：略加顾盼。　14. 笯（nú）：鸟笼。　15. 概：古代丈量器具，此处引申为标准。　16. 臧：美善。　17. 滞：滞留。济：渡，引申为行进之意。　18. 瑾、瑜：都是美玉的一种，此处比喻美德。　19. 庸态：世俗之常态。　20. 文质疏内：文采、本质朴拙，内心迂阔疏达。　21. 材朴：可用之材质尚未经过削斫修饰。委积：积聚、堆积。　22. 重、袭：互义，都是重叠、重累的意思。　23. 重华：传说中的五帝之一，名重华，字都君，谥号舜。遌（è）：遇、逢。　24. 并：兼、俱。“古固有不并兮”，言往古之世，明君贤臣不并世而立的事多有发生。　25. 汤：商朝的开国之君。禹：传说中的古代部落联盟首领，夏朝开国之君启的父亲，名曰文命，谥号禹。　26. 惩：止息。连：当作“违”，怨恨之意。改：消除。忿：怒、恨。

而不迁兮，愿志之有像[27]。进路北次兮[28]，日昧昧其将暮。舒忧娱哀兮，限之以大故[29]。

乱曰[30]：浩浩沅湘，分流汩兮[31]。修路幽蔽，道远忽兮[32]。怀质抱情[33]，独无匹兮。伯乐既没，骥焉程兮[34]。万民之生，各有所错兮[35]。定心广志[36]，余何畏惧兮？曾伤爰哀[37]，永叹喟兮。世浑浊莫吾知[38]，人心不可谓兮。知死不可让[39]，愿勿爱兮。明告君子，吾将以为类兮[40]。

27. 志：志行。有像：有学习效法的榜样、标准。 28. 进路：前进的道路。次：停留、歇息。 29. 限：极限。大故：大丧，意指死亡。 30. 乱：乐之卒章，屈原借其以为诗之尾声。 31. 汩（gǔ）：江水迅急的样子。 32. 忽：辽阔、辽远。 33. 怀质抱情：怀抱诚笃之质、忠信之情。 34. 骥：良马。程：计量、衡量，引申为识别之意。 35. 错：通“措”，安置。 36. 定心广志：安定内心，不为患难所动摇；拓展志向，不被穷蹙所阻挠。 37. 曾：通“增”，反复、重复。爰：悲哀。 38. 莫吾知：宾语前置，世道污浊，没有人能够理解我。 39. 让：避免、辞让。 40. 类：榜样、法度。

橘　颂[1]

后皇嘉树[2]，橘徕服兮[3]。受命不迁[4]，生南国兮。深固难徙[5]，更壹志兮[6]。绿叶素荣[7]，纷其可喜兮[8]。曾枝剡棘[9]，圆果抟兮[10]。青黄杂糅，文章烂兮[11]。精色内白[12]，类可任兮[13]。纷缊宜修[14]，姱而不丑兮[15]。嗟尔幼志[16]，有以异兮。独立不迁，岂不可喜兮。深固难徙，廓其无求兮[17]。苏世独立[18]，横而不流兮[19]。闭心自慎，

注释　1.《橘颂》出自《九章》，是一首以橘喻人的咏物之作。 2. 后皇：皇天后土，指天地。嘉：美好的。 3. 徕：同“来”。服：习惯，适应。 4. 受命：秉受自然的生命，即秉性。不迁：不能改变。 5. 深固：根深蒂固。难徙：难以迁徙。 6. 更（gēng）：变更。壹志：志向专一。 7. 素荣：白花。 8. 纷：盛多繁茂的样子。 9. 曾：同“层”，重叠。剡（yǎn）：尖锐。棘：刺。 10. 圆果：指橘子。抟（tuán）：圆形。 11. 文章：青黄之色相间。指橘子色彩鲜明。 12. 精色：果皮有鲜明的颜色。内白：果实内瓤嫩白洁净。 13. 类：貌似。可任：可以承担重任。 14. 纷缊（yūn）：同“纷纭”，盛多纷繁的样子。宜修：修饰得宜，恰如其分。 15. 姱（kuā）：美好。丑：同类，等类。 16. 尔：汝，指橘。幼志：天生

不终失过兮。秉德无私[20]，参天地兮[21]。愿岁并谢[22]，与长友兮[23]。淑离不淫[24]，梗其有理兮[25]。年岁虽少，可师长兮。行比伯夷[26]，置以为像兮[27]。

的本性。 17. 廓：空寂，超脱。 18. 苏：醒。 19. 横：横绝，横断。不流：不随波逐流。 20. 秉德：坚持道德。 21. 参天地：与天地相适配。 22. 并谢：一同凋谢。 23. 与长友：与橘长久为友。 24. 淑：内心善良。离：通“丽”，色彩美丽。不淫：不为外物所惑乱。 25. 梗：正直坚强。有理：不乱。 26. 伯夷：古之君子。 27. 置：树立。像：榜样。

宋 玉

宋玉，战国时楚国郢（今湖北江陵）人，或曾师事屈原，后人将他与屈原并称“屈宋”。《汉书·艺文志》录宋玉赋十六篇，然其中多伪作。《九辩》是其最具代表性的名篇。

九 辩[1]

悲哉！秋之为气也[2]。萧瑟兮[3]，草木摇落而变衰[4]。憭栗兮[5]，若在远行。登山临水兮，送将归。泬寥兮[6]，天高而气清；寂寥兮[7]，收潦而水清[8]。憯凄增欷兮[9]，薄寒之中人[10]；怆怳懭悢兮[11]，去故而就新；坎廪兮[12]，贫士失职而志不平；廓落兮[13]，羁旅而无友生[14]；惆怅兮[15]，而私自怜。燕翩翩其辞归兮，蝉寂漠而无声[16]。雁廱廱而南游兮[17]，鹍鸡啁哳而

注释 1. 九辩：即九变，古代乐调之名。王逸《楚辞章句》曰：“宋玉者，屈原弟子也。闵惜其师忠而放逐，故作《九辩》以述其志。” 2. 秋之为气：秋天所形成的肃杀悲凉气氛。 3. 萧瑟：草木被秋风吹动的声音。 4. 摇落：动摇，败落。 5. 憭栗（liáo lì）：凄怆，凄凉。 6. 泬寥（xuè liáo）：空旷寂静的样子。 7. 寂：没有声音。寥：空虚。 8. 收潦（lǎo）：积水汇流归于川泽。 9. 憯（cǎn）凄：悲痛，悲伤。 10. 薄寒：轻微的寒气。中（zhòng）：侵袭。 11. 怆怳（chuàng huǎng）：惆怅失意貌。懭悢（kuǎng liàng）：愁恨。 12. 坎廪（kǎn lǐn）：道路不平。这里比喻遭遇不顺利。 13. 廓落：空虚，孤独。 14. 羁：马被缰绳所控制，引申作牵绊的意思。羁旅：指留滞异乡。友生：古代称知交为友生。 15. 惆怅：因失意而伤感。 16. 寂漠：同“寂寞”，

悲鸣[18]。独申旦而不寐兮[19]，哀蟋蟀之宵征[20]。时亹亹而过中兮[21]，蹇淹留而无成[22]。

悲忧穷戚兮独处廓[23]，有美一人兮心不绎[24]；去乡离家兮徕远客[25]，超逍遥兮今焉薄[26]！专思君兮不可化[27]，君不知兮可奈何！蓄怨兮积思，心烦憺兮忘食事[28]。愿一见兮道余意，君之心兮与余异。车既驾兮朅而归[29]，不得见兮心伤悲。倚结軨兮长太息[30]，涕潺湲兮下沾轼[31]。慷慨绝兮不得，中瞀乱兮迷惑[32]。私自怜兮何极？心怦怦兮谅直[33]。

皇天平分四时兮[34]，窃独悲此廪秋[35]。白露既下百草兮[36]，奄离披此梧楸[37]。去白日之昭昭兮[38]，袭长夜之悠悠[39]。离芳蔼之方壮兮[40]，余萎约而悲愁[41]。秋既先戒以白露兮，冬又申之以严霜[42]。收恢台之孟夏兮[43]，然欿傺而沈臧[44]。叶菸邑而无色兮[45]，枝烦挐而交横[46]。颜淫溢而将罢兮[47]，柯仿佛而萎黄[48]。萷櫹椮之可哀兮[49]，形销铄而瘀伤[50]。惟其纷糅而将落兮[51]，恨其失时而无当[52]。揽騑

寂静无声。 17. 廱廱（yōng）：大雁悠扬和谐的鸣声。 18. 鹍（kūn）鸡：鸟名，形体似鹤。啁哳（zhāo zhā）：繁杂而细碎的叫声。 19. 申旦：通宵达旦。寐：睡。 20. 宵征：夜行。这里指蟋蟀的跳动鸣叫。 21. 亹亹（wěi）：运行不息。这里有发展变化的意思。过中：过了中年。 22. 蹇（jiǎn）：通“謇”，楚方言，发语词。淹留：停留，久留。 23. 穷戚：处境穷困。廓（kuò）：空虚，空寂。 24. 绎（yì）：通“怿”，愉快，喜悦。 25. 徕（lái）：同“来”。徕远客：来到远方做客。 26. 超：遥远。逍遥：闲散而无着落的样子。薄（pō）：通“泊”，止，到。 27. 化：改变，解开。 28. 憺（dàn）：通“惮”，忧虑，惊惧。食事：饮食和做事。 29. 朅（qiè）：离去。 30. 倚（yǐ）：斜靠着。軨（líng）：古代车厢前面和左右两边的栏木。 31. 潺湲（chán yuán）：水流不断的样子。这里借以形容流泪之多。轼（shì）：车前可以伏人的横板。 32. 中（zhōng）：内心。瞀（mào）：昏乱，烦乱。 33. 怦怦（pēng pēng）：忠诚的样子。谅直：忠诚而正直。 34. 皇天：对天的尊称。时：季节。 35. 廪：同“凛”，寒冷。廪秋：寒凉而凄清的秋天。 36. 白露：清露。 37. 奄（yǎn）：突然。离披：纷乱貌。这里是指枝疏叶落的样子。梧楸（wú qiū）：梧桐和楸树。二者都是早凋的落叶乔木。 38. 昭昭：光明貌。 39. 袭：继续，承接。 40. 芳蔼（ǎi）：芳菲而繁盛，形容人的壮年。 41. 萎约：萎缩，枯萎而约缩。此喻贫穷。 42. 申：重，加上。 43 收：收敛。恢台：广大繁茂的样子。孟夏：初夏。 44. 欿（kǎn）：通“坎”，沉陷。傺（chì）：停止。臧：通“藏”，收藏，隐藏。 45. 菸邑（yū yì）：枯萎暗淡。 46. 烦挐（rú）：纷乱，纷杂。 47. 淫溢：过度过分。罢（pí）：通“疲”，疲劳、疲乏。指植物的凋零。 48. 柯：树枝。仿佛：此指色泽暗淡，不鲜明。 49. 萷（xiāo）：树梢。櫹椮（sēn）：空秃上耸的样子。 50. 销铄（shuò）：熔化，销熔。这里指植物受到损毁。 51. 惟：念及。纷糅（róu）：繁多而错杂。落：陨落。 52. 失时：失

辔而下节兮[53]，聊逍遥以相佯[54]。岁忽忽而遒尽兮[55]，恐余寿之弗将[56]。悼余生之不时兮[57]，逢此世之俇攘[58]。澹容与而独倚兮[59]，蟋蟀鸣此西堂。心怵惕而震荡兮[60]，何所忧之多方。仰明月而太息兮[61]，步列星而极明[62]。

窃悲夫蕙华之曾敷兮[63]，纷旖旎乎都房[64]。何曾华之无实兮[65]，从风雨而飞飏[66]！以为君独服此蕙兮[67]，羌无以异于众芳[68]。闵奇思之不通兮[69]，将去君而高翔。心闵怜之惨凄兮，愿一见而有明[70]。重无怨而生离兮[71]，中结轸而增伤[72]。岂不郁陶而思君兮[73]？君之门以九重！猛犬狺狺而迎吠兮[74]，关梁闭而不通[75]。皇天淫溢而秋霖兮[76]，后土何时而得漧[77]？块独守此无泽兮[78]，仰浮云而永叹！

何时俗之工巧兮[79]，背绳墨而改错[80]！却骐骥而不乘兮[81]，策驽骀而取路[82]。当世岂无骐骥兮，诚莫之能善御。见执辔者非其人兮[83]，故駶跳而远去[84]。凫雁皆唼夫粱藻兮[85]，凤愈飘翔而高

去了壮盛之时。无当：没有好的际遇。　53. 擥：即“揽”，总持，全握在手中。骓（fēi）：车两旁的马。古代驾车的马，中间的名服，两旁的名骖，也叫作骓。下节：停车。节，度，指车行的节度。　54. 相佯（cháng yáng）：同“徜徉”，漫游，徘徊，自由自在地游玩。　55. 忽忽：倏忽。形容时间过得很快。遒（qiú）：迫近。遒尽：迫近完结。　56. 将：长久。　57. 不时：没有遇上好的时世。　58. 俇攘（kuāng rǎng）：纷扰混乱的样子。　59. 澹：同“淡”，安静淡漠的样子。这里指心情的枯寂。容与：闲散的样子。　60. 怵（chù）惕：忧惧，惊惧。　61. 太息：出声长叹。　62. 步：行走。这里是徘徊的意思。列星：众星。极明：到天亮。　63. 蕙华：蕙草的花。曾敷（fū）：曾经开放。　64. 旖旎（yī nǐ）：繁盛的样子。都：华丽，优美。　65. 曾（céng）：通“层”，重叠。曾华：累累重叠的花朵。　66. 飏（yáng）：通“扬”。飞飏：向上飘起，飘散。　67. 独：专一，唯独。　68. 众芳：一般的花草。这里喻指一般人才。　69. 闵：同“悯”，伤念，哀怜。不通：不能上通于君。　70. 有明：有以自明，有所表达。　71. 生离：离别，此指被斥弃。　72. 结轸（zhěn）：心中郁结而沉痛。　73. 郁陶（yǎo）：愁思郁结的样子。　74. 狺狺（yín yín）：狗叫的声音。　75. 关梁：门关和桥梁。　76. 淫溢：过度。这里指下雨过多。霖（lín）：久下不停的雨。　77. 后土：大地。漧（gān）：同“乾”，干燥。　78. 块：块然，孤独的样子。无：通“芜”，荒芜。泽：聚水的洼地。　79. 工巧：善于投机取巧。　80. 背：违背，背弃。错：通“措”，指正常的措施。　81. 却：不要，拒绝。骐骥：骏马之名，千里马，此处比喻贤能之士。　82. 策：马鞭子。这里用作动词，鞭策，鞭打。驽骀（nú tái）：劣马，比喻小人。取路：上路，赶路。　83. 辔：御牲口用的嚼子和缰绳。　84. 駶（jú）跳：跳跃。　85. 凫（fú）：野鸭。唼（shà）：水鸟或鱼类吞食东西。粱（liáng）：粟米，小米。藻：水草。

举[86]。圜凿而方枘兮[87]，吾固知其鉏铻而难入[88]。众鸟皆有所登栖兮[89]，凤独遑遑而无所集[90]，愿衔枚而无言兮[91]，尝被君之渥洽[92]。太公九十乃显荣兮[93]，诚未遇其匹合。谓骐骥兮安归？谓凤皇兮安栖？变古易俗兮世衰，今之相者兮举肥[94]。骐骥伏匿而不见兮[95]，凤皇高飞而不下。鸟兽犹知怀德兮，何云贤士之不处[96]？骥不骤进而求服兮[97]，凤亦不贪餧而妄食[98]。君弃远而不察兮，虽愿忠其焉得[99]？欲寂漠而绝端兮[100]，窃不敢忘初之厚德。独悲愁其伤人兮，冯郁郁其何极[101]？

霜露惨凄而交下兮[102]，心尚幸其弗济[103]。霰雪雰糅其增加兮[104]，乃知遭命之将至[105]。愿徼幸而有待兮[106]，泊莽莽与壄草同死[107]。愿自往而径游兮[108]，路壅绝而不通[109]。欲循道而平驱兮[110]，又未知其所从。然中路而迷惑兮，自厌桉而学诵。性愚陋以褊浅兮[111]，信未达乎从容。窃美申包胥之气盛兮[112]，恐时世之不固[113]。何时俗之工巧兮？灭规矩而改凿[114]！

86. 高举：高飞。 87. 圜凿（záo）：圆的榫眼、插孔。方枘（ruì）：方的榫头。 88. 鉏铻（jǔ yǔ）：同“龃龉”，不相配合。 89. 众鸟：比喻凡庸之辈。登：鸟升于树。栖：鸟类止留歇宿。 90. 遑遑（huáng）：匆匆忙忙，心神不安的样子。无所集：没有栖身的地方。 91. 衔枚：本为军事术语，这里是借用。古代秘密行军时，为了肃静隐蔽，每位士卒口中横衔着一枝枚，防止说话被敌人发觉。衔枚无言：犹言闭口不说。 92. 被：蒙受。渥洽（wò qià）：深厚优隆的恩泽。 93. 太公：即姜太公，姜尚。周文王的贤臣。显荣：显赫荣耀。这里指姜太公受到文王、武王重用。 94. 相者：相马的人。借指善于发掘重用贤才的人。举肥：推荐肥马，挑选肥马。 95. 伏匿：隐藏。见：通“现”，显现。 96. 不处：不留处于朝廷之位。借指君臣离异。 97. 骥：骏马。骤进：急速行进。服：驾，拉车。 98. 餧：同“喂”，指饲养。妄：胡乱。 99. 得：表示情况允许，有能够、可以的意思。 100. 寂漠：寂寞。绝端：丢开不想。指自己不再顾念君王的事情。 101. 冯：通“凭”，愤懑愁闷。冯郁郁：愁闷的样子。何极：哪有终极。 102. 交下：一并夹杂地落下来。 103. 幸：希望。弗济：不能达到目的。 104. 霰（xiàn）：小雪珠。雰（fēn）：雪盛貌。 105. 遭命：遭遇到的不幸命运。 106. 徼（jiǎo）幸：同“侥幸”，偶然的幸运。 107. 泊（bó）：漂泊，羁旅。莽莽：野草无边的样子。壄：古“野”字。 108. 自往：自己申辩原委曲直。径游：直接前去见楚王。此句一作“愿自直而径往”。 109. 壅（yǒng）：阻塞，障蔽。 110. 循道：顺着大道。平驱：平稳地驱驰。 111. 愚陋：愚昧鄙陋。褊（biǎn）：狭隘。 112. 申包胥：春秋时期楚国大夫。姓公孙，封于申，故名申包胥。 113. 时世：时代。 114. 凿：穿孔打眼。改凿：即不用规矩而胡乱打眼。

独耿介而不随兮[115]，愿慕先圣之遗教[116]。处浊世而显荣兮，非余心之所乐。与其无义而有名兮，宁穷处而守高[117]。食不媮而为饱兮[118]，衣不苟而为温。窃慕诗人之遗风兮[119]，愿托志乎素餐[120]。蹇充倔而无端兮[121]，泊莽莽而无垠[122]。无衣裘以御冬兮，恐溘死不得见乎阳春[123]。

靓杪秋之遥夜兮[124]，心缭悷而有哀[125]。春秋逴逴而日高兮[126]，然惆怅而自悲[127]。四时递来而卒岁兮[128]，阴阳不可与俪偕[129]。白日晼晚其将入兮[130]，明月销铄而减毁[131]。岁忽忽而遒尽兮[132]，老冉冉而愈弛[133]。心摇悦而日幸兮[134]，然怊怅而无冀[135]。中憯恻之凄怆兮[136]，长太息而增欷[137]。年洋洋以日往兮[138]，老嵺廓而无处[139]。事亹亹而觊进兮[140]，蹇淹留而踌躇[141]。

何泛滥之浮云兮[142]？猋壅蔽此明月[143]。忠昭昭而愿见兮[144]，然霠曀而莫达[145]。愿皓日之显行兮[146]，云蒙蒙而蔽之[147]。窃不自料而愿忠兮[148]，或黕点而汙之[149]。尧舜之抗行兮[150]，瞭冥冥而薄天[151]。

115. 耿介：光明正大，正直。 116. 慕：敬仰，仰慕。这里有取法、效法的意思。 117. 守高：保持清高，保持高洁。 118. 媮：同“偷”，苟且。 119. 遗风：前代遗留下来的崇高风尚。 120. 托志：寄托志节。素餐：白吃饭。 121. 蹇(jiǎn)：通“謇”，句首语气词。充倔：自满失节的样子。倔：通“拙”。 122. 垠：边际，尽头。 123. 溘(kè)死：突然死去。阳春：温暖和煦的春天。 124. 靓(jìng)：通“静”。杪(miǎo)：树枝的末梢。引申为季节的最后。杪秋：暮秋，深秋。遥夜：长夜。 125. 缭悷(liáo lì)：忧思缠绕，委屈郁结。 126. 逴逴(chuò)：悠远的样子。日高：指年岁渐老。 127. 惆怅(chóu chàng)：因失意而伤感。 128. 递来：前后相连地到来。卒岁：过完一年，终岁。 129. 阴阳：本指日光的面背，向日为阳，背日为阴。引申为运行不息的日月时光。俪(lì)偕：共同，偕同。 130. 晼(wǎn)晚：夕阳的暗淡光景。此处比喻年老。入：没。指日落。 131. 销铄(xiāo shuò)：销毁。这里指月亮亏缺的意思。 132. 忽忽：形容时间过得很快。遒(qiú)：迫近，终尽。 133. 冉冉：逐渐。弛：松懈，懈怠。 134. 摇悦：美好。日幸：天天希望。 135. 怊(chāo)怅：犹惆怅。失意感伤的样子。冀：希望。 136. 憯恻(cǎn cè)：悲伤，悲痛。 137. 太息：长叹。增(céng)：通“层”，重复，反复。欷(xī)：悲叹声。 138. 洋洋：广大无边的样子。这里形容岁月的无穷无尽。 139. 嵺廓：空旷，高远。这里形容内心的空虚失落。 140. 觊(jì)：希望，企图。 141. 淹留：滞留，久留。踌躇：进退不定，犹豫不决。 142. 泛滥：本义指大水的横流漫溢，这里形容浮云的弥漫。浮云：比喻谗人佞臣。 143. 猋(biāo)：犬急速奔跑的样子，这里形容浮云的飘动。壅蔽：阻挡，遮盖。明月：比喻贤士。 144. 昭昭：光明貌。见(xiàn)：通“现”，显露。 145. 霠曀(yīn yì)：浓云蔽日天色阴暗的样子。 146. 显行：光辉普照而显赫地运行，比喻君王明察一切。 147. 蒙何险巇之嫉妒兮[152]？被以不慈之伪名。彼日月之照明兮，尚黯黮而有瑕[153]。何况一国之事兮，亦多端而胶加[154]。被荷裯之晏晏兮[155]，然潢洋而不可带[156]。既骄美而伐武兮[157]，负左右之耿介[158]。憎愠惀之修美兮[159]，好夫人之慷慨[160]。众踥蹀而日进兮[161]，美超远而逾迈。农夫辍耕而容与兮[162]，恐田野之芜秽。事绵绵而多私兮[163]，窃悼后之危败。世雷同而炫曜兮[164]，何毁誉之昧昧[165]！今修饰而窥镜兮[166]，后尚可以窜藏[167]。愿寄言夫流星兮[168]，羌倏忽而难当[169]。卒壅蔽此浮云兮[170]，下暗漠而无光[171]。

尧舜皆有所举任兮[172]，故高枕而自适[173]。谅无怨于天下兮[174]，心焉取此怵惕[175]？乘骐骥之浏浏兮[176]，驭安用夫强策[177]？谅城郭之不足恃兮[178]，虽重介之何益[179]？邅翼翼而无终兮[180]，忳惛惛而愁约[181]。生天地之若过兮，功不成而无效。愿沈滞而不见兮[182]，尚欲布名乎天下[183]。然潢洋而不遇兮，直怐愗而自苦[184]。莽洋洋而无极兮[185]，忽翱翔之焉薄[186]？国有骥

蒙：云气迷蒙状。 148. 不自料：对自身估量过高。 149. 黕（dǎn）：污垢。点：污辱，玷污。 150. 抗行：高尚的德行。 151. 瞭冥冥：高远貌。 152. 险巇（xī）：艰险。这里指险恶的小人。 153. 黯黮（àn dàn）：昏暗不明。瑕（xiá）：玉上面的斑点。比喻缺点。 154. 多端：头绪繁多。胶加：犹言纠葛，纠缠不清。 155. 荷裯（dāo）：荷叶裁制的短衣。晏晏：鲜明的样子。 156. 潢（huǎng）洋：空荡荡的样子。这里形容衣服不称身。 157. 骄美：自骄其美。伐武：矜夸自己勇武。 158. 负：倚恃，倚仗。耿介：正直，光明正大。 159. 愠惀（lǔn）：心地忠诚而拙于言辞。 160. 夫人：犹言彼人，此指众小人。 161. 踥蹀（qiè dié）：本义指小步行走貌，此喻奔走钻营。日进：日渐跻身于朝廷之内。 162. 辍（chuò）：停止。容与：安闲自得貌。 163. 多私：指群小多有私心而害公。 164. 雷同：雷声一发，山鸣谷应，彼此相同，故曰雷同。这里借以比喻小人沆瀣一气。炫曜：日光强烈，此指迷惑，难辨是非。 165. 昧昧（mèi）：昏暗不明的样子。 166. 修饰：修饰容貌。这里借以比喻整饬内政。窥镜：照镜子。此喻正确衡量自己。 167. 窜藏：犹言潜藏，引申为谨慎自保。 168. 寄言：托人传达言辞。 169. 倏（shū）忽：迅疾貌。 170. 卒：终于，最终。 171. 暗漠：昏暗。 172. 举任：举贤任能。 173. 自适：安适自得。 174. 谅：犹“诚”，确实。 175. 怵惕（chù tì）：戒惧，惊惧。 176. 浏浏：犹溜溜，如水之流，顺行无阻的样子。 177. 驭（yù）：驾驭车马。强策：强硬有力的马鞭子。 178. 恃：凭侍，依靠。 179. 重介：坚硬的盔甲。 180. 邅（zhān）：迂回不前。翼翼：谨慎的样子。 181. 忳（tún）：忧愁貌。惛（mèn）：通“闷”，忧郁烦闷的样子。愁约：忧愁穷困。 182. 沈滞：埋没，退隐。沈，通“沉”。 183. 布名：扬名。 184. 直：简直。怐愗（kòu mào）：愚昧的样子。 185. 莽洋洋：荒野辽阔无边际。 186. 焉薄：何处栖止。

而不知乘兮，焉皇皇而更索[187]？甯戚讴于车下兮[188]，桓公闻而知之[189]。无伯乐之相善兮[190]，今谁使乎誉之[191]？罔流涕以聊虑兮[192]，惟著意而得之[193]。纷忳忳之愿忠兮[194]，妒被离而鄣之[195]。愿赐不肖之躯而别离兮[196]，放游志乎云中[197]。乘精气之抟抟兮[198]，骛诸神之湛湛[199]。骖白霓之习习兮[200]，历群灵之丰丰[201]。左朱雀之茇茇兮[202]，右苍龙之躣躣[203]。属雷师之阗阗兮[204]，通飞廉之衙衙[205]。前轻辌之锵锵兮[206]，后辎乘之从从[207]。载云旗之委蛇兮[208]，扈屯骑之容容[209]。计专专之不可化兮[210]，愿遂推而为臧[211]。赖皇天之厚德兮[212]，还及君之无恙[213]。

187. 皇皇：通“遑遑”，匆遽不安的样子。更：另外。索：寻找，求取。 188. 甯戚：春秋时卫国的贤士，后为齐桓公重用。讴：歌唱。 189. 知之：知其心意。 190. 伯乐：春秋秦穆公时人，以善相马著称。相（xiàng）：仔细观察。这里指识别马的好坏。 191. 誉：称赞，美誉。 192. 罔：通“惘”，失意的样子。 193. 著意：用心专一。 194. 忳忳（zhūn）：专一的样子。 195. 被离：通“披离”，众多而杂乱的样子。鄣：同“障”，阻塞，阻隔。指造谣中伤，制造君臣嫌隙。 196. 不肖：不贤。古代自称的谦词。 197. 游志：放心物外的意向。精气：古代指充塞于天地间的阴阳元气。 198. 抟抟（tuán）：聚集貌。 199. 骛（wù）：追求，追随。湛湛（zhàn）：深厚貌。 200. 骖（cān）：古时车辕两侧驾车的马称为骖。此处作动词，驾车。白霓：白色的虹霓。习习：飞动的样子。 201. 群灵：指群星之神。丰丰：众多的样子。 202. 朱雀：星座名。二十八宿中南方七宿的总称。茇茇（pèi）：翩翩飞翔的样子。 203. 苍龙：星座名，二十八宿中东方七宿的总称。躣躣（qú）：行进貌。 204. 属（zhǔ）：连接，跟随。雷师：古代神话中的雷神。阗阗（tiǎn）：鼓声，此喻雷声。 205. 通：在前面开路。飞廉：古代神话中的风神。衙衙（yú）：行走的样子。 206. 轻辌（liáng）：古代的一种轻便卧车。锵锵（qiāng）：车铃声。 207. 辎乘（zī shèng）：辎重车。从从（cōng）：从容貌。 208. 载：树立。云旗：云霓之旗。委蛇（wēi yí）：旌旗迎风舒展的样子。 209. 扈（hù）：侍卫，仪仗。屯骑（jì）：聚集的车骑。容容：盛大的样子。 210. 计：心意。专专：专一。 211. 遂：终于，终究。推：进。此指进身仕朝。臧（zāng）：善，好。 212. 赖：依赖，仰仗。 213. 及君：佑及君王。恙（yàng）：灾病。引申为忧患过失。

汉

刘　邦

刘邦，汉高祖，字季，沛丰邑中阳里（今江苏丰县境）人。公元前202年称帝，在位十二年（称帝八年）。能诗。今传诗两首，皆雄阔有气势。

大风歌

大风起兮云飞扬。威加海内兮归故乡[1]。安得猛士兮守四方[2]。

注释　1. 海内：四海之内，犹言天下。古人认为我国疆土四面环海，故称国境以内为海内。故乡：此指沛县。刘邦平黥布后过故乡沛县邀宴故人作此歌。 2. 猛士：勇士。

鸿鹄歌

鸿鹄高飞[1]，一举千里。羽翮已就，横绝四海。横绝四海，当可奈何？虽有矰缴[2]，尚安所施？

注释　1. 鸿鹄：鸟名，即天鹅。一说鸿为大鸟，鹄为黄鹄（天鹅）。 2. 矰缴（zēng zhuó）：系有丝绳用以射鸟的短箭。

项　籍

项籍（前232—前202），字羽，下相（今江苏宿迁西南）人，秦末群雄之一。公元前209年从叔父项梁起兵反秦，前202年与刘邦争天下失败，自刎于乌江畔。临死作《垓下歌》，调甚悲壮。

垓下歌[1]

力拔山兮气盖世。
时不利兮骓不逝[2]。
骓不逝兮可奈何！
虞兮虞兮奈若何[3]！

注释　1. 垓下：地名，刘邦围困项羽于此。在今安徽灵璧县东南。　2. 时：时局。骓：指项羽的坐骑乌骓马。逝：行，离去。　3. 虞：虞姬，项羽的宠姬。若：你，犹言“汝”。奈若何：拿你怎么办。

刘　彻

刘彻（前156—前87），汉武帝，景帝刘启子。四岁立为胶东王，后元三年（前141）十六岁即帝位，在位五十四年。好文学，尤喜辞赋，又好音乐。亦能为诗赋，其诗多楚歌体。代表作《秋风辞》写乐极生悲之情，亲切自然。

秋风辞

秋风起兮白云飞，草木黄落兮雁南归。兰有秀兮菊有芳[1]，怀佳人兮不能忘。泛楼船兮济汾河[2]，横中流兮扬素波[3]。箫鼓鸣兮发棹歌[4]，欢乐极兮哀情多。少壮几时兮奈老何！

注释　1. 秀：秀丽的颜色。芳：芬芳的气味。此句是互文见义。　2. 楼船：有叠层的大船，多作为战船。这里是游船。济：渡过。汾河：又称汾水，属黄河支流，源出山西宁武管涔山，南流至曲沃西折，在河津入黄河。　3. 中流：江河的中段。素：白色。　4. 棹：划水行船，也指划船的工具。棹歌：船夫行船时所唱的歌。

李延年

李延年，生卒年不详，中山（今河北定县一带）人。汉代音乐家、诗人，武帝宠姬李夫人之兄，官至协律都尉，后因故被武帝所诛。善歌舞，能制新声曲。今存歌诗一首，已具五言体式。

北方有佳人

北方有佳人，绝世而独立[1]。一顾倾人城，再顾倾人国[2]。宁不知倾城与倾国[3]？佳人难再得！

注释　1. 绝世：这里指佳人姿容之美举世无双。独立：超群。　2. 顾：回首，回视。倾：倒。倾国倾城，原指使邦国倾覆，后多用以指使人倾倒的美女。　3. 宁：岂，难道。

刘细君

刘细君，生卒年不详，汉江都王刘建之女。武帝元封中被作为公主嫁于西域乌孙国（今新疆温宿以北伊宁以南）王昆莫，遂作《悲愁歌》，怀思故土。

悲愁歌

吾家嫁我兮天一方，远托异国兮乌孙王。穹庐为室兮旃为墙[1]，以肉为食兮酪为浆[2]。居常土思兮心内伤[3]，愿为黄鹄兮归故乡。

注释　1. 穹庐：毡帐，有如今之蒙古包。旃：通“毡”，用兽毛碾合成的片状物。　2. 酪：乳浆，用牛羊马等乳制成。浆：泛指喝的东西。　3. 居常：平时，日常。土思：怀念故乡的感情。

梁　鸿

梁鸿，生卒年不详，字伯鸾，扶风平陵（今陕西咸阳西北）人，东汉隐士、诗人。家贫而有节操，好学，与妻孟光在霸陵山中耕织为业，夫妻相敬。为避世，曾易姓运期，名燿，字侯光，居齐鲁间。今传诗三首，皆作于东汉章帝时。

五噫歌

陟彼北芒兮[1]，噫！顾瞻帝京兮，噫！宫阙崔巍兮[2]，噫！民之劬劳兮[3]，噫！辽辽未央兮[4]，噫！

注释　1. 陟（zhì）：登上。北芒：山名。山上多墓地。一作北邙，即邙山，也叫芒山、郏山、北山，在今河南洛阳东北。 2. 崔巍：高峻貌。 3. 劬（qú）劳：辛勤，劳苦。 4. 辽辽：远貌。未央：未尽。“民之”二句：百姓的劳苦生活没有尽头。

张　衡

张衡（78—139），字平子，南阳西鄂（今河南南召）人。东汉科学家、文学家。安帝时拜太史令，顺帝时出为河间相，官终尚书。少善属文，通五经，尤善辞赋。今存文三十九篇，诗九首。

四愁诗

我所思兮在太山[1]，欲往从之梁父艰[2]。侧身东望涕沾翰[3]。美人赠我金错刀[4]，何以报之英琼瑶[5]。路远莫致倚逍遥[6]，何为怀忧心烦劳。

注释　1. 太山：即泰山，在山东省中部，为五岳之一。 2. 梁父：山名，泰山下的一座小山，在今山东新泰西，也作“梁甫”。 3. 翰：毛笔。古用羽毛为笔，故以翰代称。 4. 金错刀：钱名。错刀钱，以黄金镀钱上花纹，一刀值五千。 5. 英：即“瑛”，似玉的美石。琼瑶：美玉或美石。瑛又可指玉的光，则“英琼瑶”意为光泽莹润的美玉。 6. 倚：通“猗”，我所思兮在桂林[7]，欲往从之湘水深[8]。侧身南望涕沾襟。美人赠我金琅玕[9]，何以报之双玉盘。路远莫致倚惆怅，何为怀忧心烦伤。

我所思兮在汉阳[10]，欲往从之陇阪长[11]。侧身西望涕沾裳。美人赠我貂襜褕[12]，何以报之明月珠。路远莫致倚踟蹰，何为怀忧心烦纡。

我所思兮在雁门[13]，欲往从之雪雰雰。侧身北望涕沾巾。美人赠我锦绣段[14]，何以报之青玉案[15]。路远莫致倚增叹，何为怀忧心烦惋。

语助词。逍遥：此谓彷徨、徘徊。 7. 桂林：郡名。其地域约相当于今广西及广东西南部一带。 8. 湘水：水名。又名湘江，是湖南省最大的河流。 9. 琅玕：一种像珠玉的美石。 10. 汉阳：郡名。东汉置，本西汉天水郡，郡治在今甘肃省甘谷南。 11. 陇：山名，即陇山，在陕西省陇县西北，跨甘肃清水县界。阪：山坡。 12. 襜（chān）褕（yú）：短衣。一说为宽大的直襟单衣。 13. 雁门：郡名，今山西北部。 14. 锦绣段：成幅的锦绣。 15. 案：几、桌。

秦嘉

秦嘉，生卒年不详，陇西（今甘肃南部）人。东汉诗人，桓帝时为本郡上计吏。与妻徐淑感情甚笃，有书函往来，复有五言诗相赠答，钟嵘《诗品》置二人于中品。今传诗五首。

赠妇诗（选二）

其一[1]

人生譬朝露，居世多屯蹇[2]。
忧艰常早至，欢会常苦晚。
念当奉时役[3]，去尔日遥远。
遣车迎子还，空往复空返。
省书情凄怆[4]，临食不能饭。
独坐空房中，谁与相劝勉。
长夜不能眠，伏枕独辗转。
忧来如寻环[5]，匪席不可卷[6]。

注释　1. 此题共三首，此诗原列第一。　2. 屯蹇：《易》二卦名，都是艰难困苦之意，后因指挫折、不顺利。　3. 时：通“是”，意为此。奉时役：为了这件事。据汉制，每年终各郡国须遣吏送簿记到京师。　4. 省（xǐng）：察看。　5. 寻环：即“循环”，比喻忧愁萦绕不去。　6. “匪席”一句：意为席子可卷，而我心忧愁，不可收拾。

其二[1]

肃肃仆夫征[2]，锵锵扬和铃[3]。
清晨当引迈[4]，束带待鸡鸣。
顾看空室中，仿佛想姿形[5]。
一别怀万恨，起坐为不宁。
何用叙我心？遗思致款诚[6]。
宝钗好耀首，明镜可鉴形。
芳香去垢秽，素琴有清声。
诗人感木瓜，乃欲答瑶琼[7]。
愧彼赠我厚，惭此往物轻[8]。
虽知未足报，贵用叙我情。

注释　1. 此诗原列第三。　2. 肃肃：疾速的样子。仆夫：这里指赶车的人。征：远行。　3. 和铃：安置在车前横木上的一种铃。　4. 引迈：启行，登程。　5. 仿佛：大体相像。　6. 款诚：恳挚，忠诚。　7. “诗人”二句：语出《诗经·卫风·木瓜》：“投我以木瓜，报之以琼琚。”后文“未足报”也用此意。　8. 往物：送去的礼物。指上文中的宝钗、明镜、芳香、素琴四物。

赵　壹

赵壹，生卒年不详，字元叔，汉阳西县（今甘肃天水）人。体貌魁梧，恃才倨傲。今存文七篇，诗二首。

疾邪诗二首

其一

河清不可俟，人命不可延[1]。
顺风激靡草[2]，富贵者称贤。
文籍虽满腹，不如一囊钱。
伊优北堂上，抗脏倚门边[3]。

注释　1.“河清”二句：意为人之寿命有限，难以等待黄河变清。喻指社会混乱，不知何时才能恢复清正。　2. 激：急疾，猛烈。靡：倒下。　3. 伊优：本作“伊优亚”，是小儿刚学说话时的声音。后省作“伊优”，用来讥讽逢迎谄媚的人说话没有定见。抗脏：高亢正直。

其二

势家多所宜，欬吐自成珠[1]。
被褐怀金玉[2]，兰蕙化为刍[3]。
贤者虽独悟，所困在群愚[4]。
且各守尔分，勿复空驰驱。
哀哉复哀哉，此是命矣夫。

注释　1.“势家”二句：有权势的人做任何事都是合宜的，连吐口唾沫都被奉为珠玉。　2. 被：通“披”，穿着。褐：粗毛或粗麻织的短衣，泛指贫苦人的衣服。被褐：指寒贱之人。金玉：比喻才德。　3. 刍：喂牲口的草。　4.“贤者”二句：贤德之人即使自己已有很高的领悟，却仍然受困于愚昧的人群之中。

孔 融

孔融（153—208），字文举，鲁国（今山东曲阜）人。东汉末文人、学者，建安七子之一，孔子二十世孙。名高才茂，为时论所重，然性宽容少忌，屡逆曹操，言辞激切，终被杀。长于散文，文气遒劲，作诗不多，今存七首。

杂诗二首

其一

岩岩钟山首，赫赫炎天路[1]。
高明曜云门，远景灼寒素[2]。
昂昂累世士[3]，结根在所固[4]。
吕望老匹夫[5]，苟为因世故[6]。
管仲小囚臣[7]，独能建功祚[8]。
人生有何常？但患年岁暮。
幸托不肖躯[9]，且当猛虎步。
安能苦一身，与世同举厝[10]？
由不慎小节，庸夫笑我度。
吕望尚不希，夷齐何足慕[11]？

注释　1. 岩岩：高峻挺拔貌。钟山：昆仑山的别名，一说指传说中的无日酷寒之地。赫赫：这里是干旱、炎热貌。2. 高明：富贵者。曜：照耀，炫耀。景：同“影”，远景犹言余光。灼：炙烧。寒素：门第卑微又无官爵的人。　3. 昂昂：挺特貌，志行高超貌。累世：历代。　4. 结根：扎根，比喻志节操守。　5. 吕望：吕尚，号太公望。匹夫：平民。　6. 因：顺应。世：时世，时局。故：变故。　7. 小囚臣：管仲原为齐国公子纠的臣子，公子纠与齐桓公小白争位失败，管仲一度被囚禁。　8. 建功祚：指后来管仲被齐桓公立为相，辅佐齐桓公成为霸主。　9. 不肖：不才，不正派。这里是自谦之辞。　10. 厝：同“措”。举厝：行为举止。　11. 夷齐：伯夷叔齐，商末人，因耻食周粟而饿死。

其二

远送新行客，岁暮乃来归。
入门望爱子，妻妾向人悲。
闻子不可见，日已潜光辉[1]。
孤坟在西北，常念君来迟。
褰裳上墟丘[2]，但见蒿与薇。

注释　1. 潜光辉：指日落，比喻人之死。　2. 褰：撩起，用手提起。

白骨归黄泉，肌体乘尘飞。
生时不识父，死后知我谁？
孤魂游穷暮，飘飖安所依？
人生图嗣息[3]，尔死我念追。
俯仰内伤心，不觉泪沾衣。
人生自有命，但恨生日希[4]。

3. 嗣息：即子孙。 4. 希：同“稀”。

辛延年

辛延年，东汉诗人，生平不详。今存诗仅乐府一首，记酒家女反抗霍家豪奴事。

羽林郎

昔有霍家奴，姓冯名子都[1]。
依倚将军势，调笑酒家胡[2]。
胡姬年十五，春日独当垆[3]。
长裾连理带[4]，广袖合欢襦[5]。
头上蓝田玉[6]，耳后大秦珠[7]。
两鬟何窈窕[8]，一世良所无。
一鬟五百万，两鬟千万余[9]。
不意金吾子[10]，娉婷过我庐[11]。
银鞍何煜爚[12]，翠盖空踟蹰[13]。
就我求清酒，丝绳提玉壶。
就我求珍肴，金盘脍鲤鱼[14]。

注释 1. 冯子都：西汉大司马大将军霍光的家奴头领，名殷。 2. 胡：我国古代泛称北方边地与西域的民族为胡。 3. 当垆：也作当卢，卖酒的代称。垆，放酒坛的土墩。 4. 裾：衣服的前襟或后襟。 5. 襦：短衣，短袄，穿于单衫之外。 6. 蓝田：山名。在陕西蓝田东。山出美玉，故又名玉山。 7. 大秦：我国古时称罗马帝国为大秦。 8. 窈窕：美好貌。 9. “一鬟”二句：谓发髻上的饰品十分贵重。 10. 金吾：仪仗棒。金吾子：即执金吾，官名，掌管京师治安的长官。这里只是酒家女对霍家豪奴的称呼。 11. 娉婷：姿态美好。 12. 煜爚（yù yuè）：光辉炽盛。 13. 翠盖：用翠鸟的羽毛装饰的车盖。 14. 脍（kuài）：细切鱼肉。

贻我青铜镜，结我红罗裾。
不惜红罗裂，何论轻贱躯！
男儿爱后妇，女子重前夫。
人生有新旧，贵贱不相逾。
多谢金吾子[15]，私爱徒区区[16]。

15. 多谢：郑重地推辞，拒绝。 16. 徒：空，徒然。区区：愚笨。

宋子侯

宋子侯，东汉诗人，生平不详。今存诗一首，借女子春日采桑一事，感叹花开有时，而人之盛年难恃。清沈德潜《古诗源》赞此诗“婀娜其姿，无穷摇曳”。

董娇饶

洛阳城东路，桃李生路旁。
花花自相对，叶叶自相当[1]。
春风东北起，花叶正低昂。
不知谁家子，提笼行采桑。
纤手折其枝，花落何飘飏。
请谢彼姝子[2]，何为见损伤？
高秋八九月，白露变为霜。
终年会飘堕[3]，安得久馨香？
秋时自零落，春月复芬芳。
何如盛年去，欢爱永相忘？
吾欲竟此曲，此曲愁人肠。
归来酌美酒，挟瑟上高堂[4]。

注释 1. 当：对着。 2. 请谢：犹言请问。姝：美好。 3. 会：应当。 4. “归来”二句：这里指代及时行乐。

蔡　琰

蔡琰（177—？），字文姬，陈留圉（今河南杞县）人。东汉末女诗人，蔡邕之女。明音律，博学有才辩。献帝兴平中为胡骑所获，陷匈奴十二年，生二子，后为曹操赎回。今存五言体、骚体《悲愤诗》各一首，世传《胡笳十八拍》真伪存疑。其诗感伤离乱，追怀悲愤，酸楚而激昂。

悲愤诗

汉季失权柄，董卓乱天常[1]。
志欲图篡弑，先害诸贤良[2]。
逼迫迁旧邦[3]，拥主以自强。
海内兴义师[4]，欲共讨不祥[5]。
卓众来东下[6]，金甲耀日光。
平土人脆弱[7]，来兵皆胡羌[8]。
猎野围城邑[9]，所向悉破亡。
斩截无孑遗[10]，尸骸相撑拒[11]。
马边悬男头，马后载妇女。
长驱西入关[12]，迥路险且阻[13]。
还顾邈冥冥，肝脾为烂腐。
所略有万计[14]，不得令屯聚。
或有骨肉俱，欲言不敢语。
失意几微间[15]，辄言毙降虏。
要当以亭刃[16]，我曹不活汝[17]。
岂敢惜性命，不堪其詈骂。
或便加棰杖，毒痛参并下[18]。
旦则号泣行，夜则悲吟坐。
欲死不能得，欲生无一可。

注释　1. 乱天常：违背天理。　2. 诸贤良：指周珌、伍琼等贤臣。　3. 旧邦：旧日的都城，此指汉旧都长安。　4. 义师：指讨伐董卓的关东诸侯联军。　5. 不祥：犹言恶人，此指董卓。　6. “卓众”句：指董卓部下李傕、郭汜的军队由陕西出函谷关东下陈留、颍川诸县。　7. 平土：指中原。　8. “来兵”句：李、郭军中多羌、氐族人，勇猛彪悍。　9. 猎野：在野外打猎，此喻劫掠。　10. 截：断。无孑遗：犹言一个都不剩。　11. 相撑拒：互相支拄，形容尸体横七竖八地堆积着。　12. 西入关：指李、郭军队劫掠后返归函谷关。　13. 迥（jiǒng）：遥远。　14. 略：掳掠，劫掠。　15. 失意：不留意。几微：犹言稍微。　16. 要当：应当。亭刃：犹言挨刀。亭，通“停”，当，直。　17. 我曹：我们。活：令其存活。　18. 毒：心中的愤恨。痛：身体的痛苦。参：参杂，交织。

彼苍者何辜[19]，乃遭此戹祸[20]？
边荒与华异，人俗少义理[21]。
处所多霜雪，胡风春夏起。
翩翩吹我衣，肃肃入我耳。
感时念父母，哀叹无终已。
有客从外来，闻之常欢喜。
迎问其消息，辄复非乡里。
邂逅徼时愿[22]，骨肉来迎已[23]。
已得自解免，当复弃儿子。
天属缀人心[24]，念别无会期。
存亡永乖隔，不忍与之辞。
儿前抱我颈，问母欲何之？
人言母当去，岂复有还时？
阿母常仁恻，今何更不慈？
我尚未成人，奈何不顾思！
见此崩五内[25]，恍惚生狂痴。
号泣手抚摩，当发复回疑[26]。
兼有同时辈[27]，相送告离别。
慕我独得归，哀叫声摧裂。
马为立踟蹰，车为不转辙。
观者皆歔欷[28]，行路亦呜咽[29]。
去去割情恋[30]，遄征日遐迈[31]。
悠悠三千里，何时复交会？
念我出腹子，胸臆为摧败。
既至家人尽，又复无中外[32]。
城郭为山林，庭宇生荆艾。
白骨不知谁，从横莫覆盖[33]。

19.彼苍者：指天。 20.戹：同“厄”。 21.“人俗”句：犹言当地民风野蛮。 22.徼：侥幸。时愿：适时如愿。 23.骨肉：此指从国内来的使者，在诗人眼中犹如至亲。 24.天属：天然的亲属，即具有血缘关系的人。此指母子。缀：相连。 25.五内：五脏。 26.当：临。回疑：回头迟疑。 27.同时辈：同时被俘虏的人。 28.歔欷：抽噎，悲泣。 29.行路：过路的人。 30.情恋：此指母子之情。 31.遄征：疾速前行。日遐迈：一天天地远去。 32.中外：舅父的子女为内兄弟，姑母的子女为外兄弟。此泛指家属亲戚。 33.从横：即纵横，交错貌。

出门无人声，豺狼号且吠。
茕茕对孤景[34]，怛咤糜肝肺[35]。
登高远眺望，魂神忽飞逝。
奄若寿命尽，旁人相宽大[36]。
为复强视息[37]，虽生何聊赖[38]？
托命于新人[39]，竭心自勖厉[40]。
流离成鄙贱，常恐复捐废。
人生几何时，怀忧终年岁！

34. 茕茕（qióng）：孤零貌。景：同“影”。 35. 怛咤（dá zhà）：惊痛失声。糜：烂，破碎。 36. 相宽大：相劝慰，令其宽心。 37. 强视息：勉强睁开眼睛，喘过气来。 38. 聊赖：寄托，倚靠。 39. 新人：指董祀。 40. 勖（xù）厉：勉励。厉，同“励”。

汉乐府

战城南

战城南，死郭北，野死不葬乌可食[1]。为我谓乌[2]：且为客豪[3]，野死谅不葬[4]，腐肉安能去子逃？水深激激[5]，蒲苇冥冥[6]。枭骑战斗死[7]，驽马徘徊鸣。梁筑室[8]，何以南，何以北[9]，禾黍不获君何食？愿为忠臣安可得？思子良臣，良臣诚可思。朝行出攻，暮不夜归。

注释　1. 野死：战死在城外荒野的人。 2. 我：这里是诗人自称。 3. 豪：同“嚎”，大声呼叫、哭喊。这是古人对新死者的招魂仪式。 4. 谅：确实，委实。 5. 激激：水清貌。 6. 冥冥：晦暗，昏昧。 7. 枭骑：勇猛的骑兵。 8. 梁：乐府歌辞里的泛声。下同。 9. “何以”二句：那些修建宫室和营垒的服劳役者为什么也要被天南海北地征调呢？

有所思

有所思，乃在大海南。何用问遗君[1]，双珠玳瑁簪[2]，用玉绍缭之[3]。闻君有他心，拉杂摧烧之[4]。摧烧之，当风扬其灰。从今以往，勿复相思，相思与君绝！鸡鸣狗吠，兄嫂当知之。妃呼狶[5]！秋风肃肃晨风飔[6]，东方须臾高知之[7]。

注释 1. 问遗：亲友、爱人相馈赠。2. 玳瑁：形状像龟的爬行动物，产于热带海中，甲壳可做装饰品。亦作“玳瑁”。3. 绍缭：缠绕。4. 拉杂：折断，折碎。5. 妃呼狶：表示声音，无意义。6. 晨风：鸟名，即鹯。飔：疾风。此指鹯飞得如风一样迅疾。7. 高：同“皜”，光亮洁白貌。知：见，表现。

上　邪

上邪[1]！我欲与君相知，长命无绝衰[2]。山无陵，江水为竭；冬雷震震，夏雨雪；天地合，乃敢与君绝[3]。

注释 1. 上邪（yé）：犹言“上天啊”。此是指天为誓。上指上天。2. 命：教令，使。3.“山无陵”六句：以上列举了五种不可能发生的现象，来表明自己绝不相负。

江　南

江南可采莲，莲叶何田田[1]，鱼戏莲叶间。鱼戏莲叶东，鱼戏莲叶西，鱼戏莲叶南，鱼戏莲叶北。

注释 1. 田田：叶浮于水面的样子。

薤露歌

薤上露[1]，何易晞[2]！露晞明朝更复落，人死一去何时归[3]！

注释　1. 薤（xiè）：一种草本植物，又名藠头。 2. 晞：干。 3.“露晞”二句：露水干了，第二天清晨又会落下，人死后却再无归来之日。

蒿里曲

蒿里谁家地[1]。聚敛魂魄无贤愚[2]。鬼伯一何相催促。人命不得少踟蹰[3]。

注释　1. 蒿里：山名，在泰山之南，为死人之葬地。 2.“聚敛”句：人不分贤愚，都难免一死。 3. 踟蹰：来回走动。此指踌躇、延误。

长歌行

青青园中葵，朝露待日晞。
阳春布德泽[1]，万物生光辉。
常恐秋节至，焜黄华叶衰[2]。
百川东到海，何时复西归？
少壮不努力，老大徒伤悲。

注释　1. 阳春：温暖的春天。布：施予。德泽：德化和恩泽。这里指育化万物。 2. 焜（kūn）黄：色衰貌。华：同“花”。衰（cuī）：事物由强盛渐趋微弱。

猛虎行

饥不从猛虎食，暮不从野雀栖[1]。野雀安无巢，游子为谁骄[2]？

注释　1. 从：跟随，追随。猛虎：比喻行凶害人的盗匪、酷吏一类人。野雀：比喻放荡轻佻的娼女、小人一类人。2. 骄：这里指自重、自持。

陇西行

天上何所有，历历种白榆。
桂树夹道生，青龙对道隅。
凤凰鸣啾啾，一母将九雏。
顾视世间人，为乐甚独殊[1]。
好妇出迎客，颜色正敷愉[2]。
伸腰再拜跪[3]，问客平安不？
请客北堂上，坐客毡氍毹[4]。
清白各异樽[5]，酒上正华疏[6]。
酌酒持与客，客言主人持。
却略再跪拜[7]，然后持一杯。
谈笑未及竟，左顾敕中厨[8]。
促令办粗饭，慎莫使稽留[9]。
废礼送客出[10]，盈盈府中趋[11]。
送客亦不远，足不过门枢。
娶妇得如此，齐姜亦不如[12]。
健妇持门户[13]，亦胜一丈夫。

注释　1.“天上”八句：都是对天上星宿的想象。白榆、桂树、青龙、凤凰都是星名，道指黄道。历历：分明可数。将：携带，这里指带领。独殊：特殊，独特，不一般。　2. 颜色：神情。敷愉：和悦的样子。　3. 再拜：拜两次。跪：两膝着地，伸直腰股者为跪；两膝着地，臀着于蹠者为坐。　4. 坐：请客人坐。氍毹：毛或毛麻混织的毛布、地毯之类。5. 清白：指清酒和白酒。　6. 华疏：华美的刻镂。此指带有精美刻镂花纹的酒勺。　7. 却略：稍微退后。　8. 敕：吩咐。　9. 稽留：停留。　10. 废：停罢。11. 盈盈：美好貌。　12. 齐姜：指齐国的姜姓女子。也可指齐桓公的宗女，她作为晋文公的夫人，协助丈夫成就大事，是高贵而有见识的女子。　13. 健妇：精明强干的妇女。

饮马长城窟行

青青河畔草，绵绵思远道[1]。
远道不可思，宿昔梦见之[2]。
梦见在我傍，忽觉在他乡。
他乡各异县，展转不相见[3]。
枯桑知天风，海水知天寒[4]。
入门各自媚[5]，谁肯相为言！
客从远方来，遗我双鲤鱼。
呼儿烹鲤鱼，中有尺素书[6]。
长跪读素书[7]，书中竟何如？
上言加餐食，下言长相忆。

注释 1. 绵绵：草延续不绝的样子，喻思念不绝。远道：代指远方之人。 2. 昔：通“夕”。宿夕指一夕、一夜。 3. 展转：即“辗转”，形容卧不安席。此指翻来覆去不能重新入睡。 4.“枯桑”二句：树叶落尽的桑枝也能感知风吹，永不结冰的海水也能感知寒冷。 5. 媚：爱戴，顾念。 6.“客从”四句：此用“鱼腹传书”的掌故。古人认为鱼和雁都能传递书信，后亦用“鱼书”“鱼雁”来指代书信。 7. 长跪：直身而跪。见《陇西行》注解3。

孤儿行

孤儿生，孤子遇生[1]，命独当苦。父母在时，乘坚车，驾驷马。父母已去，兄嫂令我行贾[2]。南到九江，东到齐与鲁[3]。腊月来归，不敢自言苦。头多虮虱，面目多尘土。大兄言办饭，大嫂言视马。上高堂，行取殿下堂[4]。孤儿泪下如雨。使我朝行汲，暮得水来归。手为错[5]，足下无菲[6]。怆怆履霜[7]，中多蒺藜[8]。拔断蒺藜肠肉中，怆

注释 1. 遇：不期而至，这里指偶然。 2. 行贾：往来行贩。由于当时贾人社会地位极低，故孤儿实被当奴仆使唤。 3. 九江：长江水系的九条河，即指长江流域。齐：今山东省东部及东北部。鲁：今山东曲阜。 4. 行：复，又。取：即“趋”，跑，疾走。 5. 错：即“皵”(què)，粗厚裂坼。这里指手皲裂。 6. 菲：通“屝”，草履。 7. 怆怆：忧伤悲痛。履：踩，踏。 8. 蒺藜：草名。生于沙地，布地蔓生，果实表面突起如针状。

欲悲。泪下渫渫[9]，清涕累累[10]。冬无复襦，夏无单衣。居生不乐，不如早去，下从地下黄泉！春气动，草萌芽。三月蚕桑，六月收瓜。将是瓜车[11]，来到还家。瓜车反覆。助我者少，啖瓜者多。愿还我蒂，兄与嫂严。独且急归，当兴校计[12]。

乱曰：里中一何譊譊[13]，愿欲寄尺书，将与地下父母，兄嫂难与久居！

9. 渫渫（dié）：水波连续貌。此指泪流不断。 10. 累累：连续不绝。 11. 将：运送。 12. 校计：即计较。 13. 譊譊（náo）：喧嚷争辩之声。

白头吟

皑如山上雪，皎若云间月。
闻君有两意，故来相决绝。
今日斗酒会，明旦沟水头[1]。
躞蹀御沟上[2]，沟水东西流。
凄凄复凄凄，嫁娶不须啼。
愿得一心人，白头不相离。
竹竿何袅袅[3]，鱼尾何簁簁[4]。
男儿重意气[5]，何用钱刀为[6]！

注释　1.“今日”二句：今天最后一次置酒相会，明天一早就在御沟水边分手。 2. 躞蹀(xiè dié)：往来小步貌。御沟：流入宫内的河道。 3. 竹竿：这里指钓竿。袅袅：摇荡不定貌。 4. 簁簁(shāi)：鱼跃掉尾声。 5. 意气：这里指情意、恩义。 6. 钱刀：即错刀钱。见《四愁诗》注解4。

怨歌行

新裂齐纨素[1]，鲜洁如霜雪。
裁为合欢扇，团团似明月。
出入君怀袖，动摇微风发。
常恐秋节至，凉飙夺炎热[2]。
弃捐箧笥中[3]，恩情中道绝。

注释　1. 裂：裁断。齐纨素：纨素，精致洁白的细绢，以齐地所产的最为有名。其中白色细绢为纨，白色生绢为素。 2. 飙：这里泛指风。 3. 弃捐：抛弃，废弃不用。箧笥（qiè sì）：藏物之竹器。

悲　歌

悲歌可以当泣，远望可以当归。思念故乡，郁郁累累[1]。欲归家无人，欲渡河无船。心思不能言，肠中车轮转[2]。

注释　1. 郁郁：忧闷。累累：疲惫貌。 2. 车轮转：这里指心思千回百转，如同车轮。

古　歌

秋风萧萧愁杀人，出亦愁，入亦愁。座中何人，谁不怀忧，令我白头。胡地多飙风[1]，树木何修修[2]。离家日趋远，衣带日趋缓[3]。心思不能言，肠中车轮转。

注释　1. 飙：暴风。 2. 修修：端正，整齐貌。 3. 趋：向某种情况发展。缓：宽松。

陌上桑

日出东南隅，照我秦氏楼。秦氏有好女，自名为罗敷。罗敷善蚕桑，采桑城南隅。青丝为笼系，桂枝为笼钩。头上倭堕髻[1]，耳中明月珠；缃绮为下裙[2]，紫绮为上襦。行者见罗敷，下担捋髭须。少年见罗敷，脱帽著帩头[3]。耕者忘其犁，锄者忘其锄；来归相怨怒，但坐观罗敷[4]。使君从南来[5]，五马立踟蹰。使君遣吏往，问是谁家姝。“秦氏有好女，自名为罗敷。”“罗敷年几何？”“二十尚不足，十五颇有余。”使君谢罗敷[6]，“宁可共载不？”罗敷前置词：“使君一何愚！使君自有妇，罗敷自有夫。东方千余骑，夫婿居上头[7]。何用识夫婿？白马从骊驹[8]，青丝系马尾，黄金络马头；腰中鹿卢剑[9]，可值千万余。十五府小吏[10]，二十朝大夫[11]，三十侍中郎[12]，四十专城居[13]。为人洁白皙，鬑鬑颇有须[14]；盈盈公府步[15]，冉冉府中趋[16]。坐中数千人，皆言夫婿殊[17]。”

注释　1. 倭堕：古代妇女的一种发髻式样。　2. 缃绮：浅黄色的丝织品。　3. 帩（qiào）头：束发的头巾。　4. 但：犹言只是。坐：因为。　5. 使君：汉时称刺史为使君。　6. 谢：问。　7. 上头：前列。　8. 骊：黑色的马。　9. 鹿卢：滑轮，一种起重装置，同“辘轳”。古时用制成辘轳形的玉来装饰长剑之首。　10. 府小吏：官署中的吏人。　11. 朝大夫：朝廷中的大夫。　12. 侍中郎：可以出入宫禁的侍卫官。　13. 专城居：犹言一城之主。　14. 鬑鬑（lián）：须发稀疏貌。颇：略微。　15. 盈盈：美好貌。多指人的风姿、仪态。　16. 冉冉：渐进的样子。　17. 殊：特出，出众。

孔雀东南飞

汉末建安中[1]，庐江府小吏焦仲卿妻刘氏[2]，为仲卿母所遣，自誓不嫁。其家逼之，乃投水而死。仲卿闻之，亦自缢于庭树。时人伤之，为诗云尔。

孔雀东南飞，五里一徘徊。“十三能织素[3]，十四学裁衣，十五弹箜篌[4]，十六诵诗书。十七为君妇，心中常苦悲。君既为府吏，守节情不移。贱妾留空房，相见常日稀。鸡鸣入机织[5]，夜夜不得息。三日断五匹[6]，大人故嫌迟[7]。非为织作迟，君家妇难为。妾不堪驱使，徒留无所施[8]。便可白公姥[9]，及时相遣归。”

府吏得闻之，堂上启阿母：“儿已薄禄相[10]，幸复得此妇。结发同枕席[11]，黄泉共为友。共事二三年[12]，始尔未为久[13]。女行无偏斜[14]，何意致不厚[15]？”阿母谓府吏：“何乃太区区[16]！此妇无礼节，举动自专由[17]。吾意久怀忿，汝岂得自由！东家有贤女，自名秦罗敷。可怜体无比[18]，阿母为汝求。便可速遣之，遣去慎莫留！”府吏长跪告，伏惟启阿母[19]：“今若遣此妇，终老不复取[20]！”阿

注释　1. 建安：东汉献帝年号。　2. 庐江：汉代郡名。初治在安徽庐江县西一百二十里，汉末徙治今安徽潜山县。府小吏：见《陌上桑》注解 10。　3. 素：白色生绢。　4. 箜篌：乐器名，体曲而长，共二十三弦，在乐器中最高且大。　5. 入机：坐到织机前面。　6. 断：把织好的布从织布机上截下来。匹：四丈。　7. 大人：刘氏对婆婆的敬称。故：故意。　8. 无所施：没有用。　9. 白：禀告。公姥（mǔ）：公婆。　10. 薄禄相：命小福薄的面相。　11. 结发：谓成婚之夕，男左女右共髻束发。　12. 共事：共同生活。　13. 尔：如此。指恩爱的生活。　14. 偏斜：不正当。　15. 致：招致，引起。厚：厚爱。　16. 区区：愚笨。　17. 自专由：即自专和自由。自专是自作主张，自由是任性而为。　18. 可怜：可爱。体：体态容貌。　19. 伏惟：俯伏思惟，是下对上的敬辞，表谦恭。　20. 取：同“娶”。

母得闻之，槌床便大怒[21]："小子无所畏，何敢助妇语！吾已失恩义[22]，会不相从许[23]！"

府吏默无声，再拜还入户。举言谓新妇[24]，哽咽不能语："我自不驱卿，逼迫有阿母。卿但暂还家，吾今且报府[25]，不久当归还，还必相迎取。以此下心意[26]，慎勿违吾语。"新妇谓府吏："勿复重纷纭[27]！往昔初阳岁[28]，谢家来贵门[29]。奉事循公姥[30]，进止敢自专[31]？昼夜勤作息，伶俜萦苦辛[32]。谓言无罪过，供养卒大恩[33]。仍更被驱遣，何言复来还？妾有绣腰襦[34]，葳蕤自生光[35]。红罗复斗帐[36]，四角垂香囊。箱帘六七十[37]，绿碧青丝绳。物物各自异，种种在其中。人贱物亦鄙，不足迎后人[38]，留待作遗施[39]，于今无会因[40]，时时为安慰，久久莫相忘。"

鸡鸣外欲曙，新妇起严妆[41]。著我绣夹裙，事事四五通[42]：足下蹑丝履，头上玳瑁光。腰若流纨素[43]，耳著明月珰[44]。指如削葱根，口如含朱丹。纤纤作细步，精妙世无双。上堂谢阿母[45]，母

21. 槌：击打。床：古人的坐具。 22. 失恩义：犹言恩断义绝。 23. 会：必然。从许：允许。 24. 举言：发话，此指转达母亲的话。 25. 报：同"赴"。赴府，即到府里办公。 26. 以此：因为这个。下心意：委屈，屈就。 27. 重纷纭：再生麻烦。 28. 初阳岁：冬末春初的时节。 29. 谢家：辞别娘家。贵门：你的府上。 30. 奉事：行事。循：依从，顺从。 31. 进止：进退举止。敢：即岂敢。 32. 伶俜：孤单貌。萦：环绕。 33. 供养：侍奉，奉养。卒大恩：尽力报答婆婆的恩情。 34. 绣腰襦：上有刺绣花纹的齐腰短袄。 35. 葳蕤：鲜丽貌。生光：焕发光彩。 36. 复斗帐：双层的形如覆斗的帐子。 37. 帘：同"奁"，盛物用的匣子。 38. 后人：指其后将被迎娶来的人。 39. 遗施：赠送之物。 40. 于今：犹言从今往后。会因：见面的机会。 41. 严妆：郑重地梳妆打扮。 42. 通：遍。 43. 流纨素：用精致洁白的细绢束腰，显得光彩流动。 44. 珰：耳珰，一种耳上的饰物。 45. 谢：辞别。

听去不止[46]。“昔作女儿时，生小出野里[47]，本自无教训，兼愧贵家子。受母钱帛多[48]，不堪母驱使。今日还家去，念母劳家里。”却与小姑别[49]，泪落连珠子：“新妇初来时，小姑始扶床。今日被驱遣，小姑如我长。勤心养公姥，好自相扶将[50]。初七及下九[51]，嬉戏莫相忘[52]。”出门登车去，涕落百余行。

府吏马在前，新妇车在后。隐隐何甸甸[53]，俱会大道口。下马入车中，低头共耳语：“誓不相隔卿[54]，且暂还家去，吾今且赴府。不久当还归，誓天不相负。”新妇谓府吏：“感君区区怀[55]。君既若见录[56]，不久望君来。君当作磐石，妾当作蒲苇。蒲苇纫如丝[57]，磐石无转移[58]。我有亲父兄，性行暴如雷，恐不任我意，逆以煎我怀[59]。”举手长劳劳[60]，二情同依依[61]。

入门上家堂，进退无颜仪[62]。阿母大拊掌[63]：“不图子自归[64]！十三教汝织，十四能裁衣，十五弹箜篌，十六知礼仪，十七遣汝嫁，谓言无誓违[65]。汝今无罪过，不迎而自归？”兰芝惭阿母：“儿实无罪过。”阿母大悲摧[66]。还家

46. 听去：听任其离去。 47. 野里：穷乡僻壤。 48. 钱帛：聘礼。 49. 却：退下堂来。 50.“好自”句：自己好好照顾自己。 51. 初七：七月七日的乞巧节。下九：每月十九日的阳会。初七和下九都是妇女结伴嬉戏的日子。 52. 相忘：忘了我。 53. 隐隐、甸甸：拟声词，形容车声。 54. 隔：断绝关系。 55. 区区：诚挚之意。 56. 见：承蒙，被。录：铭记于心。 57. 蒲、苇：皆水草，喻柔而坚韧。纫：同“韧”。 58. 磐石：大石，喻坚定不移。转移：挪动。 59. 逆：预先设想。 60. 举手：伸手作别。劳劳：惆怅忧伤的样子。 61. 依依：恋恋不舍的样子。 62. 无颜仪：没有脸面。 63. 拊掌：拍手，此表示惊骇。 64. 不图：想不到。 65. 无：勿。誓违：违反规矩。誓，即约束。 66. 大悲摧：大为哀痛。

十余日，县令遣媒来。云有第三郎，窈窕世无双，年始十八九，便言多令才[67]。阿母谓阿女："汝可去应之。"阿女衔泪答："兰芝初还时，府吏见丁宁，结誓不别离。今日违情义，恐此事非奇[68]。自可断来信[69]，徐徐更谓之[70]。"阿母白媒人："贫贱有此女，始适还家门[71]；不堪吏人妇，岂合令郎君[72]？幸可广问讯，不得便相许。"

媒人去数日，寻遣丞请还[73]，说有兰家女，丞籍有宦官[74]。云有第五郎，娇逸未有婚，遣丞为媒人，主簿通语言[75]。直说太守家，有此令郎君，既欲结大义，故遣来贵门[76]。阿母谢媒人："女子先有誓，老姥岂敢言？"阿兄得闻之，怅然心中烦[77]。举言谓阿妹[78]："作计何不量[79]！先嫁得府吏，后嫁得郎君，否泰如天地[80]，足以荣汝身。不嫁义郎体[81]，其往欲何云[82]？"兰芝仰头答："理实如兄言。谢家事夫婿，中道还兄门，处分适兄意[83]，那得自任专？虽与府吏要[84]，渠会永无缘[85]！登即相许和[86]，便可作婚姻。"

媒人下床去，诺诺复尔尔[87]。

67. 便言：口才好。令：美。 68. 奇：佳。非奇即不妙。 69. 来信：来使。此指媒人。 70. "徐徐"句：犹言慢慢再说罢。 71. 始适：才嫁人没多久。适，出嫁。 72. 合：配得上。 73. "寻遣"句：不久县令派县丞去请示太守，县丞请示之后回来。寻：随即。县丞：县令属下的高级官吏。 74. "说有"二句：此是县丞劝说县令改聘兰家女。丞籍：继承先人户籍。宦官：仕宦、为官。 75. "云有"四句：此仍是县丞对县令说的话。第五郎：太守的五公子。娇逸：娇生惯养，生活安逸。主簿：太守属下掌管档案文书的官吏。通语言：传达太守的意思。 76. "直说"四句：此是县丞代为媒人再向刘母提亲。直说：开门见山地说。令：美。结大义：结为婚姻。 77. 怅然：愤恨懊恼的样子。 78. 举言：高声发话。 79. 作计：考虑问题。量：盘算。 80. 否：坏的运气，此指与府吏结亲。泰：好的运气，此指与太守公子结亲。如天地：谓二者有天渊之别。 81. 义郎：此指太守的公子。 82. "其往"句：从今往后你打算怎么办？ 83. 处分：处理。适：顺，依照。 84. 要：约。 85. 渠：他，指焦仲卿。渠会：与他相会。 86. 登：立刻。许和：答应。 87. 诺诺、尔尔：连连应声貌。

还部白府君："下官奉使命，言谈大有缘[88]。"府君得闻之，心中大欢喜。视历复开书[89]，便利此月内[90]，六合正相应[91]。"良吉三十日，今已二十七，卿可去成婚。"交语速装束[92]，络绎如浮云。青雀白鹄舫[93]，四角龙子幡[94]。婀娜随风转[95]，金车玉作轮。踯躅青骢马[96]，流苏金镂鞍[97]。赍钱三百万[98]，皆用青丝穿。杂彩三百匹，交广市鲑珍[99]。从人四五百，郁郁登郡门[100]。阿母谓阿女："适得府君书，明日来迎汝。何不作衣裳？莫令事不举[101]！"阿女默无声，手巾掩口啼，泪落便如泻。移我琉璃榻[102]，出置前窗下。左手持刀尺，右手执绫罗，朝成绣夹裙，晚成单罗衫。晻晻日欲暝[103]，愁思出门啼。

府吏闻此变，因求假暂归。未至二三里，摧藏马悲哀[104]。新妇识马声，蹑履相逢迎，怅然遥相望，知是故人来。举手拍马鞍，嗟叹使心伤。"自君别我后，人事不可量[105]，果不如先愿，又非君所详。我有亲父母，逼迫兼弟兄，以我应他人[106]，君还何所望！"

88. 大有缘：十分投机。 89."视历"句：翻视历书，选择吉日。 90. 便：就。利：相宜。 91. 六合：月建和日辰相合，即子与丑合，寅与亥合，卯与戌合，辰与酉合，巳与申合，午与未合。 92. 交语：传令下人。装束：置办婚礼所需一切物事。 93. 青雀白鹄舫：青雀舫、白鹄舫，达官贵人乘坐的画舫，船身绘有青雀、白鹄等图案为饰。 94. 四角：船舱的四个角落。龙子幡：悬于船角的旗幡，上绘龙形。 95. 婀娜：摇曳貌。转：摆动。 96. 青骢马：毛色青白相杂的马。 97. 流苏：以五彩羽毛或丝线制成的穗子，常用作车马、帷帐等的垂饰。金镂鞍：雕有精美花纹的金马鞍。 98. 赍（jī）：付，送给。 99. 交：交州，汉郡名，今两广、越南等地。广：广州，三国吴置，今广东省。交、广乃盛产海鲜之地。市：买。鲑珍：泛指山珍海味。 100. 郁郁：极言人多。 101. 不举：办不成。 102. 琉璃榻：嵌有琉璃的榻。榻亦坐具，比床略低矮。 103. 晻晻（yǎn）：日光渐暗貌。暝（míng）：天黑，日暮。 104. 摧：毁，碎。藏：通"脏"。摧藏：肝肠寸断。一说同"凄怆"。 105. 量：预料。 106. 应：许配。

府吏谓新妇："贺卿得高迁！磐石方且厚，可以卒千年，蒲苇一时纫，便作旦夕间。卿当日胜贵[107]，吾独向黄泉。"新妇谓府吏："何意出此言！同是被逼迫，君尔妾亦然。黄泉下相见，勿违今日言！"执手分道去，各各还家门。生人作死别，恨恨那可论[108]！念与世间辞，千万不复全[109]。

府吏还家去，上堂拜阿母："今日大风寒，寒风摧树木，严霜结庭兰。儿今日冥冥[110]，令母在后单。故作不良计[111]，勿复怨鬼神。命如南山石，四体康且直[112]。"阿母得闻之，零泪应声落[113]。"汝是大家子[114]，仕宦于台阁[115]。慎勿为妇死，贵贱情何薄[116]？东家有贤女，窈窕艳城郭[117]。阿母为汝求，便复在旦夕。"府吏再拜还，长叹空房中，作计乃尔立[118]。转头向户里，渐见愁煎迫[119]。

其日牛马嘶，新妇入青庐[120]。庵庵黄昏后[121]，寂寂人定初[122]。"我命绝今日，魂去尸长留。"揽裙脱丝履，举身赴清池。府吏闻此事，心知长别离。徘徊庭树下，自挂东南枝。

107. 日胜贵：日渐优裕、富贵。 108. 恨恨：悲痛愤恨。 109. "千万"句：无论如何也不再自我保全。 110. 日冥冥：日暮。喻生命走到尽头。 111. 故：故意。不良计：自寻短见。 112. "命如"：寿比南山，身体康健。此是焦仲卿临死前对母亲的祝愿。四体：四肢，代指身体。直：犹顺。 113. 零泪：断断续续的泪珠。 114. 大家子：门第高贵的人。 115. 台阁：尚书的别称。也指台阁的长官。 116. "贵贱"句：谓两人身份地位悬殊，焦仲卿休妻实在不算薄情。 117. 艳城郭：全城里最美。 118. 作计：自杀的主意。乃尔：就这样。立：确定。 119. "转头"句：回头望向房里的母亲，渐渐被忧愁所煎熬和逼迫。 120. 青庐：用青布幔搭成的帐屋，用以举行婚礼。 121. 庵庵：同"晻晻"。 122. 人定初：亥时初刻，即二十一时。人定是时间名。

两家求合葬，合葬华山傍[123]。东西植松柏，左右种梧桐。枝枝相覆盖，叶叶相交通[124]。中有双飞鸟，自名为鸳鸯，仰头相向鸣，夜夜达五更。行人驻足听，寡妇起彷徨。多谢后世人[125]，戒之慎勿忘[126]！

123. 华山：庐江郡一小山名。一说安徽舒城县南的华盖山。 124. 交通：交织，交错。 125. 多谢：再三嘱咐。 126. 戒之：以此事为戒。

古　诗

上山采蘼芜

上山采蘼芜[1]，下山逢故夫。长跪问故夫："新人复何如？""新人虽言好[2]，未若故人姝。颜色类相似[3]，手爪不相如[4]。""新人从门入，故人从閤去[5]。""新人工织缣[6]，故人工织素[7]。织缣日一匹，织素五丈余。将缣来比素，新人不如故。"

注释　1. 蘼芜：香草名。亦名蕲茝、江蓠。 2. 言：语助词，无意义。 3. 颜色：容貌。多指妇女的容貌。 4. 手爪：喻动作、举止。这里指纺织等活计。 5. 閤（gé）：门房小户，偏门。 6. 缣：双丝织的微带黄色的细绢。 7. 素：白色生绢。

十五从军征

十五从军征，八十始得归。道逢乡里人：“家中有阿谁[1]？”“遥看是君家，松柏冢累累。”兔从狗窦入[2]，雉从梁上飞。中庭生旅谷[3]，井上生旅葵。舂谷持作饭，采葵持作羹。羹饭一时熟，不知贻阿谁[4]。出门向东望，泪落沾我衣。

注释　1. 阿：发语词，无意义。　2. 狗窦：穴壁上供狗出入的洞。　3. 旅：指蔬谷之类不种而生。　4. 贻：送。

穆穆清风至

穆穆清风至[1]，吹我罗衣裾。
青袍似春草[2]，长条随风舒。
朝登津梁上[3]，褰裳望所思[4]。
安得抱柱信[5]，皎日以为期[6]？

注释　1. 穆穆：柔和，醇和。　2. 青袍：犹言青衿，为学子所服。这里借指心上人。　3. 津梁：架在津上的桥。津指渡口。　4. 褰裳：提起裙摆。　5. 抱柱信：古时有一男子名尾生，与一女子相约桥下，女子未至而河水暴涨，尾生不肯去，抱桥柱而死。　6.“皎日”句：古人往往指日为誓，以示信守诺言。

步出城东门

步出城东门，遥望江南路。
前日风雪中，故人从此去。
我欲渡河水，河水深无梁。
愿为双黄鹄[1]，高飞还故乡。

注释　1. 黄鹄：传说中一举千里的大鸟。一说即天鹅。

橘柚垂华实

橘柚垂华实，乃在深山侧。
闻君好我甘，窃独自雕饰[1]。
委身玉盘中[2]，历年冀见食。
芳菲不相投[3]，青黄忽改色。
人倘欲我知，因君为羽翼[4]。

注释　1. 窃：私下里。 2. 委身：托身。 3. 芳菲：花草的芳香。此指果香。相投：投其所好。 4. "人倘"二句：这里是希望当权者能引荐自己。欲我知：即欲知我。

新树兰蕙葩

新树兰蕙葩[1]，杂用杜蘅草[2]。
终朝采其华，日暮不盈抱。
采之欲遗谁？所思在远道。
馨香易销歇，繁华会枯槁[3]。
怅望何所言，临风送怀抱[4]。

注释　1. 树：种植。葩：花。 2. 杜蘅：香草名。似葵而香，又名马蹄香、土细辛等。 3. 繁华：花盛开，喻人之盛年。 4. 送怀抱：抒发内心情怀。

古诗十九首

行行重行行

行行重行行，与君生别离。
相去万余里，各在天一涯；

道路阻且长，会面安可知！
胡马依北风，越鸟巢南枝[1]。
相去日已远，衣带日已缓[2]；
浮云蔽白日[3]，游子不顾返。
思君令人老，岁月忽已晚。
弃捐勿复道[4]，努力加餐饭！

注释　1. 胡：古时对北方边地与西域民族的泛称。越：古时江浙粤闽之地为越族，谓之“百越”。　2. 缓：宽松。　3.“浮云”句：既可喻游子心为人所惑；也可喻天子为小人所蒙蔽。　4. 弃捐：抛弃。

青青陵上柏

青青陵上柏[1]，磊磊涧中石[2]。
人生天地间，忽如远行客[3]。
斗酒相娱乐，聊厚不为薄[4]。
驱车策驽马，游戏宛与洛[5]。
洛中何郁郁[6]，冠带自相索[7]。
长衢罗夹巷[8]，王侯多第宅。
两宫遥相望，双阙百余尺[9]。
极宴娱心意[10]，戚戚何所迫[11]？

注释　1. 陵：土山。　2. 磊磊：石众多貌。涧：夹在两山间的流水。　3. 忽：迅速，匆促。　4. 聊：姑且。厚、薄：指酒的浓淡。　5. 游戏：嬉笑娱乐。宛：地名。汉南阳郡有宛县，地在今河南南阳市。洛：地名。洛阳的省称。　6. 郁郁：繁华兴盛貌。　7. 冠带：帽子和腰带。借指士族、官吏。索：寻访，探访。8. 衢：四通八达的道路。罗：分布，排列。9. 双阙：宫门前的两座望楼。　10. 极宴：尽情欢宴。　11. 戚戚：忧惧，悲哀。

青青河畔草

青青河畔草，郁郁园中柳[1]。
盈盈楼上女[2]，皎皎当窗牖[3]。
娥娥红粉妆[4]，纤纤出素手[5]。
昔为倡家女[6]，今为荡子妇[7]。
荡子行不归，空床难独守。

注释　1. 郁郁：盛美貌。　2. 盈盈：指人的风姿、仪态美好。　3. 皎皎：洁白貌。当：面对着。牖（yǒu）：窗户。　4. 娥娥：美好貌。　5. 纤纤：柔美貌。素：洁白。6. 倡：古称歌舞艺人为倡。　7. 荡子：流荡不归的男子。

冉冉孤生竹

冉冉孤生竹[1]，结根泰山阿[2]。
与君为新婚，菟丝附女萝[3]。
菟丝生有时，夫妇会有宜[4]。
千里远结婚，悠悠隔山陂[5]。
思君令人老，轩车来何迟？
伤彼蕙兰花，含英扬光辉[6]。
过时而不采，将随秋草萎。
君亮执高节[7]，贱妾亦何为？

注释　1. 冉冉：柔弱下垂的样子。2. 结根：扎根。阿：曲处，曲隅。3. 菟丝：药草名。蔓生，茎细长，常缠络于其他植物上，以盘状吸根吸取其他植物的养分而生。女萝：地衣类植物，即松萝。4. 宜：合适，适时。5. 悠悠：遥远，无穷尽。陂：山坡。6. 英：花片。7. 亮：诚信。

西北有高楼

西北有高楼，上与浮云齐。
交疏结绮窗[1]，阿阁三重阶[2]。
上有弦歌声，音响一何悲！
谁能为此曲？无乃杞梁妻[3]。
清商随风发[4]，中曲正徘徊[5]。
一弹再三叹，慷慨有余哀[6]。
不惜歌者苦，但伤知音稀。
愿为双鸿鹄，奋翅起高飞[7]。

注释　1. 疏：刻画，雕饰。交疏即交错的雕花纹饰。结绮：编织而成的如丝织品样的花纹。2. 阿阁：四面有檐的楼阁。3. 杞梁妻：齐庄公四年，齐袭莒，齐大夫杞梁战死，其妻迎丧于郊，枕尸哭甚哀，经过者莫不挥泪，十日而城为之崩。后“杞梁妻”成为歌曲名，传说为杞梁妻妹悲其姊事而作。4. 清商：古五音之一，商声。5. 中曲：即曲子的中段。徘徊：往返回旋貌。此指乐曲声萦绕不去。6. 慷慨：情绪激昂。7. 奋：鸟张开翅膀。

涉江采芙蓉

涉江采芙蓉[1]，兰泽多芳草[2]。
采之欲遗谁[3]？所思在远道。
还顾望旧乡，长路漫浩浩[4]。
同心而离居，忧伤以终老！

注释　1. 涉：步行渡水。芙蓉：荷花的别名。　2. 泽：水聚汇处。兰泽就是长有兰草的水边。　3. 遗（wèi）：给予。　4. 漫：长远无际。浩浩：旷远貌。

迢迢牵牛星

迢迢牵牛星[1]，皎皎河汉女[2]。
纤纤擢素手[3]，札札弄机杼[4]。
终日不成章[5]，泣涕零如雨。
河汉清且浅，相去复几许？
盈盈一水间[6]，脉脉不得语[7]。

注释　1. 迢迢：远貌。　2. 河汉女：即织女。　3. 擢：举起。　4. 札札：象声词，机织声。弄：方言谓做事。　5. 章：指布上的经纬纹理。　6. 间：相隔。　7. 脉脉：彼此相视，含情不语貌。

生年不满百

生年不满百，常怀千岁忧。
昼短苦夜长，何不秉烛游！
为乐当及时，何能待来兹[1]？
愚者爱惜费[2]，但为后世嗤。
仙人王子乔[3]，难可与等期[4]。

注释　1. 来兹：来年。　2. 爱：吝啬。惜：吝，舍不得。费：用财多。　3. 王子乔：传说中的古仙人，本名姬晋，为周灵王的太子，被道人浮丘公接上嵩高山。　4. 等期：怀有相同的希望。

回车驾言迈

回车驾言迈[1]，悠悠涉长道。
四顾何茫茫[2]，东风摇百草。
所遇无故物，焉得不速老？
盛衰各有时，立身苦不早[3]。
人生非金石，岂能长寿考？
奄忽随物化[4]，荣名以为宝。

注释　1. 言：语助词。迈：行，前进。2. 茫茫：旷远貌。　3. 立身：谓树立己身。苦：苦于，担心。　4. 随物化：喻指死亡。

庭中有奇树

庭中有奇树，绿叶发华滋[1]。
攀条折其荣[2]，将以遗所思。
馨香盈怀袖，路远莫致之。
此物何足贡[3]，但感别经时[4]。

注释　1. 华：即花。滋：益，愈加。此指花开得更为繁盛。　2. 荣：花。　3. 贡：进献，这里指赠送。一作"贵"。　4. 经：经久，长久。

凛凛岁云暮

凛凛岁云暮[1]，蝼蛄夕鸣悲[2]，
凉风率已厉[3]，游子寒无衣。
锦衾遗洛浦[4]，同袍与我违[5]。
独宿累长夜，梦想见容辉[6]。
良人惟古欢[7]，枉驾惠前绥[8]，
愿得长巧笑，携手同车归。

注释　1. 凛凛：寒冷貌。　2. 蝼蛄：昆虫名。体黄褐色，长寸余。雄者能鸣，昼常穴居土中，夜出飞翔。俗名土狗。3. 率：迅疾。厉：猛烈。　4. 锦衾：锦被。洛浦：此指洛神宓妃。　5. 同袍：原指战友、同僚，此指夫妇。　6. 容辉：仪容风采。以下转入梦中情景。　7. 惟：思。古：同"故"。　8. 枉驾：屈驾。称人走访的敬辞。惠：赐，赠送。绥：上既来不须臾，又不处重闱[9]；
亮无晨风翼[10]，焉能凌风飞？
眄睐以适意[11]，引领遥相睎[12]。
徙倚怀感伤[13]，垂涕沾双扉。

车时挽手所用的绳索。“惠前绥”是男子迎娶女子时的礼节。　9.“既来”二句：来了才没有多久，刹那间又不见了。重闱：深院重门之内，这里指深闺。闱：闺门。　10. 亮：通“谅”，确实，委实。　11. 眄睐（miǎn lài）：顾盼。　12. 引领：伸颈远望，喻盼望殷切。睎：望。　13. 徙倚：留连徘徊。一指站立。

驱车上东门

驱车上东门[1]，遥望郭北墓[2]。
白杨何萧萧，松柏夹广路。
下有陈死人[3]，杳杳即长暮[4]。
潜寐黄泉下[5]，千载永不寤[6]。
浩浩阴阳移[7]，年命如朝露。
人生忽如寄[8]，寿无金石固。
万岁更相迭，圣贤莫能度[9]。
服食求神仙[10]，多为药所误。
不如饮美酒，被服纨与素。

注释　1. 上东门：洛阳城有十二座城门，东面三门最北边的一座称为上东门。　2. 郭北墓：北邙山位于洛阳城北，多墓葬。　3. 陈死：死了很久。　4. 杳杳：深远幽暗貌。长暮：长久的黑夜。喻人死。　5. 潜：隐藏。寐：入睡，睡着。喻死亡。　6. 寤：觉，睡醒。　7. 浩浩：水盛大貌。此喻时光流逝。阴阳移：指日夜流转，也可指四季推移。　8. 寄：寄居，寄放。　9. 度：过，通“渡”。　10. 服食：道家养生法，指服食药丹。

东城高且长

东城高且长，逶迤自相属[1]。
回风动地起[2]，秋草萋已绿。
四时更变化，岁暮一何速！
晨风怀苦心[3]，蟋蟀伤局促[4]。

注释　1. 逶迤（wēi yí）：弯曲而延续不断貌。属（zhǔ）：连接，跟随。　2. 回：环绕，旋转。回风即旋风。　3. 晨风：《诗经 · 秦风》里的篇名，写的是女子怀人。怀苦心：内心忧苦。　4. 蟋蟀：《诗经 · 唐风》里的篇名。伤：忧思，悲伤。局促：拘束，窘迫。该诗感伤时光易逝，欲及荡涤放情志[5]，何为自结束[6]？
燕赵多佳人，美者颜如玉。
被服罗裳衣，当户理清曲[7]。
音响一何悲！弦急知柱促[8]。
驰情整巾带[9]，沉吟聊踯躅[10]。
思为双飞燕，衔泥巢君屋。

时行乐又担心“好乐无荒”，故有窘迫之感。 5. 荡涤：冲洗，清除净尽。这里指扫除一切哀愁的情绪。放：恣纵，放任。 6. 结束：约束，拘束。 7. 理：演习歌曲。 8. 柱：乐器上的弦枕木。促：迫，近。弦柱调近则能弹出节奏急促的乐曲。 9. 驰：松懈。巾带：古代妇女穿着的单衫。 10. 沉吟：犹豫不决貌。踯躅：来回走动。

明月皎夜光

明月皎夜光[1]，促织鸣东壁[2]。
玉衡指孟冬[3]，众星何历历。
白露沾野草，时节忽复易。
秋蝉鸣树间，玄鸟逝安适[4]？
昔我同门友，高举振六翮[5]。
不念携手好，弃我如遗迹[6]。
南箕北有斗，牵牛不负轭[7]。
良无盘石固[8]，虚名复何益？

注释 1. 皎：光明貌。 2. 促织：蟋蟀。 3. 玉衡：北斗第五星。指孟冬：古人在固定时间观察北斗星中的某一颗，按照其所指的方位来辨别时令的推移。这里是指根据玉衡所指的方位知道节候已到孟冬。 4. 玄鸟：燕子。因其羽毛黑，故名。逝：离去。安适：往哪里去。 5. 振：奋起。翮：羽茎，也代指鸟翼。振六翮：以鸟之高飞远举喻人之飞黄腾达。 6. 遗迹：行走时所遗脚印。 7. 箕、斗：二星宿名。箕宿乃东方苍龙七宿之末，形似簸箕；斗宿即南斗六星，形似盛酒之器。牵牛：星名，河鼓三星之一，俗称牛郎星。这两句是说，箕星不能用来簸米，斗星不能用来舀酒，牵牛星不能用来拉车，朋友的有名无实，就如同这些徒有虚名的星宿一样。 8. 良：确实。

去者日以疏

去者日以疏，来者日以亲[1]。
出郭门直视，但见丘与坟[2]。

注释 1.“去者”二句：死者辞世日久，留给人们的印象渐渐模糊；而生者则可经由一次次的接触而日渐熟悉。一古墓犁为田，松柏摧为薪。
白杨多悲风，萧萧愁杀人。
思归故里闾[3]，欲归道无因[4]。

说去者指少年时代，来者指人生暮年，少年时代渐渐远去，而暮年则渐渐逼近。 2. 丘：小土山似的坟墓。丘与坟，犹言大大小小的坟墓。 3. 里：民户居处。闾：古代以二十五家为一闾。泛指乡里。 4.“欲归”句：是说归家之路困难重重。

孟冬寒气至

孟冬寒气至，北风何惨栗[1]。
愁多知夜长，仰观众星列。
三五明月满[2]，四五蟾兔缺[3]。
客从远方来，遗我一书札。
上言长相思，下言久离别。
置书怀袖中，三岁字不灭[4]。
一心抱区区[5]，惧君不识察。

注释 1. 惨栗：极寒。栗，通“冽”。 2. 三五：十五日。 3. 四五：二十日。蟾兔：借指月亮。传说月中有蟾蜍和玉兔。 4. 三岁：多年。灭：尽，绝，此指模糊不清。 5. 区区：爱慕。

客从远方来

客从远方来，遗我一端绮[1]。
相去万余里，故人心尚尔！
文彩双鸳鸯，裁为合欢被。
著以长相思[2]，缘以结不解[3]。
以胶投漆中[4]，谁能别离此[5]？

注释 1. 端：古代布帛长度名。古时布以六丈为一端。绮：素地织纹起花的丝织物。 2. 著：将棉絮填入衣被。长相思：“思”谐音“丝”，“绵”为“长”，故以长相思代称丝绵。 3. 缘：衣边。此指将被子缝边。结不解：不能解开的结扣，象征爱情永固。 4. 胶：用以黏合器物的物质，以动物的角或皮制成。漆：木名，落叶乔木，其汁可为涂料。有成语“如胶似漆”。 5. 别：分开。离：离间。

明月何皎皎

明月何皎皎[1]，照我罗床帏[2]。
忧愁不能寐，揽衣起徘徊。
客行虽云乐，不如早旋归[3]。
出户独彷徨[4]，愁思当告谁？
引领还入房[5]，泪下沾裳衣。

注释　1. 皎皎：莹洁光明貌。　2. 罗：质地轻软、经纬组织显椒眼纹的丝织品。床帏：床帐。　3. 旋：返还，归来。　4. 彷徨：即徘徊。　5. 引领：伸颈远望。

今日良宴会

今日良宴会，欢乐难具陈[1]。
弹筝奋逸响[2]，新声妙入神。
令德唱高言[3]，识曲听其真。
齐心同所愿，含意俱未伸[4]。
人生寄一世，奄忽若飙尘。
何不策高足[5]，先据要路津[6]？
无为守贫贱，轗轲常苦辛[7]。

注释　1. 具陈：一一说出。　2. 奋：振动，此指发出。逸响：奔放的乐曲。　3. 令德：美德，此指贤者。高言：高妙之论。　4. 伸：直接表达。　5. 高足：好马，快马。　6. 据：占据。要路津：必经的渡口，此喻要职、权位。　7. 轗轲：不平貌，喻境遇不顺。亦作"坎坷"。

李　陵

李陵（？—前74），字少卿，陇西成纪（今甘肃秦安）人。西汉名将李广之孙。率步卒屡败匈奴，后以无援而败，遂降。《文选》录其诗四首，被疑为后人拟作。

与苏武三首

其一

良时不再至，离别在须臾。
屏营衢路侧[1]，执手野踟蹰[2]。
仰视浮云驰，奄忽互相逾[3]。
风波一失所，各在天一隅。
长当从此别，且复立斯须[4]。
欲因晨风发[5]，送子以贱躯[6]。

注释　1. 屏营：彷徨。衢：四通八达的大路。　2. 野：郊原，田野。　3. 奄忽：迅疾，倏忽。逾：超过。　4. 斯须：片刻，须臾。　5. 晨风：鸟名。即鹯。　6. “送子”句：亲自送你远去。

其二

嘉会难再遇[1]，三载为千秋。
临河濯长缨[2]，念子怅悠悠。
远望悲风至，对酒不能酬[3]。
行人怀往路[4]，何以慰我愁？
独有盈觞酒，与子结绸缪[5]。

注释　1. 嘉会：宾主宴集。　2. 濯：洗涤。缨：结冠的带子，以二组系于冠，卷结颐下。出仕的人濯缨以远行。　3. 酬：劝酒。　4. 怀往路：惦记着将行之路。　5. 绸缪：指情意殷勤。

其三

携手上河梁[1]，游子暮何之？
徘徊蹊路侧[2]，悢悢不得辞[3]。
行人难久留，各言长相思。
安知非日月，弦望自有时[4]？
努力崇明德[5]，皓首以为期。

注释　1. 河梁：架在河上的桥梁。　2. 蹊：小路。　3. 悢悢（liàng）：惆怅。　4. 弦望：弦是半月，望是满月。月半时形状如弦，月满时与日相望，故名。此喻离别与相会。　5. 崇：增长。明德：完美的德性。

苏 武

苏武（？—前60），字子卿，杜陵（今陕西西安）人。西汉名臣。陷匈奴而不降，遂徙北海（今俄罗斯贝加尔湖）牧羊。后终归汉，拜典属国，封关内侯。《文选》录其诗四首，学者多以为后人伪托。

诗四首

其一

骨肉缘枝叶[1]，结交亦相因[2]。
四海皆兄弟，谁为行路人[3]？
况我连枝树[4]，与子同一身。
昔为鸳与鸯，今为参与辰[5]。
昔者常相近，邈若胡与秦[6]。
惟念当离别，恩情日以新[7]。
鹿鸣思野草，可以喻嘉宾[8]。
我有一樽酒，欲以赠远人。
愿子留斟酌，叙此平生亲。

注释　1. 骨肉：兄弟。　2. 相因：彼此因依。　3. 行路人：即陌路人。　4. 连枝：枝叶相连，同出一本。常用以比喻兄弟关系。　5. 参与辰：参辰二星，分别在东方、西方，出没各不相见，比喻双方隔绝。辰星也叫商星。　6. 邈：遥远。胡：西域各民族。秦：汉时西域诸国称中国为秦。　7. 恩情：恩爱的情意。　8.“鹿鸣”二句：语出《诗经·小雅·鹿鸣》，这里喻朋友间的欢会宴乐。

其二

黄鹄一远别，千里顾徘徊。
胡马失其群，思心常依依[1]。
何况双飞龙[2]，羽翼临当乖[3]。
幸有弦歌曲，可以喻中怀[4]。
请为游子吟[5]，泠泠一何悲[6]！
丝竹厉清声[7]，慷慨有余哀[8]。

注释　1. 依依：恋恋不舍貌。　2. 双飞龙：喻自己和朋友。　3. 乖：睽别。　4. 喻中怀：表达内心情怀。　5. 游子吟：即琴曲《楚引》，是一首思乡之曲。一说为乐府杂曲歌辞名。　6. 泠泠：清冷貌。　7. 厉：猛烈，清烈。清声：清越之音。　8. 余哀：绵绵不绝的哀伤。

长歌正激烈，中心怆以摧[9]。
欲展清商曲[10]，念子不能归。
俯仰内伤心，泪下不可挥。
愿为双黄鹄，送子俱远飞。

9. 怆：悲伤。摧：伤痛。 10. 展：陈。这里指演奏。清商曲：古乐府有清商曲辞，其音多哀怨。

其三

结发为夫妻[1]，恩爱两不疑。
欢娱在今夕，嬿婉及良时[2]。
征夫怀往路，起视夜何其[3]？
参辰皆已没，去去从此辞。
行役在战场，相见未有期。
握手一长叹，泪为生别滋[4]。
努力爱春华[5]，莫忘欢乐时。
生当复来归，死当长相思。

注释 1. 结发：谓成婚之夕，男左女右共髻束发。 2. 嬿婉：两情欢好貌。 3. 夜何其(jī)：夜晚过了多久。其，语助词，犹言“哉”。 4. 滋：多。 5. 爱：珍惜。春华：青春年华。

其四

烛烛晨明月[1]，馥馥秋兰芳[2]。
芬馨良夜发，随风闻我堂。
征夫怀远路，游子恋故乡。
寒冬十二月，晨起践严霜。
俯观江汉流，仰视浮云翔。
良友远别离，各在天一方。
山海隔中州[3]，相去悠且长。
嘉会难再遇，欢乐殊未央[4]。
愿君崇令德[5]，随时爱景光[6]。

注释 1. 烛烛：光照貌。 2. 馥馥：香气浓烈。 3. 中州：古豫州地处九州中间，称为中州。今河南。也可泛指黄河中游地区。 4. 未央：未尽。 5. 令德：美好的品德。 6. 爱：珍惜。景光：犹言光阴。

魏

曹操

曹操（155—220），魏武帝，字孟德。一名吉利，小字阿瞒。沛国谯（今安徽亳县）人。东汉末政治家、文学家。为人雄才大略，又有很高的文学修养，身在军旅，手不释卷，著述甚富。今存诗二十一首，皆乐府，古直苍凉，豪迈沉雄，善于反映时代丧乱，在建安诗坛中独树一帜。

薤露行

惟汉二十世[1]，所任诚不良[2]。
沐猴而冠带[3]，知小而谋强[4]。
犹豫不敢断，因狩执君王[5]。
白虹为贯日[6]，已亦先受殃。
贼臣持国柄[7]，杀主灭宇京[8]。
荡覆帝基业，宗庙以燔丧[9]。
播越西迁移[10]，号泣而且行。
瞻彼洛城郭，微子为哀伤[11]。

注释　1. 二十世：指汉灵帝。　2. 所任：指外戚何进。　3.“沐猴”句：意同成语“沐猴而冠”。沐猴即猕猴。猕猴戴帽，徒具人形，以喻人之虚有仪表，实无人性。　4. 知：通“智”。谋：图谋，营求。　5. 狩：这里指皇帝外出。古代史书为尊者讳，往往称天子出逃或被掳为“狩”。执：拘捕，挟持。　6.“白虹”句：白虹贯日，古人附会为预示君王遇害的天象异兆。　7. 国柄：国家政权，同“国秉”。　8. 宇京：指京城洛阳。　9. 燔（fán）丧：烧毁。　10. 播越：离散，流亡。　11. 微子：商纣王的庶兄，名启，商亡后臣于周。曾作《麦秀》之歌，表达对前朝衰亡的叹惋之情。

蒿里行

关东有义士[1]，兴兵讨群凶。
初期会孟津，乃心在咸阳[2]。
军合力不齐[3]，踌躇而雁行[4]。
势利使人争，嗣还自相戕[5]。
淮南弟称号[6]，刻玺於北方[7]。
铠甲生虮虱[8]，万姓以死亡。

注释　1. 关东：指函谷关以东之地。义士：此指起兵讨伐董卓的将士。2.“初期”二句：用周武王会合诸侯、刘邦项籍攻入咸阳两个历史典故，比喻讨伐董卓的各关东州郡会盟，初心是将要直取洛阳。孟津：津名，在今河南孟县南。相传周武王伐纣，与八百诸侯会盟于此，故又名盟津。咸阳：战国时秦孝公建都咸阳，故址在今陕西长安西之渭城故白骨露于野，千里无鸡鸣。
生民百遗一，念之断人肠。

城。 3.“军合”句：指关东诸郡虽然联合，却不能同心协力。 4. 踌躇：徘徊不前。雁行：谓相次而行，如群雁飞行之有行列。 5. 嗣：接续，后来。嗣还（xuán）犹言其后不久。 6.“淮南”句：关东诸郡起兵时，奉袁绍为盟主。后袁绍从弟袁术改九江为淮南，设置寿春，建安二年称帝于此。 7.“刻玺”句：初平二年，袁绍谋立刘虞为天子，刻制金印。 8. 虮虱：虱子和虱卵。

短歌行

对酒当歌，人生几何？
譬如朝露，去日苦多。
慨当以慷[1]，忧思难忘。
何以解忧？唯有杜康[2]。
青青子衿，悠悠我心[3]。
但为君故，沉吟至今[4]。
呦呦鹿鸣，食野之苹。
我有嘉宾，鼓瑟吹笙[5]。
明明如月，何时可掇[6]？
忧从中来，不可断绝。
越陌度阡[7]，枉用相存[8]。
契阔谈讌[9]，心念旧恩[10]。
月明星稀，乌鹊南飞。
绕树三匝[11]，何枝可依？
山不厌高，海不厌深。
周公吐哺[12]，天下归心。

注释　1. 慨当以慷：即慷慨。 2. 杜康：传说中最早造酒的人，因转称酒为杜康。 3.“青青”二句：用《诗经·郑风·子衿》成句。衿是古代衣服的交领。青衿为学子所服，故沿称秀才为青衿。悠悠：深思，忧思。 4. 沉吟：深思。 5.“呦呦”四句：用《诗经·小雅·鹿鸣》成句。 6. 掇：拾取。 7. 陌、阡：田间小道。 8. 存：问候，省视。 9. 契阔：要约，生死相约。谈讌：即谈宴，相谈与宴饮。 10. 旧恩：往日的情意。 11. 匝：环绕一周为一匝。 12.“周公”句：典出《史记·鲁周公世家》：“一沐三捉发，一饭三吐哺，起以待士，犹恐失天下之贤人。”哺：口中所含食物。

苦寒行

北上太行山[1]，艰哉何巍巍！
羊肠坂诘屈[2]，车轮为之摧[3]。
树木何萧瑟，北风声正悲。
熊罴对我蹲，虎豹夹路啼。
谿谷少人民[4]，雪落何霏霏！
延颈长叹息[5]，远行多所怀。
我心何怫郁[6]，思欲一东归。
水深桥梁绝[7]，中路正徘徊。
迷惑失故路，薄暮无宿栖。
行行日已远，人马同时饥。
担囊行取薪，斧冰持作糜[8]。
悲彼东山诗[9]，悠悠使我哀。

注释 1. 太行山：山名。绵延山西、河北、河南三省界的大山脉。又名五行山、王母山、女娲山等。 2. 羊肠：坂名。在山西东南地区与河南林县交界处。诘屈：屈曲，曲折。 3. 摧：崩坏。 4. 谿：山间的河沟，同“溪”。 5. 延颈：伸长脖子远望。 6. 怫郁：愤懑，心情不舒畅。 7. 绝：断。 8. 斧冰：以斧凿冰。糜：粥。 9. 东山：《诗经 · 豳风》里的篇名，表现的是久战于外的士卒在还乡途中对家乡的怀念。旧说是赞美周公东征的诗。

却东西门行

鸿雁出塞北，乃在无人乡。
举翅万余里，行止自成行。
冬节食南稻，春日复北翔。
田中有转蓬[1]，随风远飘扬。
长与故根绝[2]，万岁不相当[3]。
奈何此征夫，安得去四方[4]？
戎马不解鞍，铠甲不离傍。
冉冉老将至[5]，何时反故乡？

注释 1. 转蓬：蓬草随风飘转。后以喻身世飘零或在外漂泊。 2. 绝：分离。 3. 当：遇到，相逢。 4. 去：离开。去四方即结束征戍四方的生活，回到家乡。 5. 冉冉：渐渐。

神龙藏深泉，猛兽步高冈。
狐死归首丘[6]，故乡安可望？

6."狐死"句：狐狸死时，将头朝向自己的窟穴。喻不忘本根。归：向往。

步出夏门行（选二）

观沧海[1]

东临碣石[2]，以观沧海。
水何澹澹[3]，山岛竦峙[4]。
树木丛生，百草丰茂。
秋风萧瑟，洪波涌起。
日月之行，若出其中；
星汉灿烂[5]，若出其里。
幸甚至哉，歌以咏志[6]。

注释　1. 此题共四首，此诗原列第一首。　2. 碣石：古山名。在河北昌黎西北，因远望其山，穹窿似冢，山顶有巨石特出，形状如柱，故名。一说是《汉书·地理志》所载的右北平郡骊成县（今河北乐亭县）西南的大碣石山。　3. 澹澹：水波动貌。　4. 竦峙：耸立。　5. 星汉：泛指众星及银河。　6."幸甚"二句：合乐时所加，与正文无关。

龟虽寿[1]

神龟虽寿[2]，犹有竟时[3]。
腾蛇乘雾[4]，终为土灰。
老骥伏枥[5]，志在千里；
烈士暮年[6]，壮心不已。
盈缩之期，不但在天；
养怡之福，可得永年[7]。
幸甚至哉，歌以咏志。

注释　1. 此诗原列第四首。　2. 神龟：古代以龟甲卜吉凶，故称龟为神龟。一说龟寿五千年谓之神龟。　3. 竟：终。这里指死亡。　4. 腾蛇：传说中能飞之蛇。也作"螣蛇"。　5. 骥：千里马。枥：马槽。　6. 烈士：指有志于建立功业的人。　7."盈缩"四句：人的寿命长短并不完全是由上天决定的，修养身心得当，也可以延年益寿。盈缩：有余与不足。常引申为伸屈、长短、进退、祸福、寿夭等意。但：仅仅。养怡：养其天和，保养身心。

陈　琳

陈琳（156—217），字孔璋，广陵射阳（今江苏宝应）人。东汉末诗人、散文家，建安七子之一。文名早著，善为章表书记。与阮瑀并为司空军谋祭酒，军国书檄，多出二人之手。今存诗四首。

饮马长城窟行

饮马长城窟[1]，水寒伤马骨。往谓长城吏："慎莫稽留太原卒[2]！""官作自有程，举筑谐汝声[3]！""男儿宁当格斗死，何能怫郁筑长城[4]！"长城何连连[5]！连连三千里。边城多健少[6]，内舍多寡妇[7]。作书与内舍，"便嫁莫留住。善侍新姑嫜，时时念我故夫子[8]。"报书往边地，"君今出语一何鄙[9]！""身在祸难中，何为稽留他家子？生男慎莫举，生女哺用脯。君独不见长城下，死人骸骨相撑拄[10]！""结发行事君，慊慊心意关。明知边地苦，贱妾何能久自全[11]！"

注释　1. 窟：水窟，泉眼。　2."慎莫"句：这是戍卒对长城吏说的话。慎：犹言千万、拜托。稽留：滞留，指拖延服役期限。太原卒：由太原征调来长城服役的戍卒。　3."官作"二句：这是长城吏不耐烦的回答。官作：官府的工程，此指修筑长城。程：期限。筑：夯土的工具。谐：齐声。声：打夯时唱的歌。　4."男儿"二句：这是戍卒们愤慨的答话。格斗：近身搏斗。怫郁：愤懑，心情不舒畅。　5. 连连：连绵不绝貌。　6. 健少：健壮的年轻人。此指戍卒。　7. 内舍：戍卒的家里。寡妇：独居的妇人。　8."便嫁"二句：这是戍卒给妻子的书信。姑嫜：即公婆。故夫子：这是戍卒自指。　9."君今"句：这是妻子的回信。鄙：庸俗，没有见识。　10."身在"六句：这是戍卒再次去信。他家子：别人家的女子，这里指妻子。举：抚育。哺：喂养。脯：干肉。　11."结发"四句：这是妻子再次回信。慊慊(qiàn)：心中不满足的样子。关：牵系。

诗

高会时不娱[1]，羁客难为心[2]。
殷怀从中发[3]，悲感激清音[4]。
投觞罢欢坐[5]，逍遥步长林。
萧萧出谷风，黯黯天路阴。
惆怅忘旋反，歔欷涕沾襟。

注释　1. 高会：大型宴会。　2. 羁客：旅居在外的游子。　3. 殷怀：内心深处的感情。　4. 清音：清亮、清越之音。　5. 投觞：扔下酒杯。

徐　幹

徐幹（171—218），字伟长，北海郡（今山东昌乐）人。东汉末文人、学者，建安七子之一。个性恬淡，少无宦情，潜心著述，有《中论》二卷。今存诗四首，《室思》一篇，情深味长，是其代表作。

室　思[1]

沉阴结愁忧，愁忧为谁兴？念与君相别，各在天一方。良会未有期，中心摧且伤[2]。不聊忧餐食[3]，慊慊常饥空[4]。端坐而无为，仿佛君容光[5]。

峨峨高山首，悠悠万里道。君去日已远，郁结令人老。人生一世间，忽若暮春草。时不可再得，何为自愁恼？每诵昔鸿恩[6]，贱躯焉足保。

注释　1. 室思：家室、内室之思，指女子对丈夫的思念。犹言闺情、闺怨。　2. 中心：即心中。摧：崩坏。　3. 不聊：犹言略不、且不。　4. 慊慊：心不满足的样子。　5. 仿佛：依稀想见。　6. 诵：通“颂”。昔鸿恩：旧日里的深情厚谊。

浮云何洋洋[7]，愿因通我词。飘飖不可寄，徙倚徒相思[8]。人离皆复会，君独无返期。自君之出矣，明镜暗不治[9]。思君如流水，何有穷已时。

惨惨时节尽，兰叶复凋零。喟然长叹息，君期慰我情。展转不能寐，长夜何绵绵。蹑履起出户，仰观三星连[10]。自恨志不遂，泣涕如涌泉。

思君见巾栉[11]，以益我劳勤[12]。安得鸿鸾羽，觏此心中人[13]。诚心亮不遂，搔首立悁悁[14]。何言一不见，复会无因缘。故如比目鱼，今隔如参辰[15]。

人靡不有初，想君能终之[16]。别来历年岁，旧恩何可期。重新而忘故，君子所尤讥。寄身虽在远，岂忘君须臾。既厚不为薄，想君时见思。

7. 洋洋：舒缓貌。 8. 徙倚：留连徘徊。一指站立。 9. "明镜"句：指镜上蒙尘，犹言不再梳妆打扮。 10. 三星：指参宿，共七颗星，四星分列四角，三星横列中间，故也以三星代指参宿。古人认为参星是主人间婚姻的星宿。 11. 巾栉：指洗沐用具。巾用来擦手，栉用来梳发。 12. 劳勤：忧念与盼望。 13. 觏：遇见。 14. 悁悁：忧闷貌。 15. 参辰：二星名，分别在东方、西方，出没各不相见，比喻双方隔绝。 16. "人靡"句：人与人的关系无不有个起点，盼着您可以从一而终。

情 诗

高殿郁崇崇[1]，广厦凄泠泠[2]。
微风起闺闼[3]，落日照阶庭。
踟躇云屋下，啸歌倚华楹[4]。

注释 1. 崇崇：高峻貌。 2. 泠泠：清凉、冷清貌。 3. 闺闼：内室。 4. 云屋、华楹：皆指高大华美的房舍。

君行殊不返，我饰为谁容。
炉薰阖不用，镜匣上尘生。
绮罗失常色，金翠暗无精[5]。
嘉肴既忘御，旨酒亦常停[6]。
顾瞻空寂寂，唯闻燕雀声。
忧思连相属，中心如宿酲[7]。

5. 精：明亮，光彩。 6. 旨酒：美酒。 7. 宿酲：即宿醉。

王　粲

王粲（177—217），字仲宣，山阳高平（今山东邹县）人。东汉末诗人、辞赋家，建安七子之一。初平三年（192）赴荆州投靠刘表，达十五年。后归曹操，为丞相掾等职。王粲博闻强识，通经学，多才艺，善属文，援笔立成，人以为宿构。其诗多离乱之作，情调甚悲凉，艺术成就很高，时与曹植并称。

七哀诗（选二）

其一[1]

西京乱无象[2]，豺虎方遘患[3]。
复弃中国去[4]，委身适荆蛮[5]。
亲戚对我悲，朋友相追攀[6]。
出门无所见，白骨蔽平原。
路有饥妇人，抱子弃草间。
顾闻号泣声，挥涕独不还[7]。
“未知身死处，何能两相完[8]？”
驱马弃之去，不忍听此言。
南登霸陵岸[9]，回首望长安。
悟彼下泉人[10]，喟然伤心肝。

注释　1. 此题共三首，此诗原列第一首。 2. 西京：指长安。乱无象：混乱得不像样。无象即无法。 3. 豺虎：指李傕、郭汜等人。遘患：制造灾患。遘，同“构”，造。 4. 中国：北方中原地区。 5. 委身：托身，寄身。荆蛮：古代中原地区对江南楚地的泛称，此指荆州。 6. 攀：扶着车辕不舍的样子。 7.“顾闻”二句：妇人扭头欲走便听见弃儿的哭声，擦着眼泪却偏偏不肯转身。 8. 完：保全。 9. 霸陵：汉文帝陵，在陕西长安区东。岸：高地。 10. 悟：明白，理解。下泉:《诗经·曹风》中的篇名，表达对贤君的思慕。这里用来比拟诗人对汉文帝太平盛世的怀念。

其二[1]

荆蛮非我乡，何为久滞淫[2]？
方舟溯大江[3]，日暮愁吾心。
山冈有余映[4]，岩阿增重阴[5]。
狐狸驰赴穴，飞鸟翔故林。
流波激清响，猴猿临岸吟。
迅风拂裳袂，白露沾衣襟。
独夜不能寐，摄衣起抚琴[6]。
丝桐感人情[7]，为我发悲音。
羁旅无终极，忧思壮难任[8]。

注释　1. 此诗原列第二首。　2. 滞淫：久滞，淹留。　3. 方舟：两船相并。溯：逆流而上。　4. 余映：落日的余晖。　5. 岩阿（ē）：山窟边侧的地方。　6. 摄衣：古人穿长袍，故起身时要提起衣摆。摄，提起。一说整理，亦通。　7. 丝桐：指琴。古时多用桐木制琴，练丝为弦，故称。　8. 壮：盛多。任：承受。

杂　诗

日暮游西园，冀写忧思情[1]。
曲池扬素波，列树敷丹荣[2]。
上有特栖鸟[3]，怀春向我鸣。
褰衽欲从之[4]，路险不得征[5]。
徘徊不能去，伫立望尔形。
风飙扬尘起，白日忽已冥。
回身入空房，托梦通精诚[6]。
人欲天不违，何惧不合并？

注释　1. 冀：希望。写：通“泻”，宣泄，纾解。　2. 列：成行。敷：施，布。丹荣：艳红的花。　3. 特：独。　4. 褰衽：提起衣襟。　5. 征：即行。　6. 精诚：真诚、深挚之情。

刘 桢

刘桢（？—217），字公幹，东平宁阳（今属山东）人。东汉末诗人，建安七子之一。其性倨傲，而才高学富，诗文兼善。其诗今存十五首，诗风劲爽挺拔，不以雕琢为工，颇有气势。

赠从弟三首

其一

泛泛东流水[1]，磷磷水中石[2]。
蘋藻生其涯[3]，华叶纷扰溺[4]。
采之荐宗庙[5]，可以羞嘉客[6]。
岂无园中葵[7]，懿此出深泽[8]。

注释　1. 泛泛：水流貌。　2. 磷磷：水石明净貌。　3. 蘋藻：二者皆水草，古人取供祭祀之用。蘋生于浅水中，叶有长柄，柄端四片小叶成田字形，也叫田字草，夏秋开小白花。藻是水草的总称。涯：水边。　4. 纷：盛多貌。扰溺：蘋藻顺着水波飘荡的样子。　5. 荐：进奉，献上。宗庙：天子、诸侯祭祀祖先的处所。　6. 羞：进献。　7. 葵：菜名。蔬类。子名冬葵子，入药。　8. “懿此”句：蘋藻生于幽泽，具有高洁脱俗的美好品质。懿：美，美德。

其二

亭亭山上松[1]，瑟瑟谷中风[2]。
风声一何盛，松枝一何劲。
冰霜正惨凄[3]，终岁常端正[4]。
岂不罹凝寒[5]，松柏有本性。

注释　1. 亭亭：耸立貌，也指一种孤峻高洁的状态。　2. 瑟瑟：风声。　3. 惨凄：凛冽寒冷。　4. 终岁：一年到头。　5. 罹：遭受。凝寒：酷寒。

其三

凤凰集南岳[1]，徘徊孤竹根[2]。
于心有不厌[3]，奋翅凌紫氛[4]。
岂不常勤苦，羞与黄雀群。
何时当来仪[5]，将须圣明君[6]。

注释　1. 南岳：这里指的是丹丘山，传说中的凤凰聚居之地。　2.“徘徊”句：传说凤凰非梧桐不栖，非竹实不食。　3. 厌：同“餍”，饱，满足，心服。　4. 奋：鸟张开翅膀。紫氛：祥瑞的云气、光气。一说即天空，天空愈高其色愈深，故名。　5. 来仪：来归。　6. 须：等待。

杂　诗

职事相填委[1]，文墨纷消散。
驰翰未暇食[2]，日昃不知晏[3]。
沉迷簿领间[4]，回回自昏乱。
释此出西城[5]，登高且游观。
方塘含白水，中有凫与雁[6]。
安得肃肃羽[7]，从尔浮波澜。

注释　1. 职事：分内应执掌之事。填委：纷集，堆积。　2. 驰翰：犹言奋笔。未暇：没有空。　3. 日昃：太阳开始偏西，约未时，即下午两点左右。晏：晚。　4. 簿领：登记的文簿。　5. 释此：指放下手头的事务。　6. 凫：野鸭。　7. 肃肃：象声词。这里形容鸟扇动翅膀的声音。

阮　瑀

阮瑀（？—212），字元瑜，陈留尉氏（今属河南）人。东汉末诗人、散文家，建安七子之一。少有才气，为蔡邕所赏识。长于书记，多为曹操拟书檄。今存诗十二首，亦有反映时乱之作。

驾出北郭门行

驾出北郭门，马樊不肯驰[1]。
下车步踟蹰，仰折枯杨枝。
顾闻丘林中，噭噭有悲啼[2]。
借问啼者出，“何为乃如斯？”
“亲母舍我殁，后母憎孤儿。
饥寒无衣食，举动鞭捶施[3]。
骨消肌肉尽，体若枯树皮。
藏我空室中，父还不能知。
上冢察故处[4]，存亡永别离。
亲母何可见！泪下声正嘶。
弃我于此间[5]，穷厄岂有资[6]？”
传告后代人，以此为明规[7]。

注释　1. 樊：止而不前。　2. 噭噭：啼哭声。　3. 捶：通“箠”，杖，鞭。　4. 察：探望。故处：这里指埋葬生母的地方。　5. 此间：指人世间。　6. 穷厄：穷困。资：财富。　7. 规：规诫，规劝。

繁　钦

繁钦（？—218），字休伯，颍川（今河南许昌）人。东汉末诗人、辞赋家。能文擅辩，长于书记，又善作诗赋。今存诗八篇。以《定情诗》为代表作，情感凄婉，有回环往复之美。

定情诗[1]

我出东门游，邂逅承清尘[2]。
思君即幽房，侍寝执衣巾[3]。

注释　1. 定情：指两情相契。男女互赠信物，表示相爱不渝。　2. 清尘：对人的敬称，犹言足下。“清”表尊贵和企慕。　3. “侍寝”句：服侍其解衣入睡。

时无桑中契[4]，迫此路侧人[5]。
我既媚君姿，君亦悦我颜。
何以致拳拳[6]？绾臂双金环[7]。
何以致殷勤？约指一双银[8]。
何以致区区[9]？耳中双明珠。
何以致叩叩[10]？香囊系肘后。
何以致契阔[11]？绕腕双跳脱[12]。
何以结恩情？美玉缀罗缨[13]。
何以结中心[14]？素缕连双针[15]。
何以结相于[16]？金薄画搔头[17]。
何以慰别离？耳后玳瑁钗。
何以答欢欣？纨素三条裙[18]。
何以结愁悲？白绢双中衣。
何以消滞忧？足下双远游[19]。
与我期何所？乃期东山隅。
日旰兮不来[20]，谷风吹我襦[21]。
远望无所见，涕泣起踟蹰。
与我期何所？乃期山南阳。
日中兮不来，飘风吹我裳[22]。
逍遥莫谁睹[23]，望君愁我肠。
与我期何所？乃期西山侧。
日夕兮不来，踯躅长叹息。
远望凉风至，俯仰正衣服。
与我期何所？乃期山北岑[24]。
日暮兮不来，凄风吹我襟。
望君不能坐，悲苦愁我心。
爱身以何为，惜我华色时。

暗指幽会。 4. 桑中契：指幽约。在《诗经·鄘风·桑中》里，桑中是男女幽会之地，后以喻私奔幽会。 5. 迫：近，此指亲近。路侧人：即偶遇的路人。 6. 致：表达。拳拳：恳切、忠谨貌。 7. 绾：束。 8. 约指：指环。 9. 区区：爱慕，思念。 10. 叩叩：郑重恳切。 11. 契阔：两情相洽。 12. 跳脱：腕上的镯子。 13. 罗缨：结玉的佩带。 14. 中心：即衷心，衷肠。 15. 素缕：白色丝线，喻纯洁和缠绵。针：与“贞”双关。 16. 相于：相亲相厚。 17. 金薄：即金箔。画：装饰。搔头：簪子。 18. 三条裙：缀有三道丝边的裙子。条，通“絛”，丝带，丝绳。一名扁绪。 19. “消滞忧”二句：为逸文，见于《文选·洛神赋》李善注。远游：一种绣花鞋的名称。 20. 日旰：天色已晚。旰：晚、迟。 21. 谷风：东风。 22. 飘风：旋风。 23. 逍遥：彷徨、徘徊的样子。 24. 岑：高而小的山。

中情既款款[25]，然后克密期[26]。
褰衣蹑茂草，谓君不我欺[27]。
厕此丑陋质[28]，徙倚无所之。
自伤失所欲，泪下如连丝。

25. 中情：内心的感情。款款：忠实诚恳。 26. 克：约定。 27. 谓：自以为。 28. 厕：即侧身。丑陋质：这是女子心灰意冷后的自我鄙薄之词。

曹丕

曹丕（187—226），字子桓，沛国谯（今安徽亳县）人。汉、魏间诗人、辞赋家。建安二十五年（220）正月即位为魏王，十月改元登帝位，是为魏文帝，在位七年。曹丕为建安文坛领袖，首开文人唱和之风。其诗今存约四十首，颇有文士气，情韵婉致。又著有《典论·论文》，为单篇文学批评之始。

善哉行二首

其一

上山采薇[1]，薄暮苦饥[2]。
谿谷多风[3]，霜露沾衣。
野雉群雊[4]，猴猿相追。
还望故乡，郁何垒垒[5]！
高山有崖，林木有枝[6]。
忧来无方，人莫之知。
人生如寄，多忧何为？
今我不乐，岁月如驰。
汤汤川流[7]，中有行舟。
随波转薄[8]，有似客游。
策我良马，被我轻裘。
载驰载驱[9]，聊以忘忧。

注释　1. 薇：菜名。即巢菜，又名野豌豆。蔓生，可生食或做羹。 2. 薄暮：接近日落，傍晚。 3. 谿：山间河沟。 4. 雉：鸟名。鹑鸡类，雄者羽色美丽，尾长，可做装饰品；雌者羽黄褐色，尾较短。雊（gòu）：雉鸣。 5. 郁：忧闷。垒垒：重积貌。 6. 枝：与“知”双关。 7. 汤汤（shāng）：大水急流貌。 8. 转：回旋。薄：停止，停泊。 9. 载：助词。驰、驱：策马奔驰。

其二

有美一人，婉如清扬[1]。
妍姿巧笑[2]，和媚心肠[3]。
知音识曲，善为乐方[4]。
哀弦微妙，清气含芳。
流郑激楚[5]，度宫中商[6]。
感心动耳，绮丽难忘。
离鸟夕宿，在彼中洲[7]。
延颈鼓翼[8]，悲鸣相求。
眷然顾之[9]，使我心愁。
嗟尔昔人，何以忘忧？

注释 1. 婉：美好。清扬：指眉目之间。清指目，扬指眉。 2. 巧笑：美好的笑貌。 3. 和媚：和顺而美好。 4. 乐方：音乐的法度。 5. 流、激：或流畅或激扬的曲调。郑、楚：古代郑地、楚地的音乐。 6. 度、中：指合于乐。宫、商：古代五音之二。 7. 中洲：水中的小沙洲。 8. 延颈：伸长脖子。鼓翼：扇动翅膀。 9. 眷然：回顾貌。

燕歌行（选一）[1]

秋风萧瑟天气凉，
草木摇落露为霜[2]。
群燕辞归雁南翔，
念君客游多思肠[3]。
慊慊思归恋故乡[4]，
君何淹留寄他方[5]？
贱妾茕茕守空房[6]，
忧来思君不敢忘，
不觉泪下沾衣裳。
援琴鸣弦发清商[7]，
短歌微吟不能长。

注释 1. 此题共两首，此诗原列第一首。 2. 摇落：凋残零落。 3. 君：辞乡远游的丈夫。 4. 慊慊：心不满足的样子。 5. 淹留：滞留，停留。寄：寄旅。 6. 茕茕：孤零貌。 7. 援：取来。清商：乐调名，调悲而节促。

明月皎皎照我床，
星汉西流夜未央[8]。
牵牛织女遥相望，
尔独何辜限河梁[9]。

8. 未央：未尽。 9. 尔：你们，此指牵牛和织女。何辜：即何故。限河梁：银河上无桥梁可通，牵牛织女为此所限，不能相见。

秋胡行

朝与佳人期，日夕殊不来[1]。嘉肴不尝，旨酒停杯[2]。寄言飞鸟，告余不能。俯折兰英，仰结桂枝。佳人不在，结之何为？从尔何所之？乃在大海隅[3]。灵若道言[4]，贻尔明珠[5]。企予望之[6]，步立踟蹰[7]。佳人不来，何得斯须[8]。

注释 1. 殊：最终。 2. 旨酒：美酒。 3. 大海隅：犹言天涯海角。 4. 灵：神灵。这里指海神。 5. 贻：赠送。 6. 企予：踮起脚跟。予相当于“而”，助词。 7.“步立”句：且行且止，踌躇徘徊的样子。 8. 斯须：暂时，片刻。

杂诗二首

其一

漫漫秋夜长，烈烈北风凉。
展转不能寐[1]，披衣起彷徨。
彷徨忽已久，白露沾我裳。
俯视清水波，仰看明月光。
天汉回西流[2]，三五正纵横[3]。
草虫鸣何悲，孤雁独南翔。

注释 1. 展转：卧不安席，辗转反侧。 2. 天汉：天河。 3. 三五：稀疏的星斗。纵横：错落。 4. 郁郁：忧闷。 5. 绵绵：思念不绝貌。

郁郁多悲思[4]，绵绵思故乡[5]。
愿飞安得翼，欲济河无梁。
向风长叹息，断绝我中肠。

其二

西北有浮云，亭亭如车盖[1]。
惜哉时不遇，适与飘风会[2]。
吹我东南行，行行至吴会[3]。
吴会非我乡，安得久留滞？
弃置勿复陈[4]，客子常畏人[5]。

注释 1. 亭亭：耸立、高远无依的样子。车盖：车篷，状如伞。 2. 适：恰巧。飘风：旋风，暴风。会：碰到，遇上。 3. 吴会：秦会稽郡在东汉分为吴郡、会稽郡二郡，合称吴会。在今江苏东部、浙江西部。 4. "弃置"句：此是乐府诗套语。意为抛开吧，不必再多说了。 5. "客子"句：客游在外的人势单力薄，恐受人欺。

曹 植

曹植（192—232），字子建，沛国谯（今安徽亳县）人。汉、魏间诗人、辞赋家、散文家。自幼兼习文武，善属文，与兄曹丕共为邺下文人集团首领。而其著作之富、成就之高，堪称建安之最。其创作以曹丕即位为界分前后两期，前期俊逸华美，后期忧愁愤懑。今存诗八十余首，多为五言。词采华茂，情感炽烈，亦不乏雄豪之作。

吁嗟篇

吁嗟此转蓬[1]，居世何独然。
长去本根逝[2]，宿夜无休闲。
东西经七陌，南北越九阡。
卒遇回风起[3]，吹我入云间。

注释 1. 吁嗟：叹息声。 2. 长去：远去，远离。逝：离去，往。 3. 卒（cù）：通"猝"、"促"，急遽貌。回风：旋风。 4. 自谓：自以为。终天路：即以天之尽头为终点、归宿。 5. 惊：快，迅速。飙：暴风。 6. 宕宕：通"荡荡"，动荡不定貌。 7. 亡：消失。 8. 周：遍及。八自谓终天路[4]，忽然下沉渊。
惊飙接我出[5]，故归彼中田。
当南而更北，谓东而反西。
宕宕当何依[6]，忽亡而复存[7]。
飘飖周八泽[8]，连翩历五山[9]。
流转无恒处，谁知吾苦艰。
愿为中林草，秋随野火燔[10]。
糜灭岂不痛，愿与株荄连[11]。

泽：旧说中国境内有八大泽，又称“八薮”。 9. 五山：指华山、首山、太室、泰山、东莱。 10. 燔：烧。 11. 荄(gāi)：草根。

野田黄雀行

高树多悲风，海水扬其波。
利剑不在掌[1]，结交何须多？
不见篱间雀，见鹞自投罗[2]？
罗家见雀喜[3]，少年见雀悲。
拔剑捎罗网[4]，黄雀得飞飞[5]。
飞飞摩苍天[6]，来下谢少年。

注释 1. 利剑：此喻权势。 2. 鹞：鸟名。猛禽，似鹰而较小。 3. 罗家：设网捕雀的人。 4. 捎：即“削”，削断。 5. 飞飞：飞得轻快的样子。 6. 摩：迫近，接近。

名都篇

名都多妖女[1]，京洛出少年。
宝剑直千金[2]，被服丽且鲜。
斗鸡东郊道，走马长楸间[3]。
驰骋未及半，双兔过我前。

注释 1. 妖女：艳丽的女子。 2. 直：通“值”。 3. 长楸（qiū）：木名。高大的落叶乔木，古时常植于道旁，排列很长，故名。

揽弓捷鸣镝[4]，长驱上南山。
左挽因右发，一纵两禽连[5]。
余巧未及展[6]，仰手接飞鸢[7]。
观者咸称善，众工归我妍[8]。
归来宴平乐[9]，美酒斗十千。
脍鲤臇胎鰕[10]，寒鳖炙熊蹯[11]。
鸣俦啸匹侣[12]，列坐竟长筵[13]。
连翩击鞠壤[14]，巧捷惟万端。
白日西南驰，光景不可攀[15]。
云散还城邑，清晨复来还。

4. 捷：引。镝：箭镞。鸣镝，即响箭。 5. 纵：放箭。两禽：即前文的双兔。古时将鸟兽统称为禽。 6. 巧：这里指箭术。 7. 仰手：向高处射箭。接：迎射。鸢(yuān)：鸱鹰，鸱子。 8. 众工：众位善射者。归我妍：都称赞我箭术最精。 9. 平乐：指平乐观，东汉明帝永平五年筑。在今河南洛阳市故洛阳城西。 10. 脍(kuài)：把肉切细。臇(juǎn)：炖煮少汁的肉羹。胎鰕：有子的鲐鱼。 11. 寒：酱渍。一作“炮”，意为烧烤。鳖：甲鱼。熊蹯(fán)：熊掌。 12. “鸣俦”句：呼朋唤友。 13. “列坐”句：长长的筵席上座无虚席。竟：极，尽。 14. 击鞠壤：蹴鞠和击壤，都是古代的游戏。 15. 攀：追。

美女篇

美女妖且闲[1]，采桑歧路间。
柔条纷冉冉[2]，落叶何翩翩！
攘袖见素手[3]，皓腕约金环[4]。
头上金爵钗[5]，腰佩翠琅玕。
明珠交玉体[6]，珊瑚间木难[7]。
罗衣何飘飘，轻裾随风还。
顾盼遗光采，长啸气若兰。
行徒用息驾，休者以忘餐[8]。
借问女安居？乃在城南端。
青楼临大路[9]，高门结重关[10]。
容华耀朝日，谁不希令颜[11]？
媒氏何所营[12]？玉帛不时安[13]。

注释　1. 妖：艳丽。闲：同“娴”，娴雅，娴静。 2. 冉冉：柔弱下垂的样子。 3. 攘：捋起。 4. 约：束，戴着。环：手镯。 5. 金爵钗：顶端作雀形的金钗。爵，同“雀”。 6. 交：缠络。 7. 间：交错点缀。木难：宝珠名。传说为金翅鸟唾沫凝成的碧色珠子。 8. 行徒：行路的人。休者：休息的人。用、以：因而。息驾：停下车马。 9. 青楼：显贵之家的闺阁，涂饰青漆。 10. 重关：两道闭门的横木。 11. 希：钦慕。令：美丽。 12. 营：营谋。 13. 玉帛：珪璋和束帛，古代订婚行聘之物。时安：及时安置。

佳人慕高义，求贤良独难。
众人徒嗷嗷[14]，安知彼所观。
盛年处房室[15]，中夜起长叹[16]。

14. 嗷嗷：七嘴八舌。 15. 盛年：青春年华。 16. 中夜：半夜。

白马篇

白马饰金羁[1]，连翩西北驰。
借问谁家子？幽并游侠儿[2]。
少小去乡邑，扬声沙漠垂[3]。
宿昔秉良弓[4]，楛矢何参差[5]。
控弦破左的[6]，右发摧月支[7]。
仰手接飞猱[8]，俯身散马蹄[9]。
狡捷过猴猿，勇剽若豹螭[10]。
边城多警急，胡虏数迁移。
羽檄从北来[11]，厉马登高堤[12]。
长驱蹈匈奴，左顾凌鲜卑[13]。
弃身锋刃端，性命安可怀[14]？
父母且不顾，何言子与妻？
名编壮士籍，不得中顾私。
捐躯赴国难，视死忽如归。

注释 1. 羁：马的笼头。 2. 幽、并：二州名。今河北、山西和陕西的部分地方，该地之人好气任侠。 3. 垂：通“陲”，边境。 4. 宿昔：向来，往日。秉：持。 5. 楛(hù)矢：用楛木做杆的箭。 6. 控弦：拉开弓。左的：左边的射击目标。 7. 月支：练习射箭时用的一种箭靶。 8. 仰手、接：见《名都篇》注解 7。猱：兽名。猿类，体矮小，但攀爬时轻捷如飞。 9. 散：射碎。马蹄：箭靶的一种。 10. 螭：传说中无角的龙。 11. 羽檄：军事文书，插鸟羽以示紧急。 12. 厉马：策马，催马。 13. 凌：压倒，压制。 14 怀：惜。

公　宴

公子敬爱客[1]，终宴不知疲。
清夜游西园[2]，飞盖相追随[3]。
明月澄清影，列宿正参差。
秋兰被长坂[4]，朱华冒绿池。
潜鱼跃清波，好鸟鸣高枝。
神飙接丹毂[5]，轻辇随风移[6]。
飘飖放志意[7]，千秋长若斯。

注释　1. 公子：这里指曹丕。2. 西园：指文昌殿以西的铜雀园，是邺下文人聚会的常选之处。3. 飞盖：轻捷如飞的车辆。盖，指车盖，是遮阳御雨之具，这里代指车。4. 被：覆盖。坂：斜坡。5. 神飙：轻疾的风。丹毂：装饰华美的车。毂：车轮中间车轴贯入处的圆木，也可指车。6. 辇：天子所乘的车。7. 飘飖：飘动貌。这里指心情飘然。

赠白马王彪[1]

黄初四年五月，白马王、任城王与余俱朝京师[2]，会节气[3]。到洛阳，任城王薨。至七月，与白马王还国[4]。后有司以二王归藩[5]，道路宜异宿止，意毒恨之[6]。盖以大别在数日[7]，是用自剖[8]，与王辞焉，愤而成篇。

谒帝承明庐[9]，逝将归旧疆[10]。清晨发皇邑[11]，日夕过首阳[12]。伊洛广且深[13]，欲济川无梁。泛舟越洪涛，怨彼东路长[14]。顾瞻恋城阙，引领情内伤。

太谷何寥廓[15]，山树郁苍苍。霖雨泥我涂，流潦浩纵横[16]。中逵绝无轨[17]，改辙登高冈。修坂造云日[18]，我马玄以黄。

注释　1. 白马王彪：曹彪，字朱虎，曹植异母弟。白马：在今河南省滑县东。2. 任城王：曹彰，字子文，曹植同母兄。任城：在今山东省济宁市。3. 会节气：黄初四年六月二十四日立秋，依古制须于立秋前十八日举行迎气之礼。4. 还国：返回封地。5. 有司：职有专司，即官吏。此指监国使者灌均。6. 毒恨：痛恨。7. 大别：永别。8. 自剖：剖白自己的心里话。9. 谒：觐见，朝见。承明庐：汉承明殿旁屋，侍臣值宿所居之屋为庐。后魏文帝曹丕以建始殿朝群臣，门曰承明，朝臣止息之所，亦称承明庐。10. 逝：发语词，无意。旧疆：曹植的封地鄄城。11. 皇邑：皇城，此指洛阳。亦即下文的“城阙”。12. 首阳：山名。在洛阳东北，距城二十里。13. 伊洛：伊水和洛水。伊水源出河南熊耳山，至偃师入洛水。洛水源出陕西冢岭山，至河南巩县入黄河。14. 东路：此指从洛阳到鄄城的归藩之路。15. 太谷：

玄黄犹能进[19]，我思郁以纡。郁纡将何念？亲爱在离居[20]。本图相与偕，中更不克俱[21]。鸱枭鸣衡轭[22]，豺狼当路衢。苍蝇间白黑[23]，谗巧令亲疏。欲还绝无蹊[24]，揽辔止踟蹰。

踟蹰亦何留？相思无终极。秋风发微凉，寒蝉鸣我侧。原野何萧条，白日忽西匿。归鸟赴乔林，翩翩厉羽翼[25]。孤兽走索群，衔草不遑食[26]。感物伤我怀，抚心长太息。

太息将何为？天命与我违。奈何念同生[27]，一往形不归[28]。孤魂翔故域[29]，灵柩寄京师。存者忽复过[30]，亡没身自衰。人生处一世，去若朝露晞。年在桑榆间[31]，影响不能追[32]。自顾非金石，咄唶令心悲[33]。

心悲动我神，弃置莫复陈。丈夫志四海，万里犹比邻。恩爱苟不亏[34]，在远分日亲[35]。何必同衾帱[36]，然后展殷勤。忧思成疾疢[37]，无乃儿女仁。仓卒骨肉情，能不怀苦辛？

苦辛何虑思？天命信可疑。虚无求列仙，松子久吾欺[38]。变

洛阳东南五十里的太谷关，又名通谷。寥廓：旷远，广阔貌。 16. 潦（lǎo）：路面上的积水。 17. 中逵：道路交错之处。轨：车痕。 18. 修坂：长长的斜坡。造：连至。 19. 玄黄：马病之色。 20. 亲爱：此指兄弟。 21. 克：能。 22. 鸱枭：鸱为猛禽，枭食其母，古人皆视为恶鸟。喻奸恶之人，下文“豺狼”亦同。衡：车辕前端的横木。轭：衡两旁下用以架住马头的曲木。 23. 苍蝇：古人认为此虫污白为黑，污黑为白，喻搬弄口舌、颠倒是非的小人。 24. 绝：断。无蹊：无路可走。 25. 厉：迅疾貌。 26. 不遑：不暇，来不及。 27. 同生：同胞兄弟，此指曹彰。 28.“一往”句：此谓曹彰之死。 29. 故域：此指曹彰的封地任城。 30. 存者：此指自己和曹彪。忽复过：很快会死去。 31. 桑榆：二星名，在西方。日近桑榆谓黄昏，喻人至暮年。 32. 影：日光。响：回声。 33. 咄（duō）唶（jiè）：叹息。 34. 苟：如果。亏：减少。 35. 分：兄弟情分。 36. 衾：被子。帱：床帐。同衾帱用的是后汉姜肱弟兄友爱、同被而眠的典故。 37. 疢：热病。 38. 松子：指赤松子，传说中的古仙人。

故在斯须[39]，百年谁能持？离别永无会，执手将何时？王其爱玉体[40]，俱享黄发期[41]。收泪即长路[42]，援笔从此辞。

39. 斯须：须臾，顷刻之间。 40. 王：此指曹彪。 41. 黄发：老年人头发会由白而再变黄。黄发期即指高寿。 42. 即长路：上路，登程。

送应氏二首

其一

步登北邙阪，遥望洛阳山。
洛阳何寂寞，宫室尽烧焚[1]。
垣墙皆顿擗[2]，荆棘上参天。
不见旧耆老[3]，但睹新少年。
侧足无行径，荒畴不复田[4]。
游子久不归，不识陌与阡。
中野何萧条，千里无人烟。
念我平常居，气结不能言[5]。

注释 1.“洛阳”句：指汉献帝初平元年（190），董卓焚掠洛阳一事。 2. 顿：倒塌，塌毁。擗（pǐ）：崩裂，崩坏。 3. 耆（qí）老：老人。六十曰耆。 4. 畴：耕过的田地。田：耕种。 5. 气结：郁闷，郁结。

其二

清时难屡得，嘉会不可常。
天地无终极，人命若朝霜。
愿得展嬿婉[1]，我友之朔方[2]。
亲昵并集送[3]，置酒此河阳[4]。
中馈岂独薄[5]？宾饮不尽觞。
爱至望苦深[6]，岂不愧中肠？

注释 1. 嬿婉：安顺貌，引申为美好貌。 2. 朔方：北方。也可指朔方郡，即今河南地。 3. 亲昵：亲近。 4. 河阳：黄河北岸。山之南水之北为阳。 5. 中馈：古时指妇女在家主持饮食之事。这里指践行的酒食。薄：不丰盛。 6. 至：极致。望：期望。

山川阻且远，别促会日长。
愿为比翼鸟，施翮起高翔。

杂诗六首

其一

高台多悲风，朝日照北林。
之子在万里[1]，江湖迥且深[2]。
方舟安可极[3]，离思故难任[4]。
孤雁飞南游，过庭长哀吟。
翘思慕远人[5]，愿欲托遗音[6]。
形景忽不见[7]，翩翩伤我心[8]。

注释　1. 之子：那个人。这里指所怀念的人。 2. 迥：辽远。 3. 方舟：相并的两船。极：至，到达。 4. 任：承受。 5. 翘思：仰头怀念。 6. 遗音：捎信。 7. 景：通"影"。 8. 翩翩：鸟飞轻疾貌。

其二

转蓬离本根，飘摇随长风。
何意回飙举[1]，吹我入云中。
高高上无极[2]，天路安可穷？
类此游客子，捐躯远从戎。
毛褐不掩形[3]，薇藿常不充[4]。
去去莫复道，沉忧令人老。

注释　1. 意：料到。回飙：旋风。 2. 无极：没有止境。 3. 毛褐：布衣。形：身体。 4. 薇藿：薇即薇菜，可生食或做羹；藿是豆叶。

其三

西北有织妇[1]，绮缟何缤纷[2]！
明晨秉机杼[3]，日昃不成文[4]。
太息终长夜，悲啸入青云。
妾身守空闺，良人行从军。
自期三年归，今已历九春。
飞鸟绕树翔，噭噭鸣索群[5]。
愿为南流景[6]，驰光见我君。

注释 1. 织妇：此指织女星。 2. 绮：素地织纹起花的丝织物。缟：白色的生绢。绮缟在此泛指织物。缤纷：凌乱貌。 3. 明晨：指清晨。 4. 日昃：太阳开始偏西，即午后。成文：织成纹理。 5. 噭噭：鸟鸣声。 6. 景：亮光，日光。

其四

南国有佳人，容华若桃李。
朝游江北岸，夕宿潇湘沚[1]。
时俗薄朱颜[2]，谁为发皓齿[3]。
俯仰岁将暮[4]，荣耀难久恃[5]。

注释 1. 潇湘：潇水在湖南零陵县西北与湘水会合，称为潇湘。沚：水中小洲。 2. 薄：不重视。 3. 谁为：即为谁。发皓齿：谈笑或歌唱。 4. 俯仰：形容时间短促。 5. 荣耀：花开得灿烂夺目。这里指容颜美丽。

其五

仆夫早严驾[1]，吾行将远游[2]。
远游欲何之？吴国为我仇。
将骋万里涂[3]，东路安足由[4]？
江介多悲风，淮泗驰急流[5]。
愿欲一轻济[6]，惜哉无方舟[7]。
闲居非吾志，甘心赴国忧。

注释 1. 仆夫：赶车的仆人。严驾：整治车驾。 2. 行：且。 3. 涂：同“途”。 4. 东路：见《赠白马王彪》注解14。足：值得。由：行。 5. 江介：江岸，指沿江一带。介，犹界。淮泗：指淮水和泗水。长江、淮水、泗水都是南征孙吴的必经之路。 6. 轻济：轻舟。 7. 方舟：喻权柄。

其六

飞观百余尺[1]，临牖御棂轩[2]。
远望周千里，朝夕见平原。
烈士多悲心[3]，小人偷自闲[4]。
国仇亮不塞[5]，甘心思丧元[6]。
拊剑西南望[7]，思欲赴太山[8]。
弦急悲声发，聆我慷慨言。

注释 1. 飞观：凌空而起的两座望楼。2. 御：凭，倚靠。棂轩：有窗格的小室或长廊。3. 烈士：指有志之人。4. 偷自闲：苟且自安。5. 亮：诚然，确实。塞：杜绝。6. 丧元：牺牲性命。元：即头。7. 拊：同"抚"。西南望：望向蜀国和吴国的方向。8. 赴太山：即赴死。汉魏时人认为人死后魂归泰山。

七哀诗

明月照高楼，流光正徘徊。
上有愁思妇，悲叹有余哀[1]。
借问叹者谁？言是宕子妻[2]。
君行逾十年，孤妾常独栖。
君若清路尘，妾若浊水泥[3]。
浮沉各异势，会合何时谐[4]？
愿为西南风，长逝入君怀[5]。
君怀良不开[6]，贱妾当何依？

注释 1. 余哀：犹言不尽的哀伤。2. 宕子：久游不归的人。宕，同"荡"。3. "君若"二句：夫妻二人如同尘泥，原为一体，却因地势之别而分道扬镳。4. 谐：和合，协调。5. 逝：往，去。6. 良：诚然。

情　诗

微阴翳阳景[1]，清风飘我衣。
游鱼潜渌水[2]，翔鸟薄天飞[3]。
眇眇客行士[4]，遥役不得归。

注释 1. 阴：日影曰阴。此指蔽日的浮云。翳：遮蔽。阳景：日光。2. 渌水：谓清池。3. 薄：靠近，迫近。4. 眇眇：辽远，高远。客行士：即下文的游者。

始出严霜结，今来白露晞。
游者叹黍离[5]，处者歌式微[6]。
慷慨对嘉宾[7]，凄怆内伤悲。

5. 黍离：《诗经 · 王风》里的篇名，抒发家国兴废之叹。 6. 处者：居者。式微：《诗经·邶风》里的篇名，怀有劝归之旨。 7. 嘉宾：此指亲朋好友。

远游篇

远游临四海，俯仰观洪波。
大鱼若曲陵[1]，承浪相经过。
灵鳌戴方丈[2]，神岳俨嵯峨[3]。
仙人翔其隅，玉女戏其阿[4]。
琼蕊可疗饥，仰漱吸朝霞。
昆仑本吾宅[5]，中州非吾家[6]。
将归谒东父[7]，一举超流沙[8]。
鼓翼舞时风，长啸激清歌。
金石固易弊，日月同光华。
齐年与天地，万乘安足多[9]！

注释 1. 陵：土山。 2. 戴：负载。方丈：蓬莱、方丈、瀛洲是传说中海上的三座仙山，它们由巨鳌负载，使不漂流西极。这里只举方丈一山，其实包括三座。 3. 俨：整齐貌。嵯峨：高大巍峨。 4. 阿：山之曲处。 5. 昆仑：传说中列仙所居之处。 6. 中州：古豫州地处九州中间，称为中州。此指凡间。 7. 东父：即东王公，神话中的仙人，与西王母并称。领男仙，掌诸仙名籍。 8. 流沙：沙漠，因沙常随风而流动转移，故名。此指传说中西方的不毛之地。 9. 万乘：周制，天子地方千里，出兵车万辆，故以万乘称天子。

曹　叡

曹叡（205—239），魏明帝，字元仲，沛国谯（今安徽亳县）人。黄初七年（226）即帝位，喜奢华，好女色，然亦沉毅有决断，博闻强识，奖掖文学，曾置崇文观，召集文士。今存诗皆乐府，佳篇不多。

种瓜篇

种瓜东井上，冉冉自逾垣[1]。
与君新为婚，瓜葛相结连。
寄托不肖躯，有如倚太山。
兔丝无根株[2]，蔓延自登缘。
萍藻托清流，常恐身不全。
被蒙丘山惠[3]，贱妾执拳拳。
天日照知之[4]，想君亦俱然。

注释 1. 逾：越过。垣：短墙。 2. 兔丝：即菟丝。蔓生，茎细长，常缠络于其他植物上，以盘状吸根吸取其他植物的养分而生。 3. 蒙：蒙受，承蒙。丘山惠：如同高山一样厚重的恩惠。 4.“天日”句：犹言我一片真心，天日可鉴。

阮　籍

阮籍（210—263），字嗣宗，陈留尉氏（今河南尉氏县）人。“竹林七贤”之一，封关内侯，徙散骑常侍，后为东平相、步兵校尉。少志气宏放，有济世志。任性不羁，喜怒不形于色。崇尚老庄，而不排斥儒学。其诗颇多感慨之词与忧生之嗟，风格隐约曲折。明人辑有《阮嗣宗集》《阮步兵集》。

咏怀诗（选二十）

其一[1]

夜中不能寐，起坐弹鸣琴。
薄帷鉴明月[2]，清风吹我襟。
孤鸿号外野[3]，翔鸟鸣北林[4]。
徘徊将何见？忧思独伤心。

注释 1. 此题共八十二首，此诗原列第一首。 2. 鉴：照。 3. 号：鸣叫。 4. 翔鸟：飞翔盘旋着的鸟。

其二[1]

二妃游江滨[2]，逍遥顺风翔。
交甫怀佩环[3]，婉娈有芬芳[4]。
猗靡情欢爱[5]，千载不相忘。
倾城迷下蔡[6]，容好结中肠。
感激生忧思，萱草树兰房[7]。
膏沐为谁施[8]？其雨怨朝阳。
如何金石交[9]，一旦更离伤[10]。

注释　1. 此诗原列第二首。2. 二妃：传说中江汉间的两位神女。3. 佩环：环状玉佩。4. 婉娈：美好貌。5. 猗靡：缠绵。6. 倾城：极言女子之美。语出《汉书·外戚传》李延年歌："北方有佳人，绝世而独立。一顾倾人城，再顾倾人国。"迷下蔡：也是指女子之美。语出宋玉《登徒子好色赋》："嫣然一笑，惑阳城，迷下蔡。"下蔡，古地名，故址在今安徽凤台县。7. 萱草：又称忘忧草。兰房：犹闺房。8. 膏沐：古代女子润发的油脂。9. 金石交：比喻坚贞牢固的交情。10. 离：通"罹"，遭遇。

其三[1]

嘉树下成蹊[2]，东园桃与李。
秋风吹飞藿[3]，零落从此始。
繁华有憔悴，堂上生荆杞[4]。
驱马舍之去，去上西山趾[5]；
一身不自保，何况恋妻子！
凝霜被野草[6]，岁暮亦云已[7]。

注释　1. 此诗原列第三首。2. 嘉树：美好的树木，此指桃李。蹊：小路。也泛指道路。3. 藿：豆叶。4. 荆杞：指荆棘和枸杞，皆野生灌木，带钩刺。5. 西山：指首阳山。相传为伯夷、叔齐隐逸之地。趾：山脚。6. 被：覆盖。7. 已：毕。

其四[1]

平生少年时，轻薄好弦歌[2]。
西游咸阳中，赵李相经过[3]。
娱乐未终极，白日忽蹉跎[4]。
驱马复来归[5]，反顾望三河[6]。
黄金百镒尽[7]，资用常苦多[8]。
北临太行道，失路将如何[9]！

注释　1. 此诗原列第五首。2. 弦歌：依琴瑟而咏歌，指歌舞行乐。3. 赵李：关于"赵李"，众说纷纭，分歧较大。颜延年认为指汉成帝皇后赵飞燕和汉武帝李夫人，二人都以能歌善舞著称。此处代指咸阳城中最出色的歌者舞女。过：往来，拜访。4. 蹉跎：失去。这里指错过时光。5. 复：返，还。6. 三河：关于"三河"，说法不一。一说指河南、河东、河北，即秦代三川郡。阮籍的故乡陈留，属秦之三川郡，从咸阳东望陈留，概称三河。 7. 镒：古代重量单位。二十两为一镒。一说二十四两为一镒。 8. 资用：货物钱财。 9. 失路：走错道路。

其五[1]

昔闻东陵瓜[2]，近在青门外[3]。
连畛距阡陌[4]，子母相钩带[5]。
五色曜朝日，嘉宾四面会。
膏火自煎熬，多财为患害。
布衣可终身[6]，宠禄岂足赖[7]？

注释 1. 此诗原列第六首。 2. 东陵瓜：邵平秦时为东陵侯，秦亡后在长安城东种瓜，所种瓜味美，人称东陵瓜。 3. 青门：即霸城门，为汉代长安城东面南头的第一座城门，因其门色青，俗称青门。 4. 畛（zhěn）：田间小路。距：到，抵达。 5. 子母：大小不等的瓜。钩带：相互连缀。 6. 布衣：平民。 7. 宠禄：荣宠与禄位。

其六[1]

步出上东门[2]，北望首阳岑[3]。
下有采薇士[4]，上有嘉树林。
良辰在何许[5]？凝霜沾衣衿[6]。
寒风振山冈，玄云起重阴[7]。
鸣雁飞南征，鶗鴂发哀音[8]。
素质游商声[9]，凄怆伤我心。

注释 1. 此诗原列第九首。 2. 上东门：汉代洛阳城东面最北头的城门。 3. 首阳：首阳山。岑：小而高的山。亦泛指山。 4. 采薇士：指伯夷、叔齐。相传二人曾隐居首阳山，采薇而食。后人在首阳山上修建起夷齐祠。 5. 何许：何处。 6. 衣衿：即衣襟。 7. 玄云：乌云。 8. 鶗（tí）鴂（jué）：即杜鹃。 9. 素质：白色质地。此谓大地草木凋零的萧条景象。商声：秋声。古时用五音宫、商、角、徵、羽中的商配秋天。

其七[1]

北里多奇舞[2]，濮上有微音[3]。
轻薄闲游子，俯仰乍浮沉。

注释 1. 此诗原列第十首。 2. 北里：地名。又指舞曲名。 3. 濮上：濮水之滨，古属卫地，春秋时濮上以侈靡之乐著称。微音：轻靡衰微之音。

捷径从狭路，僶俛趋荒淫[4]。
焉见王子乔[5]，乘云翔邓林[6]。
独有延年术，可以慰我心。

4. 僶（mǐn）俛（miǎn）：亦作“僶勉”，随俗浮沉。 5. 王子乔：即王子晋，古仙人。 6. 邓林：神话传说中的树木。

其八[1]

湛湛长江水[2]，上有枫树林。
皋兰被径路[3]，青骊逝骎骎[4]。
远望令人悲，春气感我心。
三楚多秀士[5]，朝云进荒淫[6]。
朱华振芬芳，高蔡相追寻[7]。
一为黄雀哀，涕下谁能禁！

注释 1. 此诗原列第十一首。 2. 湛湛：水平貌。 3. 皋兰：水边的兰草。 4. 骊：黑马。骎（qīn）骎：马疾驰貌。 5. 三楚：古称江陵为南楚，吴为东楚，彭城为西楚。秀士：有才能之人。 6.“朝云”句：宋玉《高唐赋》神女自称“旦为朝云，暮为行雨”。此借三楚秀士宋玉等人的行为斥责魏主群臣不尽匡辅之责，只知诱导荒淫。 7. 高、蔡：均为楚地名。这里借《战国策·楚策》所载黄雀、蔡圣侯之事，讽刺魏主只知贪图眼前享乐而不顾后患。下句“黄雀哀”，亦由此典而来。

其九[1]

昔年十四五，志尚好书诗。
被褐怀珠玉[2]，颜闵相与期[3]。
开轩临四野[4]，登高望所思[5]。
丘墓蔽山冈，万代同一时。
千秋万岁后，荣名安所之[6]！
乃悟羡门子[7]，噭噭今自嗤[8]。

注释 1. 此诗原列第十五首。 2. 被（pī）褐：穿着粗布短袄，指处境贫困。 3. 颜闵：指孔子的学生颜回和闵子骞，二人皆以德行高洁、安贫乐道著称。 4. 轩：窗户。 5. 所思：所思之人，此指颜、闵二人。 6. 荣名：美名。 7. 羡门子：古仙人名。 8. 噭（jiào）噭：哭泣声。

其十[1]

独坐空堂上，谁可与欢者！
出门临永路[2]，不见行车马。
登高望九州[3]，悠悠分旷野。
孤鸟西北飞，离兽东南下[4]。
日暮思亲友，晤言用自写[5]。

注释 1. 此诗原列第十七首。 2. 永路：长路。 3. 九州：中国的别称。中国古代分为九州，即冀州、兖州、青州、徐州、扬州、豫州、荆州、梁州、雍州。 4. 离兽：失群之兽。 5. 晤言：面对面交谈。用：以。写：消除。指消除忧愁。

其十一[1]

西方有佳人，皎若白日光[2]。
被服纤罗衣[3]，左右佩双璜[4]。
修容耀姿美，顺风振微芳。
登高眺所思，举袂当朝阳[5]。
寄颜云霄间[6]，挥袖凌虚翔[7]。
飘飖恍惚中，流眄顾我傍[8]。
悦怿未交接[9]，晤言用感伤。

注释 1. 此诗原列第十九首。 2. 皎：洁白，明亮。 3. 纤罗：细薄透气的丝织品。 4. 璜：形似半璧的玉制礼器。 5. 袂（mèi）：衣袖。 6. 寄颜：寄托容颜，犹谓托身。 7. 凌虚：升于空。 8. 流眄：流转目光观看。傍：旁边。 9. 悦怿：欢乐，愉快。

其十二[1]

拔剑临白刃，安能相中伤[2]。
但畏工言子[3]，称我三江旁[4]。
飞泉流玉山[5]，悬车栖扶桑[6]。
日月径千里[7]，素风发微霜[8]。
势路有穷达，咨嗟安可长[9]。

注释 1. 此诗原列第二十五首。 2. 中（zhòng）伤：受伤，受害。 3. 工言子：巧言令色之人，此谓司马氏身边的谗佞小人。 4. 三江：历来说法不一。黄节注引蒋师爚说，谓司马师。 5. 飞泉：飞谷，在昆仑山西南。传说飞泉之谷流淌甘泉。玉山：传说中西王母居住的仙山，在昆仑山中。 6. 悬车：本指为太阳御车的羲和在西方的悲泉暂时停车歇息。此指羲和停车于东方扶桑，准备起程。扶桑：神木名，是传说中日出之处。后用来称日出之地或东方极远之处。 7. 径：行。 8. 素风：秋风。 9. 咨嗟：叹息。

其十三[1]

驾言发魏都[2]，南向望吹台[3]。
箫管有遗音，梁王安在哉[4]！
战士食糟糠，贤者处蒿莱[5]。
歌舞曲未终，秦兵已复来。
夹林非吾有[6]，朱宫生尘埃。
军败华阳下[7]，身竟为土灰[8]！

注释　1. 本诗原列第三十一首。　2. 驾言：乘车。言，语助词。魏都：战国时魏国的都城大梁，故址在今河南开封。　3. 吹台：古迹名。故址在今河南省开封市东南禹王台公园内。相传为春秋师旷吹乐之台，魏王宴乐之处。汉梁孝王增筑曰明台，孝王常案歌吹于此，亦曰吹台。　4. 梁王：即魏王。魏惠王时迁都大梁，故魏王亦称梁王。　5. 蒿莱：野草，杂草。　6. 夹林：地名。魏王游乐之处。　7. 华阳：山名，又亭名，在今河南密县。公元前273年，秦将白起在此大破魏芒卯，斩首十五万，魏国割地求和。　8. 竟：终于，终竟。

其十四[1]

朝阳不再盛，白日忽西幽。
去此若俯仰[2]，如何似九秋[3]？
人生若尘露，天道邈悠悠。
齐景升丘山，涕泗纷交流[4]。
孔圣临长川，惜逝忽若浮[5]。
去者余不及，来者吾不留。
愿登太华山[6]，上与松子游[7]。
渔父知世患，乘流泛轻舟[8]。

注释　1. 此诗原列第三十二首。　2. 俯仰：一俯一仰之间，比喻时间短暂。　3. 九秋：秋季九十天。　4. "齐景"二句：齐景，指春秋时齐景公。丘山，此指齐国都城临淄（今山东淄博）南面的牛山。《晏子春秋·内篇谏上》："景公游于牛山，北临其国而流涕曰：'若何滂滂去此而死乎！'"　5. "孔圣"二句：孔圣，指孔子。浮：虚浮无定。此二句出自《论语·子罕》："子在川上曰：'逝者如斯夫，不舍昼夜！'"　6. 太华山：即西岳华山，在陕西华阴南。　7. 松子：指古仙人赤松子。　8. 渔父：楚辞《渔父》中避世隐身、垂钓江滨怡然自得的渔翁。他曾劝屈原随波逐流，与世沉浮，屈原不听，他便笑拍船舷而去。

其十五[1]

一日复一夕，一夕复一朝。
颜色改平常，精神自损消。
胸中怀汤火[2]，变化故相招[3]。
万事无穷极，知谋苦不饶[4]。
但恐须臾间，魂气随风飘[5]。
终身履薄冰[6]，谁知我心焦！

注释 1. 此诗原列第三十三首。 2. 汤：沸水。 3. 变化：指上文所说的颜色与精神的变化。 4. 知：通“智”。饶：富，富足。 5. 魂气：魂灵。 6. 履薄冰：以行走在薄冰之上比喻处境险恶，戒慎恐惧之至。

其十六[1]

炎光延万里[2]，洪川荡湍濑[3]。
弯弓挂扶桑，长剑倚天外。
泰山成砥砺[4]，黄河为裳带。
视彼庄周子，荣枯何足赖。
捐身弃中野，乌鸢作患害[5]。
岂若雄杰士，功名从此大！

注释 1. 此诗原列第三十八首。 2. 炎光：日光。 3. 湍濑：水浅流急处。 4. 砥砺：磨刀石。此句与下句语本《史记 · 高祖功臣侯者年表》：“使黄河如带，泰山若砺。”有雄杰之士一统山河之气概。 5. 乌鸢（yuān）：乌鸦和老鹰。

其十七[1]

危冠切浮云[2]，长剑出天外。
细故何足虑[3]，高度跨一世[4]。
非子为我御[5]，逍遥游荒裔[6]。
顾谢西王母[7]，吾将从此逝。
岂与蓬户士[8]，弹琴诵言誓[9]。

注释 1. 此诗原列第五十八首。 2. 危冠：高冠。切：摩擦，贴近。 3. 细故：细小而不值得计较的事。 4. 跨：超越，超出。 5. 非子：周时人，善养马，曾为周孝王养马于汧、渭之间。 6. 荒裔：边远之地。 7. 谢：辞去。西王母：仙人名，居昆仑山之玉山。 8. 蓬户士：指居于草房陋室中的隐士。 9. 言誓：哲言，指古圣贤的教诲。

其十八[1]

少年学击刺，妙伎过曲城[2]。
英风截云霓[3]，超世发奇声。
挥剑临沙漠，饮马九野垧[4]。
旗帜何翩翩[5]，但闻金鼓鸣。
军旅令人悲，烈烈有哀情[6]。
念我平常时[7]，悔恨从此生。

注释　1. 此诗原列第六十一首。 2. 伎：本领，手段。曲城：指汉将曲城围侯虫达，其以剑术扬名天下。 3. 英风：英武的风姿、气概。 4. 九野：九州之野。垧（dòng）：远郊。 5. 翩翩：旗飘扬貌。 6. 烈烈：忧伤貌。 7. 平常：犹平生。

其十九[1]

洪生资制度[2]，被服正有常[3]。
尊卑设次序，事物齐纪纲[4]。
容饰整颜色，磬折执圭璋[5]。
堂上置玄酒[6]，室中盛稻粱[7]。
外厉贞素谈[8]，户内灭芬芳[9]。
放口从衷出[10]，复说道义方[11]。
委曲周旋仪[12]，姿态愁我肠。

注释　1. 此诗原列第六十七首。 2. 洪生：学识渊博、有名气的儒生。资：凭借。制度：礼制。 3. 被服：衣服。正有常：有正式规定。 4. 纪纲：法度。 5. 磬折：行礼时屈身弯腰如磬状。圭璋：皆为贵重玉制礼器。古时诸侯朝见帝王执圭，朝见帝后执璋。 6. 玄酒：祭祀时当酒使用的水。 7. 稻粱：祭祀时用的粮食。 8. 厉：飞扬。贞：正。素：纯正。 9. 芬芳：比喻美善的事物。 10. 放口：谓随意而言。 11. 方：术。 12. 委曲：苟且曲从。

其二十[1]

横术有奇士[2]，黄骏服其箱[3]。
朝起瀛洲野[4]，日夕宿明光[5]。
再抚四海外[6]，羽翼自飞扬。
去置世上事，岂足愁我肠。
一去长离绝，千岁复相望。

注释　1. 此诗原列第七十三首。 2. 横术：大道，大路。 3. 服：负载。 4. 瀛洲：传说中的仙山，在东海中。 5. 明光：传说中昼夜常明的丹丘。 6. 抚：抵临，巡游。

嵇　康

嵇康（224—263），字叔夜，谯国（今安徽宿州）人。“竹林七贤”之一，好言老庄之说，尚奇任侠。曾官中散大夫，世称嵇中散。后得罪司马昭被杀。工诗能文，文辞壮丽。明人辑有《嵇中散集》。

兄秀才公穆入军赠诗

（选二）

其一[1]

良马既闲[2]，丽服有晖[3]。
左揽繁弱[4]，右接忘归[5]。
风驰电逝，蹑景追飞[6]。
凌厉中原[7]，顾眄生姿[8]。

注释　1. 此题共十九首，为嵇康赠其兄嵇喜之作。嵇喜，字公穆，曾举秀才。此诗原列第九首。　2. 闲：同“娴”，熟习。　3. 晖：光，阳光。　4. 繁弱：古代良弓名。　5. 忘归：良箭名。　6. 蹑（niè）景：追赶上日影，比喻速度极快。景，同“影”。　7. 凌厉：凌空疾驰。　8. 眄（miǎn）：看。

其二[1]

息徒兰圃[2]，秣马华山[3]。
流磻平皋[4]，垂纶长川[5]。
目送归鸿，手挥五弦[6]。
俯仰自得[7]，游心太玄[8]。
嘉彼钓叟，得鱼忘筌[9]。
郢人逝矣[10]，谁可尽言。

注释　1. 此诗原列第十四首。　2. 徒：仆人。兰圃：长有兰花香草的原野。　3. 秣马：喂马。华山：即花山，指长满花草的山峦。　4. 磻（bō）：射鸟时系在生丝绳端的石头。皋：岸，水边高地。　5. 纶：钓丝。　6. 五弦：指琴。　7. 俯仰：指一举一动。　8. 太玄：神妙玄奥的老庄之道。　9. 筌：竹制的捕鱼器具。　10. 郢人：楚国都城郢之人。事本《庄子·徐无鬼》“匠石运斤”。用以比喻知己，这里代指嵇喜。

幽愤诗

嗟余薄祜[1]，少遭不造[2]。
哀茕靡识[3]，越在襁褓[4]。
母兄鞠育[5]，有慈无威。
恃爱肆姐[6]，不训不师。
爰及冠带[7]，冯宠自放[8]。
抗心希古[9]，任其所尚。
托好老庄[10]，贱物贵身。
志在守朴[11]，养素全真[12]。
曰余不敏[13]，好善闇人[14]。
子玉之败，屡增惟尘[15]。
大人含弘[16]，藏垢怀耻[17]。
民之多僻[18]，政不由己。
惟此褊心[19]，显明臧否[20]。
感悟思愆[21]，怛若创痏[22]。
欲寡其过，谤议沸腾[23]。
性不伤物，频致怨憎。
昔惭柳惠[24]，今愧孙登[25]。
内负宿心[26]，外恧良朋[27]。
仰慕严郑[28]，乐道闲居。
与世无营[29]，神气晏如[30]。
咨予不淑[31]，婴累多虞[32]。
匪降自天[33]，寔由顽疏[34]。
理弊患结[35]，卒致囹圄[36]。
对答鄙讯，絷此幽阻[37]。

注释　1. 祜（hù）：福。　2. 不造：不幸。此处指嵇康幼年丧父之事。　3. 茕（qióng）：孤独。　4. 越：失落。　5. 鞠育：养育。　6. 肆：放纵。姐（jù）：娇。　7. 爰及：至于。冠带：古时男子二十行加冠礼，此代指成年。　8. 冯（píng）：同“凭”。　9. 抗心：心志高尚。抗，举。希古：仰慕古人。希，仰慕。　10. 老庄：指老子和庄周。　11. 朴：指本质，天性。　12. 养素全真：指养护朴素的本质，以保全自己的真性。　13. 曰：助词，用于句首或句中，无义。敏：聪慧，聪敏。　14. 好善：喜欢。闇（ān），通“谙”，熟悉。　15. 子玉之败：指春秋时楚国大夫子玉被晋军击败于城濮之事。屡增惟尘：暗用《诗经·小雅·无将大车》“无将大车，惟尘冥冥”之意，谓大夫因举荐小人而自遭其祸。　16. 含弘：胸怀宏大。　17. 垢、耻：指左右的小人。　18. 僻：邪僻。　19. 褊（biǎn）心：心胸狭窄。　20. 臧否（pǐ）：褒贬。　21. 愆：过失。　22. 怛（dá）：悲痛。创痏（wěi）：创伤。　23. 谤议：毁谤非议，指钟会等人的诽谤之言。　24. 柳惠：指柳下惠，春秋时鲁国大夫展禽，是位三黜而不去的正人君子。　25. 孙登：当时有名的隐士，曾劝嵇康及早隐身避祸。嵇康不能采纳，及遭吕安之祸，悔之晚矣，故谓“愧孙登”。　26. 宿心：往日的本心。指全身养性之道。　27. 恧（nǜ）：惭愧，愧对。　28. 严郑：指汉代隐士严君平与郑子真。　29. 营：谋求名利。　30. 晏如：安定，平静。　31. 咨：嗟叹声。淑：美，善。　32. 婴：牵缠。虞：忧虑。　33. 匪：通“非”。　34. 寔：同“是”。顽疏：顽劣粗疏。　35. 理弊：没有说好道理。弊，坏。　36. 囹圄（líng yǔ）：监狱。　37. 絷（zhí）：囚禁。幽阻：指监狱。

实耻讼免[38]，时不我与。
虽曰义直，神辱志沮。
澡身沧浪[39]，岂云能补。
嗈嗈鸣雁[40]，奋翼北游。
顺时而动，得意忘忧。
嗟我愤叹，曾莫能俦[41]。
事与愿违，遘兹淹留[42]。
穷达有命[43]，亦又何求。
古人有言，善莫近名[44]。
奉时恭默，咎悔不生[45]。
万石周慎[46]，安亲保荣。
世务纷纭，祇搅予情[47]。
安乐必诫，乃终利贞[48]。
煌煌灵芝[49]，一年三秀[50]。
予独何为，有志不就。
惩难思复[51]，心焉内疚。
庶勖将来[52]，无馨无臭[53]。
采薇山阿[54]，散发岩岫[55]。
永啸长吟[56]，颐性养寿[57]。

38. 耻讼免：以讼冤获免为耻。 39. 沧浪：青苍色之水。指江河清流。 40. 嗈（yōng）嗈：鸟和鸣声。 41. 曾：竟。俦：比，相比。 42. 遘：遇，遭遇。淹留：久留，指长期被囚禁狱中。 43. 穷达：困窘与显达。 44. 善莫近名：为善而不追求虚名。语出《庄子 · 养生主》："为善无近名，为恶无近刑。" 45. 咎悔：灾祸。 46. 万石：指汉代石奋。他与四子皆官至二千石，景帝谓之万石君。因居官谨慎，故能"安亲保荣"。 47. 祇（zhī）：恰，正好。 48. 利贞：顺利吉祥。 49. 煌煌：光彩夺目貌。 50. 秀：禾类作物抽穗开花。 51. 惩难思复：以此祸难为戒，深刻反思。惩，鉴戒。 52. 庶：表愿望，表推测。勖（xù）：勉励。 53. 无馨无臭：默默无闻的意思。馨，芳香。 54. 采薇：伯夷、叔齐曾隐居首阳山，采薇而食。后世多以采薇指代隐居山林。薇，野豌豆。山阿：山弯曲处。 55. 岩岫（xiù）：山洞，山穴。 56. 啸：撮口发出长而清越的声音。 57. 颐：保养。

晋

傅　玄

傅玄（217—278），字休奕，一作休逸，北地泥阳（今陕西耀州区）人。曹魏时，封鹑觚男。入晋后，历官御史中丞、司隶校尉等职。学识渊博，精通音律，善于属文。多为乐府体诗，有质朴刚健之作。明人辑有《傅鹑觚集》。

长歌行

利害同根源，赏下有甘钩[1]。
义门近横塘[2]，兽口出通侯[3]。
抚剑安所趋？蛮方未顺流[4]。
蜀贼阻石城[5]，吴寇冯龙舟[6]。
二军多壮士，闻贼如见雠。
投身效知己，徒生心所羞。
鹰隼厉天翼[7]，耻与燕雀游。
成败在纵者[8]，无令鸷鸟忧[9]。

注释　1. 甘钩：以美味为饵的钓钩。首二句有老子“福祸相倚”之意。　2. 义门：指崇尚仁义的门族。横塘：古堤名。三国吴大帝时，于建业（今南京市）南淮水（今秦淮河）南岸修筑。亦为百姓聚居之地。　3. 兽口：古代射靶画有兽形，指代征战武略。通侯：爵位名。本称彻侯，为避汉武帝讳，改称通侯。　4. 顺流：比喻安定的社会。　5. 石城：垒石为城，谓异常坚固。　6. 龙舟：龙形或刻有龙纹的船。此处借指水军。　7. 厉：振奋，振作。　8. 纵者：操纵鹰隼者。这里指发号施令的军中将领。　9. 鸷鸟：凶猛之鸟。此处指代曹魏最高统治者或其政权的实际操控者司马氏。

豫章行苦相篇

苦相身为女[1]，卑陋难再陈[2]。
男儿当门户，堕地自生神[3]。
雄心志四海，万里望风尘。
女育无欣爱[4]，不为家所珍。
长大逃深室[5]，藏头羞见人。
垂泪适他乡[6]，忽如雨绝云[7]。

注释　1. 苦相：苦命，薄命。　2. 卑陋：低贱。　3. 堕地：一出生。　4. 欣爱：喜爱。　5. 逃：躲避，隐藏。　6. 适：出嫁。　7. 绝：离开。

低头和颜色，素齿结朱唇。
跪拜无复数，婢妾如严宾[8]。
情合同云汉[9]，葵藿仰阳春[10]。
心乖甚水火[11]，百恶集其身。
玉颜随年变，丈夫多好新。
昔为形与影，今为胡与秦[12]。
胡秦时相见，一绝逾参辰[13]。

8. 严宾：尊贵的客人。 9. 云汉：银河。 10. 葵：指冬葵。藿：豆叶。仰：依赖。 11. 乖：违背，不合。甚水火：无情比水火之不相容还要厉害。 12. 胡：北方少数民族。秦：指中国。胡与秦，犹言中外，比喻双方关系疏远。 13. 逾：越过。参辰：二星名。参星居西方；辰，又名商星，在东方。二星此出彼没，互不相见。

秋兰篇

秋兰映玉池，池水清且芳。
芙蓉随风发[1]，中有双鸳鸯[2]。
双鱼自踊跃，两鸟时回翔[3]。
君其历九秋[4]，与妾同衣裳。

注释 1. 芙蓉：荷花的别称。 2. 鸳鸯：鸟名。体小于鸭，雄雌偶居不离，故以之比喻夫妇。 3. 两鸟：指鸳鸯。两鸟与上句双鱼，皆用以比喻夫妻恩爱。 4. 九秋：秋季九十天。

何当行

同声自相应[1]，同心自相知。
外合不由中，虽固终必离。
管鲍不世出[2]，结交安可为?

注释 1. “同声”句：谓志同道合者彼此互相呼应。 2. 管鲍：指春秋时管仲和鲍叔牙。二人交情至厚，后世因以代指知己之交。

西长安行

所思兮何在？乃在西长安。
何用存问妾[1]？香橙双珠环[2]。
何用重存问？羽爵翠琅玕[3]。
今我兮闻君，更有兮异心。
香亦不可烧，环亦不可沉。
香烧日有歇[4]，环沉日自深。

注释 1. 用：以。存问：慰问。 2. 香橙（dēng）：毛织的带子。 3. 羽爵：古代饮酒器，作雀形，左右形如两翼。琅玕：似玉的美石。 4. 歇：尽，完。

张 华

张华（232—300），字茂先，范阳方城（今河北固安）人。晋代魏后，任黄门侍郎、司空等职，后为赵王伦所害。华博闻强识，工于诗赋，辞藻华艳，儿女情多，风云气少。明人辑有《张司空集》。

轻薄篇

末世多轻薄[1]，骄代好浮华。
志意既放逸，资财亦丰奢[2]。
被服极纤丽，肴膳尽柔嘉。
童仆余粱肉，婢妾蹈绫罗[3]。
文轩树羽盖[4]，乘马鸣玉珂[5]。
横簪刻玳瑁[6]，长鞭错象牙[7]。
足下金鑮履[8]，手中双莫耶[9]。
宾从焕络绎[10]，侍御何芬葩[11]！

注释 1. 末世：衰乱时代。 2. 资财：钱财，财物。 3. 蹈绫罗：指脚上穿的鞋是用绫罗所做。 4. 文轩：有彩饰的车。树：立。羽盖：以鸟羽为饰的车盖。 5. 玉珂：玉制的马络头上的装饰物。 6. 簪：古人用来绾发或系冠的用品。刻玳瑁：指刻玳瑁为簪。 7. 错象牙：镶嵌着象牙。错，间杂。 8. 金鑮履：以金装饰的鞋。鑮，同“镈”，铺饰。 9. 莫耶：即莫邪，春秋时宝剑，因铸剑人而得名。 10. 络绎：往来不绝。 11. 芬葩：盛美貌。

朝与金张期[12]，暮宿许史家[13]。
甲第面长街[14]，朱门赫嵯峨[15]。
苍梧竹叶清[16]，宜城九酝醝[17]。
浮醪随觞转[18]，素蚁自跳波[19]。
美女兴齐赵[20]，妍唱出西巴[21]。
一顾倾城国[22]，千金不足多。
北里献奇舞，大陵奏名歌[23]。
新声逾激楚[24]，妙妓绝阳阿[25]。
玄鹤降浮云，鲟鱼跃中河[26]。
墨翟且停车[27]，展季犹咨嗟[28]。
淳于前行酒[29]，雍门坐相和[30]。
孟公结重关[31]，宾客不得蹉[32]。
三雅来何迟[33]？耳热眼中花。
盘案互交错，坐席咸喧哗。
簪珥或堕落[34]，冠冕皆倾邪[35]。
酣饮终日夜，明灯继朝霞。
绝缨尚不尤[36]，安能复顾他？
留连弥信宿[37]，此欢难可过[38]。
人生若浮寄，年时忽蹉跎。
促促朝露期[39]，荣乐遽几何？
念此肠中悲，涕下自滂沱[40]。
但畏执法吏，礼防且切磋[41]。

12. 金张：指金日磾与张安世，二人皆为汉宣帝时权贵。 13. 许史：指汉宣帝时的外戚许伯和史高。 14. 甲第：豪华的宅第。 15. 赫：显赫。嵯（cuó）峨：高峻貌。 16. 苍梧：地名，今广西梧州。竹叶清：酒名。一名竹叶青。 17. 宜城：地名，今湖北宜城。醝（cuō）：白酒。 18. 醪：浊酒。亦泛指酒。 19. 素蚁：指浮在酒面上的白色泡沫。 20. 齐赵：二国名。齐都临淄，赵都邯郸，皆以出女乐著称。 21. 妍唱：谓美妙的歌词、曲调。西巴：指巴郡。巴地也以歌舞著名。 22. 倾城国：极言女子之美。 23. 大陵：地名，在今山西文水县东北。 24. 激楚：曲名，见《楚辞·招魂》。 25. 绝：超过。阳阿：古代名倡。 26. 鲟（xún）鱼：即鲟鱼。这两句借鹤降鱼跃形容音乐之美妙。 27. 墨翟：战国时思想家，墨家学派的创始人。《墨子》有《非乐》篇。 28. 展季：即柳下惠，春秋人，以坐怀不乱著称。咨嗟：赞叹。 29. 淳于：淳于髡，战国时人，以滑稽和善饮酒著名。 30. 雍门：雍门周，战国人，善鼓琴。 31. 孟公：西汉陈遵，字孟公，好客，每次宴饮将宾客的车辖投入井中，使客人不能去。结重关：将一重重的门关闭。 32. 蹉：过。 33. 三雅：指伯雅、仲雅、季雅，都是酒爵。 34. 珥：女子耳上的饰物。 35. 倾邪：同“倾斜”。 36. 绝缨：用楚庄王宴群臣之事。春秋时，楚庄王宴饮群臣，众人皆醉。殿上烛灭，有人扯王后衣服。王后将那人冠缨扯断，然后请楚王查找绝缨者。楚王却令群臣都扯断冠缨，好让对王后不敬者不被发现。不尤：不以为过失。 37. 信宿：连住两夜，也表示两三夜。 38. 过：超过。 39. 朝露期：谓人生如朝露般短暂。 40. 滂沱：比喻眼泪流得很多。 41. 礼防：礼法的约制。切磋：比喻道德学问方面相互研讨。

壮士篇

天地相震荡[1]，回薄不知穷[2]。
人物禀常格[3]，有始必有终。
年时俯仰过[4]，功名宜速崇[5]。
壮士怀愤激，安能守虚冲[6]？
乘我大宛马[7]，抚我繁弱弓[8]。
长剑横九野[9]，高冠拂玄穹[10]。
慷慨成素霓，啸吒起清风[11]。
震响骇八荒[12]，奋威曜四戎[13]。
濯鳞沧海畔[14]，驰骋大漠中。
独步圣明世，四海称英雄。

注释 1. 震荡：激荡。 2. 回薄：谓循环相迫，变化无常。 3. 禀：受，承受。常格：常规，惯例。 4. 俯仰：比喻很短的时间。 5. 崇：高，高大。 6. 虚冲：虚静淡泊。 7. 大宛马：西域出产的良马。 8. 繁弱：古良弓名。 9. 九野：犹九天。 10. 拂玄穹：掠过苍天。 11. 素霓：亦作“素蜺”，白虹。啸吒：又作“啸咤”，即呼啸。此二句暗用聂政刺韩傀与荆轲刺秦王事，极言壮士赴敌时的慷慨悲壮。 12. 八荒：又称八方，指极远之处。 13. 四戎：泛指我国西部的少数民族。 14. 濯鳞：谓如鱼一样遨游。

情诗（选二）

其一[1]

清风动帏帘，晨月照幽房[2]。
佳人处遐远，兰室无容光[3]。
襟怀拥虚景，轻衾覆空床。
居欢惜夜促，在戚怨宵长[4]。
拊枕独啸叹，感慨心内伤。

注释 1. 此题共五首，此诗原列第三首。 2. 幽房：深暗的房间，此指闺房。 3. 兰室：芳香高雅的居室，这里指闺房。 4. 在戚：在悲戚之时。

其二[1]

游目四野外[2]，逍遥独延伫[3]。
兰蕙缘清渠[4]，繁华荫绿渚[5]。
佳人不在兹，取此欲谁与[6]？
巢居知风寒，穴处识阴雨。
不曾远别离，安知慕俦侣[7]？

注释 1. 此诗原列第五首。 2. 游目：放眼远眺。 3. 延伫：久立，久留。 4. 缘：沿。 5. 荫：覆盖。 6. 此：指兰蕙。欲谁与：欲与谁。 7. 俦侣：伴侣。

潘 岳

潘岳（247—300），字安仁，荥阳中牟（今河南中牟）人。少聪颖有才，号称神童。曾官给事黄门侍郎。永康元年（300），赵王伦擅政，因孙秀诬陷被杀。工诗善文，诗赋辞藻华艳，为西晋一代作手。明人辑有《潘黄门集》。

悼亡诗（选一）[1]

荏苒冬春谢[2]，寒暑忽流易[3]。
之子归穷泉[4]，重壤永幽隔。
私怀谁克从[5]，淹留亦何益。
僶俛恭朝命[6]，回心反初役[7]。
望庐思其人，入室想所历。
帏屏无仿佛[8]，翰墨有余迹[9]。
流芳未及歇[10]，遗挂犹在壁[11]。
怅恍如或存[12]，周遑忡惊惕[13]。
如彼翰林鸟[14]，双栖一朝只。
如彼游川鱼，比目中路析[15]。
春风缘隟来[16]，晨霤承檐滴[17]。

注释 1. 此题共三首，此诗原列第一首。 2. 荏苒：辗转之间。谢：代谢，交替。 3. 流易：消逝，变换。 4. 之子：那人，指亡妻。穷泉：犹九泉，指墓中。 5. 私怀：私下的情怀。指悼念亡妻的情怀。克：能。从：达到。 6. 僶俛：勉强。 7. 回心：转念。指将从悼念亡妻的情绪中回转过来。反初役：回到原官任所。 8. 仿佛：相似的形影。 9. 翰墨：笔墨。 10. 流芳：亡妻所留余香。 11. 遗挂：遗挂在墙上的亡妻衣物。 12. 怅恍（huǎng）：恍惚。 13. 周遑：游移不定，彷徨疑惑。忡（chōng）：忧虑不安貌。惕：惊惧。 14. 翰林：鸟栖之林。翰：羽，指鸟。 15. 比目：比目鱼。析：分开。 16. 隟：同“隙”，门缝隙。 17. 霤（liù）：屋檐下承水的长槽。

寝息何时忘，沉忧日盈积。
庶几有时衰[18]，庄缶犹可击[19]。

18. 庶几：表示希望或推测。 19. “庄缶”句：《庄子·至乐》载，庄子之妻去世，他不仅不哭泣，反击缶而歌。缶：瓦器。

左　思

左思（252？—306？），字太冲，临淄（今山东淄博）人。出身儒学世家，貌丑口讷，不好交游。曾以《三都赋》名动京师。其咏史诗，名为咏史，实则咏怀，气势豪迈，笔调峭拔，境界高远，直承建安风骨，开后世咏史诗之先河。今存诗十五首，文七篇。

咏史八首

其一

弱冠弄柔翰[1]，卓荦观群书[2]。
著论准过秦[3]，作赋拟子虚[4]。
边城苦鸣镝[5]，羽檄飞京都[6]。
虽非甲胄士，畴昔览穰苴[7]。
长啸激清风，志若无东吴[8]。
铅刀贵一割[9]，梦想骋良图。
左眄澄江湘[10]，右盼定羌胡[11]。
功成不受爵，长揖归田庐。

注释　1. 弱冠：古时男子二十岁行冠礼，表示已成人，但尚未强壮，故称弱冠。柔翰：毛笔。 2. 卓荦(luò)：特异。 3. 准过秦：以《过秦论》为准则。《过秦论》，汉代贾谊的名作。 4. 子虚：《子虚赋》，汉代司马相如的名作。拟：比。 5. 鸣镝：响箭，指代战事。 6. 羽檄：古代的军事文书，插羽毛以示紧急。 7. 畴昔：往昔。穰苴（jū）：田穰苴，春秋时齐国人，善于治军。齐威王时整理古司马兵法，将穰苴兵法附于书中，称《司马穰苴兵法》。此以穰苴指代兵法。 8. 无东吴：不把东吴放在眼里。 9. 铅刀贵一割：铅刀难以割东西，一割之后难以再用。比喻才能平庸之人有时也有点用处。 10. 眄（miǎn）：斜视。澄江湘：指平定东吴。 11. 羌胡：泛称我国古代西北部的少数民族。

其二

郁郁涧底松[1]，离离山上苗[2]。
以彼径寸茎[3]，荫此百尺条[4]。
世胄蹑高位[5]，英俊沉下僚[6]。
地势使之然，由来非一朝。
金张藉旧业[7]，七叶珥汉貂[8]。
冯公岂不伟[9]，白首不见招。

注释　1. 郁郁：茂盛貌。　2. 离离：繁茂貌。苗：初生的草木。　3. 径：长。　4. 荫：遮蔽。条：树枝。　5. 世胄：世家子弟。蹑：登。　6. 英俊：才智杰出之士。下僚：职位低微的官吏。　7. 金张：指金日磾与张安世两家。藉：凭借。旧业：先人遗业。　8. 七叶：七世。古称三十年为一世，或父子相继为一世。珥：插。汉貂：汉代侍中、常侍等官，冠旁插貂尾为饰。　9. 冯公：指汉代的冯唐，他才能出众，却终生身居下位。伟：奇异。

其三

吾希段干木[1]，偃息藩魏君[2]。
吾慕鲁仲连，谈笑却秦军[3]。
当世贵不羁[4]，遭难能解纷。
功成耻受赏，高节卓不群。
临组不肯绁[5]，对珪宁肯分[6]？
连玺耀前庭[7]，比之犹浮云[8]。

注释　1. 希：仰慕。段干木：战国时魏国贤者，隐居不仕。魏文侯对他很敬重。　2. 偃息：安卧。藩魏君：成为魏国的屏障。魏国曾因段干木而一度免于兵祸。　3. 鲁仲连：战国时齐国贤士。赵孝成王时，秦兵围赵，魏王派人说赵，欲尊秦昭王为帝。此时鲁仲连恰好游赵，说服赵人放弃此计。秦将闻之，退兵五十里。赵国平原君赠鲁仲连千金，仲连不受而去。　4. 不羁：不受笼络。　5. 组：系官印的丝带。亦为官印代称。绁(xiè)：系。6. 珪：同“圭”，上圆下方的玉。古代诸侯，不同的爵位给予不同类型的珪。　7. 连玺：两颗以上的印。　8. 浮云：飘浮的云。比喻与自己无关之事。

其四

济济京城内[1]，赫赫王侯居[2]。
冠盖荫四术[3]，朱轮竞长衢[4]。
朝集金张馆[5]，暮宿许史庐[6]。
南邻击钟磬[7]，北里吹笙竽[8]。

注释　1. 济济：美盛貌。　2. 赫赫：显赫。　3. 冠盖：官员的冠服和车乘。术：道路。　4. 朱轮：王侯显贵所乘之车。因用朱红漆轮，故称。　5. 金张：指金日磾与张安世。　6. 许史：指汉宣帝时的外戚许伯和史高。　7. 磬：古代打击乐器。形如曲尺，用玉石制成。　8. 笙竽：

寂寂扬子宅[9]，门无卿相舆。
寥寥空宇中[10]，所讲在玄虚[11]。
言论准宣尼[12]，辞赋拟相如[13]。
悠悠百世后，英名擅八区[14]。

笙和竽两种乐器。因形制相类，故常连用。 9. 扬子：指扬雄。雄家贫嗜酒，人稀至其门。 10. 寥寥：空虚貌。宇：居处。 11. 玄虚：玄远虚无的道理。 12. 宣尼：指孔子。汉平帝时追谥孔子为“褒成宣尼公”。 13. 相如：司马相如，汉代著名辞赋家。扬雄模仿司马相如《子虚》《上林》赋，作《甘泉》《长杨》《羽猎》等赋。 14. 擅：传遍，遍及。八区：八方，天下。

其五

皓天舒白日[1]，灵景耀神州[2]。
列宅紫宫里[3]，飞宇若云浮[4]。
峨峨高门内[5]，蔼蔼皆王侯[6]。
自非攀龙客[7]，何为欻来游[8]？
被褐出阊阖[9]，高步追许由[10]。
振衣千仞冈[11]，濯足万里流[12]。

注释 1. 皓：明。舒：展现。 2. 灵景：日光。神州：“赤县神州”的简称，指中国。 3. 紫宫：星垣名，亦称紫微宫，喻皇都。 4. 飞宇：犹飞檐。 5. 峨峨：高耸貌。 6. 蔼蔼：众多貌。 7. 攀龙客：追随王侯以求仕进之人。 8. 欻（xū）：忽然。 9. 褐：粗毛或粗麻制成的衣服。阊阖：晋代洛阳城有阊阖门，西向。 10. 许由：尧时的隐士。相传尧要将帝位让给他，他不肯接受，逃至箕山下隐居躬耕。 11. 振衣：抖衣去尘。仞：古长度单位。八尺为一仞，一说七尺。 12. 濯：洗。

其六

荆轲饮燕市，酒酣气益震。
哀歌和渐离，谓若傍无人[1]。
虽无壮士节，与世亦殊伦[2]。
高眄邈四海[3]，豪右何足陈[4]？
贵者虽自贵，视之若埃尘。
贱者虽自贱，重之若千钧[5]。

注释 1.“荆轲”四句：荆轲，战国时齐国人。为燕太子丹刺秦王，事败被杀。他与燕国狗屠及善击筑（乐器）者高渐离友善，时常饮于市中，酒酣耳热之际，高渐离击筑，荆轲以哀歌相和，至于泣下，旁若无人。 2. 殊伦：不同类。伦，类。 3. 邈：通“藐”，轻视。 4. 豪右：豪门势族。汉以“右”为上，故称“豪右”。陈：说，陈述。 5. 钧：古代重量单位。三十斤为一钧。

其七

主父宦不达，骨肉还相薄[1]。
买臣困樵采，伉俪不安宅[2]。
陈平无产业，归来翳负郭[3]。
长卿还成都，壁立何寥廓[4]。
四贤岂不伟？遗烈光篇籍[5]。
当其未遇时，忧在填沟壑[6]。
英雄有迍邅[7]，由来自古昔。
何世无奇才？遗之在草泽[8]。

注释 1.“主父”二句：主父偃，汉武帝时人，官至齐相。曾游学十四年，困于燕、赵。曾自言：“亲不以为子，昆弟不收。”骨肉：比喻至亲。薄：轻视，看不起。 2.“买臣”二句：朱买臣，汉武帝时人，官至丞相。未仕时以采樵为生，其妻以为耻，改嫁而去。伉俪：夫妻，配偶。 3.“陈平”二句：陈平，汉高祖功臣，官至丞相。少时家贫，居于僻巷，以席为门。翳：遮蔽。负郭：房屋背着城墙。 4.“长卿”二句：长卿，司马相如，成都人。曾游临邛，以琴挑卓王孙之新寡女文君，同归成都。家中一无所有，徒四壁立。寥廓：冷清。 5.遗烈：遗业。 6.填沟壑：言穷困饥饿而死。 7.迍（zhūn）邅（zhān）：处境不利，困顿。 8.草泽：草野。

其八

习习笼中鸟[1]，举翮触四隅[2]。
落落穷巷士[3]，抱影守空庐[4]。
出门无通路，枳棘塞中涂[5]。
计策弃不收，块若枯池鱼[6]。
外望无寸禄[7]，内顾无斗储[8]。
亲戚还相蔑，朋友日夜疏。
苏秦北游说[9]，李斯西上书[10]。
俯仰生荣华，咄嗟复凋枯[11]。
饮河期满腹[12]，贵足不愿余。
巢林栖一枝[13]，可为达士模。

注释 1.习习：频频飞动貌。 2.举翮（hé）：展翅起飞。四隅：四边。 3.落落：疏寂貌。穷巷：冷僻简陋的小巷。 4.抱影：守着自己的影子，形容孤独。 5.枳（zhǐ）棘：枳木与棘木。常用以比喻恶人或小人。 6.块：孤独貌。 7.寸禄：微薄的俸禄。 8.斗储：一斗粮食的积蓄。 9.苏秦：战国时周洛阳人。先游说秦王，不成，回家发愤读书。后游说燕、赵等六国合纵抗秦，佩六国相印。后至齐为客卿，为仇人刺死。 10.李斯：战国时楚上蔡人。西入秦说秦王，得为客卿，后官至丞相。秦二世时，为赵高陷害至死。 11.咄（duō）嗟：一呼一诺之间，形容时间短。 12.这句用《庄子·逍遥游》“偃鼠饮河，不过满腹”之意。 13.这句用《庄子·逍遥游》“鹪鹩巢于深林，不过一枝”之意。连用《庄子》两个比喻是要说明达士应知足寡欲。

招隐诗二首

其一

杖策招隐士[1]，荒涂横古今[2]。
严穴无结构[3]，丘中有鸣琴。
白云停阴冈[4]，丹葩曜阳林[5]。
石泉漱琼瑶[6]，纤鳞或浮沉[7]。
非必丝与竹[8]，山水有清音。
何事待啸歌，灌木自悲吟。
秋菊兼糇粮[9]，幽兰间重襟[10]。
踌躇足力烦[11]，聊欲投吾簪[12]。

注释　1. 杖：持。策：树木细枝。招：寻。　2. 横：塞。　3. 结构：房屋建筑。　4. 阴：山北。冈：山脊。　5. 葩（pā）：花。阳林：山南的树林。　6. 漱：激荡。琼瑶：美玉。　7. 纤鳞：小鱼。　8. 丝、竹：指弦乐器与管乐器。亦泛指音乐。　9. 糇（hóu）粮：干粮。　10. 间（jiàn）：错杂。重襟：层层衣襟。　11. 踌躇：犹豫不进之状。　12. 投吾簪：犹言挂冠。

其二

经始东山庐[1]，果下自成榛[2]。
前有寒泉井，聊可莹心神[3]。
峭蒨青葱间[4]，竹柏得其真[5]。
弱叶栖霜雪，飞荣流余津[6]。
爵服无常玩[7]，好恶有屈伸[8]。
结绶生缠牵[9]，弹冠去埃尘[10]。
惠连非吾屈[11]，首阳非吾仁[12]。
相与观所尚，逍遥撰良辰[13]。

注释　1. 经始：开始营建。　2. 榛（zhēn）：丛生的小杂木，指小栗、小棘之类。　3. 莹：清。　4. 峭蒨（qiàn）：鲜明貌。青葱：翠绿色。　5. 得其真：保持其本性。　6. 荣：花。津：润泽。　7. 爵服：爵位及其相应服饰。玩：贪爱。　8. 屈伸：进退。　9. 结绶：入仕。绶，系佩玉或印玺的丝带。缠牵：束缚牵制。　10. 弹冠：弹去冠上的灰尘。比喻去官脱离尘累。　11. 惠连：指柳下惠、少连。《论语·微子》曰："柳下惠、少连降志辱身。"此句谓非以惠、连所处地位为辱。　12. 首阳：首阳山，伯夷、叔齐饿死于此。　13. 撰：通"选"，择选。

杂　诗

秋风何冽冽[1]，白露为朝霜。
柔条旦夕劲[2]，绿叶日夜黄。
明月出云崖[3]，皦皦流素光[4]。
披轩临前庭[5]，嗷嗷晨雁翔[6]。
高志局四海[7]，块然守空堂[8]。
壮齿不恒居[9]，岁暮常慨慷[10]。

注释　1. 冽冽：寒冷貌。　2. 劲：强壮。　3. 云崖：云际，云端。　4. 皦（jiǎo）皦：明净貌。　5. 披轩：开门。　6. 嗷嗷：鸣叫声。　7. 局：狭小。　8. 块然：孤独貌。　9. 壮齿：壮年。　10. 慨慷：感慨。

娇女诗

吾家有娇女，皎皎颇白皙[1]。
小字为纨素[2]，口齿自清历[3]。
鬓发覆广额，双耳似连璧[4]。
明朝弄梳台[5]，黛眉类扫迹[6]。
浓朱衍丹唇，黄吻澜漫赤[7]。
娇语若连琐[8]，忿速乃明懤[9]。
握笔利彤管[10]，篆刻未期益[11]。
执书爱绨素[12]，诵习矜所获[13]。
其姊字惠芳，面目粲如画[14]。
轻妆喜楼边，临镜忘纺绩。
举觯拟京兆[15]，立的成复易[16]。
玩弄眉颊间，剧兼机杼役[17]。
从容好赵舞[18]，延袖象飞翮[19]。
上下弦柱际[20]，文史辄卷襞[21]。

注释　1. 皎皎：清白貌。白皙：谓肤色白净。　2. 小字：小名，乳名。　3. 清历：分明，清楚。　4. 连璧：并连的两块璧玉。　5. 明朝：早晨。　6. 黛眉：指女子的眉毛。　7. 澜漫：淋漓貌。　8. 连琐：玉制小连环，动则声音清澈而细碎。　9. 忿速：忿怒急躁。明懤（huà）：语句干脆愚顽。　10. 利：贪，喜爱。彤管：杆身漆朱的笔。古代女史记事用。　11. 篆刻：比喻书写。　12. 绨：厚缯。素：本色生绢。古人常用绢帛书写。　13. 矜：骄傲，夸耀。　14. 粲：光彩鲜明貌。　15. 觯（zhì）：朱东润、余冠英皆疑当作“觚”，木简。京兆：指张敞。汉宣帝时为京兆尹，曾为妻画眉。　16. 的：古时女子脸上点朱红的装饰。易：更改。　17. 剧：嬉戏。　18. 赵舞：赵国的舞。　19. 延袖：长袖。飞翮（hé）：飞鸟。　20. 柱：弦乐器上系弦的木柱。　21. 襞（bì）：折叠。

顾眄屏风画，如见已指擿[22]。
丹青日尘闇[23]，明义为隐赜[24]。
驰骛翔园林[25]，果下皆生摘。
红葩掇紫蒂[26]，萍实骤抵掷[27]。
贪华风雨中[28]，倏眒数百适[29]。
务蹑霜雪戏[30]，重綦常累积[31]。
并心注肴馔[32]，端坐理盘槅[33]。
翰墨戢函按[34]，相与数离逖[35]。
动为垆钲屈[36]，屣履任之适[37]。
止为荼菽据[38]，吹嘘对鼎䥶[39]。
脂腻漫白袖，烟薰染阿锡[40]。
衣被皆重池[41]，难与沉水碧[42]。
任其孺子意，羞受长者责。
瞥闻当与杖[43]，掩泪俱向壁。

22. 如见：没有真看清，只是仿佛看见。擿：同“摘”，指斥。 23. 闇：“暗”的异体字。 24. 隐赜（zé）：深奥幽隐。 25. 驰骛：疾驰。 26. 蒂（dì）：花蒂。 27. 萍实：谓甘美的水果。骤：屡次。抵掷：投掷。 28. 华：花。 29. 倏眒（shùn）：形容时间短暂。眒，疾。适：往。 30. 蹑：踩。 31. 綦（qí）：鞋带。 32. 并心：专心。肴馔：丰盛的饭菜。 33. 槅（hé）：通“核”，指带核的果品。 34. 翰墨：笔墨。戢：聚集。函按：书桌。按，同“案”。 35. 离逖（tì）：远远离开。逖，远。 36. 垆：缶，古人用为乐器。钲：古代乐器名。 37. 屣（xǐ）履：趿拉着鞋走路。形容急忙。 38. 荼：苦菜。菽：大豆。亦泛指豆类。据：占据。 39. 䥶（lì）：同“鬲”，古代炊器，口圆，中空，三足。 40. 阿：一种轻细的丝织品。锡：通“緆”，细布。 41. 衣被：犹衣着，指衣服。池：水池，谓被心之形状如同水池。 42. 水碧：即碧水。 43. 瞥闻：偶尔听到。

陆机

陆机（261—303），字士衡，吴郡华亭（今上海松江）人。曾官平原内史，世称陆平原，后为成都王颖所害。其诗多模拟之作，辞藻富丽，语言典雅。后人辑有《陆平原集》。

赴洛道中作二首

其一

总辔登长路[1]，呜咽辞密亲[2]。
借问子何之？世网婴我身[3]。

注释　1. 总：握持。辔：马缰绳。2. 密亲：近亲。 3. 婴：牵缠。

永叹遵北渚，遗思结南津[4]。
行行遂已远，野途旷无人。
山泽纷纡余[5]，林薄杳阡眠[6]。
虎啸深谷底，鸡鸣高树巅。
哀风中夜流，孤兽更我前[7]。
悲情触物感，沈思郁缠绵。
伫立望故乡[8]，顾影凄自怜。

4. 南津：常指与亲人分别之处。 5. 纡余：曲折貌。 6. 薄：草木丛生处。阡眠：同“芊绵”，草木繁茂。 7. 更：经过。 8. 伫立：久立。

其二[1]

远游越山川，山川修且广[1]。
振策陟崇丘[2]，安辔遵平莽[3]。
夕息抱影寐[4]，朝徂衔思往[5]。
顿辔倚高岩[6]，侧听悲风响。
清露坠素辉[7]，明月一何朗。
抚枕不能寐，振衣独长想[8]。

注释　1. 修：长。 2. 振策：扬鞭走马。陟：登。崇丘：高山。 3. 安辔：放松缰绳，让马缓行。遵：沿。平莽：平坦广阔的草地。 4. 抱影：守着自己的影子。形容孤独。 5. 徂：往，到。衔思：心怀思绪。 6. 顿辔：犹停马。 7. 素辉：白色的亮光。 8. 振衣：着衣而起。

赠尚书郎顾彦先（选一）[1]

朝游游层城[2]，夕息旋直庐[3]。
迅雷中霄激[4]，惊电光夜舒[5]。
玄云拖朱阁[6]，振风薄绮疏[7]。
丰注溢修霤[8]，潢潦浸阶除[9]。
停阴结不解[10]，通衢化为渠[11]。

注释　1. 此题共二首，此诗原列第二。顾彦先：名顾荣，字彦先，吴人，为尚书郎，作者之友人。 2. 层城：传说中昆仑山上的层城，为天帝之居。 3. 旋：返回。直庐：旧时侍臣值宿之处。 4. 中霄：犹中天，高空。激：震。 5. 舒：伸布。 6. 玄云：黑云。拖：曳。 7. 振：动。风以动物，故谓之振。薄：迫近。绮疏：指雕刻成空心花纹的窗户。 8. 丰注：大雨。丰，多。注，雨水。霤：屋檐下沉稼湮梁颍[12]，流民溯荆徐[13]。
眷言怀桑梓[14]，无乃将为鱼[15]。

接水的水槽。 9. 潢潦：地上流淌的雨水。阶除：台阶。 10. 停阴：结集不散的阴云。亦指雨。 11. 通衢：四通八达的道路。 12. 湮：淹没。梁颍：二地名。梁，今河南开封。颍，今河南许昌。 13. 溯：逆流而上。 14. 眷言：回顾貌。言，词尾。桑梓：古人常在家舍旁栽种桑树和梓树。又说家乡的桑树和梓树为父母所种，要对它表示敬意。后人用“桑梓”比喻故乡。 15. 无乃：岂不是。

拟行行重行行

悠悠行迈远[1]，戚戚忧思深[2]。
此思亦何思？思君徽与音[3]。
音徽日夜离，缅邈若飞沉[4]。
王鲔怀河岫[5]，晨风思北林[6]。
游子眇天末[7]，还期不可寻。
惊飙褰反信[8]，归云难寄音。
伫立想万里，沉忧萃我心[9]。
揽衣有余带[10]，循形不盈衿。
去去遗情累[11]，安处抚清琴。

注释　1. 行迈：行走不止，远行。 2. 戚戚：忧伤貌。 3. 徽：美。 4. 缅邈：长远貌。飞沉：鸟和鱼。比喻高下相悬隔。 5. 王鲔（wěi）：鲟鱼。一说鲤鱼的一种。 6. 晨风：鸟名，鹞属。 7. 眇：远。天末：天尽头，指极远之地。 8. 飙：疾风，暴风。褰：断绝。 9. 沉：深。萃：聚。 10. 余带：衣带过长。指形体消瘦。 11. 情累：所思之累。

拟明月何皎皎

安寝北堂上[1]，明月入我牖。
照之有余辉，揽之不盈手[2]。
凉风绕曲房[3]，寒蝉鸣高柳。

注释　1. 寝：卧。 2. 盈：满。 3. 曲房：内室。

踟蹰感节物[4]，我行永已久。
游宦会无成[5]，离思难常守。

4. 踟蹰：徘徊，犹疑。 5. 游宦：远游为官。

猛虎行

渴不饮盗泉水[1]，热不息恶木阴[2]。
恶木岂无枝，志士多苦心。
整驾肃时命[3]，杖策将远寻[4]。
饥食猛虎窟，寒栖野雀林[5]。
日归功未建[6]，时往岁载阴[7]。
崇云临岸骇[8]，鸣条随风吟[9]。
静言幽谷底[10]，长啸高山岑。
急弦无懦响[11]，亮节难为音[12]。
人生诚未易，曷云开此衿[13]？
眷我耿介怀[14]，俯仰愧古今。

注释 1. 盗泉：水名，在今山东泗水县东北。《尸子》："孔子至于胜母，暮矣而不宿；过于盗泉，渴矣而不饮。恶其名也。" 2. 恶木阴：李善注引《管子》说，耿介之士不在恶木下乘凉。 3. 肃：肃敬。时命：时君之命。 4. 远寻：远行。 5."饥食"二句：反用《猛虎行》古辞之意，言因时势所迫，不得不如此。 6. 日归：日落。指盛年已逝。 7. 岁载阴：犹言岁暮。载，则。 8. 崇：高。骇：惊起。 9. 鸣条：因风吹发声的枝条。 10. 静言：静思。言，语助词。 11. 急弦：绷得很紧的弦。懦响：懦弱之响。 12. 亮节：高风亮节。 13. 衿：同"襟"，怀抱。 14. 眷：顾。耿介：正直，不同于流俗。

从军行

苦哉远征人，飘飘穷四遐[1]。
南陟五岭巅[2]，北戍长城阿[3]。
溪谷深无底，崇山郁嵯峨。
奋臂攀乔木，振迹涉流沙[4]。
隆暑固已惨[5]，凉风严且苛[6]。
夏条集鲜澡，寒冰结冲波[7]。

注释 1. 飘飘：远行貌。四遐：四方。 2. 陟：升，登。 3. 戍：守。阿：山弯曲处。 4. 振：举。 5. 隆暑：酷热，盛暑。惨：毒。 6. 严：凛冽，寒冷。苛：酷。 7. 结：凝结。 8. 屯：积聚。 9. 罗：分布，排列。 10. 绝：断。 11. 鸣镝：带响声的箭。

胡马如云屯[8]，越旗亦星罗[9]。
飞锋无绝影[10]，鸣镝自相和[11]。
朝食不免胄，夕息常负戈。
苦哉远征人，抚心悲如何！

门有车马客行

门有车马客，驾言发故乡。
念君久不归，濡迹涉江湘[1]。
投袂赴门涂[2]，揽衣不及裳[3]。
拊膺携客泣[4]，掩泪叙温凉[5]。
借问邦族间[6]，恻怆论存亡[7]。
亲友多零落，旧齿皆凋丧[8]。
市朝互迁易[9]，城阙或丘荒。
坟垄日月多[10]，松柏郁芒芒[11]。
天道信崇替[12]，人生安得长？
慷慨惟平生[13]，俯仰独悲伤。

注释　1. 濡迹：谓滞留。　2. 投袂：挥袖，甩袖。表示立即行动。门涂：门径。涂，通“途”。　3. 不及裳：来不及整理衣服。　4. 拊膺：捶胸。表示哀痛或悲愤。　5. 温凉：寒暖。　6. 邦族：乡亲。　7. 恻怆：哀伤。　8. 旧齿：耆老。凋丧：死亡。　9. 市朝：市街。　10. 垄：坟墓。　11. 芒芒：茂盛貌。　12. 崇替：兴废，盛衰。　13. 慷慨：叹息。惟：思。

陆　云

陆云（262—303），字士龙，吴郡华亭（今上海松江）人。少与兄陆机齐名。曾官清河内史，习称陆清河。其诗多写士族文人日常生活，词华意浅。明人辑有《陆清河集》。

为顾彦先赠妇往返（选一）[1]

我在三川阳[2]，子居五湖阴[3]。
山海一何旷，譬彼飞与沉[4]。
目想清慧姿[5]，耳存淑媚音[6]。
独寐多远念，寤言抚空衿。
彼美同怀子，非尔谁为心？

注释　1. 此题共四首，此诗原列第一首。　2. 三川：三条河流的合称，所指不一。西周以泾、渭、洛为三川。东周以河、洛、伊为三川。阳：山之南或水之北曰阳。　3. 五湖：其说不一。一说太湖即五湖，一说太湖及附近的四湖为五湖，一说五湖非一湖，并不在一地。阴：山之北或水之南曰阴。　4. 飞与沉：指飞鸟与游鱼。比喻高下相悬隔。　5. 清慧：清秀慧美。　6. 淑媚：柔和妩媚。

张　翰

张翰，字季鹰。吴郡吴县（今江苏苏州）人，生卒年不详。齐王司马冏辟之为大司马东曹掾，弃官归。性格放纵不拘，博学善属文，文辞新丽。今存诗四首，文三篇。

杂诗（选一）[1]

暮春和气应，白日照园林。
青条若总翠[2]，黄华如散金[3]。
嘉卉亮有观[4]，顾此难久耽[5]。
延颈无良途[6]，顿足托幽深[7]。
荣与壮俱去[8]，贱与老相寻[9]。
观乐不照颜，惨怆发讴吟[10]。
讴吟何嗟及，古人可慰心。

注释　1. 此题共三首，此诗原列第一首。　2. 总：集。翠：翡翠，即翠鸟。　3. 华：花。散金：比喻张开的黄花瓣。　4. 嘉卉：美好的花草树木。亮：确实。　5. 耽（dān）：沉湎。　6. 延颈：伸长头颈。　7. 顿足：止足。幽深：幽僻之处。　8. 壮：少。　9. 相寻：相继。　10. 惨怆：凄楚忧伤。讴吟：歌唱吟咏。

张载

张载，字孟阳，安平（今河北安平）人，生卒年不详。与其弟张协、张亢齐名，世称“三张”。性格闲雅，博学能文，历任佐著作郎、中书侍郎等职。其诗多重词藻。明人辑有《张孟阳景阳集》。

七哀诗（选一）[1]

北芒何垒垒[2]，高陵有四五[3]。
借问谁家坟？皆云汉世主。
恭文遥相望[4]，原陵郁膴膴[5]。
季世丧乱起[6]，盗贼如豺虎。
毁壤过一抔[7]，便房启幽户[8]。
珠柙离玉体[9]，珍宝见剽虏[10]。
园寝化为墟[11]，周墉无遗堵[12]。
蒙茏荆棘生[13]，蹊径登童竖[14]。
狐兔窟其中，芜秽不复扫。
颓陇并垦发[15]，萌隶营农圃[16]。
昔为万乘君[17]，今为丘中土。
感彼雍门言[18]，凄怆哀今古[19]。

注释　1. 此题共二首，此诗为第一首。　2. 北芒：山名，即邙山。因在洛阳之北，故名。东汉、魏、晋的王侯公卿多葬于此。垒垒：重积貌。　3. 高陵：指陵墓。　4. 恭：恭陵，汉安帝的陵墓。文：文陵，汉灵帝的陵墓。　5. 原陵：汉光武帝的陵墓。膴（wǔ）膴：肥美。　6. 季世：末世。　7. 壤：土。一抔（póu）：一捧，比喻极少。　8. 便房：墓葬中象征生人卧居之处的房室，棺木即置其中。　9. 珠柙：即珠襦玉柙，古代帝王帝后及贵族的殓服。玉柙，即玉匣，形如铠甲，连以金镂。　10. 剽虏：掳掠。　11. 园寝：帝王墓旁的庙。　12. 周墉：围墙。堵：量词，用于墙。一丈为一板，五板为一堵。　13. 蒙茏：草木茂密貌。　14. 童竖：樵儿牧童。　15. 颓陇：荒废的坟地。垦发：犹耕作。　16. 萌隶：下人。农圃：农田园圃。　17. 万乘：指天子。周制，天子地方千里，出兵车万乘，诸侯地方百里，出兵车千乘，故称天子为“万乘”。　18. 雍门：指雍门周，战国时民间善弹琴者。齐孟尝君曾诘难雍门周，能否弹琴使其悲伤。雍门周先以说词使孟尝君泫然泣下，然后鼓琴使之“立若破国亡邑之人”。　19. 凄怆：悲伤，悲凉。

张 协

张协，字景阳，安平（今河北安平）人，生卒年不详。少有俊才，与兄张载、弟张亢齐名，世称“三张”，曾官河间内史。其杂诗情志深远，造语清秀警练，尤擅长以自然时节变易抒写人生感喟。明人辑有《张孟阳景阳集》。

杂诗（选三）

其一[1]

秋夜凉风起，清气荡暄浊[2]。
蜻蛚吟阶下[3]，飞蛾拂明烛。
君子从远役，佳人守茕独[4]。
离居几何时，钻燧忽改木[5]。
房栊无行迹[6]，庭草萋以绿[7]。
青苔依空墙，蜘蛛网四屋。
感物多所怀，沉忧结心曲[8]。

注释　1. 此题共十首，此诗是第一首。 2. 暄浊：闷热烦浊之气。暄，温暖。 3. 蜻（qīng）蛚（liè）：即蟋蟀。 4. 茕（qióng）独：孤独。 5. 钻燧：钻木取火。改木：古时钻木取火，随季节更替而换用不同的木材，称“改木”。后用以比喻时节迁移。 6. 房栊：泛指房屋。 7. 萋：草木茂盛貌。 8. 沉忧：深忧。心曲：内心深处。

其二[1]

大火流坤维[2]，白日驰西陆[3]。
浮阳映翠林[4]，回飙扇绿竹[5]。
飞雨洒朝兰，轻露栖丛菊。
龙蛰暄气凝[6]，天高万物肃[7]。
弱条不重结，芳蕤岂再馥[8]？
人生瀛海内[9]，忽如鸟过目。
川上之叹逝[10]，前修以自勖[11]。

注释　1. 此诗原列第二首。 2. 大火：古星名。心宿中央的红色大星，即荧惑星。七月即现西南。坤维：指西南方。因《易·坤》有“西南得朋”之语，故以坤指西南。 3. 西陆：古代指太阳运行在西方七宿的区域。日行西陆谓之秋。 4. 浮阳：日光。 5. 回飙（biāo）：旋转的狂风。 6. 龙蛰：谓阳气潜藏。 7. 肃：萧条。 8. 芳蕤（ruí）：盛开而下垂的花。馥：香。 9. 瀛海：浩瀚的大海。古人谓九州外有瀛海以绕中国。 10. “川上”句：本自《论语·子罕》：“子在川上曰：‘逝者如斯夫，不舍昼夜！’” 11. 前修：前贤。勖（xù）：勉励。

其三[1]

昔我资章甫[2]，聊以适诸越。
行行入幽荒，瓯骆从祝发[3]。
穷年非所用[4]，此货将安设？
瓴甋夸玙璠[5]，鱼目笑明月[6]。
不见郢中歌[7]，能否居然别[8]。
《阳春》无和者，《巴人》皆下节[9]。
流俗多昏迷，此理谁能察？

注释　1. 此诗原列第五首。　2. 资：贩卖。一说“取”。章甫：冠名。　3. 瓯骆：即洛越，古族名，百越的一支。以古贵州（今广西贵港）为中心，分布在今广东、广西、贵州以及越南北部。祝发：断发。　4. 穷年：穷年累月。　5. 瓴（líng）甋（dì）：砖。玙璠：宝玉名。　6. 明月：指夜明珠。　7. 郢中歌：指《阳春》《白雪》和《下里》《巴人》，比喻贤与不肖。郢，春秋战国时楚国国都，在今湖北江陵附近。　8. 居然别：确当地加以区别。　9. 下节：犹击节。

曹摅

曹摅（？—308），字颜远，西晋谯国（今安徽亳州）人，历官洛阳令、齐王冏记室、中书侍郎、襄阳太守等。在镇压流民中，军败身死。工于诗赋，今存诗十首并残句，文三篇。

感旧

富贵他人合，贫贱亲戚离。
廉蔺门易轨[1]，田窦相夺移[2]。
晨风集茂林[3]，栖鸟去枯枝。
今我唯困蒙[4]，群士所背驰[5]。
乡人敦懿义[6]，济济荫光仪[7]。
对宾颂有客[8]，举觞咏露斯[9]。
临乐何所叹，素丝与路歧[10]。

注释　1. 廉蔺：指战国时赵国的廉颇和蔺相如。两人皆为赵国功臣。蔺拜相，廉不服，欲与为难。蔺以国家利益为重，不与计较。蔺之门人谓其惧廉，请去。　2. 田窦：指西汉武安侯田蚡和魏其侯窦婴。二人均为皇戚，每相争雄。窦被免职后，势利者皆去婴归蚡。　3. 晨风：鸟名。　4. 困蒙：犹窘迫。　5. 背驰：背离。　6. 敦：重。懿：美。　7. 济济：盛多貌。光仪：犹言尊颜。　8. “对宾”句：谓主人待客甚厚，礼遇甚隆。《诗经·周颂·有客》：“有客宿宿，有客信信。”　9. 举觞：举杯饮酒。露斯：出自《诗经·小雅·湛露》“湛湛露斯，匪阳不晞”。后用“露斯”

表示友情深厚。 10.“素丝”句：谓恐人心易染，歧路难据。《淮南子》：杨子见歧路而哭之，为其可以南可以北。墨子见练丝而泣之，为其可以黄可以黑。

王 赞

王赞（？—311），字正长，义阳（今河南新野）人。历任太子舍人、陈留内史、散骑侍郎等职。博学有俊才，以杂诗著称。今存诗四首并残句，文一篇。

杂 诗

朔风动秋草，边马有归心。
胡宁久分析[1]，靡靡忽至今[2]。
王事离我志，殊隔过商参[3]。
昔往鸧鹒鸣[4]，今来蟋蟀吟。
人情怀旧乡，客鸟思故林。
师涓久不奏[5]，谁能宣我心？

注释 1. 胡宁：为何。析：离。 2. 靡靡：犹迟迟。 3. 殊隔：相隔甚远。商参：二星名。商在东参在西，此出彼没，永不相见。 4. 鸧鹒：黄鹂。 5. 师涓：春秋时卫国的乐师，善鼓琴。

刘 琨

刘琨（271—318），字越石，中山魏昌（今河北无极）人。少好老庄，尚清谈。后任并州刺史，多次与刘聪、石勒交战。兵败，投幽州刺史段匹磾，后为其所害。诗风刚健清新，慷慨激昂。明人辑有《刘中山集》。

扶风歌

朝发广莫门[1]，莫宿丹水山[2]。
左手弯繁弱[3]，右手挥龙渊[4]。
顾瞻望宫阙，俯仰御飞轩[5]。
据鞍长叹息，泪下如流泉。
系马长松下，发鞍高岳头[6]。
烈烈悲风起，泠泠涧水流[7]。
挥手长相谢[8]，哽咽不能言。
浮云为我结[9]，归鸟为我旋。
去家日已远，安知存与亡？
慷慨穷林中[10]，抱膝独摧藏[11]。
麋鹿游我前，猨猴戏我侧。
资粮既乏尽，薇蕨安可食[12]？
揽辔命徒侣[13]，吟啸绝岩中。
君子道微矣[14]，夫子故有穷[15]。
惟昔李骞期，寄在匈奴庭。
忠信反获罪，汉武不见明[16]。
我欲竟此曲[17]，此曲悲且长。
弃置勿重陈，重陈令心伤。

注释　1. 广莫门：洛阳城北门。 2. 莫：同“暮”。丹水山：即丹朱岭，丹水发源处，在今山西高平市。 3. 繁弱：古代良弓名。 4. 龙渊：古代宝剑名。 5. 飞轩：飞驰的车子。 6. 发鞍：卸下马鞍。 7. 泠（líng）泠：水流声。 8. 谢：辞别。 9. 结：停。 10. 慷慨：感叹。穷林：深林。 11. 摧藏：忧伤。 12. 薇蕨（jué）：指野菜。 13. 揽辔：挽住马缰。徒侣：随从。 14. 微：衰落。 15.“夫子”句：孔子在陈绝粮，从者病，莫能兴。子路愠，见曰：“君子亦有穷乎？”子曰：“君子固穷，小人穷斯滥矣！”夫子：孔子。 16.“惟昔”四句：李，指李陵。骞期，延期。骞，通“愆”。据司马迁《报任安书》，汉武帝时李陵出击匈奴，因寡不敌众，兵败而降。司马迁认为李陵是要等待时机报答汉朝。但武帝还是杀了李陵全家。这里以李陵之事，表达自己得不到朝廷信任的忧虑。 17. 竟：完。

重赠卢谌[1]

握中有悬璧[2]，本自荆山璆[3]。
惟彼太公望[4]，昔在渭滨叟。

注释　1. 卢谌：字子谅，为刘琨僚属，与刘琨屡有诗篇赠答。 2. 悬璧：用悬黎制成的璧。悬黎是美玉名。 3. 荆山：

邓生何感激，千里来相求[5]。
白登幸曲逆[6]，鸿门赖留侯[7]。
重耳任五贤[8]，小白相射钩[9]。
苟能隆二伯[10]，安问党与仇[11]？
中夜抚枕叹，想与数子游[12]。
吾衰久矣夫，何其不梦周[13]？
谁云圣达节[14]，知命故不忧。
宣尼悲获麟，西狩涕孔丘[15]。
功业未及建，夕阳忽西流。
时哉不我与，去乎若云浮[16]。
朱实陨劲风[17]，繁英落素秋。
狭路倾华盖[18]，骇驷摧双辀[19]。
何意百炼刚，化为绕指柔。

山名。在今湖北省南漳县西部，漳水发源于此。山有抱玉岩，传为楚人卞和得璞处。璆（qiú）：美玉。　4. 太公望：即姜尚。尚年老隐于渭水滨。周文王出猎时遇之，谈得十分契合，文王高兴道“吾太公望子久矣”，因号“太公望”。　5. 邓生：指东汉邓禹。禹闻汉光武帝刘秀安抚河北，从南阳北渡黄河，追至邺城来投奔。感激：感动奋发。　6. 白登：山名，在山西省大同市东。幸：幸亏。曲逆：指曲逆侯陈平。汉高祖刘邦曾被匈奴围困于白登，用陈平奇计脱险。　7. 鸿门：地名，在今陕西省西安市临潼区东。项羽曾在此宴刘邦，范增使项庄舞剑，要乘机杀刘邦。项伯起身舞剑，以体遮护刘邦，使项庄没机会下手。留侯张良事先结交了项伯，故此时能得其相助。　8. 重耳：即晋文公。五贤：指孤偃、赵衰、颠颉、魏武子和司空季子。五人辅佐晋文公重耳登基有功。　9. 小白：即齐桓公。射钩：指管仲。管仲初事齐公子纠，公子纠和小白争立为君，管仲射中小白的带钩。纠死后，小白为齐君，用管仲为相。　10. 二伯：指重耳和小白。伯：通“霸”。　11. 党：指五贤，五贤都是重耳未即位时的旧属。仇：指管仲，管仲与小白有射钩之仇。　12. 数子：指太公望以及管仲等人。　13.“吾衰”二句：述孔子语。《论语·述而》：“子曰：‘甚矣吾衰也，久矣吾不复梦见周公。’”　14. 达节：谓不拘常规而合于节义。　15. 宣尼：即孔子，汉平帝追谥孔丘为褒成宣尼公。《春秋》记鲁哀公十四年“西狩获麟”，孔丘听说后，“反袂拭面，涕沾袍”，曰：“吾道穷矣。”此二句同指一事。　16. 若云浮：言疾速。　17. 陨：落。　18. 华盖：华丽的车盖。此谓大车。　19. 骇：马惊。辀（zhōu）：小车的独木车辕。亦泛指车辕。

郭　璞

郭璞（276—324），字景纯，河东闻喜（今山西闻喜）人。因阻止王敦谋逆被害，追赐弘农太守。博学多闻，好古文奇字，精于道学数术。以游仙诗咏怀，寄托遥深，文字华美，当时独领风骚。明人辑有《郭弘农集》。

游仙诗（选四）

其一[1]

京华游侠窟[2]，山林隐遁栖[3]。
朱门何足荣[4]？未若托蓬莱[5]。
临源挹清波[6]，陵冈掇丹荑[7]。
灵谿可潜盘[8]，安事登云梯[9]？
漆园有傲吏[10]，莱氏有逸妻[11]。
进则保龙见[12]，退为触藩羝[13]。
高蹈风尘外[14]，长揖谢夷齐[15]。

注释　1. 此题共十四首，其中四首为残篇，此诗是第一首。　2. 京华：京师。游侠：古代指豪爽好交游、轻生重义、勇于排难解纷之士。此指有雄心壮志之人。　3. 隐遁：隐居避世之人。栖：栖息之地。　4. 朱门：漆成红色的门，代指豪贵之家。　5. 蓬莱：传说中的三座仙山（蓬莱、方丈、瀛洲）之一。一说当作“蓬藜”。托蓬藜，就是隐身于草野中。　6. 挹：舀，汲取。　7. 掇：采拾。荑：初生的草叫荑。丹荑：或为“丹夷”，即赤芝，又名丹芝，古人以为食之可延年益寿。　8. 灵谿：水名，在湖北江陵西。潜盘：隐居盘桓。　9. 登云梯：犹言致身青云，比喻出仕为官。　10. 傲吏：指庄周。庄周曾为漆园吏，楚王闻其贤，使人持重金聘其为相，遭到拒绝。11. 莱氏：指老莱子。《列女传》载：“老莱子逃世，耕于蒙山之阳。楚王驾至其门，请其出仕，老莱许诺。其妻曰：‘今先生食人酒肉，受人官禄，为人所制也，能免于患乎？妾不能为所制。’投其畚而去。老莱乃随而隐。”　12. 进：谓之求仙。龙见：比喻羽化而登仙。　13. 退：退处俗世。触藩羝：语本《周易·大壮》：“羝羊触藩。”羝，公羊。用以比喻处于困境的人。　14. 高蹈：远行。风尘：尘世。　15. 谢：辞别。夷齐：指伯夷、叔齐。

其二[1]

青谿千余仞[2]，中有一道士。
云生梁栋间，风出窗户里。
借问此何谁？云是鬼谷子[3]。
翘迹企颍阳[4]，临河思洗耳[5]。
阊阖西南来[6]，潜波涣鳞起[7]。
灵妃顾我笑[8]，粲然启玉齿[9]。
蹇修时不存[10]，要之将谁使？

注释 1. 此诗原列第二首。 2. 青谿：山名，在今湖北省当阳境内。仞，古代长度单位。八尺为一仞，一说七尺。 3. 鬼谷子：战国时卫国人，姓王，名诩，隐居清溪之鬼谷，故自称鬼谷子。 4. 翘迹：犹举足之意。企：仰慕。颍阳：颍水之北。传说古时高士巢父、许由曾隐居于此。后因以借指巢、许。 5. 洗耳：相传尧欲将帝位让给许由，由以其言不善，乃临河洗其耳。 6. 阊阖：阊阖风的简称，指西风、秋风。 7. 涣鳞：水的波纹。 8. 灵妃：传说中的洛水女神宓妃。 9. 粲然：露齿而笑貌。 10. 蹇修：古贤人，相传为伏羲氏之臣，掌媒。后世成为媒人的代称。

其三[1]

六龙安可顿[2]，运流有代谢[3]。
时变感人思，已秋复愿夏。
淮海变微禽，吾生独不化[4]。
虽欲腾丹谿[5]，云螭非我驾[6]。
愧无鲁阳德[7]，回日向三舍[8]。
临川哀年迈[9]，抚心独悲吒[10]。

注释 1. 此诗原列第四首。 2. 六龙：指太阳。神话传说中谓日神乘车，驾以六龙，羲和为御者。顿：止。 3. 运流：运行流转。代谢：更替。来者为代，去者为谢。 4. “淮海”二句：取《国语·晋语》“雀入于海为蛤，雉入于淮为蜃，鼋、鼍、鱼、鳖莫不能化，唯人不能”之意，言鸟类能随环境变化形体，而人却不能。 5. 丹谿：亦作“丹溪”，仙人居住的地方。 6. 螭（chī）：传说中一种无角的龙。 7. 鲁阳：指鲁阳公，战国时楚国鲁阳邑公，传说为挥戈使太阳返回的英雄。 8. 舍：二十八宿一宿为一舍。三舍，即三座星宿的距离。 9. “临川”句：用“逝者如斯夫，不舍昼夜”之意。 10. 悲吒：亦作“悲诧”，悲叹，悲愤。

其四[1]

杂县寓鲁门[2]，风暖将为灾。
吞舟涌海底[3]，高浪驾蓬莱。
神仙排云出，但见金银台。
陵阳挹丹溜[4]，容成挥玉杯[5]。
姮娥扬妙音[6]，洪崖颔其颐[7]。
升降随长烟[8]，飘飖戏九垓[9]。
奇龄迈五龙[10]，千岁方婴孩[11]。
燕昭无灵气[12]，汉武非仙才。

注释　1. 此诗原列第六首。　2. 杂县（yuán）：海鸟名，一名爰居。鲁门：鲁国城门。　3. 吞舟：谓吞舟之大鱼。　4. 陵阳：即陵阳子明，古代传说中的仙人。丹溜：即石脂，或称流丹，盖石流黄之类。　5. 容成：容成公，亦为仙人。　6. 姮(héng)娥：即嫦娥。传说中后羿之妻，后偷食不死之药，奔向月中。　7. 洪崖：传说中的仙人名。颔（hàn）：点头。颐：面颊，下巴。　8. “升降”句：咏仙人宁封子积火自烧，而随烟上下之事。　9. 九垓（gāi）：九天。　10. 迈：超过。五龙：古代传说中五个人面龙身的仙人，道教称为五行神。　11. 方：方才。婴孩：小儿。　12. 燕昭：燕昭王。汉武：汉武帝。

曹　毗

曹毗，字辅佐，谯国（今安徽亳州）人，约晋元帝建武元年（317）前后在世，生卒年不详。少好文籍，善属词赋。有集十五卷，佚。今存诗二十首并残句，文十九篇。

夜听捣衣

寒兴御纨素[1]，佳人理衣襟。
冬夜清且永，皎月照堂阴。
纤手叠轻素[2]，朗杵叩鸣砧[3]。
清风流繁节，回飙洒微吟[4]。
嗟此往运速[5]，悼彼幽滞心[6]。
二物感余怀[7]，岂但声与音？

注释　1. 御：整理。纨素：精细的白绢。　2. 轻素：轻而薄的白色丝织品。　3. 朗：响亮。杵：木棒。砧：捣衣石。　4. 微吟：低声叹息。　5. 往运：时光流逝。　6. 幽滞：幽郁积结。　7. 二物：指“往运速”“幽滞心”。

孙 绰

孙绰（314—371），字兴公，太原中都（今山西平遥）人，后定居会稽。历官章安令、太学博士、散骑常侍、廷尉卿等职。博学强识，善玄谈。其诗多为玄言诗，淡乎寡味，但于山水诗发轫、发展有功。明人辑有《孙廷尉集》。

秋 日

萧瑟仲秋月[1]，飚唳风云高[2]。
山居感时变，远客兴长谣。
疏林积凉风，虚岫结凝霄[3]。
湛露洒庭林[4]，密叶辞荣条[5]。
抚菌悲先落[6]，攀松羡后凋[7]。
垂纶在林野[8]，交情远市朝。
澹然古怀心[9]，濠上岂伊遥[10]。

注释 1. 萧瑟：萧条寂寥。 2. 飚：暴风。 3. 虚岫：山谷。 4. 湛露：浓重的露水。 5. 荣条：茂盛的枝条。 6. 菌：菌类植物的统称。多寄生于其他植物体之上，生命短促。 7. 后凋：用《论语 · 子罕》“岁寒然后知松柏之后凋”之意。 8. 垂纶：垂钓。 9. 澹然：恬淡貌。 10. 濠上：《庄子 · 秋水》记庄子与惠子游于濠梁之上，见儵鱼出游从容，因辩论鱼是否知乐。后多用“濠上”比喻别有会心、自得其乐之地。

王献之

王献之（344—386），字子敬，祖籍琅邪临沂（今山东临沂），生于会稽（今浙江绍兴），王羲之之子。官至中书令，为与后之书法家王珉区分，人称王大令。能诗文，通书法，与其父并称“二王”。明人辑有《王大令集》。

桃叶歌[1]

桃叶复桃叶[2]，渡江不用楫[3]。
但渡无所苦，我自迎接汝。

注释 1. 此题共三首，此诗原列第一首。 2. 桃叶：晋王献之爱妾。 3. 楫：短桨。泛指船桨。

谢道韫

谢道韫，名韬元，陈郡阳夏（今河南太康）人，生卒年不详。谢安之侄女，王凝之之妻。少聪颖有识，能清言，善属文，以咏雪著称。今存文一篇，诗二首。

泰山吟[1]

峨峨东岳高[2]，秀极冲青天。
岩中间虚宇[3]，寂寞幽以玄[4]。
非工复非匠，云构发自然[5]。
器象尔何物，遂令我屡迁。
逝将宅斯宇[6]，可以尽天年。

注释　1.《古诗纪》题作《登山》。2. 峨峨：高貌。3. 间：隔，间隔。4. 幽以玄：幽深玄妙。5. 云构：高山上的岩洞。6. 宅：寄托。

湛方生

湛方生，东晋孝武帝时人，籍贯与生卒年均不详。曾任西道县令、卫军谘议，后辞官归隐。诗以写景之作见长，诗风平淡清雅。原有集10卷，今佚。

帆入南湖[1]

彭蠡纪三江[2]，庐岳主众阜[3]。
白沙净川路，青松蔚岩首[4]。
此水何时流，此山何时有。
人运互推迁，兹器独长久[5]。
悠悠宇宙中，古今迭先后。

注释　1. 南湖：指鄱阳湖，即诗中所言彭蠡，在今江西省北部。2. 三江：泛指汇入鄱阳湖的多条水流。3. 庐岳：庐山。主众阜：耸立于众小山之上。4. 蔚：草木繁盛貌。岩首：山头。5. 器：指山水、自然环境。

还都帆诗[1]

高岳万丈峻，长湖千里清。
白沙穷年洁，林松冬夏青。
水无暂停流，木有千载贞。
寤言赋新诗[2]，忽忘羁客情。

注释　1. 都：指东晋都城建康。2. 寤言：醒后言说，此指醒悟、解会。

陶渊明

陶渊明（365—427），一名潜，字元亮，自号五柳先生，浔阳柴桑（今江西九江）人，私谥靖节先生。少有高趣，志行高洁，蔑视富贵，躬耕力田。其诗作多于田园风光中咏怀言意，平和恬淡，清新自然。于晋宋诗运转关之际，开创田园诗一派。萧统为之编集，已佚。宋人编有《陶靖节诗注》，传世。今存诗一百二十余首。

归园田居五首

其一

少无适俗韵[1]，性本爱丘山。
误落尘网中[2]，一去三十年[3]。
羁鸟恋旧林[4]，池鱼思故渊。
开荒南野际，守拙归园田[5]。
方宅十余亩，草屋八九间。
榆柳荫后檐，桃李罗堂前[6]。
暧暧远人村[7]，依依墟里烟[8]。
狗吠深巷中，鸡鸣桑树巅。

注释　1. 适俗：适合世俗。韵：气质、性格。　2. 尘网：旧谓人在世间受到种种束缚，如鱼在网，故称尘网。这里主要指仕途。　3. 三十年：有人疑作“十三年”，因从陶渊明初仕为江州祭酒至辞去彭泽令归田，恰好十三年。　4. 羁鸟：被束缚的鸟。　5. 守拙：封建士大夫自诩清高，不做官，清贫自守，叫守拙。6. 罗：排列。　7. 暧暧：昏昧貌。　8. 依依：依稀，隐约。墟里：村落。

户庭无尘杂，虚室有余闲。
久在樊笼里，复得返自然。

其二

野外罕人事[1]，穷巷寡轮鞅[2]。
白日掩荆扉[3]，对酒绝尘想[4]。
时复墟里人，披草共来往[5]。
相见无杂言，但道桑麻长。
桑麻日已长，我土日已广。
常恐霜霰至[6]，零落同草莽[7]。

注释　1. 人事：交游往来。　2. 穷巷：冷僻简陋的小巷。轮鞅：指车马。轮，车轮。鞅，驾车时马颈上套的皮带。　3. 荆扉：柴门。　4. 尘想：犹俗念。　5. 草：此谓草衣。　6. 霰（xiàn）：雪粒，俗称雪子、雪珠。　7. 草莽：丛生的杂草。

其三

种豆南山下[1]，草盛豆苗稀。
晨兴理荒秽[2]，带月荷锄归[3]。
道狭草木长，夕露沾我衣。
衣沾不足惜，但使愿无违。

注释　1. 南山：指庐山。　2. 兴：起身。　3. 荷：负。

其四

久去山泽游，浪莽林野娱[1]。
试携子侄辈，披榛步荒墟[2]。
徘徊丘垅间[3]，依依昔人居[4]。
井灶有遗处，桑竹残朽株。
借问采薪者，此人皆焉如[5]？

注释　1. 浪莽：广大貌。　2. 荒墟：荒废的村落。　3. 丘垅：墓地。　4. 依依：隐约可辨。　5. 如：往。　6. 一世：三十年。又，一代、一生亦称一世。异朝市：市朝变迁。　7. 幻化：变化。　8. 空无：灭绝。

薪者向我言，死没无复余。
一世异朝市[6]，此语真不虚。
人生似幻化[7]，终当归空无[8]。

其五

怅恨独策还[1]，崎岖历榛曲[2]。
山涧清且浅，可以濯吾足。
漉我新熟酒[3]，只鸡招近局[4]。
日入室中暗，荆薪代明烛。
欢来苦夕短，已复至天旭[5]。

注释　1. 策还：扶杖而还。策，拐杖。　2. 榛曲：树木丛生之地。　3. 漉：滤，过滤。　4. 近局：近邻。　5. 天旭：天亮。旭，日光初露。

乞　食

饥来驱我去，不知竟何之[1]！
行行至斯里，叩门拙言辞。
主人解余意，遗赠岂虚来[2]？
谈谐终日夕，觞至辄倾杯。
情欣新知欢[3]，言咏遂赋诗。
感子漂母惠[4]，愧我非韩才[5]。
衔戢知何谢[6]，冥报以相贻[7]。

注释　1. 之：往。　2. 遗（wèi）：赠送。　3. 新知：新交。　4. 漂（piǎo）母：漂洗衣物的老妇人。韩信未遇时，一漂母怜悯其饥饿，与之食。后信为楚王，重报漂母。　5. 韩：指韩信。　6. 衔戢：谓敛藏于心，表示衷心感激。　7. 冥报：谓死后相报。

诸人共游周家墓柏下[1]

今日天气佳，清吹与鸣弹[2]。
感彼柏下人[3]，安得不为欢。
清歌散新声，绿酒开芳颜。
未知明日事，余襟良已殚[4]。

注释　1. 陶澍《陶靖节集注》谓周、陶世婚，此所游或为周访家墓。　2. 清吹：指管乐。鸣弹：指弦乐。　3. 柏下人：指墓中人。因墓地多植柏，故称。　4. 襟：心怀。殚：尽。

怨诗楚调示庞主簿邓治中[1]

天道幽且远，鬼神茫昧然[2]。
结发念善事[3]，僶俛六九年[4]。
弱冠逢世阻[5]，始室丧其偏[6]。
炎火屡焚如[7]，螟蜮恣中田[8]。
风雨纵横至，收敛不盈廛[9]。
夏日抱长饥，寒夜无被眠。
造夕思鸡鸣[10]，及晨愿乌迁[11]。
在己何怨天，离忧凄目前[12]。
吁嗟身后名[13]，于我若浮烟。
慷慨独悲歌，钟期信为贤[14]。

注释　1. 怨诗楚调：清商三调有楚调，属相和歌辞。楚调曲中有《怨歌行》，亦称《怨诗》。主簿、治中：皆官名，为州郡佐职，主掌文书。庞主簿：指庞遵，字通之。邓治中：不详其人。　2. 茫昧：渺茫幽隐。　3. 结发：束发。古代男子二十岁行冠礼，开始束发。此谓年轻时。　4. 僶（mǐn）俛（miǎn）：勤勉。六九：五十四岁。　5. 弱冠：二十左右。　6. 始室：指三十岁。《礼记·内则》称男子三十而有家室。丧其偏：古时丧夫或丧妻称偏丧，此指丧妻。　7. 炎火：指干旱烈日。焚如：谓火焰炽盛。亦指火灾。　8. 螟蜮（yù）：螟和蜮，危害禾苗的两种害虫。　9. 廛（chán）：一夫所居曰廛。　10. 造：至。　11. 乌：指太阳。传说太阳中有三足乌，故称之为金乌。　12. 离忧：遭遇忧愁。离，通"罹"。　13. 吁嗟：叹词。表示忧伤或有所感。　14. 钟期：钟子期。伯牙善鼓琴，子期能知琴意所在，后遂以子期代指知音。信：的确。

移居二首

其一

昔欲居南村[1]，非为卜其宅[2]。
闻多素心人[3]，乐与数晨夕[4]。
怀此颇有年，今日从兹役[5]。
弊庐何必广，取足蔽床席。
邻曲时时来[6]，抗言谈在昔[7]。
奇文共欣赏，疑义相与析[8]。

注释　1. 南村：即栗里，在今江西九江市西南。　2. 卜其宅：用占卜之法选取吉宅。　3. 素心：心地质朴。　4. 数晨夕：谓朝夕共处。　5. 兹役：此次劳役。指移居南村。　6. 邻曲：邻居。　7. 抗言：高谈阔论。在昔：从前，往昔。　8. 析：剖析。

其二

春秋多佳日，登高赋新诗。
过门更相呼，有酒斟酌之[1]。
农务各自归，闲暇辄相思。
相思则披衣，言笑无厌时。
此理将不胜[2]，无为忽去兹。
衣食当须纪[3]，力耕不吾欺[4]。

注释　1. 斟酌：盛酒行觞。　2. 此理：此中的欢趣。将：岂。胜：美好。　3. 纪：经营，料理。　4. 不吾欺：即不欺吾。

和刘柴桑[1]

山泽久见招，胡事乃踌躇[2]？
直为亲旧故[3]，未忍言索居[4]。
良辰入奇怀[5]，挈杖还西庐[6]。
荒涂无归人，时时见废墟。

注释　1. 刘柴桑：即刘程之，字仲思，彭城（今江苏徐州）人。曾为柴桑令，后隐居，自号遗民，与陶渊明、周续之被称为“浔阳三隐”。　2. 胡事：何事。　3. 直为：只为。　4. 索居：离群独处。　5. 奇怀：犹谓高怀，美怀。　6. 挈（qiè）：

茅茨已就治[7]，新畴复应畬[8]。
谷风转凄薄[9]，春醪解饥劬[10]。
弱女虽非男，慰情良胜无。
栖栖世中事[11]，岁月共相疏。
耕织称其用，过此奚所须。
去去百年外，身名同翳如[12]。

提。西庐：靠近西林的房舍。 7. 茅茨：茅屋。 8. 畬（yú）：耕种了三年的田地。泛指熟田。 9. 谷风：东风。凄薄：寒凉。 10. 春醪（láo）：春酒。劬（qú）：劳苦。 11. 栖栖：忙碌不安貌。 12. 翳如：湮灭无闻。

和郭主簿（选一）[1]

蔼蔼堂前林[2]，中夏贮清阴。
凯风因时来[3]，回飙开我襟[4]。
息交游闲业[5]，卧起弄书琴。
园蔬有余滋，旧谷犹储今。
营己良有极[6]，过足非所钦[7]。
舂秫作美酒[8]，酒熟吾自斟。
弱子戏我侧[9]，学语未成音。
此事真复乐，聊用忘华簪[10]。
遥遥望白云，怀古一何深。

注释 1. 此题共二首，此诗原列第一。郭主簿，姓郭，任主簿之职，其余不详。 2. 蔼蔼：茂盛貌。 3. 凯风：南风。 4. 回飙：旋转的狂风。 5. 息交：谢绝交游，不问世事。闲业：指弹琴、读书等。 6. 营己：为自己的生活打算。极：止境。 7. 钦：美。 8. 秫（shú）：黏性的高粱、稻米。 9. 弱子：幼子。 10. 华簪：华美的发簪。

饮酒（选六）

余闲居寡欢，兼比夜已长[1]，偶有名酒，无夕不饮，顾影独尽。忽焉复醉。既醉之后，辄题数句自娱[2]，纸墨遂多。辞无诠次[3]，聊命故人书之，以为欢笑尔。

注释 1. 比：近来。 2. 辄（zhé）：便。 3. 诠次：次第，层次。

其一[1]

衰荣无定在，彼此更共之。
邵生瓜田中[2]，宁似东陵时。
寒暑有代谢[3]，人道每如兹。
达人解其会[4]，逝将不复疑[5]。
忽与一觞酒[6]，日夕欢相持。

注释　1.《饮酒》共二十首，此诗原列第一首。　2. 邵生：指邵平。秦时为东陵侯，秦亡后种瓜长安城东，瓜美，人呼“东陵瓜”。　3. 代谢：更替。　4. 解其会：明白其中的道理。　5. 逝：发语词。　6. 忽：速。

其二[1]

栖栖失群鸟[2]，日暮犹独飞。
徘徊无定止，夜夜声转悲。
厉响思清晨[3]，远去何所依？
因值孤生松，敛翮遥来归[4]。
劲风无荣木，此荫独不衰。
托身已得所，千载不相违。

注释　1. 此诗原列第四首。　2. 栖栖：忙碌不安貌。　3. 厉响：激出音响，指急啼。　4. 敛翮：整饬翅膀。

其三[1]

结庐在人境[2]，而无车马喧。
问君何能尔[3]？心远地自偏。
采菊东篱下，悠然见南山。
山气日夕佳，飞鸟相与还。
此中有真意[4]，欲辨已忘言[5]。

注释　1. 此诗原列第五首。　2. 结庐：构筑房舍。人境：尘世，人所居止的地方。　3. 尔：如此。　4. 真意：自然意趣。　5. 忘言：语出《庄子·外物》：“言者所以在意，得意而忘言。”

其四[1]

青松在东园，众草没其姿。
凝霜殄异类[2]，卓然见高枝。
连林人不觉，独树众乃奇。
提壶抚寒柯[3]，远望时复为。
吾生梦幻间，何事绁尘羁[4]？

注释　1. 此诗原列第八首。　2. 殄（tiǎn）：尽，灭绝。　3. 寒柯：指冬天的树木或树干。　4. 绁（xiè）：拘系。尘羁：尘事的束缚。羁，束缚。

其五[1]

清晨闻叩门，倒裳往自开[2]。
问子为谁欤？田父有好怀[3]。
壶浆远见候，疑我与时乖。
褴褛茅檐下[4]，未足为高栖[5]。
一世皆尚同[6]，愿君汩其泥[7]。
深感父老言，禀气寡所谐[8]。
纡辔诚可学[9]，违己讵非迷[10]！
且共欢此饮，吾驾不可回。

注释　1. 此诗原列第九首。　2. 倒裳：颠倒衣裳。言急起待客，不及正着衣裳。　3. 好怀：好心情。　4. 褴褛：衣服破敝貌。　5. 高栖：指隐居。　6. 尚同：谓混同于流俗。　7. 汩（gǔ）：同“淈”，搅浑。　8. 禀气：犹天性。寡所谐：寡合，很少与世俗谐和。　9. 纡辔：回车。此谓违背本意，曲道而行。　10. 违己：违背自己的心志。讵：岂。

其六[1]

故人赏我趣，挈壶相与至[2]。
班荆坐松下[3]，数斟已复醉。
父老杂乱言，觞酌失行次[4]。
不觉知有我，安知物为贵？
悠悠迷所留[5]，酒中有深味！

注释　1. 此诗原列第十四首。　2. 挈（qiè）：提。　3. 班荆：以荆条铺地而坐。班，铺开。　4. 觞酌：饮酒器。这里指劝酒饮酒。行次：次序，辈行。　5. 悠悠：指世俗追名逐利之人。

拟古（选六）

其一[1]

荣荣窗下兰[2]，密密堂前柳。
初与君别时，不谓行当久[3]。
出门万里客，中道逢嘉友。
未言心相醉，不在接杯酒。
兰枯柳亦衰，遂令此言负。
多谢诸少年[4]，相知不中厚[5]。
意气倾人命[6]，离隔复何有。

注释　1. 此题共九首，此诗原列第一首。　2. 荣荣：茂盛貌。　3. 不谓：不料。　4. 多谢：多多告诫。　5. 不中厚：不厚道。　6. 倾：倒。

其二[1]

仲春遘时雨[2]，始雷发东隅[3]。
众蛰各潜骇[4]，草木从横舒[5]。
翩翩新来燕[6]，双双入我庐。
先巢故尚在，相将还旧居[7]。
自从分别来，门庭日荒芜。
我心固匪石[8]，君情定何如。

注释　1. 此诗原列第三首。　2. 仲春：农历二月。遘：遇。　3. 东隅：东方。隅，角。　4. 潜骇：暗中惊醒。　5. 从横：舒展貌。从，通“纵”。　6. 翩翩：飞行轻快貌。　7. 相将：相偕，相共。　8. 此句用《诗经·邶风·柏舟》“我心匪石，不可转也”之意。匪，通“非”。

其三[1]

迢迢百尺楼[2]，分明望四荒[3]。
暮作归云宅，朝为飞鸟堂。
山河满目中，平原独茫茫。
古时功名士，慷慨争此场。

注释　1. 此诗原列第四首。　2. 迢迢：远貌。　3. 四荒：四方荒远之地。　4. 北邙：这里借指墓地或坟墓。　5. 颓基：倾塌的坟茔。遗主：留在人世的墓主，即死者的后代。

一旦百岁后，相与还北邙[4]。
松柏为人伐，高坟互低昂。
颓基无遗主[5]，游魂在何方？
荣华诚足贵，亦复可怜伤！

其四[1]

日暮天无云，春风扇微和。
佳人美清夜[2]，达曙酣且歌[3]。
歌竟长叹息，持此感人多。
皎皎云间月[4]，灼灼叶中华[5]。
岂无一时好，不久当如何！

注释 1. 此诗原列第七首。 2. 美：赞美，喜爱。 3. 达曙：直至天亮。 4. 皎皎：清白貌。 5. 灼灼：鲜明貌。华：同“花”。

其五[1]

少时壮且厉[2]，抚剑独行游。
谁言行游近？张掖至幽州[3]。
饥食首阳薇[4]，渴饮易水流[5]。
不见相知人，惟见古时丘。
路边两高坟，伯牙与庄周[6]。
此士难再得，吾行欲何求？

注释 1. 此诗原列第八首。 2. 厉：猛烈。 3. 张掖：郡名，在今甘肃省境内。幽州：古代州名。指河北省北部及辽宁省部分地区。晋之州治在涿（今河北涿州）。 4. 首阳薇：本句用夷、齐故事。商亡，孤竹君二子伯夷、叔齐义不食周粟，隐于首阳山，采薇而食，饿死。 5. 易水：水名，源出河北易县。燕太子丹使荆轲刺秦王，至易水之上，高渐离击筑，荆轲以歌和之，为变徵之声：“风萧萧兮易水寒，壮士一去兮不复还。” 6. 伯牙：伯牙善鼓琴，钟子期善知琴意，故称知音。庄周：即庄子。《庄子·徐无鬼》有“匠石运斤”的故事，以喻知音难觅。

其六[1]

种桑长江边，三年望当采。
枝条始欲茂[2]，忽值山河改。
柯叶自摧折，根株浮沧海[3]。
春蚕既无食，寒衣欲谁待？
本不植高原，今日复何悔！

注释 1. 此诗原列第九首，通篇用比，寄托幽深。 2. 始：才。 3. 沧海：指东海。

杂诗（选五）

其一[1]

人生无根蒂，飘如陌上尘。
分散逐风转，此已非常身[2]。
落地为兄弟[3]，何必骨肉亲！
得欢当作乐，斗酒聚比邻[4]。
盛年不重来[5]，一日难再晨。
及时当勉励，岁月不待人。

注释 1. 此题共十二首，此诗原列第一首。 2. 非常身：谓此身已非原本之身。 3. 落地：出生。 4. 比邻：近邻。 5. 盛年：壮年。

其二[1]

白日沦西河[2]，素月出东岭。
遥遥万里晖，荡荡空中景[3]。
风来入房户，夜中枕席冷。
气变悟时易[4]，不眠知夕永。
欲言无予和，挥杯劝孤影。
日月掷人去，有志不获骋[5]。
念此怀悲凄，终晓不能静[6]。

注释 1. 此诗原列第二首。 2. 沦：沉，沉没。 3. 荡荡：广大貌。景：通“影”，指月光。 4. 时易：节序变更。 5. 骋：施展。 6. 终晓：彻夜。

其三[1]

丈夫志四海，我愿不知老。
亲戚共一处，子孙还相保。
觞弦肆朝日[2]，樽中酒不燥。
缓带尽欢娱[3]，起晚眠常早。
孰若当世士，冰炭满怀抱[4]。
百年归丘垄[5]，用此空名道[6]！

注释　1. 此诗原列第四首。 2. 觞弦：杯酒弦歌。肆：陈列。 3. 缓带：宽束衣带。言悠闲自在。 4. 冰炭：冰和火炭。比喻利害冲突。 5. 丘垄：指坟墓。 6. 用：行。

其四[1]

忆我少壮时，无乐自欣豫[2]。
猛志逸四海[3]，骞翮思远翥[4]。
荏苒岁月颓[5]，此心稍已去。
值欢无复娱[6]，每每多忧虑。
气力渐衰损，转觉日不如。
壑舟无须臾[7]，引我不得住。
前涂当几许？未知止泊处[8]。
古人惜寸阴，念此使人惧。

注释　1. 此诗原列第五首。 2. 欣豫：欢乐。 3. 逸：超迈，驰骋。 4. 骞翮：犹言展翅。远翥（zhù）：远飞。 5. 荏苒：辗转之间。颓：流逝。 6. 值欢：遇到欢心事。 7. 壑舟：比喻事物在不知不觉中不停地变化。壑，山谷。语出《庄子·大宗师》："夫藏舟于壑，藏山于泽，谓之固矣。然而夜半有力者负之而走，昧者不知也。" 8. 止泊处：船舶停留处。这里比喻人生归宿。

其五[1]

代耕本非望[2]，所业在田桑。
躬亲未曾替[3]，寒馁常糟糠[4]。
岂期过满腹[5]，但愿饱粳粮[6]。
御冬足大布[7]，粗絺以应阳[8]。
正尔不能得[9]，哀哉亦可伤！

注释　1. 此诗原列第八首。 2. 代耕：指做官。官吏不耕而食，故称为官食禄为代耕。 3. 替：废弃。 4. 馁（něi）：饥饿。 5. 满腹：指微小的愿望。语本《庄子·逍遥游》："偃鼠饮河，不过满腹。" 6. 粳（jīng）：一种米粒不黏的稻。 7. 大布：粗布。 8. 粗絺（chī）：粗葛布。阳：夏日。 9. 正：即使。

人皆尽获宜，拙生失其方[10]。
理也可奈何，且为陶一觞[11]。

10. 拙生：拙于生计。方：方法。 11. 陶：喜乐。觞：酒器。

咏贫士（选一）[1]

万族各有托[2]，孤云独无依[3]。
暧暧空中灭[4]，何时见余晖？
朝霞开宿雾[5]，众鸟相与飞[6]。
迟迟出林翮[7]，未夕复来归[8]。
量力守故辙[9]，岂不寒与饥？
知音苟不存，已矣何所悲[10]。

注释 1. 此题共七首，此诗原列第一首。 2. 万族：犹万类。 3. 孤云：喻贫士。 4. 暧暧：昏暗貌。 5. 宿雾：夜雾。 6. 相与：一起。 7. 翮：泛指鸟。 8. 未夕：未到傍晚。 9. 故辙：旧的车迹。比喻平时的生活道路。 10. 已矣：罢了。

咏荆轲

燕丹善养士[1]，志在报强嬴[2]。
招集百夫良[3]，岁暮得荆卿[4]。
君子死知己[5]，提剑出燕京。
素骥鸣广陌[6]，慷慨送我行。
雄发指危冠[7]，猛气冲长缨[8]。
饮饯易水上，四座列群英。
渐离击悲筑[9]，宋意唱高声[10]。
萧萧哀风逝，淡淡寒波生。
商音更流涕[11]，羽奏壮士惊[12]。
心知去不归，且有后世名[13]。

注释 1. 燕丹：战国时燕王喜的太子，名丹。 2. 强嬴：即强秦。秦国为嬴姓，故有是称。 3. 百夫良：能以一当百的杰出勇士。 4. 荆卿：即荆轲，战国时卫人，至燕后，燕人谓之为荆卿。 5. 死知己：为知己而死。 6. 素骥：白马。广陌：大路。 7. 指：顶起。危冠：高冠。 8. 缨：冠带。 9. 渐离：高渐离，战国时燕人，与荆轲友善。筑：古代弦乐器名。 10. 宋意：燕国勇士。 11. 商音：古代五音（宫、商、角、徵、羽）之一，音调凄凉。 12. 羽：五音之一，音调慷慨。 13. 且：将。

登车何时顾，飞盖入秦庭[14]。
凌厉越万里[15]，逶迤过千城[16]。
图穷事自至[17]，豪主正怔营[18]。
惜哉剑术疏[19]，奇功遂不成！
其人虽已没，千载有余情。

14. 飞盖：车行如飞。盖，车盖。 15. 凌厉：奋迅貌。 16. 逶（wēi）迤（yí）：曲折绵延貌。 17. 图穷：图展开至尽头。荆轲献燕国督亢地图，秦王发图，图尽而匕首见。荆轲以匕首刺秦王。事败，为秦王左右所杀。 18. 豪主：指秦王。怔营：惶恐不安貌。 19. 疏：粗疏。

读《山海经》（选三）

其一[1]

孟夏草木长[2]，绕屋树扶疏[3]。
众鸟欣有托，吾亦爱吾庐。
既耕亦已种，时还读我书。
穷巷隔深辙[4]，颇回故人车[5]。
欢然酌春酒，摘我园中蔬。
微雨从东来，好风与之俱。
泛览周王传[6]，流观山海图[7]。
俯仰终宇宙[8]，不乐复何如？

注释　1. 此题共十三首，此诗原列第一首。 2. 孟夏：农历四月。 3. 扶疏：枝叶茂盛。 4. 穷巷：冷僻简陋的小巷。深辙：大车之辙，指代显贵之车。 5. 回：回转。 6. 周王传：指《穆天子传》，记周穆王驾八骏西游之事。 7. 山海图：指《山海经图》。 8. 终：穷竟。

其二[1]

夸父诞宏志[2]，乃与日竞走。
俱至虞渊下[3]，似若无胜负。
神力既殊妙[4]，倾河焉足有[5]？
余迹寄邓林[6]，功竟在身后。

注释　1. 此诗原列第九首。 2. 夸父：古代传说中的神人名。《山海经·海外北经》载：“其与日竞走，饮于河、渭而不足，渴死。”其手杖化为邓林。诞：夸张。 3. 虞渊：传说为日没处。 4. 殊妙：绝妙。 5. 倾河：倾尽黄河之水。 6. 邓林：桃林。

其三[1]

精卫衔微木[2]，将以填沧海。
刑天舞干戚[3]，猛志故常在！
同物既无虑[4]，化去不复悔[5]。
徒设在昔心[6]，良辰讵可待[7]？

注释　1. 此诗原列第十首。　2. 精卫：神话传说中的鸟名。其本为炎帝少女，名曰女娃，溺死于东海，化为鸟，名精卫，常衔西山之木石填于东海。　3. 刑天：神话人物。干：盾。戚：大斧。刑天与天帝争神，帝断其首，葬之常羊之山，他便以乳为目，以脐为口，操干戚以舞。　4. 同物：同于其他的物类。　5. 化去：死去。　6. 昔心：昔日的壮志。　7. 良辰：指实现壮志之时。讵：岂。

拟挽歌辞（选一）[1]

荒草何茫茫，白杨亦萧萧。
严霜九月中，送我出远郊。
四面无人居，高坟正嶕峣[2]。
马为仰天鸣，风为自萧条。
幽室一已闭[3]，千年不复朝。
千年不复朝，贤达无奈何。
向来相送人，各自还其家。
亲戚或余悲，他人亦已歌。
死去何所道，托体同山阿[4]。

注释　1. 此题共三首，此诗原列第三。挽歌：抬灵柩的人所唱哀悼死者的歌。后泛指悼念死者的诗歌或哀叹旧事物灭亡的文辞。　2. 嶕（jiāo）峣（yáo）：高耸貌。　3. 幽室：圹坑。　4. 山阿：山陵。

桃花源诗

嬴氏乱天纪[1]，贤者避其世。
黄绮之商山[2]，伊人亦云逝[3]。

注释　1. 天纪：上天之纪纲。借指国家法纪。　2. 黄：指夏黄公。绮：指绮里季。此二人与东园公、角里先生避秦往迹浸复湮[4]，来径遂芜废。
相命肆农耕[5]，日入从所憩[6]。
桑竹垂余荫，菽稷随时艺[7]。
春蚕收长丝，秋熟靡王税[8]。
荒路暧交通，鸡犬互鸣吠。
俎豆犹古法[9]，衣裳无新制。
童孺纵行歌，斑白欢游诣[10]。
草荣识节和，木衰知风厉[11]。
虽无纪历志[12]，四时自成岁。
怡然有余乐，于何劳智慧。
奇踪隐五百[13]，一朝敞神界[14]。
淳薄既异源，旋复还幽蔽[15]。
借问游方士[16]，焉测尘嚣外[17]。
愿言蹑轻风[18]，高举寻吾契[19]。

时战乱，隐于商山，称“商山四皓”。商山在今陕西商州。 3. 伊人：彼人，指桃花源中人。 4. 浸：渐渐。湮：埋没。 5. 肆：尽力。 6. 憩：休息。 7. 菽：豆类的总称。稷：粟，一说高粱。艺：种植。 8. 靡：无。 9. 俎豆：古代祭祀、宴飨时盛食物用的两种礼器。亦泛指各种礼器。 10. 斑白：指老人。斑，指鬓发花白。 11. 厉：烈。 12. 纪历志：历书。 13. 奇踪：谓桃花源人之踪迹。五百：五百年。自秦至晋太元约六百年，五百是约数。 14. 敞：敞开。神界：犹言仙境。 15. 旋：不久。幽蔽：隐蔽，指与外界隔绝。 16. 游方士：游于方内之士，指世俗之人。 17. 尘嚣外：指世外桃源。 18. 蹑：蹈，踏。 19. 契：谐和，投合。

谢　混

谢混（381？—412），字叔源，小字益寿，陈郡阳夏（今河南太康）人，太傅谢安之孙。曾官中领军、尚书左仆射，后为刘裕所杀。有美誉，工诗文。其玄言诗山水成分大增，颇多清新之作。今存诗五首，文一篇。

游西池

悟彼蟋蟀唱[1]，信此劳者歌[2]。
有来岂不疾，良游常蹉跎[3]。
逍遥越城肆[4]，愿言屡经过。

注释　1.“悟彼”句：语出《诗经·唐风·蟋蟀》：“蟋蟀在堂，岁聿其莫。今我不乐，日月其除。”谓行乐要及时，不要让时光白白逝去。 2.“信此”句：借用《诗经·小雅·伐木》重友求友之道。

回阡被陵阙[5]，高台眺飞霞。
惠风荡繁囿[6]，白云屯曾阿[7]。
景昃鸣禽集[8]，水木湛清华[9]。
褰裳顺兰沚[10]，徙倚引芳柯[11]。
美人愆岁月[12]，迟暮独如何？
无为牵所思，南荣戒其多[13]。

3. 良游：犹畅游。 4. 越：度。城肆：城中市场。 5. 被：加。陵：山陵。阙：城阙。 6. 惠风：春风。繁囿：谓园囿繁茂。 7. 屯：聚。曾阿：重叠的山陵。曾，重。 8. 景昃：日斜。 9. 湛：澄。10. 褰裳：撩起下裳。兰沚：水渚有兰也。 11. 徙倚：犹徘徊，逡巡。 12. 愆：过期。 13. 南荣：指春秋时南荣趎。他曾行七昼夜，问道于老子。老子教导他要心无所偕，屏绝俗累，返璞归真。

吴隐之

吴隐之（？—413），字处默，小字附子，濮阳鄄城（在今山东境内）人。曾任中书侍郎、左卫将军、广州刺史等职，官至度支尚书。美姿容，善谈论，博涉文史，以儒雅清廉著称。今存诗一首。

酌贪泉诗[1]

古人云此水，一歃怀千金[2]。
试使夷齐饮[3]，终当不易心。

注释 1. 贪泉：泉名。在广东南海市。吴隐之操守清廉，为广州刺史。未至州二十里，地名石门，有水曰贪泉，相传饮此水者，即使廉士亦贪。隐之酌而饮之，因赋此诗。 2. 歃（shà）：喝，饮。3. 夷齐：伯夷、叔齐。

王康琚

王康琚，晋人，爵里未详。

反招隐诗

小隐隐陵薮[1]，大隐隐朝市。
伯夷窜首阳，老聃伏柱史[2]。
昔在太平时，亦有巢居子[3]。
今虽盛明世，能无中林士[4]？
放神青云外，绝迹穷山里[5]。
鹍鸡先晨鸣[6]，哀风迎夜起。
凝霜凋朱颜，寒泉伤玉趾。
周才信众人[7]，偏智任诸己[8]。
推分得天和[9]，矫性失至理[10]。
归来安所期？与物齐终始。

注释　1. 陵薮：山陵和湖泽。泛指山野。　2. 老聃：指老子。老子名耳，字聃，一说字伯阳，曾为周柱下史。　3. 巢居子：巢父，尧时隐士，常山居不营世利，年老以树为巢，而寝其上。故时人称之为巢父。后以之代指隐士。　4. 中林士：在野隐居之人。　5. 绝迹：弃绝世事，不与人往来。　6. 鹍鸡：鸟名。似鹤。　7. 周才：济世之才。　8. 偏智：谓才智有所偏，才智不足。　9. 推分：随时而行。　10. 矫性：违反天性。

帛道猷

帛道猷，东晋诗僧，本姓冯，山阴（今浙江绍兴）人，居若邪山。生卒年不详。少以篇牍著称，性好丘壑，诗亦清丽。今存诗一首。

陵峰采药触兴为诗

连峰数千里，修林带平津。
云起远山翳[1]，风至梗荒榛[2]。
茅茨隐不见[3]，鸡鸣知有人。
闲步践其径，处处见遗薪。
始知百代下，固有上皇民[4]。

注释　1. 翳：遮蔽。　2. 荒榛：杂乱丛生的草木。　3. 茅茨：茅屋。　4. 上皇民：太古帝皇时期的人。这里指保持上古淳风的人。

两晋乐府民歌

女儿子[1]

巴东三峡猿鸣悲[2]，
夜鸣三声泪沾衣。
我欲上蜀蜀水难，
蹋蹀珂头腰环环[3]。

注释 1. 此题属清商曲辞。 2. 巴东：郡名。三峡：指瞿塘峡、巫峡、西陵峡。 3. 蹋蹀：顿足，踏地。

休洗红二首[1]

其一

休洗红，洗多红色淡。不惜故缝衣，记得初按茜[2]。人寿百年能几何？后来新妇今为婆。

注释 1. 此题属杂曲歌辞。 2. 茜：即茜草，可做红色染料。

其二

休洗红，洗多红在水。新红裁作衣[1]，旧红番作里[2]。回黄转绿无定期[3]，世事返复君所知。

注释 1. 新红：指衣料。 2. 番：同“翻”。 3. 回黄转绿：原指时令的变迁，这里比喻世事反复无常。

绵州巴歌[1]

豆子山[2]，打瓦鼓。扬平山，撒白雨。下白雨，取龙女。织得绢，二丈五，一半属罗江[3]，一半属玄武[4]。

注释　1. 绵州：今四川绵阳。　2. 豆子山：即豆图山，在绵州。　3. 罗江：县名，在四川北部。又，江名，在四川罗江。　4. 玄武：县名，在四川境内。

南朝

宋

谢　瞻

谢瞻（383？—421），字宣远，一名檐，字通远，陈郡阳夏（今河南太康）人。是谢晦的次兄。文章华美，文辞多清浅。有集三卷，佚。今存诗六首，残文二篇。

答康乐秋霁[1]

夕霁风气凉[2]，闲房有余清。
开轩灭华烛[3]，月露皓已盈。
独夜无物役[4]，寝者亦云宁。
忽获愁霖唱[5]，怀劳奏所诚。
叹彼行旅艰，深兹眷言情。
伊余虽寡慰，殷忧暂为轻。
牵率酬嘉藻[6]，长揖愧吾生。

注释　1. 康乐即谢灵运。诗题一作《答灵运》。　2. 霁：雨停。　3. 轩：窗。　4. 物役：为外物所役。　5.《文选》李善注："灵运《愁霖》诗序云：'示从兄宣远。'"由此知"愁霖"指灵运诗。灵运原诗已佚。霖：久雨。　6. 牵率：草率。嘉藻：对诗文的美称。

颜延之

颜延之（384—456），字延年，琅邪临沂（今属山东）人。年少时孤贫，好读书，文才冠绝当时。好饮酒，不拘小节。诗风典重，与谢灵运以辞采齐名。有集三十卷，佚。今存文三十七篇，诗三十余首。

五君咏五首（选二）

阮步兵[1]

阮公虽沦迹[2]，识密鉴亦洞[3]。
沉醉似埋照，寓辞类托讽[4]。
长啸若怀人[5]，越礼自惊众[6]。
物故不可论，途穷能无恸[7]。

注释　1.《五君咏》咏阮籍、嵇康等五人，此诗为第一首，咏阮籍。阮籍曾为步兵校尉。　2. 阮籍好酒疏放，不附和权贵，所以说"沦迹"。沦：没。　3. 指内心洞察甚明。鉴：照。洞：深。　4. 寓辞：指阮籍作诗。阮籍有五言诗《咏怀》八十余篇。　5. 啸：撮口发出长而清越的声音。阮籍喜长啸。　6. 越礼：不拘礼教。　7. 据记载阮籍经常一个人随意驾车而行，到了路走不通的地方，就恸哭而返。

嵇中散[1]

中散不偶世[2]，本自餐霞人[3]。
形解验默仙[4]，吐论知凝神[5]。
立俗忤流议[6]，寻山洽隐沦[7]。
鸾翮有时铩[8]，龙性谁能驯。

注释　1. 此诗为第二首，咏嵇康。嵇康曾拜中散大夫。　2. 偶世：与世相偶合。　3. 餐霞：以霞为餐，指仙人。　4. 晋人传说嵇康尸解成仙。　5. 吐论：嵇康作《养生论》。凝神：形容修养入境。《庄子·逍遥游》："藐姑射之山，有神人居焉，其神凝。"　6. 嵇康非汤、武而薄周、孔，与世相迕。迕：逆犯。　7. 传说嵇康入山采药，与仙人同游。洽：协和。　8. 铩（shā）：摧残羽翼。

谢灵运

谢灵运（385—433），陈郡阳夏（今河南太康）人。袭封康乐公，曾为琅邪王大司马参军，永嘉太守。性情豪奢狂傲。后因事获罪，被杀于广州。工诗文，能书画，通史学，精玄佛。诗作多为山水诗，风格清新鲜丽，开一代风气，为山水诗派之祖。

悲哉行

萋萋春草生，王孙游有情。
差池燕始飞[1]，夭袅桃始荣[2]。
灼灼桃悦色，飞飞燕弄声。
檐上云结阴，涧下风吹清。
幽树虽改观，终始在初生。
松茑欢蔓延[3]，樛葛欣虆萦[4]。
眇然游宦子[5]，晤言时未并。
鼻感改朔气，眼伤变节荣。
侘傺岂徒然[6]，澶漫绝音形[7]。
风来不可托，鸟去岂为听。

注释 1. 差(cī)池：不齐貌。 2. 夭：茂盛的样子。袅：细长柔美。 3. 茑(niǎo)：一种寄生藤。蔓延：茎蔓滋伸延长。 4. 樛(jiū)：向下弯曲的树木。虆(léi)萦：缠绕。 5. 眇然：高远。 6. 侘傺(chà chì)：失意貌。 7. 澶(chán)漫：放纵貌。

过始宁墅[1]

束发怀耿介[2]，逐物遂推迁[3]。
违志似如昨，二纪及兹年[4]。
缁磷谢清旷[5]，疲薾惭贞坚[6]。
拙疾相倚薄[7]，还得静者便。
剖竹守沧海[8]，枉帆过旧山。
山行穷登顿[9]，水涉尽洄沿[10]。
岩峭岭稠叠，洲萦渚连绵。
白云抱幽石，绿筱媚清涟[11]。
葺宇临回江[12]，筑观基曾巅。
挥手告乡曲[13]，三载期归旋。
且为树枌槚[14]，无令孤愿言。

注释 1. 始宁：东汉县名，属会稽郡，在今浙江上虞。墅：别墅。 2. 耿介：指正直有节操。 3. 推迁：迁延。 4. 纪：十二年为一纪。 5. 缁：黑。磷：薄。《论语·阳货》："不曰坚乎，磨而不磷。不曰白乎，涅而不缁。"原意是说坚硬的东西磨不薄，白的东西染不黑。这里反用其意，说自己又黑又薄有愧于清高疏旷的品格。 6. 疲薾(ěr)：疲顿之极。 7. 薄：靠近，相附。 8. 竹：竹符。古代将竹分为两半，一半留朝廷，一半给在外的官员，作为凭信，合之可以验真假。 9. 登顿：上下。 10. 洄：逆流而上。沿：顺流而下。 11. 筱：细小的竹子。 12. 宇：屋檐。 13. 乡曲：乡里。 14. 枌：白榆。枌榆多指代故乡。槚：楸树。常用作棺木。

七里濑[1]

羁心积秋晨，晨积展游眺。
孤客伤逝湍，徒旅苦奔峭[2]。
石浅水潺湲[3]，日落山照曜。
荒林纷沃若[4]，哀禽相叫啸。
遭物悼迁斥[5]，存期得要妙[6]。
既秉上皇心[7]，岂屑末代诮[8]。
目睹严子濑[9]，想属任公钓[10]。
谁谓古今殊，异代可同调。

注释　1. 七里濑：浙江（今富春江）的一段急流。　2. 奔峭：崖岸陡峭如奔。奔，落。　3. 潺湲：水流貌。　4. 沃若：茂盛。　5. 迁斥：贬谪。　6. 要妙：深远玄妙。　7. 上皇：上天或天帝。　8. 屑：顾。　9. 严子濑：即严陵濑。严光，字子陵，东汉人，不仕而隐，归耕富春山，后人名其垂钓处为严陵濑。　10. 任公钓：《庄子·外物》中说任公子以五十牛为饵，钓于东海，一年始钓得一条大鱼，使制河以东、苍梧以北之人无不得以饱食。

晚出西射堂[1]

步出西城门，遥望城西岑[2]。
连鄣叠巘崿，青翠杳深沉[3]。
晓霜枫叶丹，夕曛岚气阴。
节往戚不浅[4]，感来念已深。
羁雌恋旧侣，迷鸟怀故林。
含情尚劳爱，如何离赏心。
抚镜华缁鬓[5]，揽带缓促衿[6]。
安排徒空言，幽独赖鸣琴。

注释　1. 西射堂：在永嘉郡（今浙江温州）城内。　2. 岑：小而高的山。　3. 杳：深冥。　4. 戚：忧悲。　5. 华缁鬓：鬓发花白。　6. 衣带日缓，谓人渐消瘦。

登池上楼

潜虬媚幽姿[1]，飞鸿响远音。
薄霄愧云浮[2]，栖川怍渊沈[3]。
进德智所拙，退耕力不任。
徇禄反穷海[4]，卧疴对空林[5]。
衾枕昧节候，褰开暂窥临[6]。
倾耳聆波澜，举目眺岖嵚[7]。
初景革绪风[8]，新阳改故阴[9]。
池塘生春草，园柳变鸣禽。
祁祁伤豳歌[10]，萋萋感楚吟[11]。
索居易永久，离群难处心[12]。
持操岂独古，无闷征在今[13]。

注释　1. 虬：有角的小龙。　2. 薄：靠近。　3. 怍(zuò)：惭愧。　4. 徇禄：任职。徇，顺。穷海：指永嘉郡。　5. 卧疴(kē)：卧病。　6. 这两句《文选》本无。昧：不明。褰：打开。　7. 岖嵚(qīn)：高险的山。　8. 初景：初春景貌。革：改变。　9. 故阴：指冬天。春夏为阳，秋冬为阴。　10. 祁祁：众多的样子。《诗经·豳风·七月》："春日迟迟，采蘩祁祁。"　11. 此句源自《楚辞·招隐士》："王孙游兮不归，春草生兮萋萋。"　12. "索居"两句源自《礼记·檀弓上》："吾离群而索居。"索：散。　13. 征：迹象，证验。

游南亭诗

时竟夕澄霁，云归日西驰。
密林含余清，远峰隐半规[1]。
久痗昏垫苦[2]，旅馆眺郊歧[3]。
泽兰渐被径[4]，芙蓉始发池。
未厌青春好，已观朱明移[5]。
戚戚感物叹[6]，星星白发垂。
药饵情所止[7]，衰疾忽在斯。
逝将候秋水[8]，息景偃旧崖[9]。
我志谁与亮[10]？赏心惟良知。

注释　1. 半规：指落日。规，圆。落日如半圆。　2. 痗(mèi)：泛指病。　3. 歧：岔道。　4. 被：覆盖。　5. 朱明：指夏天。　6. 戚戚：忧伤貌。　7. 饵：食。　8. 逝：语气词。　9. 景：影。偃：仰倒。　10. 亮：信。

游赤石进帆海[1]

首夏犹清和[2]，芳草亦未歇[3]。
水宿淹晨暮，阴霞屡兴没。
周览倦瀛壖[4]，况乃陵穷发[5]。
川后时安流，天吴静不发[6]。
扬帆采石华，挂席拾海月[7]。
溟涨无端倪[8]，虚舟有超越。
仲连轻齐组[9]，子牟眷魏阙[10]。
矜名道不足[11]，适己物可忽。
请附任公言[12]，终然谢天伐。

注释　1. 赤石：山名，在永嘉郡（今浙江温州）南。　2. 首夏：即孟夏，指农历四月。首，始。　3. 歇：尽。　4. 周览：周遍览观。瀛：瀛海。壖（ruán）：水滨地。　5. 陵：越过。穷发：不毛之地，言极其荒远。　6. 川后：河伯。天吴：水伯。这两句形容风平浪静。　7. 石华、海月：都是贝类。挂席与扬帆义同。　8. 端倪：涯际。　9. 仲连：鲁仲连，战国时齐国人，施计使齐国攻下燕国聊城，后不受官爵，逃隐海上。组：用作佩印或佩玉的丝带。　10. 子牟：魏公子，名牟。魏阙：指代朝廷。《庄子 · 让王》中记载中山公子牟向瞻子请教身在江湖却心恋朝堂该怎么办。　11. 矜：持重。　12. 任公：太公任。《庄子 · 山木》中说孔子困于陈蔡之间，太公任去向他说了一番“直木先伐，甘井先竭”“自伐者无功，功成者堕，名成者亏”的道理，批评孔子对功名的追求。

登江中孤屿[1]

江南倦历览，江北旷周旋[2]。
怀新道转迥[3]，寻异景不延[4]。
乱流趋孤屿，孤屿媚中川[5]。
云日相辉映，空水共澄鲜。
表灵物莫赏[6]，蕴真谁为传[7]。
想像昆山姿[8]，缅邈区中缘[9]。
始信安期术[10]，得尽养生年。

注释　1. 江中孤屿：位于永嘉（今浙江温州）。　2. 旷：久历时日。周旋：周游。　3. 迥：远。　4. 延：长。　5. 中川：江中。川，水流。　6. 表：显明。　7. 蕴：藏。真：仙人。　8. 昆山：昆仑山，西王母居所。　9. 区中：世间。　10. 安期：即安期生，仙人名，《列仙传》说他是琅邪阜乡人，自言千岁。

石壁精舍还湖中作[1]

昏旦变气候，山水含清晖。
清晖能娱人，游子憺忘归[2]。
出谷日尚早，入舟阳已微[3]。
林壑敛暝色，云霞收夕霏[4]。
芰荷迭映蔚[5]，蒲稗相因依[6]。
披拂趋南径，愉悦偃东扉[7]。
虑澹物自轻[8]，意惬理无违。
寄言摄生客[9]，试用此道推。

注释　1. 精舍：读书斋。　2. 憺：安然，憺薄。《楚辞·九歌·东君》："羌声色兮娱人，观者憺兮忘归。"　3. 微：不明。　4. 霏：云飞貌。　5. 芰：菱角。　6. 稗：稗草。　7. 偃：止息。　8. 虑澹：思虑清澹。　9. 摄生：养生。摄，持。

石门新营所住四面高山回溪石濑茂林修竹[1]

跻险筑幽居[2]，披云卧石门。
苔滑谁能步，葛弱岂可扪[3]？
袅袅秋风过，萋萋春草繁。
美人游不还，佳期何由敦[4]。
芳尘凝瑶席，清醑满金樽[5]。
洞庭空波澜，桂枝徒攀翻。
结念属霄汉，孤景莫与谖[6]。
俯濯石下潭，仰看条上猿。
早闻夕飚急[7]，晚见朝日暾[8]。
崖倾光难留，林深响易奔。
感往虑有复，理来情无存。

注释　1. 石门：山名，今浙江嵊州以北。　2. 跻(jī)：登。　3. 扪：持。　4. 敦：信。　5. 醑(xǔ)：美酒。　6. 景：影。谖(xuān)：忘。　7. 飚：狂风。　8. 暾(tūn)：太阳初升的样子。　9.《庄子·徐无鬼》："若乘日之车而游于襄城之野。""车"，一作"用"，"乘日用"意思是乘日之养。　10. 营魂：营魄，魂魄。

庶持乘日车[9]，得以慰营魂[10]。
匪为众人说，冀与智者论。

从斤竹涧越岭溪行[1]

猿鸣诚知曙，谷幽光未显。
岩下云方合，花上露犹泫[2]。
逶迤傍隈隩[3]，迢递陟陉岘[4]。
过涧既厉急，登栈亦陵缅[5]。
川渚屡径复，乘流玩回转。
蘋萍泛沉深[6]，菰蒲冒清浅[7]。
企石挹飞泉[8]，攀林摘叶卷。
想见山阿人，薜萝若在眼[9]。
握兰勤徒结，折麻心莫展[10]。
情用赏为美，事昧竟谁辨[11]。
观此遗物虑，一悟得所遣[12]。

注释　1. 斤竹涧：在浙江乐清东。2. 泫：水珠下垂貌。3. 隈隩（wēi yù）：山或水的曲处。崖内为隩，崖外为隈。4. 陟：登。陉（xíng）：山脉中断处。岘（xiàn）：小而险的山。5. 栈：栈道。陵：越过。缅（miǎn）：邈远。6. 蘋（pín）：水草名，大萍。7. 菰（gū）蒲：水草名。8. 挹（yì）：舀，酌取。9.《楚辞·九歌·山鬼》："若有人兮山之阿，被薜荔兮带女萝。"阿，山曲处。10.《楚辞·九歌·大司命》："折疏麻兮瑶华，将以遗兮离居。"疏麻，神草。11. 昧：幽昧不明。12. 末两句谈玄理。遣：抛开，遗弃。

过白岸亭[1]

拂衣遵沙垣[2]，缓步入蓬屋[3]。
近涧涓密石[4]，远山映疏木。
空翠难强名，渔钓易为曲。
援萝临青崖[5]，春心自相属[6]。
交交止栩黄[7]，呦呦食苹鹿[8]。

注释　1. 白岸亭：旧址在今浙江永嘉，以溪岸沙白得名。2. 遵：循，沿着。垣：指沙岸。3. 蓬屋：指白岸亭。4. 涓：小流。5. 援（yuán）：攀缘。萝：藤萝，蔓生植物。6. 属：相连。7.《诗经·秦风·黄鸟》："交交黄鸟，止于棘。"交交，鸟鸣声。《史记·秦本纪》记载秦穆公死后，用一百七十七人殉葬，其中有奄息、伤彼人百哀，嘉尔承筐乐[9]。
荣悴迭去来[10]，穷通成休慽[11]。
未若长疏散，万事恒抱朴[12]。

仲行、鍼虎三位贤臣。国人哀痛，于是赋《黄鸟》以悼念。 8.《诗经·小雅·鹿鸣》："呦呦鹿鸣，食野之苹。"呦呦，鹿鸣声。 9. 这两句承上而来。《诗经·秦风·黄鸟》中有"如可赎兮，人百其身"句，《诗经·小雅·鹿鸣》中有"承筐是将"句。前喻忠良被害，后喻权臣受宠。 10. 荣：容华。悴：衰微。 11. 慽：悲伤。 12. 抱朴：抱守本真。《老子》："见素抱朴，少私寡欲。"

石门岩上宿[1]

朝搴苑中兰[2]，畏彼霜下歇[3]。
瞑还云际宿[4]，弄此石上月。
鸟鸣识夜栖，木落知风发。
异音同至听，殊响俱清越。
妙物莫为赏，芳醑谁与伐[5]。
美人竟不来，阳阿徒晞发[6]。

注释　1. 石门：在今浙江嵊县界。 2. 搴（qiān）：拔取。 3. 歇：尽。 4. 瞑：日暮。 5. 醑：美酒。伐：夸耀。 6. 阳：山南水北为阳。阿：曲阿。晞：干。《楚辞·九歌·少司命》有"望美人兮未来""晞汝发兮阳之阿"句。

斋中读书

昔余游京华，未尝废丘壑。
矧乃归山川[1]，心迹双寂寞。
虚馆绝诤讼[2]，空庭来鸟雀。
卧疾丰暇豫[3]，翰墨时间作[4]。
怀抱观古今，寝食展戏谑。
既笑沮溺苦[5]，又哂子云阁[6]。

注释　1. 矧（shěn）：何况。 2. 诤：争夺，纷争。 3. 暇：闲。豫：乐。 4. 间（jiàn）：间或。 5. 沮溺：长沮、桀溺，均为春秋时隐士。 6. 哂（shěn）：笑。子云阁：扬雄，字子云，西汉人，因事受牵连遭收捕，自知难免，遂从天禄阁跳下，未死。

执戟亦以疲，耕稼岂云乐[7]？
万事难并欢，达生幸可托。

7. 这两句承上两句分别对应扬雄、沮溺事。潘岳《夏侯常侍诔》有“执戟疲扬”句。执戟：喻官位不高。

初去郡[1]

彭薛裁知耻[2]，贡公未遗荣[3]。
或可优贪竞，岂足称达生。
伊余秉微尚，拙讷谢浮名[4]。
庐园当栖岩，卑位代躬耕。
顾已虽自许，心迹犹未并[5]。
无庸方周任[6]，有疾像长卿[7]。
毕娶类尚子[8]，薄游似邴生[9]。
恭承古人意，促装返柴荆。
牵丝及元兴，解龟在景平[10]。
负心二十载，于今废将迎。
理棹遄还期[11]，遵渚骛修坰[12]。
溯溪终水涉，登岭始山行。
野旷沙岸净，天高秋月明。
憩石挹飞泉[13]，攀林搴落英[14]。
战胜臞者肥[15]，鉴止流归停。
即是羲唐化[16]，获我击壤情[17]。

注释　1. 去郡：指离开永嘉郡。　2. 彭薛：指彭宣、薛广德。彭宣，西汉人，王莽专权时辞官归乡。薛广德，西汉人，官至御史大夫，后上书乞求告老还乡。班固《汉书》评二人有“近于知耻”语。　3. 贡公：即贡禹，西汉人，官至光禄大夫，后上书请求辞官。　4. 微：小。拙：笨拙。讷：木讷。均表示自谦。　5. 心迹：心思与行迹。并：齐，一致。　6. 方：比。周任：人名，古史官。《论语 · 季氏》：“周任有言曰：‘陈力就列，不能者止。’”意思是能够发挥自己的才能就去做官，若不能就放弃。　7. 司马相如，字长卿，有消渴病，常称疾闲居，不慕官爵。　8. 尚子：即尚长，东汉人，办完嫁娶事后，游隐不知所终。毕：完毕。　9. 邴生：即邴曼容，西汉人。《汉书》里说他养志自修，为官“不肯过六百石”，超过则自行免去。薄游，指为官不久。　10. 牵丝：初仕。解龟：去官。元兴、景平，分别为晋安帝、宋少帝年号。　11. 棹：船桨。遄：速。　12. 遵：循，沿着。坰：林外。　13. 憩（qì）：休息。挹：舀，酌取。　14. 搴：取。　15. 臞（qú）：瘦。　16. 羲唐：伏羲、唐尧。　17. 唐尧之世，民风淳朴，有老人击壤于道，作歌曰：“日出而作，日入而息，凿井而饮，耕田而食。帝力于我何有哉。”

南楼中望所迟客

杳杳日西颓，漫漫长路迫。
登楼为谁思？临江迟来客。
与我别所期，期在三五夕[1]。
圆景早已满[2]，佳人殊未适[3]。
即事怨睽携[4]，感物方凄戚。
孟夏非长夜，晦明如岁隔[5]。
瑶华未堪折[6]，兰茝已屡摘。
路阻莫赠问，云何慰离析。
搔首访行人，引领冀良觌[7]。

注释　1. 三五：农历十五。　2. 圆景：指月圆。　3. 适：归。　4. 睽：乖离。携：离。　5. 晦明：从天黑到天明，指一天。晦，昏暗。　6. 此句源自《楚辞·九歌·大司命》："折疏麻兮瑶华，将以遗兮离居。"　7. 冀：希望。良觌（dí）：指见到朋友。良，良人。觌，见。

庐陵王墓下作[1]

晓月发云阳[2]，落日次朱方[3]。
含凄泛广川，洒泪眺连冈。
眷言怀君子，沉痛切中肠。
道消结愤懑[4]，运开申悲凉。
神期恒若存[5]，德音初不忘。
徂谢易永久[6]，松柏森已行。
延州协心许[7]，楚老惜兰芳[8]。
解剑竟何及，抚坟徒自伤[9]。
平生疑若人，通蔽互相妨[10]。
理感心情恸，定非识所将。
脆促良可哀，夭枉特兼常。

注释　1. 庐陵王：即刘义真，宋武帝刘裕次子。　2. 云阳：县名，今江苏丹阳市。　3. 朱方：指丹徒县（今江苏镇江）。　4. 道消：指贤人运势不济。《周易·否》："小人道长，君子道消也。"　5. 恒：恒常。　6. 徂（cú）：死亡。　7. 用季札心许徐君宝剑典。延州，即延陵、州来，春秋吴公子季札曾先后封于此，故以之指代。季札在访晋途中路过徐国，徐君想要他佩戴的宝剑但并未言明，季札在心中暗许完成使命后将宝剑赠与徐君。而当他从晋返回时徐君已死，只得将宝剑挂于墓旁树上。　8. 用楚老吊龚胜典。龚胜，汉彭城人，因不仕王莽而绝食自杀。死后有一老夫来吊，叹息他英年早逝。　9. 这两句承上两句典故哀悼庐陵王。　10. 若人，指延州及楚老。"通"指令德高远，"蔽"指解剑抚坟。

一随往化灭，安用空名扬。
举声泣已沥，长叹不成章。

初发石首城[1]

白珪尚可磨，斯言易为缁[2]。
遂抱中孚爻[3]，犹劳贝锦诗[4]。
寸心若不亮，微命察如丝[5]。
日月垂光景[6]，成贷遂兼兹[7]。
出宿薄京畿，晨装抟曾飔[8]。
重经平生别，再与朋知辞。
故山日已远，风波岂还时。
迢迢万里帆，茫茫终何之？
游当罗浮行[9]，息必庐霍期[10]。
越海陵三山[11]，游湘历九嶷[12]。
钦圣若旦暮，怀贤亦凄其。
皎皎明发心，不为岁寒欺。

注释　1. 石首城：即石头城，在建康（今江苏南京）西。孟顗与谢灵运有隙而诬其有“异志”，灵运上表申辩。文帝知其被诬，不加罪，派其往临川（今江西抚州西）任内史。此诗作于离京时。2. 斯言：指孟顗对灵运的诬告。缁：黑。3. 中孚：卦名。《周易·中孚》：“中孚以利贞，乃应乎天。” 4.《诗经·小雅·巷伯》：“萋兮斐兮，成是贝锦。”喻谗言可畏。这两句意思是即便有利贞的运势，也难逃谗言的诬陷。 5. 察：省。 6. 日月：喻宋文帝。 7. 贷：施。 8. 曾：层。飔（sī）：疾风。 9. 罗浮：山名，在今广东博罗。 10. 庐霍：庐山、霍山。庐山在江西北部。霍山在安徽西部。 11. 三山：指海上的三座仙山瀛洲、蓬莱、方丈。12. 九嶷：山名，在湖南，传说舜葬于此。

入彭蠡湖口[1]

客游倦水宿，风潮难具论。
洲岛骤回合，圻岸屡崩奔[2]。
乘月听哀狖[3]，浥露馥芳荪[4]。
春晚绿野秀，岩高白云屯[5]。

注释　1. 彭蠡湖：今江西省鄱阳湖。2. 圻（qí）岸：曲岸。崩奔：如崩奔之状。 3. 狖（yòu）：猿类。 4. 浥：湿。荪：芳草。 5. 屯：聚集。

千念集日夜，万感盈朝昏。
攀崖照石镜[6]，牵叶入松门[7]。
三江事多往[8]，九派理空存[9]。
灵物吝珍怪[10]，异人秘精魂。
金膏灭明光[11]，水碧缀流温[12]。
徒作千里曲，弦绝念弥敦[13]。

6. 石镜：山名，为庐山的一峰。石镜山东有一圆石，悬崖明净，照人见形。 7. 松门：山名，今江西都昌南。传说其东西四十里，青松遍于两岸。 8. 三江：长江自彭蠡湖分为三条江。 9. 九派：长江的九条支流。 10. 灵物：灵异之物。 11. 金膏：传说中的仙药。 12. 水碧：传说可使水暖的宝玉。缀：通“辍”，停止。 13. 弥：愈加。敦：深厚。

岁　暮

殷忧不能寐，苦此夜难颓[1]。
明月照积雪，朔风劲且哀。
运往无淹物[2]，年逝觉易催。

注释　1. 颓：落。 2. 淹：留。

谢惠连

谢惠连（407—433），陈郡阳夏（今河南太康）人。谢灵运的族弟。曾为司徒彭城王刘义康法曹参军，在任时奉命作《祭古冢文》，又作《雪赋》。有集六卷，佚。今存文十七篇，存诗三十余首。

秋胡行[1]

春日迟迟，桑何萋萋。
红桃含夭[2]，绿柳舒荑[3]。
邂逅粲者，游渚戏蹊。

注释　1. 属相和歌辞清调曲。 2. 夭：茂盛的样子。《诗经·周南·桃夭》：“桃之夭夭，灼灼其华。” 3. 荑：泛指草木初生的嫩芽。

华颜易改，良愿难谐。
系风捕影，诚知不得。
念彼奔波，意虑回惑。
汉女倏忽[4]，洛神飘扬[5]。
空勤交甫，徒劳陈王。

4. 传说郑交甫在汉水遇二女，二女将玉佩解下赠与交甫。交甫很高兴，怀揣玉佩走了数十步，才发现怀中空无一物，再回头看时，二女也已不见。 5. 相传陈思王曹植在洛水遇洛水女神。曹植有《洛神赋》。

捣衣[1]

衡纪无淹度[2]，晷运倏如催[3]。
白露滋园菊，秋风落庭槐。
肃肃莎鸡羽[4]，烈烈寒螀啼[5]。
夕阴结空幕，宵月皓中闺。
美人戒裳服[6]，端饰相招携。
簪玉出北房，鸣金步南阶。
櫩高砧响发[7]，楹长杵声哀。
微芳起两袖，轻汗染双题[8]。
纨素既已成，君子行未归。
裁用笥中刀[9]，缝为万里衣。
盈箧自余手[10]，幽缄俟君开[11]。
腰带准畴昔，不知今是非[12]。

注释　1. 捣衣：捶展布帛，缝制衣服。 2. 衡纪：北斗星。衡，北斗七星第五星。淹：留。 3. 晷（guǐ）：日影。 4. 莎鸡：蟋蟀一类的昆虫。《诗经·豳风·七月》有“莎鸡振羽”句。 5. 寒螀（jiāng）：寒蝉。 6. 戒：备。 7. 櫩（yán）：屋檐。 8. 题：额。 9. 笥（sì）：竹制盛器。 10. 箧（qiè）：小箱。 11. 缄（jiān）：封束。俟（sì）：等待。 12. 准畴昔：以往昔为绳准。这两句是说为丈夫缝制衣服还按照往昔的尺寸，不知道现在是不是还和以前一样。

王微

王微（415—453），字景玄，琅邪临沂（今属山东）人。曾为南平王谘议参军、中书侍郎。年少时好学，喜为古文。诗风清浅，得风流媚趣。有集十卷，佚。今存文九篇，诗五首。

杂诗（选一）[1]

思妇临高台，长想凭华轩。
弄弦不成曲，哀歌送苦言。
箕帚留江介[2]，良人处雁门[3]。
讵忆无衣苦[4]，但知狐白温。
日暗牛羊下[5]，野雀满空园。
孟冬寒风起[6]，东壁正中昏[7]。
朱火独照人，抱景自愁怨。
谁知心思乱，所思不可论。

注释　1. 此题共两首，此诗原列于第二首。　2. 箕（jī）帚：妇人所执，喻妇人。箕，簸箕。　3. 雁门：今山西北部一带。　4. 讵：岂。　5. 此句出自《诗经·王风·君子于役》："日之夕矣，羊牛下来。"　6. 孟冬：初冬。　7. 东壁：星名。《礼记·月令》："仲冬之月，日在斗，昏东壁中，旦轸中。"

颜师伯

颜师伯（419—465），字长渊，琅邪临沂（今属山东）人。曾任吏部尚书、左仆射。后与柳元景谋废立之事，被诛杀。《乐府诗集》录其《自君之出矣》一首。

自君之出矣[1]

自君之出矣，芳帷低不举。
思君如回雪[2]，流乱无端绪。

注释　1. 属杂曲歌辞。　2. 回雪：飞雪回旋。

谢　庄

谢庄（421—466），字希逸，陈郡阳夏（今河南太康）人。官至散骑常侍、光禄大夫。多才艺，通晓音韵，擅长辞赋，他的《月赋》与谢惠连的《雪赋》并称南朝小赋双璧。有集十九卷，佚。

北宅秘园

夕天霁晚气[1]，轻霞澄暮阴。
微风清幽幌[2]，余日照青林。
收光渐窗歇[3]，穷园自荒深。
绿池翻素景，秋槐响寒音。
伊人傥同爱[4]，弦酒共栖寻。

注释　1. 霁：雨停。　2. 幌（huǎng）：帷幔。　3. 歇：尽。　4. 傥（tǎng）：倘若。

怀园引

鸿飞从万里，飞飞河岱起。辛勤越霜雾，联翩溯江汜[1]。去旧国，违旧乡。旧山旧海悠且长。

回首瞻东路，延翮向秋方[2]。登楚都，入楚关。楚地萧瑟楚山寒。岁去冰未已，春来雁不还。风肃幌兮露濡庭[3]，汉水初绿柳叶青。朱光蔼蔼云英英[4]，新禽喈喈又晨鸣。菊有秀兮松有蕤[5]，忧来年去容发衰。流阴逝景不可追，临

注释　1. 汜（sì）：水边。　2. 翮（hé）：羽茎。秋方：西方。　3. 濡：湿。　4. 朱光：指太阳。英英：轻明。　5. 蕤：下垂貌。

堂危坐怅欲悲。轩凫池鹤恋阶墀[6]，岂忘河渚捐江湄[7]。试托意兮向芳荪[8]，心绵绵兮属荒樊[9]。想绿蘋兮既冒沼[10]，念幽兰兮已盈园。夭桃晨暮发，春莺旦夕喧。青苔芜石路，宿草尘蓬门。邅吾游夫鄢郢[11]，路修远以萦纡[12]。羌故园之在目，江与汉之不可逾[13]。目还流而附音，候归烟而托书。还流兮潺湲[14]，归烟容裔去不旋[15]。念卫风于河广[16]，怀邶诗于毖泉[17]。汉女悲而歌飞鹄[18]，楚客伤而奏南弦[19]。武巢阳而望越，亦依阴而慕燕。咏零雨而卒岁[20]，吟秋风以永年[21]。

6. 墀（chí）：涂饰地面，引申为涂色的阶。 7. 捐：弃。湄（méi）：水草相接处。 8. 荪：芳草。 9. 樊：崖。 10. 冒：覆盖。 11. 邅（zhān）：转。鄢：今湖北宜城。郢：今湖北江陵界。 12. 萦纡：回曲。 13. 逾（yú）：越。 14. 潺湲：水流的样子。 15. 容裔：高低之貌。 16. 河广：《诗经 · 卫风》中的篇名。 17. 毖泉：《诗经 · 邶风 · 泉水》有"毖彼泉水，亦流于淇"的句子。 18. 飞鹄：汉乐府《飞鹄行》。 19. 南弦：南音，为楚声。 20. 零雨：《诗经 · 豳风 · 东山》有"我来自东，零雨其濛"的句子。 21. 秋风：汉武帝《秋风辞》。

鲍　照

鲍照（？—466），字明远，东海（今山东郯城）人。宋文帝时为中书舍人。后为临海王前军参军，临海王作乱，鲍照被乱兵所杀。他的诗文在生前就颇负盛名，诗歌以乐府最有特色，诗风雄浑流畅，隽丽遒劲。

代东门行[1]

伤禽恶弦惊[2]，倦客恶离声。
离声断客情，宾御皆涕零[3]。

注释　1. 属相和歌辞瑟调曲。代：拟。 2. 用《战国策》更嬴虚发弓箭射鸟典。更嬴用没有箭的弓射下鸿雁，并向魏王涕零心断绝，将去复还诀[4]。
一息不相知[5]，何况异乡别？
遥遥征驾远，杳杳白日晚。
居人掩闺卧，行子夜中饭。
野风吹草木，行子心肠断。
食梅常苦酸，衣葛常苦寒。
丝竹徒满座，忧人不解颜。
长歌欲自慰，弥起长恨端[6]。

说明这是因为看到鸟飞得很慢，知道它受伤很痛，听到鸟悲鸣，知道它失群很久，所以鸟容易受惊，听到弓弦的声音就拼命高飞，伤得更厉害就掉下来了。 3.宾：送别之人。御：御车者。 4.诀：别。 5.一息：喘息之间，形容时间短。 6.弥：更加。

代放歌行[1]

蓼虫避葵堇，习苦不言非[2]。
小人自龌龊，安知旷士怀。
鸡鸣洛城里，禁门平旦开[3]。
冠盖纵横至，车骑四方来。
素带曳长飚[4]，华缨结远埃[5]。
日中安能止[6]，钟鸣犹未归[7]。
夷世不可逢[8]，贤君信爱才。
明虑自天断，不受外嫌猜。
一言分珪爵[9]，片善辞草莱[10]。
岂伊白璧赐[11]，将起黄金台[12]。
今君有何疾，临路独迟回？

注释 1.属相和歌辞瑟调曲。 2.蓼(liǎo)：水草名，味辛辣。《楚辞·七谏·怨世》“蓼虫不知徙乎葵菜”句下王逸注说，蓼虫在蓼草辛烈的气味里习惯了吃苦恶的东西，便不知道转徙于葵菜，吃甘美的东西，最终困困苦而变瘦。 3.平旦：平明。鸡三鸣而平明。 4.素带：古时大夫所用的衣带。 5.缨：冠缨。 6.日中：一日之中，指正午。 7.钟鸣：夜晚漏尽之时。 8.夷世：贤明之世。 9.珪爵：指官爵之赏。 10.草莱：指农耕之事。 11.《史记·平原君虞卿列传》载，赵孝成王一见虞卿便赐予“黄金百镒，白璧一双”。 12.《上谷郡图经》记载，黄金台在易水东南十八里，燕昭王放置千金于台上，用来延纳天下之士。

代陈思王京洛篇[1]

凤楼十二重[2]，四户八绮窗。
绣桷金莲花[3]，桂柱玉盘龙。
珠帘无隔露，罗幌不胜风。
宝帐三千所，为尔一朝容。
扬芬紫烟上，垂彩绿云中。
春吹回白日，霜歌落塞鸿。
但惧秋尘起，盛爱逐衰蓬。
坐视青苔满，卧对锦筵空[4]。
琴瑟纵横散，舞衣不复缝。
古来共歇薄，君意岂独浓?
惟见双黄鹄，千里一相从。

注释　1. 一作《煌煌京洛行》。陈思王：即曹植。今曹植集无《京洛篇》。2. 凤楼：晋宫阙有仪凤楼。3. 桷（jué）：方形的椽。4. 筵（yán）：酒席。

代白头吟[1]

直如朱丝绳[2]，清如玉壶冰。
何惭宿昔意，猜恨坐相仍[3]。
人情贱恩旧[4]，世议逐衰兴。
毫发一为瑕[5]，丘山不可胜[6]。
食苗实硕鼠[7]，玷白信苍蝇[8]。
凫鹄远成美[9]，薪刍前见陵[10]。
申黜褒女进[11]，班去赵姬升[12]。
周王日沦惑，汉帝益嗟称。
心赏犹难恃[13]，貌恭岂易凭。
古来共如此，非君独抚膺[14]。

注释　1. 属相和歌辞楚调曲。2. 朱丝：朱弦。3. 坐：因。4. 贱恩旧：以恩旧为贱。5. 毫发：形容极少。6. 丘山：形容极多。7.《诗经·魏风·硕鼠》："硕鼠硕鼠，无食我苗。"8. 玷白：污白为黑。"玷"，一作"点"。9. 凫鹄因为离人远而美。10. 堆积薪柴，后来的就堆在上面。陵：侵。11. 周幽王得到褒姒，就废黜申后。12. 汉成帝宠爱赵飞燕，班婕妤便失宠。13. 恃：依靠，凭借。14. 抚膺：抚膺长叹。膺，胸。

代东武吟[1]

主人且勿喧，贱子歌一言。
仆本寒乡士，出身蒙汉恩。
始随张校尉[2]，占募到河源[3]。
后逐李轻车[4]，追虏穷塞垣。
密途亘万里[5]，宁岁犹七奔[6]。
肌力尽鞍甲，心思历凉温。
将军既下世[7]，部曲亦罕存[8]。
时事一朝异，孤绩谁复论。
少壮辞家去，穷老还入门。
腰镰刈葵藿[9]，倚杖牧鸡豚[10]。
昔如韝上鹰[11]，今似槛中猿。
徒结千载恨，空负百年怨。
弃席思君幄，疲马恋君轩。
愿垂晋主惠[12]，不愧田子魂[13]。

注释　1. 属相和歌辞楚调曲。　2. 张校尉：即张骞，骞以校尉从大将军击匈奴。　3. 占募：自隐度而应募为占募。　4. 李轻车：即李蔡，汉武帝元朔中为轻车将军，击右贤王有功。　5. 密：近。亘：竟。　6.《左传》载吴伐楚，子重、子反"一岁七奔命"。形容奔波之辛劳。　7. 下世：死亡。　8. 部曲：将士。　9. 刈(yì)：割。　10. 豚：小猪。　11. 韝（gōu）：革制的臂套。　12. 晋主：指晋文公。　13. 田子：指田子方。《韩诗外传》记载田子方看见道旁有老马，问御者这是什么马，御者说这是原来的家畜，罢而不用，便放出来了。田子方为之叹息，并用束帛赎了它。

代出自蓟北门行[1]

羽檄起边亭，烽火入咸阳。
征骑屯广武[2]，分兵救朔方[3]。
严秋筋竿劲[4]，虏阵精且强。
天子按剑怒，使者遥相望。
雁行缘石径，鱼贯度飞梁。
箫鼓流汉思，旌甲被胡霜。

注释　1. 属杂曲歌辞。　2. 广武：今山西代县。　3. 朔方：朔方郡，古代北方边郡之一。　4. 筋：弓。竿：箭。

疾风冲塞起，沙砾自飘扬。
马毛缩如蝟[5]，角弓不可张。
时危见臣节，世乱识忠良。
投躯报明主，身死为国殇[6]。

5. 蝟（wèi）：刺猬。 6. 国殇：为国战死。

拟行路难（选三）[1]

其一

奉君金卮之美酒[2]，
玳瑁玉匣之雕琴[3]，
七彩芙蓉之羽帐，
九华蒲萄之锦衾[4]。
红颜零落岁将暮，
寒光宛转时欲沉。
愿君裁悲且减思，
听我抵节行路吟[5]。
不见柏梁铜雀上[6]，
宁闻古时清吹音。

注释 1. 此题共十八首，这里选前三首。“行路难”为汉代歌谣。晋人袁山松改变音调，制作新辞。古辞与袁辞今佚。 2. 卮（zhī）：酒杯。 3. 玳瑁（dài mào）：海龟类的甲片。 4. 七彩芙蓉、九华蒲萄均为羽帐、锦衾上的图案。5. 抵节：击节。行路吟：歌曲名，即《行路难》。 6. 柏梁铜雀：汉武帝筑柏梁台，在长安。曹操筑铜雀台，在邺城西北。

其二

洛阳名工铸为金博山[1]，千斫复万镂[2]，上刻秦女携手仙[3]。承君清夜之欢娱，列置帏里明烛前。外发龙鳞之丹彩，内含麝芬之紫

注释 1. 博山：即博山炉，形状像海中博山。 2. 斫（zhuó）：雕饰。 3. 秦女携手仙：指弄玉和萧史。传说秦穆公的女儿弄玉嫁给萧史，二人乘凤飞去。

烟[4]。如今君心一朝异，对此长叹终百年。

4. 这两句形容香炉形态。麝（shè）：动物名。麝芬即麝香。

其三

璇闺玉墀上椒阁[1]，
文窗绣户垂罗幕。
中有一人字金兰，
被服纤罗采芳藿[2]。
春燕差池风散梅[3]，
开帏对景弄春爵[4]。
含歌揽涕恒抱愁，
人生几时得为乐。
宁作野中之双凫[5]，
不愿云间之别鹤。

注释　1. 墀（chí）：涂色的阶。椒阁：用香椒涂壁的房间。　2. 藿：藿香。一种香草。　3. 差（cī）池：不齐貌。　4. 春：一作“禽”。爵：雀。　5. 凫（fú）：野鸭。

代北风凉行[1]

北风凉，雨雪雱[2]，京洛女儿多严妆。遥艳帷中自悲伤[3]，沉吟不语若有忘。问君何行何当归，苦使妾坐自伤悲。虑年至，虑颜衰。情易复，恨难追。

注释　1. 属杂曲歌辞。　2. 雨（yù）：下。雱（pāng）：雪盛貌。《诗经·邶风·北风》：“北风其凉，雨雪其雱。”　3. 遥艳：美好的样子。

代春日行[1]

献岁发[2]，吾将行[3]。春山茂，春日明。园中鸟，多嘉声。梅始发，柳始青。泛舟舻[4]，齐棹惊[5]。奏采菱，歌鹿鸣[6]。风微起，波微生。弦亦发，酒亦倾。入莲池，折桂枝。芳袖动，芬叶披。两相思，两不知。

注释　1. 属杂曲歌辞。　2.《楚辞·招魂》："献岁发春兮，汩吾南征。"献：进。　3.《楚辞·九章·涉江》："忽乎吾将行兮。"　4. 舻（lú）：船前头刺棹处。　5. 棹（zhào）：船桨。　6. 采菱、鹿鸣都是歌曲名。

登黄鹤矶[1]

木落江渡寒，雁还风送秋。
临流断商弦[2]，瞰川悲棹讴[3]。
适郢无东辕[4]，还夏有西浮[5]。
三崖隐丹磴[6]，九派引沧流[7]。
泪竹感湘别[8]，弄珠怀汉游[9]。
岂伊药饵泰[10]，得夺旅人忧。

注释　1. 黄鹤矶：今武昌蛇山西北。　2. 商声属秋，其音悲。　3. 瞰(kàn)：俯视。棹讴：渔歌。　4. 郢：今荆州。辕(yuán)：指代车。　5.《楚辞·九章·哀郢》："过夏首而西浮"，夏首指夏水之首。　6. 三崖：指船官浦、鹦鹉洲、夏口，一说指江宁三山。崖：山边。磴：石梯。　7. 九派：长江分九条支流。　8. 用娥皇、女英泪洒湘竹典。　9. 用郑交甫汉水遇神女典。　10. 饵：食。

赠傅都曹别[1]

轻鸿戏江潭，孤雁集洲沚。
邂逅两相亲[2]，缘念共无已。
风雨好东西[3]，一隔顿万里。
追忆栖宿时，声容满心耳。

注释　1. 都曹：官名。一说傅都曹为傅亮，应非。　2. 邂逅：不期而会。　3. 好（hào）：喜好。

落日川渚寒，愁云绕天起。
短翮不能翔[4]，徘徊烟雾里。

4. 翮（hé）：羽茎。

上浔阳还都道中作

昨夜宿南陵[1]，今旦入芦洲。
客行惜日月，崩波不可留。
侵星赴早路[2]，毕景逐前俦[3]。
鳞鳞夕云起，猎猎晚风遒[4]。
腾沙郁黄雾，翻浪扬白鸥。
登舻眺淮甸[5]，掩泣望荆流[6]。
绝目尽平原，时见远烟浮。
倏忽坐还合，俄思甚兼秋[7]。
未尝违户庭，安能千里游？
谁令乏古节，贻此越乡忧[8]。

注释　1. 南陵：今安徽繁昌西北江边。　2. 侵星：戴星。　3. 毕景：指落日。　4. 猎猎：风声。遒：急。　5. 舻（lú）：船前头刺棹处。　6. 荆流：指浔阳九派之水。　7. 兼：加倍。《诗经·王风·采葛》："一日不见，如三秋兮。"　8. 贻（yí）：留。

发后渚[1]

江上气早寒，仲秋始霜雪[2]。
从军乏衣粮，方冬与家别[3]。
萧条背乡心，凄怆清渚发。
凉埃晦平皋[4]，飞潮隐修樾[5]。
孤光独徘徊[6]，空烟视升灭。
途随前峰远，意逐后云结。

注释　1. 后渚：在建业（今南京）城外江上。　2. 始：初。　3. 方冬：始入冬。　4. 皋：水边地。　5. 樾（yuè）：树荫。　6. 孤光：指日。

华志分驰年[7]，韶颜惨惊节[8]。
推琴三起叹，声为君断绝。

7. 华志：华年之志。 8. 韶：美。

咏　史

五都矜财雄[1]，三川养声利[2]。
百金不市死，明经有高位[3]。
京城十二衢[4]，飞甍各鳞次[5]。
仕子彯华缨[6]，游客竦轻辔[7]。
明星晨未稀，轩盖已云至。
宾御纷飒沓，鞍马光照地。
寒暑在一时，繁华及春媚。
君平独寂寞[8]，身世两相弃。

注释　1. 五都：洛阳、邯郸、临淄、宛、成都。矜：夸。 2. 三川：地名。有河、洛、伊，故曰三川。 3. 明经：通经学。 4. 衢（qú）：道。 5. 甍（méng）：飞檐。 6. 彯（piāo）：飘。缨：系冠的带子。 7. 竦：执。 8. 君平：即严君平。《汉书》载其在成都为人占卜，每天只看几个人，得到百钱足以自养后，就关门放下帘子读《老子》。

拟古（选二）

其一[1]

幽并重骑射[2]，少年好驰逐。
毡带佩双鞬[3]，象弧插雕服[4]。
兽肥春草短，飞鞚越平陆[5]。
朝游雁门上[6]，暮还楼烦宿[7]。
石梁有余劲[8]，惊雀无全目[9]。
汉虏方未和，边城屡翻覆。
留我一白羽[10]，将以分虎竹[11]。

注释　1. 此题共八首，此诗原列于第三首。 2. 幽并：幽州、并州。幽州，今河北北部。并州，今山西一带。 3. 毡带：羊毛等物碾制成的带子。鞬（jiàn）：藏弓箭之器。 4. 象弧：象牙装饰的弓。服：盛箭器。 5. 飞鞚（kòng）：飞马。鞚：马勒。 6. 雁门：雁门山，在今山西代县西北。 7. 楼烦：今山西崞阳镇东。 8. 用宋景公事。宋景公让工人造弓，用了九年才造成。工人精力用尽，三天后就死了。景公用这弓射箭，箭越过了西霜之山、彭城之东，还有很强的余力，射进了石梁。 9. 用后羿射箭事。传说吴贺让后羿射箭，要求射中鸟雀的左目，后羿误中右目，因此而羞愧，终身不忘。这两句都是形容善射。 10. 白羽：指箭。 11. 虎竹：铜虎符与竹使符。符剖两半，以作凭信。

其二[1]

束薪幽篁里[2]，刈黍寒涧阴[3]。
朔风伤我肌，号鸟惊思心。
岁暮井赋讫[4]，程课相追寻[5]。
田租送函谷[6]，兽藁输上林[7]。
河渭冰未开[8]，关陇雪正深[9]。
笞击官有罚[10]，呵辱吏见侵[11]。
不谓乘轩意，伏枥还至今[12]。

注释 1. 本诗原列第六首。 2. 束薪：捆柴。篁（huáng）：竹林。 3. 刈（yì）：割。 4. 井赋：田赋。讫（qì）：完毕。 5. 程：期限。课：税赋。 6. 函谷：函谷关。 7. 藁（gǎo）：禾秆。上林：上林苑。 8. 河渭：黄河、渭水。 9. 关陇：函谷关、陇山。 10. 笞（chī）：鞭笞。 11. 呵辱：呵斥，辱骂。 12. 乘轩：指做官。这两句是说虽有乘轩的志向，到老却仍不被重用。曹操《龟虽寿》："老骥伏枥，志在千里。"

学刘公干体（选一）[1]

胡风吹朔雪，千里度龙山[2]。
集君瑶台上，飞舞两楹前[3]。
兹晨自为美，当避艳阳天。
艳阳桃李节[4]，皎洁不成妍。

注释 1. 此题共五首，本诗原列于第三首。刘公干：即刘桢，字公干。 2. 龙山：逴龙山。《楚辞 · 大招》："北有寒山，逴龙赩只。" 3. 楹：柱子。 4. 节：时节。

梦归乡[1]

衔泪出郭门[2]，抚剑无人逵[3]。
沙风暗空起，离心眷乡畿[4]。
夜分就孤枕[5]，梦想暂言归。
孀妇当户叹[6]，缫丝复鸣机[7]。
慊款论久别[8]，相将还绮闱。
历历檐下凉，胧胧帐里辉。
刈兰争芬芳[9]，采菊竞葳蕤[10]。
开奁夺香苏[11]，探袖解缨徽[12]。
梦中长路近，觉后大江违。
惊起空叹息，恍惚神魂飞。
白水漫浩浩，高山壮巍巍。
波澜异往复，风霜改荣衰。
此土非吾土，慷慨当告谁。

注释 1. 一作《梦还乡》。 2. 郭门：外城门。 3. 逵(kuí)：四通八达的道路。 4. 畿(jī)：靠近国都的地域。 5. 分：时分。 6. 孀妇：这里指独居的妇人。 7. 缫(sāo)：对蚕丝的一种加工方法。 8. 慊款：诚意自足。 9. 刈：割取。 10. 葳蕤(wēi ruí)：茂盛的样子。 11. 奁(lián)：梳妆镜匣。 12. 缨徽：所系的香囊。

玩月城西门廨中[1]

始出西南楼，纤纤如玉钩。
末映东北墀[2]，娟娟似娥眉。
娥眉蔽珠栊[3]，玉钩隔琐窗[4]。
三五二八时[5]，千里与君同。
夜移衡汉落[6]，徘徊帷户中。
归华先委露，别叶早辞风。
客游厌苦辛，仕子倦飘尘。

注释 1. 廨：公府。 2. 墀：涂色的阶。 3. 栊：窗棂。 4. 琐窗：有琐纹装饰的窗。 5. 三五：农历十五。二八：农历十六。 6. 衡：玉衡，北斗的中星。汉：河汉。

休浣自公日[7]，宴慰及私辰[8]。
蜀琴抽白雪，郢曲发阳春[9]。
肴干酒未阕[10]，金壶启夕沦[11]。
回轩驻轻盖，留酌待情人。

7. 休浣：官吏休假日。浣（huàn）：洗。8. 宴慰：宴居。9.“白雪”“阳春”均为曲名，曲调高雅。10. 肴：菜肴。11. 金壶：指用来计时的漏壶。

鲍令晖

鲍令晖，生卒年不详，鲍照妹。其拟古之作崭绝轻巧。

拟青青河畔草

袅袅临窗竹，蔼蔼垂门桐[1]。
灼灼青轩女[2]，泠泠高堂中。
明志逸秋霜，玉颜掩春红。
人生谁不别，恨君早从戎。
鸣弦惭夜月，绀黛羞春风[3]。

注释 1. 蔼蔼：茂盛的样子。2. 灼灼：鲜明貌。3. 绀黛：以青黛色画眉。绀（gǎn）：红青色。

拟客从远方来[1]

客从远方来，赠我漆鸣琴。
木有相思文，弦有别离音。
终身执此调，岁寒不改心。
愿作阳春曲[2]，宫商长相寻[3]。

注释 1. 属相和歌辞瑟调曲。2. 阳春：曲名。3. 宫商：音名。五音为宫、商、角、徵、羽。

代葛沙门妻郭小玉作（选一）[1]

明月何皎皎，垂幌照罗茵[2]。
若共相思夜，知同忧怨晨。
芳华岂矜貌[3]，霜露不怜人。
君非青云逝[4]，飘迹事咸秦[5]。
妾持一生泪，经秋复度春。

注释　1. 此题共两首，此诗原列于第一首。葛沙门：未详何人。　2. 茵：车垫。　3. 矜：夸。　4. 青云逝：用许由让天下典。《琴操》里记载许由说：我的志向在青云，又怎么能够低劣地做九州伍长呢？　5. 咸秦：秦都咸阳。这两句是说你不愿像许由那样怀青云之志，而如此为朝廷飘迹行役。

古意赠今人[1]

寒乡无异服，衣毡代文练[2]。
日月望君归，年年不解綖[3]。
荆扬春早和[4]，幽冀犹霜霰[5]。
北寒妾已知，南心君不见。
谁为道辛苦，寄情双飞燕。
形迫杼煎丝[6]，颜落风催电。
容华一朝尽，惟余心不变。

注释　1. 一作吴迈远诗。　2. 文练：有花纹的绢。　3. 解綖（yán）：指辞官。綖：冠冕上的装饰。　4. 荆扬：荆州和扬州，在南方。　5. 幽冀：幽州和冀州，在北方。霰（xiàn）：雪珠。　6. 形容逼迫如同杼与丝相煎迫。杼（zhù）：织机的梭子。

陆　凯

陆凯（？—504？），字君智，代（今河北蔚县东）人，曾为正平太守。

赠范晔[1]

折花逢驿使[2]，寄与陇头人[3]。
江南无所有，聊赠一枝春。

注释　1.《荆州记》记载陆凯与范晔关系很好，从江南寄了一枝梅花到长安给范晔，并赠了这首诗。　2. 花：一作"梅"。　3. 陇头：陇山（今陕西陇县西北）。

刘　铄

刘铄（431—453），字休玄，彭城（今江苏徐州）人。宋文帝第四子，封南平王，后被孝武帝用毒药杀害。年少时好学，很有文才，作《拟古》三十余首。有集五卷，佚。今存文一篇，诗十首。

拟行行重行行

眇眇陵长道[1]，遥遥行远之。
回车背京里，挥手从此辞。
堂上流尘生，庭中绿草滋。
寒螀翔水曲[2]，秋兔依山基。
芳年有华月，佳人无还期。
日夕凉风起，对酒长相思。
悲发江南调，忧委子衿诗[3]。
卧觉明镫晦[4]，坐见轻纨缁[5]。
泪容不可饰，幽镜难复治[6]。
愿垂薄暮景，照妾桑榆时[7]。

注释　1. 眇眇：远。　2. 寒螀（jiāng）：寒蝉，一说水鸟。　3. 委：托。《诗经·郑风·子衿》有"青青子衿，悠悠我心"的诗句。　4. 镫（dēng）：灯。　5. 缁：黑。　6. 治：理。这两句是说泪容悲伤以至于再难对镜理妆。　7. 桑榆：日在桑榆，喻人之将老。

汤惠休

汤惠休，字茂远。生卒年及籍贯均不详。宋文帝时出家为僧，后孝武帝命其还俗，官至扬州刺史。工诗，诗风绮丽婉转，时有“休鲍”之称。有集四卷，佚。今存诗十一首。

怨诗行

明月照高楼，含君千里光。
巷中情思满，断绝孤妾肠。
悲风荡帷帐，瑶翠坐自伤[1]。
妾心依天末，思与浮云长。
啸歌视秋草，幽叶岂再扬。
暮兰不待岁，离华能几芳。
愿作张女引[2]，流悲绕君堂。
君堂严且秘，绝调徒飞扬。

注释　1. 瑶：美玉。　2. 张女引：曲调名。潘岳《笙赋》：“辍张女之哀弹，流广陵之名散。”

江南思

幽客海阴路[1]，留戍淮阳津[2]。
垂情向春草，知是故乡人。

注释　1. 海阴：江南。旧称下江为海。山北水南为阴。　2. 淮阳：淮北（今淮阴一带）。山南水北为阳。

杨花曲（选一）[1]

江南相思引[2]，多叹不成音。
黄鹤西北去，衔我千里心。

注释　1. 此题共三首，此诗原列于第二首。杨花曲：属杂曲歌辞。　2. 相思引：乐曲名。

白纻歌（选一）[1]

琴瑟未调心已悲，
任罗胜绮强自持[2]。
忍思一舞望所思，
将转未转恒如疑。
桃花水上春风出，
舞袖逶迤鸾照日[3]。
徘徊鹤转情艳逸，
君为迎歌心如一。

注释　1. 此题共三首，此诗原列于第二首。白纻歌：属舞曲歌辞。　2. 胜：禁。罗、绮：都是丝织品。强（qiǎng）：勉强。3. 这两句写舞女的美丽姿态。

秋思引

秋寒依依风过河，
白露萧萧洞庭波。
思君末光光已灭[1]，
眇眇悲望如思何[2]。

注释　1. 末光：日月之末光，指黄昏。　2. 眇眇：远。《楚辞·九歌·湘夫人》："帝子降兮北渚，目眇眇兮愁予。袅袅兮秋风，洞庭波兮木叶下。"

吴迈远

吴迈远（？—474），籍贯不详。曾任江州从事。工诗，善为乐府，所作多是男女赠答之辞。为人好自夸。有集八卷，佚。今存诗十一首。

飞来双白鹄

可怜双白鹄[1]，双双绝尘氛[2]。
连翩弄光景，交颈游青云。
逢罗复逢缴[3]，雌雄一旦分。
哀声流海曲[4]，孤叫出江滨[5]。
岂不慕前侣，为尔不及群。
步步一零泪，千里犹待君。
乐哉新相知，悲来生别离。
持此百年命，共逐寸阴移。
譬如空山草，零落心自知。

注释　1. 鹄(hú)：天鹅。 2. 氛：云气。 3. 罗：网罗。缴(zhuó)：系于箭上的丝绳。 4. 海曲：岛。 5. 滨（fén）：水边。

阳春歌[1]

百里望咸阳，知是帝京域。
绿树摇云光，春城起风色。
佳人爱华景，流靡园塘侧。
妍姿艳月映，罗衣飘蝉翼。
宋玉歌阳春，巴人长叹息[2]。
雅郑不同赏[3]，那令君怆恻[4]。
生平重爱惠，私自怜何极。

注释　1. 一作阳春曲。属清商曲辞江南弄。 2. 用"阳春白雪""下里巴人"典。宋玉对楚威王说，国中有人唱《下里》《巴人》的曲子，唱和者有数千人，而唱《阳春》《白雪》，能唱和的就只不过数十人。 3. 雅郑：雅乐和郑声，分别代表雅俗。 4. 怆恻：悲伤。

长相思[1]

晨有行路客，依依造门端[2]。
人马风尘色，知从河塞还。
时我有同栖[3]，结宦游邯郸。
将不异客子[4]，分饥复共寒。
烦君尺帛书，寸心从此殚[5]。
遣妾长憔悴，岂复歌笑颜。
檐隐千霜树，庭枯十载兰。
经春不举袖，秋落宁复看。
一见愿道意，君门已九关[6]。
虞卿弃相印[7]，担簦为同欢[8]。
闺阴欲早霜[9]，何事空盘桓[10]。

注释　1. 属杂曲歌辞。　2. 造：前往，到。　3. 同栖：指丈夫。　4. 客子：指访客。　5. 殚（dān）：尽。　6. 这两句是说愿道明心意，却不得亲近。《楚辞·九辩》有“君之门以九重”句。　7. 虞卿：战国时游说之士，因为魏齐，舍弃相印而离开赵国。　8. 担簦（dēng）：指过贫贱的生活。簦：有柄的笠，类似伞。　9. 欲：将要。　10. 盘桓：徘徊。

长别离[1]

生离不可闻，况复长相思。
如何与君别，当我盛年时。
蕙华每摇荡[2]，妾心空自持。
荣乏草木欢，悴极霜露悲。
富贵貌难变，贫贱颜易衰。
持此断君肠，君亦宜自疑。
淮阴有逸将[3]，折翮谢翻飞[4]。
楚有扛鼎士[5]，出门不得归。
正为隆准公[6]，仗剑入紫微[7]。
君才定何如，白日下争晖。

注释　1. 属杂曲歌辞。　2. 蕙华：蕙花。　3. 指淮阴侯韩信。　4. 喻韩信被杀。　5. 指项籍，项籍力能扛鼎。　6. 隆准公：指汉高祖刘邦。隆准：高鼻。　7. 入紫微：指成为帝王。这几句是说韩信、项籍都是有才能之人，却正因为如此才成就了刘邦的帝位。

齐

萧道成

萧道成（427？—482），齐高帝，字绍伯，南兰陵武进（今江苏常州）人。昇明三年（479）代宋自立，改号建元。博览经史，善作文章，工草隶书，又能弈棋。他的诗富有文采而蕴含深厚。今存文七十篇，存诗二首。

群鹤咏

八风儛遥翮[1]，九野弄清音[2]。
一摧云间志，为君苑中禽。

注释　1. 八风：八方之风。儛（wǔ）：同“舞”。翮（hé）：羽茎。　2. 九野：八方的中央。

张　融

张融（444—497），字思光，吴郡（今江苏苏州）人。累迁司徒兼右长史。善言谈，作《海赋》。今存文十余篇，诗五首。

别　诗

白云山上尽，清风松下歇[1]。
欲识离人悲，孤台见明月。

注释　1. 歇：停。

孔稚珪

孔稚珪（447—501），字德璋，会稽山阴（今浙江绍兴）人。以骈文著称，文多是表奏，亦能诗。有集十卷，佚。今存文十五篇，诗五首。

旦发青林[1]

孤征越清江，游子悲路长。
二旬倏已满[2]，三千眇未央[3]。
草杂今古色，岩留冬夏霜。
寄怀中山旧[4]，举酒莫相忘。

注释　1. 青林：青林山（今安徽当涂东南）。2. 旬：十天，又指十年。3. 三千：三千里。泛指，形容遥远。眇：远。未央：未半。4. 中山：今江苏溧水东南，与青林山相去不远。

游太平山[1]

石险天貌分，林交日容缺。
阴涧落春荣，寒岩留夏雪[2]。

注释　1. 太平山：在今浙江绍兴东南。2. 这两句是说溪涧阴凉使得春花也凋落，岩石寒冷使得夏季仍留有积雪。

刘绘

刘绘（458—502），字士章，彭城（今江苏徐州）人。擅长作骈文与诗，工书法，善谈说。今存文三篇，诗八首。

有所思[1]

别离安可再，而我更重之。
佳人不相见，明月空在帷。
共衔满堂酌，独敛向隅眉[2]。
中心乱如雪，宁知有所思。

注释　1. 属鼓吹曲辞汉铙歌。　2.《说苑》："今有满堂饮酒，有一人独索然向隅泣，则一堂之人皆不乐。"意思是满堂的人喝酒，有一个人独自向角落哭泣，则满堂的人都不快乐，这里化用其意。

咏　萍

可怜池内萍[1]，葐蒀紫复青[2]。
巧随浪开合，能逐水低平。
微根无所缀，细叶讵须茎。
漂泊终难测，留连如有情。

注释　1. 可怜：可爱。　2. 葐蒀（fēn yūn）：烟霭氤氲或香气郁盛。

谢　朓

谢朓（464—499），字玄晖，陈郡阳夏（今河南太康）人。与谢灵运前后齐名，世称“小谢”，“竟陵八友”之一。曾任宣城太守、尚书吏部郎等，后受诬被杀。其诗清逸秀丽，讲求声律，与沈约等共同开创“永明体”。今存诗二百余首，有《谢宣城集》。

入朝曲[1]

江南佳丽地，金陵帝王州[2]。
逶迤带渌水[3]，迢递起朱楼[4]。
飞甍夹驰道[5]，垂杨荫御沟[6]。
凝笳翼高盖，叠鼓送华辀[7]。
献纳云台表[8]，功名良可收。

注释　1. 属鼓吹曲辞。一作《鼓吹曲》。　2. 金陵：今南京，曾为几代帝王的都城。　3. 逶迤：长的样子。渌（lù）：清澈。　4. 迢递：远望悬绝。　5. 甍（méng）：飞檐。　6. 御沟：流经宫苑的河道。　7. 辀（zhōu）：车辕。这里指代车。　8. 云台：汉宫高台名。汉光武帝曾以南宫云台作为召集群臣议事之所。

江上曲[1]

易阳春草出[2]，踟蹰日已暮[3]。
莲叶向田田[4]，淇水不可渡[5]。
愿子淹桂舟[6]，时同千里路。
千里既相许，桂丹复容与[7]。
江上可采菱，清歌共南楚[8]。

注释　1. 属杂曲歌辞。　2. 易阳：今河北邯郸西南。　3. 踟蹰：行走不进的样子。　4. 向：趋。田田：莲叶茂盛的样子。　5. 淇水：发源于河南林州市。　6. 淹：留。桂舟：以桂木为舟。　7. 容与：徐动貌。　8. 南楚：今湖北江陵一带。

同谢谘议咏铜爵台[1]

繐帏飘井干[2]，樽酒若平生。
郁郁西陵树，讵闻歌吹声。
芳襟染泪迹，婵媛空复情[3]。
玉座犹寂寞[4]，况乃妾身轻。

注释　1. 谢谘议：即谢璟。铜爵台："爵"同"雀"。曹操筑铜雀台，在邺城西北。　2. 井干：台的通称。干：井栏。　3. 婵媛：牵引衣襟的样子。　4. 玉座：玉床。

同王主簿有所思[1]

佳期期未归，望望下鸣机[2]。
徘徊东陌上，月出行人稀。

注释　1. 王主簿：即王融。有所思：属鼓吹曲汉铙歌。　2. 望望：失意怅惘的样子。机：织机。

玉阶怨[1]

夕殿下珠帘，流萤飞复息。
长夜缝罗衣，思君此何极[2]？

注释　1. 属相和歌辞楚调曲，多写思妇之情。　2. 何极：无尽。

王孙游[1]

绿草蔓如丝[2]，杂树红英发。
无论君不归，君归芳已歇[3]。

注释　1. 属杂曲歌辞。《楚辞·招隐士》有"王孙游兮不归，春草生兮萋萋"句。　2. 蔓：蔓延。　3. 歇：尽。

游敬亭山[1]

兹山亘百里[2]，合沓与云齐[3]。
隐沦既已托[4]，灵异居然栖[5]。
上干蔽白日，下属带回溪。
交藤荒且蔓，樛枝耸复低[6]。
独鹤方朝唳，饥鼯此夜啼[7]。

注释　1. 敬亭山：在宣城市北十里。　2. 亘：竟。　3. 合沓：高的样子。　4. 隐沦：隐逸。　5. 居然：安然。　6. 樛（jiū）：向下弯曲的树木。　7. 鼯（wú）：鼠名，又称由夷、飞鼠。

渫云已漫漫[8]，夕雨亦凄凄。
我行虽纡组[9]，兼得寻幽蹊。
缘源殊未极，归径窅如迷[10]。
要欲追奇趣，即此陵丹梯[11]。
皇恩竟已矣，兹理庶无睽[12]。

8. 渫（xiè）云：飘散的云。 9. 纡（yū）组：系佩官印，谓身居官位。 10. 窅（yǎo）：深远貌。 11. 丹梯：指山。 12. 兹理：指“陵丹梯”“追奇趣”。睽（kuí）：乖离。

游东田[1]

戚戚苦无悰[2]，携手共行乐。
寻云陟累榭[3]，随山望菌阁[4]。
远树暧仟仟[5]，生烟纷漠漠[6]。
鱼戏新荷动，鸟散余花落。
不对芳春酒，还望青山郭[7]。

注释 1. 文惠太子立楼馆于钟山下，名“东田”。 2. 悰（cóng）：欢乐。 3. 累：重叠。榭：高台上构筑的木屋。 4. 菌阁：指形如芝菌的高阁。 5. 仟仟：同“芊芊”，茂盛的样子。 6. 生烟：新生之烟。漠漠：布散貌。 7. 郭：外城。

暂使下都夜发新林至京邑赠西府同僚[1]

大江流日夜，客心悲未央[2]。
徒念关山近，终知返路长。
秋河曙耿耿[3]，寒渚夜苍苍。
引领见京室，宫雉正相望[4]。
金波丽鳷鹊[5]，玉绳低建章[6]。
驱车鼎门外[7]，思见昭丘阳[8]。
驰晖不可接[9]，何况隔两乡？

注释 1. 谢朓曾为随王萧子隆文学，随王好辞赋，谢朓因为文才尤被赏爱。长史王秀之嫉妒，谢朓因事被敕令还都。下都：指随王荆州藩国。新林：今江苏南京西南。京邑：指金陵（今南京）。西府：指荆州随王府。 2. 未央：未已。 3. 秋河：指天河。耿耿：光亮。 4. 宫雉：指宫墙。 5. 金波：指月光。鳷（zhī）鹊：汉长安的观名，这里是借指。 6. 玉绳：星名。建章：汉宫名，也是借指。 7. 鼎门：这里借指金陵南门。 8. 昭丘：楚昭王墓，在荆州当阳东。阳：指丘南。 9. 驰晖：

风烟有鸟路，江汉限无梁[10]。
常恐鹰隼击，时菊委严霜[11]。
寄言罻罗者[12]，寥廓已高翔。

指日。 10. 意思是自己与西府有长江、汉水相隔，不能通达。梁：桥。 11. 这两句指谗言中伤。 12. 罻（wèi）：捕鸟的网。

酬王晋安[1]

稍稍枝早劲[2]，涂涂露晚晞[3]。
南中荣橘柚[4]，宁知鸿雁飞。
拂雾朝青阁[5]，日旰坐彤闱[6]。
怅望一途阻，参差百虑依。
春草秋更绿，公子未西归[7]。
谁能久京洛，缁尘染素衣[8]。

注释 1. 王晋安：即王德元，曾为晋安太守。 2. 稍稍：风动树木声。 3. 涂涂：厚貌。晞（xī）：干。 4. 橘、柚都生于南方。荣：茂盛。 5. 青阁：指朝堂。 6. 旰（gàn）：日晚。彤闱：宫门，指尚书省处。 7.《楚辞·招隐士》："王孙游兮不归，春草生兮萋萋。" 8. 陆机《为顾彦先赠妇》诗："京洛多风尘，素衣化为缁。"意思是久居京洛，素衣都被风尘染黑了。

新亭渚别范零陵云[1]

洞庭张乐地，潇湘帝子游。
云去苍梧野[2]，水还江汉流。
停骖我怅望[3]，辍棹子夷犹[4]。
广平听方籍[5]，茂陵将见求[6]。
心事俱已矣，江上徒离忧[7]。

注释 1. 范云时为零陵郡内史。零陵：郡名，治所在今湖南零陵北。新亭：在今南京南。 2. 传说帝舜死于苍梧之野。 3. 停骖：停车。 4. 夷犹：犹豫。 5. 晋郑袤为广平太守，百姓爱戴。这句是勉励范云。籍：隆盛。 6. 汉司马相如谢病居茂陵。这句是自喻。 7.《楚辞·九歌·山鬼》："思公子兮徒离忧。"

怀故人

芳洲有杜若[1]，可以慰佳期。
望望忽超远[2]，何由见所思？
我行未千里，山川已间之。
离居方岁月，故人不在兹。
清风动帘夜，孤月照窗时。
安得同携手，酌酒赋新诗？

注释 1. 杜若：芳草名。 2. 望望：瞻望的样子。

之宣城郡出新林浦向板桥[1]

江路西南永，归流东北骛[2]。
天际识归舟，云中辨江树。
旅思倦摇摇，孤游昔已屡。
既欢怀禄情[3]，复协沧洲趣[4]。
嚣尘自兹隔，赏心于此遇。
虽无玄豹姿，终隐南山雾[5]。

注释 1. 宣城郡：今安徽宣城。板桥：浦名。 2. 骛：奔驰。 3. 禄：指做官食禄。 4. 沧洲：沧江冷僻之地，常指代隐居地，这里指宣州。 5.《列女传》里记载的一个故事中提到南山有玄豹隐雾而七日不食，欲以泽其衣毛，成其文章。“虽无”两句是说虽没有玄豹那样华美的容姿，还是应幽栖隐居以远避祸害。

京路夜发

扰扰整夜装[1]，肃肃戒徂两[2]。
晓星正寥落，晨光复泱漭[3]。
犹沾余露团[4]，稍见朝霞上。
故乡邈已夐[5]，山川修且广。

注释 1. 扰扰：纷乱的样子。装：装束。 2. 肃肃：疾貌。徂两：远行之军。 3. 泱漭（mǎng）：不明貌。 4. 团：露垂的样子。 5. 夐（xiòng）：远。

文奏方盈前，怀人去心赏。
敕躬每跼蹐[6]，瞻恩惟震荡。
行矣倦路长，无由税归鞅[7]。

6. 敕躬：指谨持其身。跼蹐（jú jí）：恐惧之貌。 7. 税：释，放。鞅：套在马颈上用以负轭的皮带。

晚登三山还望京邑[1]

灞涘望长安[2]，河阳视京县[3]。
白日丽飞甍[4]，参差皆可见。
余霞散成绮，澄江静如练[5]。
喧鸟覆春洲，杂英满芳甸[6]。
去矣方滞淫[7]，怀哉罢欢宴[8]。
佳期怅何许，泪下如流霰[9]。
有情知望乡，谁能鬒不变[10]？

注释　1. 三山：山名，在今南京西南长江南岸，上有三峰，南北相接。京邑：指金陵，故址在今南京东南。 2. 涘：水岸。 3. 河阳：古县名，在今河南孟州市西。京县：指洛阳。 4. 甍（méng）：屋檐。 5. 练：白绢。 6. 芳甸：遍生芳草之郊野。 7. 滞淫：淹留。 8.《诗经·王风·扬之水》："怀哉怀哉！曷月予还归哉。"表示返乡无期。 9. 霰：雪珠。 10. 鬒（zhěn）：黑发。

直中书省诗[1]

紫殿肃阴阴[2]，彤庭赫弘敞[3]。
风动万年枝[4]，日华承露掌[5]。
玲珑结绮钱[6]，深沉映朱网[7]。
红药当阶翻[8]，苍苔依砌上。
兹言翔凤池[9]，鸣佩多清响。
信美非吾室，中园思偃仰[10]。
朋情以郁陶[11]，春物方骀荡[12]。
安得凌风翰[13]，聊恣山泉赏。

注释　1. 谢朓于建武二年（495）任中书郎。中书省是掌管发布行政命令等事宜的官署。直：值。 2. 阴阴：幽暗的样子。 3. 彤：朱红色。此处化用《西京赋》"赫昈昈以弘敞"句。 4.《晋宫阙名》记载华林园有万年树十四株。 5. 汉武帝在宫中造承露盘仙人掌。 6. 绮钱：窗的两面。窗有绫、绮、连、钱四面。 7. 朱网：绮纹的网帘。 8. 红药：红色的芍药。 9. 凤池：凤凰池，指中书省。 10. 偃仰：俯仰，喻随世沉浮。《荀子·非相》："与时迁徙，与世偃仰。" 11. 郁陶：凝聚的样子。 12. 骀（dài）荡：舒缓荡漾。 13. 翰：鸟羽。

观朝雨

朔风吹飞雨，萧条江上来。
既洒百常观，复集九成台[1]。
空濛如薄雾，散漫似轻埃。
平明振衣坐[2]，重门犹未开。
耳目暂无扰，怀古信悠哉。
戢翼希骧首[3]，乘流畏曝鳃[4]。
动息无兼遂[5]，歧路多徘徊。
方同战胜者[6]，去翦北山莱[7]。

注释　1. 百常观、九成台：这里泛指台观。常：长度单位。　2. 平明：天亮。　3. 戢（jí）翼：敛翅止飞，喻归隐。骧（xiāng）首：抬头，意气轩昂。　4. 曝鳃：传说江海大鱼集于龙门之下，龙门很高，若能跃过就成为龙，跃不过，就跌倒在水边被太阳晾晒鱼鳃。喻挫折、困顿。　5. 指出仕与退隐不可兼得。　6. 指退隐胜于出仕。　7. 指代归隐的生活。翦（jiǎn）：割断。《诗经 · 小雅 · 南山有台》："南山有台，北山有莱。"

落日怅望

昧旦多纷喧[1]，日晏未遑舍[2]。
落日余清阴，高枕东窗下[3]。
寒槐渐如束，秋菊行当把。
借问此何时，凉风怀朔马[4]。
已伤慕归客[5]，复思离居者。
情嗜幸非多[6]，案牍偏为寡。
既乏琅邪政[7]，方憩洛阳社[8]。

注释　1. 昧旦：天快要亮的时候。　2. 日晏：日暮。未遑：未暇。舍：止息。　3. 高枕：指安卧无事。　4. 指凉风起而朔马怀故土。　5. 慕归客：思归人。　6. 情嗜：指物欲。　7. 琅邪政：西汉琅邪太守朱博能使文武从宜，施行美政。琅邪，汉郡，治所在东武（今属山东）。　8. 洛阳社：晋董京至洛阳，披发而行，逍遥吟咏，常宿白社中。这两句是说既然不能像朱博那样施行美政，就去过闲淡的生活。

秋　夜

秋夜促织鸣[1]，南邻捣衣急。
思君隔九重[2]，夜夜空伫立[3]。
北窗轻幔垂，西户月光入。
何知白露下，坐视阶前湿。
谁能长分居，秋尽冬复及。

注释　1. 促织：蟋蟀。　2. 九重：指间隔重深。九，虚数。　3. 伫立：久立。

和徐都曹出新亭渚[1]

宛洛佳遨游[2]，春色满皇州。
结轸青郊路[3]，回瞰沧江流。
日华川上动，风光草际浮。
桃李成蹊径[4]，桑榆荫道周。
东都已俶载[5]，言归望绿畴[6]。

注释　1. 徐都曹：即徐勉。新亭：东吴时建，在京城建康郊外。　2. 宛洛：河南南阳、洛阳。　3. 轸（zhěn）：车后横木。　4.《史记·李将军列传》："谚曰：'桃李不言，下自成蹊。'"　5. 俶（chù）载：开始从事。俶，始。载，事。《诗经·小雅·大田》："以我覃耜，俶载南亩。"　6. 畴：指田亩，一井为畴。

和王中丞闻琴[1]

凉风吹月露，圆景动清阴[2]。
蕙气入怀抱，闻君此夜琴。
萧瑟满林听，轻鸣响涧音。
无为澹容与[3]，蹉跎江海心[4]。

注释　1. 王中丞：指王思远。　2. 圆景：指月。　3. 澹：安。容与：闲舒的样子。　4. 江海心：指寄心江海。

虞炎

虞炎（？—499），会稽（今浙江绍兴）人。官至骁骑将军。今存诗四首。

玉阶怨[1]

紫藤拂花树，黄鸟度青枝。
思君一叹息，苦泪应言垂[2]。

注释　1. 属相和歌辞楚调曲。 2. 言：助词。

陆厥

陆厥（472—499），字韩卿，吴郡吴（今江苏苏州）人。永明九年（491）举秀才，反对沈约的“声病说”。今存文一篇，诗十余首。

临江王节士歌[1]

木叶下，江波连。秋月照浦云歇山。秋思不可裁，复带秋风来。秋风来已寒，白露惊罗纨。节士慷慨发冲冠[2]。弯弓挂若木[3]，长剑竦云端。

注释　1. 属杂歌谣辞。 2. 发冲冠：形容节士慷慨。《史记·刺客列传》载荆轲刺秦时慷慨悲歌，“士皆瞋目，发尽上指冠”。 3. 若木：传说中的神木。

王　俭

王俭（452—489），字仲宝，琅邪临沂（今属山东）人。袭爵豫宁县侯，拜驸马都尉，官至侍中。后辅佐齐高帝受禅。重视儒学，尤其擅长《春秋》，曾撰《七录》。擅作骈文。今存诗八首，存文较多。

春诗二首

其一

兰生已匝苑[1]，萍开欲半池[2]。
轻风摇杂花，细雨乱丛枝。

注释　1. 匝：遍。　2. 萍：浮萍。

其二

风光承露照，雾色点兰晖[1]。
青荑结翠藻[2]，黄鸟弄春飞。

注释　1. 晖：光。　2. 荑：嫩芽。

王　融

王融（467—493），字元长，琅邪临沂（今属山东）人。“竟陵八友”之一。隆昌元年入狱，被赐死。他的文章文藻富丽，重声律，诗歌喜好用典。今存诗七十余首，文六十余篇。

巫山高[1]

想象巫山高，薄暮阳台曲[2]。
烟霞乍舒卷，蘅芳时断续[3]。
彼美如可期，寤言纷在瞩[4]。
怃然坐相思[5]，秋风下庭绿。

注释　1. 属鼓吹曲辞汉铙歌。　2. 巫山：在今四川巫山县东南。宋玉《高唐赋》记楚襄王梦遇巫山神女，神女辞别时说："妾在巫山之阳，高丘之阻。旦为朝云，暮为行雨。朝朝暮暮，阳台之下。"　3. 蘅芳：杜蘅与芳芷，香草名。"蘅芳"一作"猿鸟"。　4. 瞩：瞩目。　5. 怃(wǔ)然：失意的样子。

萧谘议西上夜集[1]

徘徊将所爱，惜别在河梁[2]。
衿袖三春隔，江山千里长。
寸心无远近，边地有风霜。
勉哉勤岁暮，敬矣事容光[3]。
山中殊未怿[4]，杜若空自芳。

注释　1. 萧谘议：即梁武帝萧衍。萧衍初仕齐，累迁随王镇西谘议参军。诗题一作《别萧谘议》。　2. 河梁：桥。　3. 容光：小隙。　4. 怿(yì)：欢喜，快乐。

古意二首

其一

游禽暮知反，行人独未归。
坐销芳草气，空度明月辉。
嚬容入朝镜[1]，思泪点春衣。
巫山彩云没[2]，淇上绿条稀[3]。
待君竟不至，秋雁双双飞。

注释　1. 嚬(pín)：同"颦"，皱眉。　2. 用巫山神女典。　3. 淇：水名，在今河南。

其二

霜气下孟津[1]，秋风度函谷[2]。
念君凄已寒，当轩卷罗縠[3]。
纤手废裁缝，曲鬓罢膏沐[4]。
千里不相闻，寸心郁纷蕴。
况复飞萤夜，木叶乱纷纷。

注释　1. 孟津：在今河南孟州市南。2. 函谷：函谷关，今河南灵宝南。3. 罗縠（hú）：指衣料。縠：薄且轻的细帛。4. 膏沐：润泽，洗沐。

江孝嗣

江孝嗣，生卒年籍贯均不详。

北戍琅邪城[1]

驱马一连翩，日下情不息[2]。
芳树似佳人，惆怅余何极。
薄暮苦羁愁，终朝伤旅食。
丈夫许人世，安得顾心臆。
按剑勿复言，谁能耕与织。

注释　1. 琅邪：指东晋在白下（今南京北）所侨置的琅邪郡。2. 日下：日落。

释宝月

释宝月，僧人，本姓康，一说姓庾，生平不详。

估客乐[1]

郎作十里行，侬作九里送[2]。
拔侬头上钗，与郎资路用。

注释　1. 属清商曲辞西曲歌。原为二曲，选其一。　2. 侬：我。

行路难[1]

君不见孤雁关外发，酸嘶度扬越[2]。空城客子心肠断，幽闺思妇气欲绝。凝霜夜下拂罗衣，浮云中断开明月。夜夜遥遥徒相思，年年望望情不歇。寄我匣中青铜镜，倩人为君除白发[3]。行路难，行路难，夜闻南城汉使度，使我流泪忆长安。

注释　1. 属杂曲歌辞。　2. 扬越：此处泛指南方。　3. 倩：请求。

梁

萧　衍

萧衍（464—549），梁武帝，字叔达，南兰陵（今江苏常州）人。“竟陵八友”之一。代齐建立梁朝，在位四十八年。博学能文，好音乐新声。今存诗一百余首。

子夜歌[1]

朝日照绮窗[2]，光风动纨罗[3]。
巧笑蒨两犀[4]，美目扬双蛾[5]。

注释　1. 子夜歌：南朝民歌《吴声歌》之一，相传为晋代女子子夜首创。此题共二首，此诗原列第一首。　2. 绮窗：雕饰精美的窗户。　3. 光风：雨停日出时的和风。　4. 蒨：通“倩”，美好貌。犀：瓠瓜子儿，比喻女子整齐洁白的牙齿。　5. 蛾：蛾眉。

子夜四时歌[1]

春　歌

兰叶始满地，梅花已落枝。
持此可怜意，摘以寄心知。

夏　歌

江南莲花开，红光覆碧水。
色同心复同，藕异心无异。

秋　歌

绣带合欢结[2]，锦衣连理文[3]。
怀情入夜月，含笑出朝云[4]。

冬　歌

果欲结金兰[5]，但看松柏林。
经霜不堕地，岁寒无异心。

注释　1. 子夜四时歌：在《子夜歌》的基础上演变而成的四时行乐之词，分为“春歌”“夏歌”“秋歌”“冬歌”四部，每部各有四首，今各取其一。　2. 合欢结：以绣带结成双结，象征男女和好恩爱。　3. 连理文：连理，本指异根草木枝干连生，比喻结成夫妇或男女欢爱。文，通“纹”。　4. 朝云：朝云暮雨之省，比喻男女欢会。　5. 金兰：本指结义兄弟，此指结为夫妻。

采莲曲[1]

和云：采莲渚，窈窕舞佳人。

游戏五湖采莲归，发花田叶芳袭衣。为君艳歌世所希[2]。世所希，有如玉。江南弄[3]，采莲曲。

注释　1. 采莲曲：梁武帝在西曲基础上改造而成的《江南弄》曲调之一。前有和，句式参差不齐。　2. 艳歌：乐府曲调《艳歌行》的简称。　3. 江南弄：梁武帝根据西曲改造而成的曲调。

沈　约

沈约（441—513），字休文，吴兴武康（今浙江德清）人。历仕宋、齐、梁三朝，是齐、梁文坛领袖。他在诗歌声律论的创建方面贡献颇多，与谢朓、王融等人开创的"永明体"新诗是古体诗走向格律诗的重要过渡阶段。今存诗二十二首。有《沈隐侯集》。

临高台[1]

高台不可望，望远使人愁。
连山无断绝[2]，河水复悠悠[3]。
所思竟何在[4]？洛阳南陌头。
可望不可见，何用解人忧？

注释　1. 临高台：汉《鼓吹铙歌》十八曲之一，后代文人多有拟作。这首诗抒写高台望远而不见的愁思。　2. 连山：连绵起伏的山峦。　3. 悠悠：遥远。　4. 竟：究竟。

夜夜曲[1]

河汉纵且横[2]，北斗横复直[3]。
星汉空如此，宁知心有忆[4]？
孤灯暧不明[5]，寒机晓犹织。
零泪向谁道[6]，鸡鸣徒叹息。

注释　1. 夜夜曲：乐府《杂曲歌辞》之一，主要抒写空房独处的凄凉。　2. 河汉：银河。　3. 北斗：北斗星。　4. 宁：难道。　5. 暧：昏暗。　6. 零：落。

新安江至清浅深见底贻京邑游好[1]

眷言访舟客[2]，兹川信可珍。
洞彻随清浅，皎镜无冬春。
千仞写乔树[3]，百丈见游鳞[4]。
沧浪有时浊[5]，清济涸无津[6]。
岂若乘斯去，俯映石磷磷。
纷吾隔嚣滓[7]，宁假濯衣巾[8]？
愿以潺湲水，沾君缨上尘[9]。

注释　1. 新安江：发源于安徽休宁县，流经浙江。贻：赠送。　2. 眷言：眷恋。言：语助词。　3. 写：极目远望。　4. 游鳞：江中游动的鱼儿。　5. 沧浪：水名。　6. 清济：济水，发源于河南王屋山。涸：干枯。　7. 嚣滓：犹嚣尘。　8. 濯：洗。　9. 沾：浸润。这里指洗涤。

早发定山[1]

夙龄爱远壑[2]，晚莅见奇山[3]。
标峰彩虹外[4]，置岭白云间。
倾壁忽斜竖，绝顶复孤圆。
归海流漫漫，出浦水溅溅。

注释　1. 定山：在今浙江杭州东南。　2. 夙龄：少年。　3. 莅（lì）：到来。晚莅：晚年。　4. 标：方言，犹蹿出。

野棠开未落，山樱发欲然。
忘归属兰杜，怀禄寄芳荃[5]。
眷言采三秀[6]，徘徊望九仙[7]。

5. 荃：香草名。 6. 三秀：灵芝草。古人认为灵芝草一年三次开花，服食可以长生。 7. 九仙：语出《云笈七签》，这里指众多仙人。

直学省愁卧[1]

秋风吹广陌，萧瑟入南闱[2]。
愁人掩轩卧，高窗时动扉。
虚馆清阴满，神宇暧微微。
网虫垂户织[3]，夕鸟傍檐飞。
缨佩空为忝[4]，江海事多违[5]。
山中有桂树，岁暮可言归。

注释 1. 直学省：值国学。齐明帝即位后，作者任国子祭酒。 2. 萧瑟：秋风吹打树木的声音。闱：内室。 3. 网虫：蜘蛛。 4. 缨佩：古代官员衣帽的装饰物。这里指官位。空：徒然。忝：辱没，谦辞。 5. 江海：隐居避世。

宿东园[1]

陈王斗鸡道[2]，安仁采樵路[3]。
东郊岂异昔，聊可闲余步。
野径既盘纡[4]，荒阡亦交互。
槿篱疏复密[5]，荆扉新且故。
树顶鸣风飙，草根积霜露。
惊麏去不息[6]，征鸟时相顾。
茅栋啸愁鸱[7]，平冈走寒兔。
夕阴带层阜[8]，长烟引轻素[9]。
飞光忽我遒[10]，岂止岁云暮。
若蒙西山药[11]，颓龄倘能度。

注释 1. 东园：作者的家园，在今南京钟山东。 2. 陈王：陈思王曹植《名都篇》有“斗鸡东郊道”的诗句。 3. 安仁：潘岳。 4. 盘纡（yū）：弯曲迂回。 5. 槿篱：槿树做成的篱笆。 6. 麏（jūn）：同“麇”，獐子。 7. 鸱（chī）：猫头鹰。 8. 阜：土山。 9. 素：白色生绢。 10. 飞光：飞逝的光阴。遒：迫近。 11. 西山药：语出曹丕《折杨柳行》，谓仙药。

咏湖中雁

白水满春塘[1]，旅雁每回翔[2]。
唼流牵弱藻[3]，敛翮带余霜[4]。
群浮动轻浪，单泛逐孤光。
悬飞竟不下，乱起未成行。
刷羽同摇漾[5]，一举还故乡。

注释　1. 白水：泛指清水。　2. 回翔：回旋盘翔。　3. 唼（shà）流：雁入水觅食的样子。弱藻：柔嫩的水草。　4. 翮：鸟的翅膀。　5. 刷羽：以喙整理羽毛。摇漾：飞翔的样子。

别范安成[1]

生平少年日，分手易前期[2]。
及尔同衰暮[3]，非复别离时。
勿言一樽酒，明日难重持。
梦中不识路[4]，何以慰相思？

注释　1. 范安成：范岫（xiù），字懋宾。曾任安成内史。　2. 易前期：把将来的约会看得很容易。　3. 衰暮：衰老之年。　4.“梦中”句：语出《韩非子》，说战国时张敏与高惠友好，二人分别之后，张敏曾在梦中多次去寻访高惠，皆迷途而返。

怀旧诗（选一）[1]

伤谢朓

吏部信才杰[2]，文锋振奇响[3]。
调与金石谐[4]，思逐风云上[5]。
岂言陵霜质[6]，忽随人事往[7]。
尺璧尔何冤[8]，一旦同丘壤。

注释　1. 此题共九首，此诗原列第二首。　2. 吏部：指谢朓。谢朓曾为尚书吏部郎。　3. 文锋：即词锋，谓谢朓文章高超不同凡响。　4. 金石：指钟磬等乐器。谐：和谐。　5. 思：才思。　6. 陵霜质：不畏强暴的品质。　7. 人事：新陈代谢、生死存亡等现象。　8. 尺璧：径尺之璧，比喻人才稀有难得。

咏新荷应诏[1]

勿言草卉贱，幸宅天池中[2]。
微根才出浪，短干未摇风。
宁知寸心里，蓄紫复含红[3]！

注释　1. 应诏：臣僚奉皇帝之命所作、所和的诗歌，也称应制。　2. 天池：神话中的瑶池。这里指皇宫内的荷池。宅：居住，这里指根植。　3. 蓄：蕴藏、孕育。

江　淹

江淹（444—505），字文通，济阳考城（今河南兰考）人。仕宋、齐、梁三朝，在梁官至散骑常侍，迁金紫光禄大夫。其诗幽深奇丽，长于拟古。今有《江文通集》。

采菱曲[1]

秋日心容与[2]，涉水望碧莲。
紫菱亦可采，试以缓愁年。
参差万叶下，泛漾百流前。
高彩隘通壑[3]，香氛丽广川[4]。
歌出棹女曲[5]，舞入江南弦[6]。
乘鼋非逐俗[7]，驾鲤乃怀仙。
众美信如此，无恨出清泉。

注释　1. 菱：一年生水生草本植物，开白花，果实有硬壳，一般有角，俗称菱角。采菱：采摘菱角。　2. 容与：徘徊犹豫、踌躇不前貌。　3. 高彩：浓彩重色。隘：狭窄。　4. 香氛：香气。　5. 棹女曲：船家女子摇桨行船时所唱的歌曲，犹棹歌、棹讴、棹唱等。　6. 江南弦：江南弄。　7. 鼋：鳖。

从冠军建平王登庐山香炉峰[1]

广成爱神鼎[2]，淮南好丹经[3]。
此峰具鸾鹤，往来尽仙灵。
瑶草正翕艳[4]，玉树信葱青。
绛气下萦薄[5]，白云上杳冥。
中坐瞰蜿虹[6]，俯伏视流星。
不寻遐怪极，则知耳目惊。
日落长沙渚，曾阴万里生。
藉兰素多意，临风默含情。
方学松柏隐，羞逐市井名。
幸承光诵末[7]，伏思托后旌[8]。

注释　1. 建平王：刘景素，曾为给事中、冠军将军、荆州刺史，江淹是他的记室参军。　2. 广成：广成子，相传是黄帝时的仙人。神鼎：道家炼丹用的鼎。　3. 淮南：西汉淮南王刘安。丹经：炼丹术。　4. 翕艳（xī chì）：葱青盛郁貌。　5. 绛气：赤色霞光。萦薄：萦绕密接。　6. 瞰(kàn)：从高处往下看。　7. 光诵：华美的篇章，此指建平王登庐山的诗篇。　8. 后旌：即后乘，侍从之车。

望荆山[1]

奉义至江汉[2]，始知楚塞长。
南关绕桐柏[3]，西途出鲁阳[4]。
寒郊无留影，秋日悬清光。
悲风挠重林，云霞肃川涨。
岁晏君如何[5]？零泪沾衣裳。
玉柱空掩露[6]，金樽坐含霜。
一闻苦寒奏，再使艳歌伤[7]。

注释　1. 荆山：在湖北境内。此诗作于诗人赴襄阳任雍州刺史刘休若巴陵王国左常侍时。　2. 奉义：慕义。　3. 桐柏：桐柏山，在今信阳以西的河南、湖北两省之间。　4. 鲁阳：鲁阳关，在今河南省鲁山县西南。　5. 岁晏：一年将尽的时候。　6. 玉柱：琴瑟的美称。　7. 苦寒：乐府曲调《苦寒行》。艳歌：乐府曲调《艳歌》。

赤亭渚[1]

吴江泛丘墟[2]，饶桂复多枫。
水夕潮波黑，日暮精气红。
路长寒光尽，鸟鸣秋草穷。
瑶水虽未合[3]，珠霜窃过中。
坐识物序晏[4]，卧视岁阴空。
一伤千里极，独望淮海风[5]。
远心何所类，云边有征鸿。

注释 1. 赤亭渚：古地名，在今浙江富阳附近的富春江边上。 2. 吴江：吴地之江，此处指富春江。 3. 瑶水：冰雪覆盖的河流。 4. 晏：晚、迟，此指岁末。 5. 淮海：《尚书·禹贡》有“淮海唯扬州”句，此指当时的扬州治所建康。

还故园

汉臣泣长沙[1]，楚客悲辰阳[2]。
古今虽不举，兹理亦宜伤。
山中信寂寥，孤景吟空堂。
北地三变露[3]，南檐再逢霜。
窃值寰海辟[4]，仄见圭纬昌[5]。
浮云抱山川，游子御故乡。
遽发桃花渚[6]，适宿春风场。
红草涵电色，绿树铄烟光[7]。
高歌傃关国[8]，微叹依笙簧。
请学碧灵草[9]，终岁自芬芳。

注释 1. 汉臣：指贾谊。 2. 楚客：指屈原。辰阳：古地名，故址在今湖南辰溪西。 3. 三变露：露去霜来，有三个年头。 4. 寰海：海内。寰海辟：即海内开辟。 5. 纬：行星的总称。圭纬昌：即天象昌盛。 6. 遽：迅速、急迫。 7. 铄：同“烁”，闪耀。 8. 傃（sù）：向。 9. 灵草：灵芝草。

古意报袁功曹[1]

从军出陇北[2]，长望阴山云。
泾渭各流异[3]，恩情于此分。
故人赠宝剑，镂以瑶华文[4]。
一言凤独立，再说鸾无群[5]。
何得晨风起，悠哉凌翠氛[6]。
黄鹄去千里，垂涕为报君。

注释 1. 袁功曹：袁炳，字叔明。2. 陇北：陇山之北。3. 泾渭：泾水与渭水，二水在陕西高陵合流。泾浊渭清，合流时清浊分明。4. 瑶华：美玉之称。5. “凤独立”“鸾无群”均是宝剑上镂刻的文字。6. 翠氛：指云气。

杂体诗（选二）[1]

古离别

远与君别者，乃至雁门关。
黄云蔽千里，游子何时还？
送君如昨日，檐前露已团。
不惜蕙草晚[2]，所悲道里寒。
君在天一涯，妾身长别离。
愿一见颜色，不异琼树枝[3]。
菟丝及水萍[4]，所寄终不移。

注释 1. 此题共三十首，这里选二首。2. 蕙草：蕙兰。3. 琼：玉。琼树：传说中仙山上的树。4. 菟丝：藤蔓植物，依树而生。

陶征君潜田居[1]

种苗在东皋[2]，苗生满阡陌。
虽有荷锄倦，浊酒聊自适。
日暮巾柴车[3]，路暗光已夕。

注释 1. 征君：不受朝廷征聘的人。2. 东皋：东边的高地。3. 巾：车帷，此指张帷，即驾车。柴车：简陋无饰的车。

归人望烟火，稚子候檐隙。
问君亦何为？百年会有役[4]。
但愿桑麻成，蚕月得纺绩[5]。
素心正如此[6]，开径望三益[7]。

4. 百年：一生。役：劳作。 5. 蚕月：忙于蚕事的月份。 6. 素心：本心。 7. 三益：语出《论语》，此指志趣相投的良友。

效阮公诗（选一）[1]

十年学读书，颜华尚美好[2]。
不逐世间人[3]，斗鸡东郊道。
富贵如浮云，金玉不为宝。
一旦鹈鴂鸣[4]，严霜被劲草。
志气多感失，泪下沾怀抱。

注释 1. 此题共十五首，此诗原列于第二首。 2. 颜华：容貌有光彩。 3. 逐：追随。 4. 鹈鴂（tí jué）：即子规，杜鹃。

范云

范云（451—503），字彦龙，南乡舞阴（今河南泌阳）人。在齐曾任广州刺史，在梁官至吏部尚书。其诗清便宛转。今存诗四十余首。

赠张徐州稷[1]

田家樵采去，薄暮方来归。
还闻稚子说，有客款柴扉[2]。
傧从皆珠玳[3]，裘马悉轻肥。
轩盖照墟落，传瑞生光辉[4]。

注释 1. 张徐州：张稷，字公乔，曾为北徐州刺史。 2. 款：叩。 3. 傧（bìn）：前导者。从：后随者。 4. 传瑞：符信、符节的代称。

疑是徐方牧[5]，既是复疑非。
思旧昔言有，此道今已微。
物情弃疵贱[6]，何独顾衡闱[7]。
恨不具鸡黍，得与故人挥[8]。
怀情徒草草[9]，泪下空霏霏。
寄书云间雁，为我西北飞。

5. 方牧：州长的代称。 6. 疵贱：卑贱。 7. 衡闱：衡门。 8. 挥：干杯。 9. 草草：忧愁貌。

饯谢文学离夜[1]

阳台雾初解，梦渚水裁渌[2]。
远山隐且见，平沙断还绪。
分弦饶苦音[3]，别唱多凄曲。
尔拂后车尘[4]，我事东皋粟[5]。

注释 1. 谢文学：谢朓，曾为随王文学。 2. 阳台：在巫山。梦渚：云梦泽。 3. 分弦：分别时弹奏的丝竹之音。 4. 后车：指文学侍从。 5. 东皋：田野或高地的泛称。此句指辞官归田。

渡黄河

河流迅且浊，汤汤不可陵[1]。
桧楫难为榜[2]，松舟才自胜。
空庭偃旧木，荒畴余故塍[3]。
不睹人行迹，但见狐兔兴。
寄言河上老，此水何当澄[4]。

注释 1. 汤汤（shāng）：大水急流貌。 2. 桧（guì）楫：桧树做的船桨。榜：划船。 3. 塍（chēng）：田间的土埂子。 4. 澄：水清貌。此处以黄河之清比喻政治的清明。

送沈记室夜别[1]

桂水澄夜氛[2]，楚山清晓云。
秋风两乡怨，秋月千里分。
寒枝宁共采，霜猿行独闻。
扪萝忽遗我[3]，折桂方思君。

注释　1. 沈记室：沈约，时在郢府做记室参军。　2. 桂水：王褒《九怀》有“桂水兮潺湲”句，此借指四周流溢芳香的河流。　3. 萝：松萝，蔓生植物。扪(mén)萝：攀缘萝藤。

送　别

东风柳线长[1]，送郎上河梁。
未尽樽前酒，妾泪已千行。
不愁书难寄，但恐鬓将霜。
望怀白首约[2]，江上早归航。

注释　1. 柳线：柳丝长垂如线。　2. 白首约：白头偕老的约定。

之零陵郡次新亭[1]

江干远树浮[2]，天末孤烟起。
江天自如合，烟树还相似。
沧流未可源[3]，高飘去何已[4]。

注释　1. 之：赴。零陵：郡名，在今湖南永州市。次：住宿。新亭：在今南京市。　2. 干：水边。　3. 沧：苍。源：溯源。　4. 已：止。

陶弘景

陶弘景（456—536），字通明，丹阳秣陵（今江苏南京）人。南朝宋末为诸王侍读，入齐为奉朝请，永明十年，辞官隐居于句曲山，自号华阳隐居，梁武帝即位，屡征不出。其诗笔法简练，立意高远。今存诗七首。

诏问山中何所有赋诗以答[1]

山中何所有，岭上多白云。
只可自怡悦[2]，不堪持寄君[3]。

注释　1. 陶弘景隐居句曲山，齐高帝萧道成颁诏相问："山中何所有？"陶以此诗作答。　2. 怡悦：喜悦、高兴。　3. 堪：能。君：指齐高帝。

和约法师临友人[1]

我有数行泪，不落十余年。
今日为君尽，并洒秋风前。

注释　1. 约法师：惠约（452—535），又作慧约，俗姓楼，名灵璨，字德素。乌伤县竹山里（今义乌市夏演乡）人。南朝齐梁间高僧。临：靠近。此指亲临哭奠。

曹景宗

曹景宗（457—508），字子震，新野（今河南新野）人。南朝梁将领。仕齐、梁两朝，抗魏有功，进爵为公，拜侍中、领军将军，迁江州刺史。

光华殿侍宴赋竞病韵

去时儿女悲，归来笳鼓竞[1]。
借问行路人，何如霍去病[2]？

注释 1. 笳鼓：笳声与鼓声，借指军乐。竞：竞争，此指笳鼓齐鸣。 2. 霍去病：汉武帝时期著名将领，因攻打匈奴有功，被任命为骠骑将军，拜大司马。

任 昉

任昉（460—508），字彦升，乐安博昌（今山东博兴）人。在齐曾为竟陵王萧子良记室参军，是“竟陵八友”之一，在梁官至新安太守。善为文，时称“沈诗任笔”，其诗典质有余，风神不足，现存诗二十一首。

济浙江[1]

昧旦乘轻风[2]，江湖忽来往。
或与归波送，乍逐翻流上。
近岸无暇目[3]，远峰更兴想[4]。
绿树悬宿根[5]，丹崖颓久壤。

注释 1. 济：渡河。浙江：指钱塘江。 2. 昧旦：破晓。 3. 无暇目：秀丽的山川令人应接不暇。 4. 兴想：兴致与情趣。 5. 悬宿根：指大树粗大的根须因江水的冲刷暴露在外。

丘 迟

丘迟（464—508），字希范，吴兴乌程（今浙江湖州）人。在梁拜散骑侍郎，迁中书侍郎。能诗工文，其诗辞采丽逸。有《丘中郎集》。

旦发渔浦潭[1]

渔潭雾未开，赤亭风已飏[2]。
棹歌发中流[3]，鸣鞞响沓障[4]。
村童忽相聚，野老时一望。
诡怪石异象[5]，嶃绝峰殊状[6]。
森森荒树齐[7]，析析寒沙涨[8]。
藤垂岛易陟[9]，崖倾屿难傍[10]。
信是永幽栖，岂徒暂清旷。
坐啸昔有委[11]，卧治今可尚[12]。

注释　1. 渔浦潭：古地名，在杭州与富春之间。　2. 飏：飞扬。　3. 棹歌：划船时所唱的歌曲。　4. 鞞：同“鼙”，小鼓。　5. 诡怪：奇异怪诞。　6. 嶃绝：高峻陡峭。　7. 森森：树林繁密茂盛。　8. 析析：象声词。　9. 陟：登高。　10. 傍：靠近。　11. 坐啸：东汉南阳太守成瑨不理政务，公事全由功曹岑晊代理，终日坐啸而已。此指为官清闲，不理政事。委：托付。　12. 卧治：西汉汲黯为东海太守，因为多病，卧在深阁内不出来，一年以后，东海大治。此指政事清简，无为而治。

题琴材奉柳吴兴[1]

边山此嘉树[2]，摇影出云垂。
清心有素体，直干无曲枝。
凡耳非所别[3]，君子特见知。
不辞去根本[4]，造膝仰光仪[5]。

注释　1. 柳吴兴：柳恽，妙善琴音。　2. 边山：边远的深山。　3. 凡耳：不识音乐的凡俗之耳。　4. 辞：推辞。根：桐根。本：桐干。　5. 造：前往。光仪：德光和丰仪。

虞　羲

虞羲，字子阳，会稽余姚（今浙江余姚）人。生卒年不详。在齐官至晋安王侍郎，梁天监中卒。今存诗十三首。

咏霍将军北伐[1]

拥旄为汉将[2]，汗马出长城[3]。
长城地势险，万里与云平。
凉秋八九月，虏骑入幽并[4]。
飞狐白日晚[5]，瀚海愁云生[6]。
羽书时断绝，刁斗昼夜惊[7]。
乘墉挥宝剑[8]，蔽日引高旍[9]。
云屯七萃士[10]，鱼丽六郡兵[11]。
胡笳关下思，羌笛陇头鸣[12]。
骨都先自詟，日逐次亡精[13]。
玉门罢斥候[14]，甲第始修营。
位登万庾积[15]，功立百行成[16]。
天长地自久，人道有亏盈。
未穷激楚乐[17]，已见高台倾[18]。
当令麟阁上[19]，千载有雄名。

注释　1. 霍将军：汉武帝时期著名将领霍去病。　2. 旄：古代在旗杆上用牦牛尾做装饰的旗子。　3. 汗马：血汗马。　4. 幽并：幽州与并州。　5. 飞狐：关塞名，在今河北蔚县东南。　6. 瀚海：古地名，在今蒙古高原。　7. 刁斗：古时行军，白天做饭、晚上报时或报警的用具。　8. 乘：登。墉：城墙。　9. 旍（jīng）：同“旌”，旗子。　10. 七萃士：周代禁军，这里指勇士。　11. 鱼丽：古兵阵。六郡：汉西河、陇西、天水、安定、北地、上郡六郡的良家子弟选入羽林，多出名将。　12. 胡笳、羌笛：都是边地少数民族乐器。　13. 骨都、日逐：均是匈奴侯王名。詟（zhé）：惊慑。　14. 斥候：侦察。　15. 万庾积：位尊禄厚。　16. 百行成：才高望重。　17. 激楚：楚国歌曲名。　18. 高台倾：指霍去病之死。　19. 麟阁：麒麟阁，汉宣帝时曾图画股肱之臣的形貌，署其官爵姓名于阁内。

橘

冲飙发陇首[1]，朔雪度炎洲[2]。
摧折江南桂，离披漠北楸[3]。
独有凌霜橘，荣丽在中州[4]。
从来自有节，岁暮将何忧？

注释　1. 冲飙：狂风。陇首：地名，今陕西陇县至甘肃平凉一带。　2. 朔雪：北方的雪。炎洲：神话中的南海炎热岛屿，这里泛指南方炎热地区。　3. 楸：楸树。　4. 中州：泛指中原地区。

柳　恽

柳恽（465—517），字文畅，河东解（今山西运城）人。梁天监元年为长史兼侍中，与沈约共定新律。曾两次为吴兴太守，后人称为“柳吴兴”。工诗，善尺牍，其诗音调高亢，无六朝纤靡之习。今存诗十八首。

江南曲

汀洲采白蘋[1]，日落江南春。
洞庭有归客，潇湘逢故人[2]。
故人何不返？春华复应晚[3]。
不道新知乐，只言行路远。

注释　1. 汀（tīng）：水边的平地，小洲。白蘋：浅水处所生的小草。　2. 潇湘：水名。潇水发源于湖南宁远县南九嶷山，入湘江，故名潇湘。　3. 复应晚：又该过时了。

捣衣（选一）[1]

行役滞风波[2]，游人淹不归[3]。
亭皋木叶下[4]，陇首秋云飞[5]。
寒园夕鸟集，思牖草虫悲[6]。
嗟矣当春服[7]，安见御冬衣？

注释　1. 此题共五首，此诗列于第二首。捣衣：古人制寒衣前，先把绢素一类的衣料放在砧石上用木杵捶捣，使其平整柔软，再裁制成衣。捣衣劳动最易触发思妇怀远之情，因此闺怨成为捣衣诗的主题。　2. 滞：滞留。　3. 淹：淹留，长久逗留。　4. 亭皋：水边平地。木叶下：化用《楚辞·湘夫人》“袅袅兮秋风，洞庭波兮木叶下”的意境。　5. 陇首：陇头。指游子滞留的地方。　6. 牖(yǒu)：窗户。　7. 嗟（jiē）矣：叹息声。当：应当。

王僧孺

王僧孺（465—522），东海郯（今山东郯城）人。梁代曾为诸王记室、参军，后入直西省，掌管撰谱之事。其诗风格艳丽，多用新事，能作新语。今存诗四十余首。

落日登高

凭高且一望，目极不能舍。
东北指青门[1]，西南见白社[2]。
轸轸河梁上[3]，纷纷渭桥下[4]。
争利亦争名，驱车复驱马。
宁访蓬蒿人[5]，谁怜寂寞者[6]。

注释　1. 青门：汉代长安城东南门，因门色青，俗称"青门"。　2. 白社：地名，在今河南偃师。有道士董威辇常于此学道。　3. 轸轸（zhěn）：盛大貌。　4. 纷纷：众多而忙乱。　5. 蓬蒿人：此借皇甫谧《高士传》张仲蔚、魏景卿事，泛指高明之士。　6. 寂寞者：《庄子 · 天道》："寂寞无为者，万物之本也。"

为姬人自伤[1]

自知心里恨，还向影中羞[2]。
回持昔慊慊[3]，变作今悠悠。
还君与妾扇，归妾奉君裘[4]。
弦断犹可续，心去最难留。

注释　1. 姬人：贵族人家的侍妾。　2. 羞：羞恨。　3. 回持：犹久持。慊慊：心不满足貌。　4. 奉：奉送。裘：皮衣。

徐　勉

徐勉（466—535），字修仁，东海郯（今山东郯城）人。在梁曾任吏部尚书、尚书仆射等职。善属文，其诗清新闲雅，雍容平和。今存诗八首。

昧旦出新亭渚[1]

驱车凌早术[2]，山华映初日[3]。
揽辔且徘徊[4]，复值清江谧[5]。
杳霭枫树林[6]，参差黄鸟匹。
气物宛如斯[7]，重以心期逸[8]。
春堤一游衍[9]，终朝意殊悉[10]。

注释　1. 昧旦：破晓。新亭渚：地名，在今南京市南。 2. 凌：越过。早术：早晨的道路。 3. 山华：山花。 4. 揽辔：挽住马缰绳。徘徊：来回走动貌。 5. 谧（mì）：安静。 6. 杳霭：云雾缥缈貌。 7. 宛：仿佛。 8. 心期：心中相许。逸：逸兴。 9. 游衍：恣意游娱。 10. 悉：尽、全。此指意兴饱满。

吴　均

吴均（469—520），字叔庠，吴兴故鄣（今浙江安吉）人。曾任建安王萧伟记室、奉朝请等官。其诗多描绘山水景物，风格清新挺拔，时人争效之，谓为“吴均体”。今有《吴朝请集》。

胡无人行[1]

剑头利如芒[2]，恒持照眼光。
铁骑追骁虏[3]，金羁讨黠羌[4]。
高秋八九月，胡地早风霜。
男儿不惜死，破胆与君尝。

注释　1. 胡无人行：《相和歌辞瑟调曲》之一。古辞今佚。此为吴均的拟作。 2. 芒：芒刺。 3. 骁：勇健。虏：中国古代对北方外族的贬称。 4. 金羁：金饰的马络头。黠（xiá）：狡猾。羌：我国西北少数民族，是六朝时期的“五胡”之一。

答柳恽[1]

清晨发陇西[2]，日暮飞狐谷[3]。
秋月照层岭，寒风扫高木。
雾露夜侵衣，关山晓催轴[4]。
君去欲何之？参差间原陆[5]。
一见终无缘，怀悲空满目。

注释　1. 这是一首赠答诗，柳恽的原诗为《夕宿飞狐关》。　2. 陇西：郡名，在今甘肃陇西县。　3. 飞狐谷：关隘名，在今河北省涞源县北跨蔚县界。　4. 轴：车轴。催轴：犹催行。　5. 原陆：高原和平陆。

赠王桂阳[1]

松生数寸时，遂为草所没。
未见笼云心[2]，谁知负霜骨[3]？
弱干可摧残，纤茎易凌忽[4]。
何当数千尺，为君覆明月。

注释　1. 王桂阳：桂阳郡太守王嵘。　2. 笼云：笼聚云气。　3. 负：背负。骨：品质。　4. 凌忽：凌侮、忽视。

至湘洲望南岳[1]

重波沦且直[2]，连山纠复纷[3]。
鸟飞不复见，风声犹可闻。
胧胧树里月，飘飘水上云。
长安远如此，无缘得报君。

注释　1. 湘洲：地名，湘江边的一个小洲，具体位置不详。南岳：衡山，在今湖南衡阳市境内。　2. 沦：小波浪。　3. 纠、纷：交错杂乱貌。

山中杂诗（选一）[1]

山际见来烟[2]，竹中窥落日。
鸟向檐上飞，云从窗里出。

注释　1. 此题共有三首，此诗原列于第一首。　2. 山际：山中、山间。

裴子野

裴子野（469—530），字几原，河东闻喜（今山西闻喜）人。裴松之曾孙。在梁代任著作郎、中书侍郎、鸿胪卿等职。善属文，尤善叙事评论，为时所重。其诗文风格朴素，不尚靡丽，与当时文坛风气有别。今存诗三首。

答张贞成皋[1]

匈奴时未灭，连年被甲兵。
明君思将帅，方听鼓鼙声[2]。
吾生恣逸翮[3]，抚剑起徂征[4]。
非徒慕辛季[5]，聊欲逞良平[6]。
出车既方轨[7]，绝幕且横行[8]。
岂伊长缨系[9]，行见黄河清[10]。
虽令懦夫勇，念别犹有情。
感子盈编赠[11]，握玩以为荣。
跂子振旅凯[12]，含毫备勒铭[13]。

注释　1. 此为赠答诗。赠答者名张贞，字成皋。生平事迹不详。　2. 鼓鼙：古代军中常用的战鼓。鼓、鼙分别指大鼓和小鼓，此处借指征战。　3. 恣：放纵。逸翮：疾飞的鸟。　4. 徂征：出征。　5. 辛：指剧辛，战国赵人，曾入燕参与伐齐击赵之战。季：指柳下季，鲁国贤人。　6. 良平：张良和陈平，是辅佐刘邦取得天下的功臣。　7. 方轨：并驾齐驱。此言与敌军奋战的情形。　8. 绝幕：茫茫的沙漠。横行：纵横驰骋，所向无阻。　9. 长缨：捕缚敌人的长绳。　10. 黄河清：黄河水本浑浊，古人以黄河水清为祥瑞的征兆。11. 盈编赠：指友人从战场上寄来的诗作。12. 跂（qǐ）：踮起脚跟。　13. 含毫：含笔于口中。比喻构思为文或作画。勒铭：镌刻铭文。

何　逊

何逊（472？—519？），字仲言，东海郯（今山东郯城）人。曾任尚书水部郎、庐陵王记室，世称“何水部”或“何记室”。其诗多写羁旅行役之思，风格宛转清新，为当时名流所推重。今有中华书局点校本《何逊集》。

送韦司马别[1]

送别临曲渚[2]，征人慕前侣[3]。
离言虽欲繁，离思终无绪。
悯悯分手毕[4]，萧萧行帆举[5]。
举帆越中流[6]，望别上高楼。
予起南枝怨，子结北风愁[7]。
逦逦山蔽日[8]，汹汹浪隐舟[9]。
隐舟邈已远，徘徊落日晚[10]。
归衢并驾奔[11]，别馆空筵卷[12]。
想子敛眉去[13]，知予衔泪返。
衔泪心依依，薄暮行人稀[14]。
暧暧入塘港[15]，蓬门已掩扉[16]。
帘中看月影，竹里见萤飞。
萤飞飞不息，独愁空转侧。
北窗倒长簟[17]，南邻夜闻织。
弃置勿复陈，重陈长叹息。

注释　1. 韦司马：韦爱，曾为雍州（治所在今湖北襄阳）司马。　2. 渚：水中小块陆地。　3. 征人：此指远行的人。前侣：指作者自己。　4. 悯悯：忧伤的样子。　5. 萧萧：冷落凄清的样子。　6. 越：渡过。　7. 南枝怨、北风愁：语出《古诗十九首》“胡马依北风，越鸟巢南枝”。这里指故土之悲。　8. 逦逦：曲折连绵的样子。　9. 汹汹：水腾涌的样子。　10. 徘徊：流连、留恋。　11. 衢：大路。　12. 别馆：客馆。筵：宴席。　13. 敛眉：皱眉。忧愁的样子。　14. 薄暮：傍晚。　15. 暧暧：昏昧不明的样子。　16. 蓬门：以蓬草为门，指贫寒之家。　17. 倒长簟：犹言躺在长簟上。

南还道中送赠刘谘议别[1]

一官从府役[2]，五稔去京华[3]。
遽逐春流返[4]，归帆得望家。
天末静波浪[5]，日际敛烟霞[6]。
岸荠生寒叶[7]，村梅落早花。
游鱼上急水，独鸟赴行楂[8]。
目想平陵柏[9]，心忆青门瓜[10]。
曲陌背通垣，长墟抵狭斜。
善邻谈谷稼，故老述桑麻。
寝兴从闲逸[11]，视听绝喧哗。
夫君日高兴[12]，为乐坐骄奢。
室堕倾城佩[13]，门交接幰车[14]。
入塞长云雨[15]，出国暂泥沙[16]。
握手分歧路，临川何怨嗟[17]。

注释　1. 刘谘议：刘孝绰，时从南京远赴郢州（治所在今武汉市）任安成王萧秀谘议。南还道中：作者于天监九年外放江州（今江西九江）任建安王萧伟记室，五年后还京都建康，中途与刘孝绰相遇。　2. 府役：指建安王萧伟记室的职务。　3. 五稔：五年。　4. 遽：迅疾。　5. 天末：天边。　6. 日际：日所照临之区，亦指东方极远的地方。　7. 荠：荠菜。　8. 楂：树的枝杈。　9. 平陵：汉昭帝陵，在咸阳西北，这里借指作者在建康的寓居地。　10. 青门瓜：汉初，故秦东陵侯邵平种瓜于长安青门外。这里指回家后的隐居生活。　11. 寝兴：睡觉与起床。泛指日夜起居。　12. 夫君：指朋友刘孝绰。　13. 堕：落。倾城佩：美人的佩饰。　14. 幰（xiǎn）车：施有帘幔的车。　15. 入塞：指由荆州返京。云雨：代指享乐生活。　16. 泥沙：指到郢州的简朴生活。　17. 怨嗟：抱怨和叹息。

下方山[1]

寒鸟树间响，落星川际浮[2]。
繁霜白晓岸，苦雾黑晨流[3]。
鳞鳞逆去水[4]，弥弥急还舟[5]。
望乡行复立，瞻途近更修[6]。
谁能百里地，萦绕千端愁？

注释　1. 方山：山名。在今南京市江宁区东南，又名天印山，为当时南京重要的渡口。　2. 川：河流。川际：犹河水中间。　3. 苦雾：大雾。黑：变黑。　4. 鳞鳞：指水波。　5. 弥弥：稍稍、逐渐。犹言船越来越快。　6. 瞻途：远望归途。

学古诗（选一）[1]

长安美少年，羽骑暮连翩。
玉羁玛瑙勒[2]，金络珊瑚鞭[3]。
阵云横塞起，赤日下城圆。
追兵待都护[4]，烽火望祁连[5]。
虎落夜方寝[6]，鱼丽晓复前[7]。
平生不可定，空信苍浪天[8]。

注释　1. 此题共有三首，此诗原列于第一首。《乐府诗集》卷六十六作《长安少年行》。　2. 玉羁：用玉装饰的马笼头。勒：带嚼子的马笼头。　3. 络：马缰绳。　4. 都护：军中的官职，大抵设在附属国。　5. 祁连：地名，即今祁连山。　6. 虎落：军营四周所设作为防护的栅篱。　7. 鱼丽：指鱼丽阵。　8. 苍浪天：青天。

咏早梅

兔园标物序[1]，惊时最是梅。
衔霜当路发，映雪拟寒开[2]。
枝横却月观，花绕凌风台[3]。
朝洒长门泣[4]，夕驻临邛杯[5]。
应知早飘落，故逐上春来[6]。

注释　1. 兔园：汉梁孝王所筑的园林，这里借指扬州的园林。标物序：标识时节的变迁。　2. 拟：比，对着。　3. 却月观、凌风台：均是扬州的台观名。　4. 长门：汉武帝陈皇后失宠后所居住的宫名。　5. 临邛：汉临邛县。司马相如曾在临邛饮酒结识了卓文君。　6. 上春：孟春，指正月。

从镇江州与游故别

历稔共追随[1]，一旦辞群匹[2]。
复如东注水[3]，未有西归日。
夜雨滴空阶，晓灯暗离室[4]。
相悲各罢酒，何时同促膝[5]？

注释　1. 历稔：多年。稔，谷熟，谷一年一熟，所以一年称一稔。　2. 匹：偶，指旧游。　3. 注：流。　4. 晓灯：破晓时室内昏暗的灯光。　5. 促膝：指朋友之间亲切交谈。

与胡兴安夜别

居人行转轼[1]，客子暂维舟[2]。
念此一筵笑[3]，分为两地愁。
露湿寒塘草，月映清淮流。
方抱新离恨，独守故园秋。

注释　1. 居人：留居的人，指胡兴安。行：将。转轼：回车。　2. 客子：行者，指诗人自己。维舟：系船。　3. 筵：席。一筵笑：临别时酒宴上的欢乐场面。

慈姥矶[1]

暮烟起遥岸，斜日照安流[2]。
一同心赏夕[3]，暂解去乡忧[4]。
野岸平沙合，连山近雾浮。
客悲不自已，江上望归舟。

注释　1. 慈姥矶：地名，在今安徽当涂县以北慈姥山附近。矶：水边突出的岩石。　2. 安流：平缓的水流。　3. "一同"句：一起欣赏傍晚的景色。　4. 去乡：离乡。

见征人分别[1]

凄凄日暮时，亲宾俱伫立。
征人拔剑起，儿女牵衣泣[2]。
候骑出萧关[3]，追兵赴马邑[4]。
且当横行去[5]，谁论裹尸入[6]。

注释　1. 征人：出征或戍边的军人。　2. 泣：低声哭。　3. 候骑：巡逻侦察的骑兵。萧关：关塞名，在今宁夏固原东南。　4. 马邑：地名，故址在今山西朔州市。　5. 横行：纵横驰骋、所向无敌的英勇行为。　6. 裹尸：语出东汉马援"马革裹尸还葬"的名言，这里用来表达征人以死报国的决心。

相送

客心已百念[1]，孤游重千里[2]。
江暗雨欲来，浪白风初起。

注释　1. 百念:众感交集。 2. 重:更。

张率

张率（475—527），字士简，吴郡（今江苏苏州）人。梁代曾任新安太守。今存诗二十余首，多为乐府诗。

长相思（选一）[1]

长相思，久离别，美人之远如雨绝。独延伫，心中结，望云云去远，望鸟鸟飞灭。空望终若斯，珠泪不能雪[2]。

注释　1. 此题共有两首，此诗原列于第一首。长相思：南朝乐府《杂曲歌辞》之一，唐代成为教坊曲。内容多写男女或朋友久别思念之情。 2. 雪:洗去、除去。

王籍

王籍（480—550？），字文海，琅邪临沂（今山东临沂）人。博学有才气。梁天监中，任湘东王萧绎谘议参军，后转中散大夫。作诗学谢灵运。今存诗二首。

入若邪溪[1]

艅艎何泛泛[2]，空水共悠悠[3]。
阴霞生远岫[4]，阳景逐回流[5]。
蝉噪林逾静[6]，鸟鸣山更幽。
此地动归念，长年悲倦游。

注释　1. 若邪溪：地名，在今浙江绍兴市南若邪山下。　2. 艅艎（yú huáng）：舟名。泛泛：漂浮貌。　3. 空：天。　4. 远岫：远山。　5. 阳景：日影。景，同“影”。　6. 逾：更加。

王　筠

王筠（481—549），字元礼，一字德柔，琅邪临沂（今山东临沂）人。曾任尚书吏部郎、太子中庶子、临海太守、秘书监等职。其诗工稳端雅而情韵不足。存诗四十余首。今有《王詹事集》。

行路难[1]

千门皆闭夜何央[2]，
百忧俱集断人肠。
探揣箱中取刀尺，
拂拭机上断流黄[3]。
情人逐情虽可恨[4]，
复畏边远乏衣裳。
已缫一茧催衣缕[5]，
复捣百和裛衣香[6]。
犹忆去时腰大小，
不知今日身短长。

注释　1. 行路难：乐府旧题，多写世路艰难及离别悲伤之情。《乐府诗集》收入“杂曲歌辞”。　2. 夜何央：何，副词，多么。夜央，犹夜深人静。　3. 流黄：黄茧抽丝而织成的绢。　4. 逐情：犹言弃情。　5. 缫（sāo）：把蚕茧放入开水中抽丝。催衣缕：指缝制衣服的引线。　6. 捣：舂。裛（yì）：用香薰衣服。

裲裆双心共一袜[7]，
帕复两边作八襊[8]。
襻带虽安不忍缝[9]，
开孔裁穿犹未达。
胸前却月两相连[10]，
本照君心不照天。
愿君分明得此意，
勿复流荡不如先。
含悲含怨判不死[11]，
封情忍思待明年。

7. 裲裆(liǎng dāng)：背心、马甲。前当心，后当背，故称。袜(mò)：衣身。 8. 帕(pà)复：当为袹(bó)複，即肚兜。襊(cuì)：缝。八襊：裲裆边上的褶子。 9. 襻(pàn)带：衣裙的系带。 10. 却月：半月。此指裲裆前两个半月形的图案。 11. 判：决定。

刘孝绰

刘孝绰（481—539），本名冉，彭城（今江苏徐州）人。曾任太子仆射、尚书吏部郎、秘书监等职。今存诗近七十首，秀雅工整，近于宫体。有《刘秘书集》。

夕逗繁昌浦[1]

日入江风静，安波似未流。
岸回知舢转[2]，解缆觉船浮。
暮烟生远渚[3]，夕鸟赴前洲。
隔山闻戍鼓[4]，傍浦喧棹讴[5]。
疑是辰阳宿[6]，于此逗孤舟。

注释 1. 逗：停留。繁昌浦：渡口名，在今安徽繁昌境内。 2. 舢：船尾持舵的部位。此指转舵。 3. 渚：水中小块陆地。 4. 戍鼓：边防驻军的鼓声。此指报警的鼓声。 5. 棹讴：摇桨行船所唱之歌。 6. 辰阳宿：语出屈原《涉江》："朝发枉渚兮，夕宿辰阳。"此指水道萦回，船行难进。

萧子显

萧子显（487—537），字景畅，南兰陵（今江苏常州）人。南齐宗室，入梁曾任吏部尚书、吴兴太守等职。今存诗二十余首。

春别（选一）[1]

衔悲揽涕别心知[2]，
桃花李花任风吹。
本知人心不似树，
何意人别似花离？

注释　1. 此题共四首，此诗原列于第四首。　2. 衔悲：心怀悲戚。揽涕：挥泪。

刘　缓

刘缓，字含度，平原高唐（今山东章丘北）人。生卒年不详。曾任湘东王萧绎安西记室。在萧绎的诸多文学之士中，刘缓居其首。今存诗十二首，多为宫体。

看美人摘蔷薇[1]

新花临曲池[2]，佳丽复相随。
鲜红同映水，轻香共逐吹。
绕架寻多处，窥丛见好枝。
矜新犹恨少[3]，将故复嫌萎[4]。
钗边烂熳插[5]，无处不相宜。

注释　1. 蔷薇：蔷薇花。　2. 曲池：语出《楚辞·招魂》，指曲折回绕的水池。　3. 矜：犹怜惜、矜夸之意。　4. 嫌：犹惋惜、遗憾之意。　5. 烂熳：烂漫，杂乱繁多貌。

庾肩吾

庾肩吾（487—551），字子慎，南阳新野（今河南新野）人。萧纲立为太子，肩吾为东宫通事舍人，简文帝即位，进度支尚书。其诗多应制、侍宴之作，工于琢句，风格靡丽。今存诗八十余首。

寻周处士弘让[1]

试逐赤松游[2]，披林对一丘[3]。
梨红大谷晚[4]，桂白小山秋。
石镜菱花发[5]，桐门琴曲愁[6]。
泉飞疑度雨[7]，云积似重楼。
王孙若不去，山中定可留。

注释　1. 处士：有才德而隐居不仕的人。周弘让：梁陈时诗人。始仕于梁代，不得志，隐居句容茅山。　2. 赤松：赤松子，我国古代著名仙家。　3. 一丘：一座小山。　4. 大谷晚：语出潘岳《闲居赋》，关涉隐居生活。　5. 石镜：如镜的山石。菱花：菱花形的花纹。此句犹言周处士庵旁有一枚石镜，远看如菱花盛开。　6. 桐门：桐树做的门。桐树是做琴的上好材料。　7. 度：揣度。

乱后行经吴邮亭[1]

邮亭一回望，风尘千里昏。
青袍异春草，白马即吴门[2]。
獯戎鲠伊洛[3]，杂种乱轘辕[4]。
辇道同关塞[5]，王城似太原[6]。
休明鼎尚重[7]，秉礼国犹存[8]。
殷牖爻虽赜[9]，尧城吏转尊[10]。
泣血悲东走，横戈念北奔[11]。
方凭七庙略[12]，誓雪五陵冤[13]。
人事今如此，天道共谁论。

注释　1. 乱：指梁武帝太清三年（549）的侯景叛乱。邮亭：当为御亭。三国吴大帝孙权所建，在晋陵（今江苏武进）。　2. 青袍、白马：指侯景。《梁书·侯景传》记载，侯景乘白马，兵皆披青衣。吴门：本指苏州。此泛指吴地。　3. 獯戎：獯鬻，指匈奴。鲠：阻。　4. 轘辕：山名，在今河南偃师东南。　5. 辇道：可乘辇往来的宫中道路。　6. 太原：西周与猃狁交锋之地。　7. “休明”句：语出《左传·宣公三年》，楚庄王问周九鼎的轻重，王孙满回答说“德之休明，虽小，重也”。此谓梁德尚休明，所以国鼎仍重不可移。休：美。　8. “秉礼”句：语出《左传·闵公元年》，谓梁犹似鲁国有可以保存之道。 9. 殷牖：殷代的羑里。牖，通“羑”。爻：《易》卦的符号。赜：玄深。周文王被殷纣王囚于羑里，演《周易》。 10. 尧城：尧受囚之所。借指梁武帝被囚的台城。吏：狱吏。 11. 东走、北奔：指萧绎、萧纶的奔走赴救。 12. 七庙：古者天子七庙，此指梁朝的祖庙。 13. 五陵：西汉前期五位皇帝的陵墓，此指梁的祖陵。

奉和春夜应令[1]

春牖对芳洲，珠帘新上钩。
烧香知夜漏[2]，刻烛验更筹[3]。
天禽下北阁，织女入西楼[4]。
月皎疑非夜，林疏似更秋[5]。
水光悬荡壁，山翠下添流。
讵假西园燕[6]，无劳飞盖游[7]。

注释 1. 应令：与太子唱和的诗称应令。从诗题看，此诗当是萧纲《春夜应令》的和诗。 2. 夜漏：夜间的时刻。 3. 更筹：古代夜间报更用的计时竹签。 4. 天禽、织女：星宿名。 5. 更：更换。 6. 讵：怎么。假：借用。西园燕：语出曹植《公宴诗》，指曹丕的西园之宴。 7. 飞盖：驱车。后二句说，今日良辰美景胜过曹丕的西园之宴。

刘孝威

刘孝威（496—549），彭城（今江苏徐州）人。梁武帝太清初为中庶子兼通事舍人。其诗多侍宴奉和之作，诗风清丽。今有《刘孝仪刘孝威集》。

独不见[1]

夫婿结缨簪[2]，偏蒙汉宠深[3]。
中人引卧内[4]，副车游上林[5]。

注释 1. 独不见：乐府古题，大抵写闺妇“思而不得见”的忧愁。 2. 缨：冠带。簪：发簪。结缨簪：犹言结冠入仕。 3. 汉宠：汉天子的恩宠。 4. 中人：宦官。 5. 副车：

绶染琅琊草[6]，蝉铸武威金[7]。
分家移甲第，留妾住河阴[8]。
独寝鸳鸯被，自理凤凰琴。
谁怜双玉箸[9]，流面复流襟。

皇帝的从车。 6. 绶：印绶。古代印绶的颜色代表官员的级别。琅琊草：指印绶的颜色为琅琊郡（今山东临沂）的草绿色，是高官的标志。 7. 蝉：蝉冠。泛指高官。武威：郡名，在今甘肃武威一带。 8. 河阴：地名，今河南孟津。 9. 玉箸：眼泪。

萧纲

萧纲（503—551），字世缵，南兰陵（今江苏常州）人，梁武帝第三子。中大通三年五月立为皇太子，太清三年即位，太清五年为侯景所杀，追谥简文皇帝。为宫体诗代表人物，其诗伤于轻艳。今存诗歌三百余首。

泛舟横大江[1]

沧波白日晖[2]，游子出王畿[3]。
旁望重山转，前观远帆稀。
广水浮云吹，江风引夜衣。
旅雁同洲宿，寒凫夹浦飞[4]。
行客谁多病，当念早旋归。

注释 1. 泛舟横大江：本为曹丕《饮马长城窟行》中诗句，萧纲取以为诗题。《乐府诗集》收录在“相和歌辞·瑟调曲”中。 2. 沧波：青绿色的水波。 3. 王畿：帝京一带。 4. 凫：野鸭子。

美女篇[1]

佳丽尽关情[2]，风流最有名[3]。
约黄能效月[4]，裁金巧作星[5]。
粉光胜玉靓[6]，衫薄拟蝉轻。

注释 1. 美女篇：属乐府曲调《齐瑟行》，《乐府诗集》收入“杂曲歌辞”。 2. 关情：牵动情怀。 3. 风流：风采特异、流美秀拔之意。 4. 约黄：古代妇女涂黄于额作为妆饰。 5.“裁金”句：指剪密态随流脸，娇歌逐软声[7]。
朱颜半已醉，微笑隐香屏。

裁涂金纸做成星星状以为发饰。 6. 靓：妆饰艳丽。 7. 软声：柔和的音乐。

折杨柳[1]

杨柳乱成丝，攀折上春时[2]。
叶密鸟飞碍，风轻花落迟。
城高短箫发[3]，林空画角悲[4]。
曲中无别意，并是为相思。

注释 1. 折杨柳：古“横吹曲”曲调名，多写离别相思之情。湘东王萧绎以汉横吹曲名为题作了一组诗，萧纲作《和湘东王横吹曲》三首，这是其中一首。 2. 上春：孟春。指农历正月。 3. 短箫：吹奏乐器名。 4. 画角：古管乐器，传自西羌。形如竹筒，本细末大，以竹木或皮革等制成，表面有彩绘。短箫、画角皆为横吹曲所用乐器。

采莲曲（选一）[1]

晚日照空矶[2]，采莲承晚晖[3]。
风起湖难度，莲多摘未稀。
棹动芙蓉落，船移白鹭飞。
荷丝傍绕腕[4]，菱角远牵衣。

注释 1. 此题共有两首，此诗原列于第一首。采莲曲：梁武帝在西曲基础上改造而成的《江南弄》曲调之一。有杂言、齐言两种句式。 2. 矶：江边突出的小石山。 3. 晚晖：傍晚的日光。 4. 荷丝：藕丝。

春江曲[1]

客行只念路，相争度京口。
谁知堤上人，拭泪空摇手。

注释 1. 春江曲：乐府曲调，《乐府诗集》收入“杂曲歌辞”，名《春江行》。

纳　凉[1]

斜日晚骎骎[2]，池塘生半阴。
避暑高梧侧，轻风时入襟。
落花还就影，惊蝉乍失林。
游鱼吹水沫，神蔡上荷心[3]。
翠竹垂秋采，丹枣映疏砧。
无劳夜游曲[4]，寄此托微吟[5]。

注释　1. 纳凉：乘凉。　2. 骎骎（qīn qīn）：迅疾。　3. 神蔡：大龟的美称。　4. 游曲：吴声歌中的曲调。据《古今乐录》记载，《半折》《六变》《子夜四时歌》等皆为吴声游曲。　5. 微吟：小声吟咏。

萧　绎

萧绎（508—555），字世诚，南兰陵（今江苏常州）人，梁武帝第七子。初封湘东王，大宝三年即位于江陵，是为梁元帝。在位三年，为西魏所害。存诗一百二十余首。今有《梁元帝集》。

折杨柳[1]

巫山巫峡长[2]，垂柳复垂杨。
同心且同折，故人怀故乡。
山似莲花艳，流如明月光。
寒夜猿声彻，游子泪沾裳[3]。

注释　1. 折杨柳：古“横吹曲”曲调名。　2. 巫山：山名，在今四川、湖北两省边境。　3. 泪沾裳：语出巴东民歌“猿鸣三声泪沾裳”。

燕歌行[1]

燕赵佳人本自多，
辽东少妇学春歌[2]。
黄龙戍北花如锦[3]，
玄菟城前月似蛾[4]。
如何此时别夫婿，
金羁翠眊往交河[5]。
还闻入汉去燕营，
怨妾愁心百恨生。
漫漫悠悠天未晓，
遥遥夜夜听寒更。
自从异县同心别，
偏恨同时成异节[6]。
横波满脸万行啼[7]，
翠眉暂敛千重结[8]。
并海连天合不开，
那堪春日上春台[9]。
乍见远舟如落叶，
复看遥舸似行杯[10]。
沙汀夜鹤啸羁雌，
妾心无趣坐伤离[11]。
翻嗟汉使音尘断，
空伤贱妾燕南垂[12]。

注释　1. 燕歌行：乐府古题，多写妇女思念行役不归的丈夫。《乐府诗集》收入“相和歌辞”。　2. 辽东：汉代郡名，旧属燕地，今辽宁南部一带。　3. 黄龙戍：即龙城，在今辽宁朝阳一带。　4. 玄菟：汉代郡名，在今辽宁东北部包括沈阳一带。　5. 金羁：金饰的马络头。翠眊（mào）：翠鸟羽毛装饰的马具。交河：古地名，在今新疆吐鲁番西北。　6. 同时成异节：南北气候差异大，同一时间却仿佛处于不同的季节，极言二人相隔遥远。　7. 横波：指泪水。　8. 翠眉：古人以青黑色的石粉画眉，故略带青绿色。9. 春台：春日登眺览胜之处。　10. 舸（gě）：大船。　11. 坐：因为。　12. 垂：同“陲”，边境。

咏 雾

三晨生远雾[1]，五里暗城闉[2]。
从风疑细雨，映日似游尘。
乍若飞烟散，时如佳气新。
不妨鸣树鸟，时蔽摘花人[3]。

注释 1. 三晨雾:《帝王世纪》有“黄帝之时，天下大雾三日”的记载。此指雾大，延续时间长。 2. 城闉（yīn）：城内重门，泛指城郭。“五里”句：谢承《后汉书》载，河南张楷性好道术，能作五里雾。此指雾弥漫之广。 3. 时：有时候。

春别应令（选一）[1]

日暮徙倚渭桥西[2]，
正见凉月与云齐。
若使月光无近远，
应照离人今夜啼。

注释 1. 此题共有四首，此诗原列于第四首。应令：与太子唱和的诗称应令诗。 2. 徙倚：犹徘徊貌。渭桥：汉代长安附近渭水上的桥梁，故址在今西安市。此借指京都建康城中的桥梁。

陈

阴 铿

阴铿，字子坚，武威姑臧（今甘肃武威）人。生卒年不详。在梁官至湘东王法曹参军，入陈官至员外散骑常侍。博涉史传，五言诗为当时所重。其诗多为行旅、游览之作，风格清丽，时与何逊并称。今存诗三十六首。

江津送刘光禄不及[1]

依然临送渚[2]，长望倚河津。
鼓声随听绝[3]，帆势与云邻。
泊处空余鸟，离亭已散人。
林寒正下叶，钓晚欲收纶[4]。
如何相背远，江汉与城闉[5]。

注释 1. 刘光禄：梁代刘孺，字孝稚。2. 依然：依恋的样子。 3. 鼓声：打鼓开船之声。古时开船，打鼓为号。 4. 纶：钓丝。 5. 城闉：城郭。

渡青草湖[1]

洞庭春溜满[2]，平湖锦帆张。
沅水桃花色[3]，湘流杜若香[4]。
穴去茅山近[5]，江连巫峡长。
带天澄迥碧[6]，映日动浮光。
行舟逗远树[7]，度鸟息危樯[8]。
滔滔不可测，一苇讵能航[9]。

注释 1. 青草湖：在今湖南岳阳市西南，向来与洞庭湖并称。 2. 春溜：指春水。 3. 沅水：沅江。东流入洞庭湖。 4. 杜若：一种香草。 5. 穴：指仙人的洞府。茅山：句曲山，在今江苏句容市东南。相传汉代有茅盈、茅固、茅衷三兄弟在此得道成仙。 6. 迥碧：远天的青色。 7. 逗：停止。 8. 度鸟：飞过湖的鸟。 9. 一苇：一束芦苇。语出《诗经·卫风·河广》："谁谓河广？一苇杭之。"此处反用其意。讵：岂。

罢故章县[1]

秩满三秋暮[2]，舟虚一水滨[3]。
漫漫遵归道，凄凄对别津。
晨风下散叶[4]，歧路起飞尘。
长岑旧知远[5]，莱芜本自贫[6]。

注释 1. 故章：即故鄣，在今浙江安吉县西北。 2. 秩满：任职期满。三秋：三年。 3. 虚：停泊。 4. 散叶：落叶。5. 长岑：地名，在今沈阳东。用东汉崔骃事。崔被窦宪贬为长岑长，觉得太远而辞官回家了。 6. 莱芜：用东汉范冉事。范生活贫寒，有节操，曾任莱芜令，不到官。

被里恒容吏[7]，正朝不系民[8]。
惟当有一犊[9]，留持赠后人。

7. 被里：指车毯。用西汉丞相丙吉事。丙吉对属吏很宽容，一次驾车吏酒醉吐在他的车毯上，他也不责怪。 8. 正朝：正月初一。用东汉细阳令虞延故事。虞在任期间常在过年过节时放囚犯回家与家人团聚。 9. 一犊：用三国时苗故事。时苗乘牛去赴任寿春令，离任时牛生一犊，因牛犊生于寿春，故时苗留下牛犊而去。

晚出新亭[1]

大江一浩荡，离悲足几重。
潮落犹如盖，云昏不作峰[2]。
远戍唯闻鼓[3]，寒山但见松。
九十方称半[4]，归途讵有踪。

注释　1. 新亭：地名，在今南京市江宁区南。 2. 昏：迷漫的样子。此言云雾迷漫，不成峰峦之状。 3. 戍：防军驻守处。古时军营中以鼓角报时，日出日落皆击鼓。 4.“九十”句：《战国策》引诗说：“行百里者，半于九十。”即一百里路程走过九十里只能算走过一半。

五洲夜发[1]

夜江雾里阔，新月迥中明。
溜船惟识火[2]，惊凫但听声[3]。
劳者时歌榜[4]，愁人数问更[5]。

注释　1. 五洲：洲名，在今湖北浠水县西兰溪西大江中。 2. 溜船：顺流而下的船。 3. 声：指凫飞之声。 4. 劳者：指船夫。榜：原指船桨，此借指船。歌榜：犹言在船上歌唱。 5. 更：旧时夜间计时单位，一夜分为五更。

张正见

张正见，字见赜，清河东武城（今山东武城）人。生卒年不详。曾任陈通直散骑侍郎。其诗多拟古、游宴之作，重声律对仗，不乏写景佳句。今存诗近百首。有《张散骑集》。

关山月[1]

岩间度月华[2]，流彩映山斜。
晕逐连城璧[3]，轮随出塞车[4]。
唐蓂遥合影[5]，秦桂远分花[6]。
欲验盈虚理，方知道路赊[7]。

注释　1. 关山月：《汉横吹曲》之一。2. 度：揣度，此犹细看。3. 晕：指月晕。谓月形状像价值连城的玉璧。4. 轮：月轮。谓月轮像出征塞外的车轮。5. 唐蓂（míng）：即蓂荚，唐尧时的瑞草。此草每月初一至十五每日长一荚，十六后每日落一荚，以此记日。6. 秦桂：指月中的桂树。7. 赊：远。

游匡山简寂馆[1]

三梁硐本绝[2]，千仞路犹通。
即此神山内，银榜映仙宫[3]。
镜似临峰月[4]，流如饮涧虹[5]。
幽桂无斜影，深松有劲风。
惟当远人望，知在白云中。

注释　1. 匡山：庐山。简寂馆：庐山寺观，位于南香炉峰之西，今已不存。2. 三梁：三石梁瀑布。硐：同“涧”。3. 榜：指简寂馆匾额。4. 镜：指庐山石镜。5. 流：指瀑布。

徐　陵

徐陵（507—583），字孝穆，东海郯（今山东郯城）人。在梁曾任散骑侍郎，入陈迁太子少傅。诗歌与庾信齐名，世称“徐庾体”。其诗多咏物或艳歌，风格流丽。今存诗四十余首。有《徐孝穆集》及其所编《玉台新咏》存世。

出自蓟北门行[1]

蓟北聊长望[2]，黄昏心独愁。
燕山对古刹[3]，代郡隐城楼[4]。
屡战桥恒断，长冰堑不流[5]。
天云如地阵，汉月带胡秋。
渍土泥函谷[6]，挼绳缚凉州[7]。
平生燕颔相[8]，会自得封侯[9]。

注释　1. 出自蓟北门行：乐府杂曲歌辞。　2. 蓟：古县名，在今北京西北。蓟北：泛指北方地区。　3. 燕山：山脉名，在河北省北部。刹（chà）：佛寺。　4. 代郡：秦代郡名，治所在今河北蔚县东北。　5. 堑：壕沟。　6. 泥：古代信函的封泥。泥函谷：用《后汉书 · 隗嚣传》王元请求以一丸泥封函谷关典故，比喻以极少的力量，可以防守险要的关隘。　7. 挼绳：搓绳。　8. 燕颔相：下巴如燕子。　9.“会自”句：《后汉书 · 班超传》载：班超“生燕颔虎颈，飞而食肉，此万里侯相也”。

关山月（选一）[1]

关山三五月[2]，客子忆秦川[3]。
思妇高楼上，当窗应未眠。
星旗映疏勒[4]，云阵上祁连[5]。
战气今如此，从军复几年。

注释　1. 此题共有两首，此诗原列于第一首。　2. 三五月：十五的月亮。　3. 秦川：地名，今陕西中部一带。　4. 星旗：画有星星图案的军旗。疏勒：西域古国名，在今新疆。　5. 云阵：军队聚集如云结成的战阵。祁连：祁连山，在今甘肃西。

别毛永嘉[1]

愿子厉风规[2]，归来振羽仪[3]。
嗟余今老病，此别空长离。
白马君来哭[4]，黄泉我讵知。
徒劳脱宝剑，空挂陇头枝[5]。

注释　1. 毛永嘉：毛喜，字伯武，曾为永嘉内史。　2. 风规：风谏箴规。　3. 振羽仪：犹言立法式。　4. 白马：即素车白马前来奔丧。用东汉范式与张劭故事。　5.“徒劳”二句：用季札挂剑于徐君墓旁树上的典故，见谢灵运《庐陵王墓下作》注释 7。

春　日

岸烟起暮色，岸水带斜晖。
径狭横枝度，帘摇惊燕飞。
落花承步履，流涧写行衣[1]。
何殊九枝盖[2]，薄暮洞庭归。

注释　1. 写：犹映照。　2. 九枝：一干九枝的烛灯。九枝盖：指画有九花的车盖。此化用张衡《西京赋》“骊驾四鹿，芝盖九葩”之语，形容仙人车仗的不同凡俗。

陈　昭

陈昭，义兴国山（今江苏宜兴）人。生卒年不详，梁将陈庆之长子。嗣父永兴侯爵，曾出使北齐。今存诗两首。

明君词[1]

跨鞍今永诀，垂泪别亲宾。
汉地随行尽，胡关逐望新[2]。
交河拥塞雾[3]，陇日暗沙尘。
唯有孤明月，犹能远送人。

注释　1. 明君词：汉乐府《相和歌·吟叹曲》之一。明君即王昭君，系避晋文帝司马昭之讳而改为明君。　2. 胡：指匈奴。　3. 交河：古城名，在今新疆吐鲁番西北。

江　总

江总（519—594），字总持，济阳考城（今河南兰考）人。梁时任太常卿，陈后主时任尚书令。不理朝政，常与后主游宴后庭，共作艳诗，有“狎客”之名。今存诗近百首，多为轻艳之辞，偶有清新之作。有《江令君集》。

梅花落[1]

腊月正月早惊春，
众花未发梅花新。
可怜芬芳临玉台[2]，
朝攀晚折还复开。
长安少年多轻薄，
两两共唱梅花落。
满酌金卮催玉柱[3]，
落梅树下宜歌舞。
金谷万株连绮甍[4]，
梅花密处藏娇莺。
桃李佳人欲相照，
摘叶牵花来并笑。
杨柳条青楼上轻，
梅花色白雪中明。
横笛短箫凄复切[5]，
谁知柏梁声不绝[6]。

注释　1. 梅花落：《汉横吹曲》之一。2. 玉台：玉饰的镜台，此泛指闺房。3. 玉柱：玉制的弦柱，指代琴、瑟、筝等弦乐器。催玉柱：奏曲。4. 金谷：晋石崇所筑的金谷园，此泛指富贵人家的园宅。绮甍（méng）：华屋。5. 横笛短箫：两种管乐器。《梅花落》本属笛中曲。6. 柏梁：即“余音绕梁，三日不绝”之意，语出《列子 · 汤问》。

遇长安使寄裴尚书[1]

传闻合浦叶[2]，远向洛阳飞[3]。
北风尚嘶马[4]，南冠独不归[5]。
去云目徒送，离琴手自挥。
秋蓬失处所，春草屡芳菲。
太息关山月，风尘客子衣。

注释　1. 裴尚书：疑指裴忌，字无畏，陈宣帝时为都官尚书。2. 合浦：汉郡名，在今广西合浦县。3. 洛阳飞：刘欣期《交州记》记载，相传在东汉安帝永初五年，合浦有一株杉树的落叶随风飞到了洛阳。4. 北风：用《古诗十九首 · 行行重行行》“胡马依北风”意。5. 南冠：楚囚，此指羁旅南方。

别袁昌州[1]

客子叹途穷[2]，此别异西东[3]。
关山嗟坠叶，歧路悯征蓬[4]。
别鹤声声远，愁云处处同。

注释 1. 此题共有两首，此诗列于第二首。 2. 客子：诗人自谓。 3. 异：分别。 4. 征蓬：犹飘蓬，比喻漂泊的旅人。

于长安归还扬州九月九日行薇山亭赋韵[1]

心逐南云逝[2]，形随北雁来[3]。
故乡篱下菊，今日几花开。

注释 1. 扬州：指扬州府，治所在建康。薇山：山名，在今山东滕州市南。 2. 南云：南去之云。 3. 北雁：从北方飞来的雁。

闺怨篇[1]

寂寂青楼大道边[2]，
纷纷白雪绮窗前[3]。
池上鸳鸯不独自，
帐中苏合还空然[4]。
屏风有意障明月，
灯火无情照独眠。
辽西水冻春应少[5]，
蓟北鸿来路几千[6]。
愿君关山及早度，
念妾桃李片时妍[7]。

注释 1. 闺怨篇：此诗见《文苑英华》卷三四六，入“歌行类”。 2. 青楼：女子所居住的房子。 3. 绮窗：雕饰花纹的窗子。 4. 苏合：香名。然：同“燃”。 5. 辽西：秦、汉郡名，治所在今辽宁锦州西北。 6. 蓟北：泛指北方地区。蓟：古郡名，治所在今北京市。 7. 妍：美。此句谓青春易老，丈夫早归尚可见其美貌。

陈叔宝

陈叔宝（553—604），字元秀，吴兴长城（今浙江长兴）人，陈宣帝长子。太建十四年即位，即陈后主。其诗承宫体余风，轻艳靡丽，遣词工巧。今存诗九十余首。有《陈后主集》。

陇头水（选一）[1]

塞外飞蓬征[2]，陇头流水鸣[3]。
漠处扬沙暗，波中燥叶轻。
地风冰易厚，寒深溜转清[4]。
登山一回顾，幽咽动边情[5]。

注释　1. 此题共有两首，此诗原列于第一首。陇头水：乐府《横吹曲》之一。《乐府诗集》收入“汉横吹曲”。 2. 飞蓬：本指枯后根断遇风飞旋的蓬草，此借指漂泊不定的征人。 3. 陇头：陇山，在今陕西陇县附近。 4. 溜：水流。 5. 幽咽：微弱的哭泣声。

玉树后庭花[1]

丽宇芳林对高阁，
新妆艳质本倾城。
映户凝娇乍不进[2]，
出帷含态笑相迎。
妖姬脸似花含露[3]，
玉树流光照后庭。

注释　1. 玉树后庭花：《清商曲辞·吴声歌》之一，为陈后主所造。玉树：本指槐树，此比喻美人的容姿。 2. 乍：起初。 3. 妖姬：美女。此指妖艳的侍女、婢妾。

同江仆射游摄山栖霞寺[1]

时宰磻溪心[2]，非关狎竹林[3]。
鹫岳青松绕[4]，鸡峰白日沈[5]。
天迥浮云细，山空明月深。
摧残枯树影，零落古藤阴。
霜村夜乌去，风路寒猿吟。
自悲堪出俗，讵是欲抽簪[6]。

注释　1. 江仆射：江总，曾任尚书仆射。摄山：即栖霞山，在今南京市东北。　2. 时宰：犹时相。时江总为尚书仆射，居宰辅之位。磻溪：水名，在今陕西宝鸡市东南。相传姜太公垂钓于此而遇周文王。　3. 狎竹林：狎游于竹林。此化用东晋“竹林七贤”的故事。　4. 鹫岳：指印度的灵鹫山，相传释迦牟尼曾在此说法多年，因代称佛地。此指摄山。　5. 鸡峰：摄山中峰凤翔峰，其形若鸡首。　6. 讵：岂。抽簪：辞官引退。

苏子卿

苏子卿，生卒年及籍贯不详，南朝陈诗人，今存诗五首。

南　征

一朝游桂水[1]，万里别长安[2]。
故乡梦中近，边愁酒上宽。
剑锋但须利，戎衣不畏单。
南中地气暖[3]，少妇莫愁寒。

注释　1. 桂水：水名，在今湖南省东南。　2. 长安：指陈京都建康（今南京）。　3. 南中：泛指南方地区。

南朝民歌

碧玉歌（选二）

其一[1]

碧玉小家女，不敢攀贵德。
感郎千金意，惭无倾城色。

注释　1. 此诗原列于第二首。《玉台新咏》作孙绰《情人碧玉歌》。碧玉歌：属清商曲辞吴声歌曲。碧玉：汝南王妾名。

其二[1]

碧玉小家女，不敢贵德攀。
感郎意气重，遂得结金兰。

注释　1. 此诗原列于第三首。

华山畿（选二）

其一[1]

华山畿，君既为侬死[2]，独活为谁施[3]？欢若见怜时[4]，棺木为侬开！

注释　1. 此题共二十五首，此诗原列于第一首。华山畿：属清商曲辞吴声歌曲。传说一位青年路过华山畿，爱上一位十八九岁的女子，因无法接近就得了心病，死前嘱咐母亲灵车要从华山经过。灵车来到少女家门前，牛不肯再走。女子梳洗毕，出门唱道："华山畿，君既为侬死，独活为谁施？欢若见怜时，棺木为侬开！"唱完棺木应声而开，女子进入棺木，再也打不开。于是两人合葬，呼为"神女冢"。　2. 侬：我，吴地方言。　3. 施：施行。　4. 欢：指所爱男子。

其二[1]

啼著曙[2]，泪落枕将浮，身沉被流去[3]。

注释 1. 此诗原列于第七首。 2. 啼著曙：哭到天明。 3. 身体被泪水浸没漂流而去。

读曲歌（选四）

其一[1]

柳树得春风，一低复一昂。
谁能空相忆，独眠度三阳[2]。

注释 1. 此题共八十九首，此诗原列于第十五首。读曲歌：属清商曲辞吴声歌曲。《古今乐录》载，元嘉十七年，袁后崩，百官不敢作声歌，只能窃声读曲细吟，所以称为“读曲”。 2. 三阳：指春天。

其二[1]

思欢不得来，抱被空中语。
月没星不亮[2]，持底明侬绪[3]。

注释 1. 此诗原列于第四十七首。 2.“星不亮”谐“心不谅”。 3.“明”双关，既是星之照明，又是心绪之表明。

其三[1]

打杀长鸣鸡，弹去乌臼鸟[2]。
愿得连冥不复曙[3]，一年都一晓[4]。

注释 1. 此诗原列于第五十五首。 2. 乌臼鸟：鸟名，黎明就开始鸣叫。 3. 冥：黑夜。曙：天亮。 4. 都：只。

其四[1]

登店卖三葛[2]，郎来买丈余。
合匹与郎去，谁解断粗疏[3]。

注释 1. 此诗原列于第八十二首。 2. 三葛：葛布名。 3. 粗：粗糙，不精。丈余不足匹，所以要剪断，葛布粗疏，“疏”已不吉，又须“断”，则更不吉。所以整匹布给他。

石城乐[1]

闻欢远行去，相送方山亭。
风吹黄蘗藩[2]，恶闻苦篱声[3]。

注释　1. 属清商曲辞西曲歌。石城：竟陵郡治所，今湖北钟祥。　2. 黄蘗(bò)：一种苦木。　3. 黄蘗作藩篱，既“苦”且“离”。“篱”与“离”谐音。

西乌夜飞[1]

日从东方出，团团鸡子黄[2]。
夫归恩情重[3]，怜欢故在傍。

注释　1. 属清商曲辞西曲歌。　2. 指太阳初升如同蛋黄。　3. “归”，一作“妇”。

苏小小歌[1]

妾乘油壁车，郎骑青骢马。
何处结同心，西陵松柏下[2]。

注释　1. 一作《钱塘苏小小歌》。苏小小：钱塘名倡。　2. 西陵：在钱塘江之西。

西洲曲[1]

忆梅下西洲[2]，折梅寄江北。
单衫杏子红，双鬓鸦雏色[3]。
西洲在何处？两桨桥头渡。
日暮伯劳飞[4]，风吹乌臼树。

注释　1. 属杂曲歌辞。这是长江流域的民歌，其语言似经过文人修改润饰。　2. 下：落。　3. 鸦雏色：形容头发黑亮。　4. 伯劳：鸣禽，仲夏始鸣。

树下即门前，门中露翠钿。
开门郎不至，出门采红莲。
采莲南塘秋，莲花过人头。
低头弄莲子，莲子青如水。
置莲怀袖中，莲心彻底红[5]。
忆郎郎不至，仰首望飞鸿[6]。
鸿飞满西洲，望郎上青楼[7]。
楼高望不见，尽日栏杆头。
栏杆十二曲，垂手明如玉。
卷帘天自高，海水摇空绿。
海水梦悠悠[8]，君愁我亦愁。
南风知我意，吹梦到西洲。

5. 莲心：谐“怜心”，相爱之心。 6. 望飞鸿：有望书信的意思。 7. 青楼：涂饰青漆的楼。 8. 悠悠：邈远。

北朝

刘　昶

刘昶（436—497），字休道，彭城（今江苏徐州）人，宋文帝第九子。封义阳王。为宋前废帝所忌，出奔北魏。

断　句[1]

白云满鄣来[2]，黄尘暗天起。
关山四面绝[3]，故乡几千里。

注释　1. 此诗为刘昶奔魏途中所作。　2. 鄣：边地险要处的城堡。　3. 关山：关隘和山川。

温子昇

温子昇（495—547），字鹏举，太原（今山西太原）人。曾任北魏中书舍人、中军大将军等职。入东魏，高澄引为大将军谘议参军，被怀疑参与谋反叛乱，下狱饿死。其诗文在北朝极负盛名，今存诗十一首。有《温侍读集》。

捣　衣[1]

长安城中秋夜长，佳人锦石捣流黄[2]。香杵纹砧知近远[3]，传声递响何凄凉。七夕长河烂[4]，中秋明月光。蠮螉塞边绝候雁[5]，鸳鸯楼上望天狼[6]。

注释　1. 捣衣：古人制寒衣前，先把绢素一类的衣料放在砧石上用木杵捶捣，再裁制成衣。　2. 锦石：有美丽花纹的石头，此指砧的精美，即纹砧。流黄：杂色的绢。　3. 香杵：捣衣棒槌的美称。　4. 七夕：农历七月初七的晚上。传说天上的牛郎、织女每年在这个晚上相会。长河：银河。烂：明亮。　5. 蠮螉（yē wēng）塞：居庸关的别名，在今北京市昌平区西北。　6. 鸳鸯楼：汉长安未央宫内有鸳鸯殿，此指佳人在长安的居所。天狼：星宿名，古人以为天狼星出则有战事，没则战事消歇。望天狼：希望战事消歇，征人得归。

从驾幸金墉城[1]

兹城实佳丽[2]，飞甍自相并[3]。
胶葛拥行风[4]，岧峣闷流景[5]。
御沟属清洛[6]，驰道通丹屏[7]。
湛淡水成文，参差树交影。
长门久已闭[8]，离宫一何静[9]。
细草缘玉阶，高枝荫桐井。
微微夕渚暗，肃肃暮风冷。
神行扬翠旗[10]，天临肃清警[11]。
伊臣从下列，逢恩信多幸。
康衢虽已泰[12]，弱力将安骋[13]。

注释　1. 从驾：随从皇帝出行。金墉城：古城名，三国魏明帝时筑，为当时洛阳城（今河南洛阳市东）西北角的一个小城。　2. 佳丽：美丽。　3. 飞甍（méng）：飞檐。　4. 胶葛：深远广大貌。拥：拥塞。　5. 岧峣（tiáo yáo）：山高峻貌，此指金墉城建筑物高大宏伟。闷：同"闭"，掩蔽。流景：指阳光。　6. 御沟：流经宫苑的河道。属：接连。清洛：清澈的洛河。　7. 驰道：古代供君王行驶车马的道路。丹屏：帝王宝座后的屏风，此指帝宫。　8. 长门：汉宫名，汉武帝陈皇后失宠后住在此宫。金墉城是魏晋时期安置被废后妃的地方。　9. 离宫：帝王在都城外的宫殿。　10. 神行：形容楼观高峻，人迹罕至。　11. 天临：上天照临下土，此指帝王的到来。清警：帝王出行，清除道路，警戒行人。　12. 泰：平安。　13. 弱力：力量单薄，能力不强。骋：奔跑。

春日临池

光风动春树[1]，丹霞起暮阴。
嵯峨映连璧[2]，飘飖下散金[3]。
徒自临濠渚[4]，空复抚鸣琴。
莫知流水曲[5]，谁辩游鱼心。

注释　1. 光风：雨过日出时的和风。　2. 嵯峨：形容山势高峻。连璧：指池水平静得像璧玉一般。　3. 飘飖：飘荡。散金：指丹霞。　4. 濠渚：庄子与惠施曾有"鱼游濠上"的逍遥之游，此与末句"谁辩游鱼心"表达诗人对逍遥之游的向往。　5. 流水曲：用钟子期与俞伯牙的故事，感慨知音难觅。

胡太后

胡太后（？—528），安定临泾（今甘肃镇原）人。北魏宣武帝妃，孝明帝即位，尊为皇太后，临朝执政。后被尔朱荣所杀。

杨白花[1]

阳春二三月，杨柳齐作花。春风一夜入闺闼[2]，杨花飘荡落南家[3]。含情出户脚无力，拾得杨花泪沾臆[4]。秋去春还双燕子，愿衔杨花入窠里。

注释　1. 杨白花：指杨华，武都仇池（今甘肃武都北、成县西一带）人。仕魏，有勇力，胡太后逼他私通，他率领部属投靠了梁。胡太后思念他，于是作了这首歌。　2. 闼（tà）：门。　3. 南家：喻南朝。　4. 臆：胸。

郑公超

郑公超，生卒年不详。北齐后主时，官至奉朝请，待诏文林馆，与祖珽等同撰《修文殿御览》。

送庾羽骑抱[1]

旧宅青山远，归路白云深。
迟暮难为别，摇落更伤心[2]。
空城落日影，迥地浮云阴[3]。
送君自有泪，不假听猿吟。

注释　1. 庾抱，润州江宁（今南京市）人。有学术，隋元德太子学士。羽骑：羽林军的骑兵。　2. 摇落：凋残、零落。　3. 迥：远。

魏 收

魏收(506—572),字伯起,钜鹿下曲阳(今河北晋州)人。在北魏与温子昇、邢劭齐名,世号“三才”。在北齐官至尚书右仆射。其诗注重辞藻,对仗工整,巧构形似,颇具南朝诗歌风格。今存诗十六首。

棹歌行[1]

雪溜添春浦[2],花水足新流。
桃发武陵岸[3],柳拂武昌楼[4]。

注释　1. 棹歌行:乐府《相和歌辞·瑟调曲》之一。现存最早的歌辞是魏明帝所作,歌颂水师伐吴之功,后来用此曲写乘船鼓棹之事。　2. 溜:迅疾的水流。3. 武陵:郡名,在今湖南常德市。此处用陶渊明《桃花源记》典故。　4. 武昌:郡名,在今湖北武汉市。此处用《晋书·陶侃传》武昌西门柳的典故。

挟瑟歌[1]

春风宛转入曲房[2],
兼送小苑百花香。
白马金鞍去未返,
红妆玉箸下成行[3]。

注释　1. 挟瑟歌:为民间歌谣,《乐府诗集》收入“杂歌谣辞”。　2. 宛转:曲折。　3. 玉箸:泪水。

祖 珽

祖珽,字孝徵,生卒年不详,范阳遒(今河北涞水县)人。起家秘书郎,拜尚书左仆射,出为徐州刺史。善琵琶,能诗。今存诗三首,风格遒劲飘逸。

望海

登高临巨壑[1]，不知千万里。
云岛相接连，风潮无极已[2]。
时看远鸿度，乍见惊鸥起。
无待送将归[3]，自然伤客子。

注释　1. 巨壑：指大海。 2. 极已：穷尽、终止。 3. 送将归：本指送别亲人还乡。此处化用宋玉《九辩》"登山临水兮送将归"之意，指登山临水的悲愁。

王褒

王褒（513？—576），字子渊，琅邪临沂（今山东临沂）人。仕梁官至吏部尚书、左仆射。聘魏被留，入北周，官至少司空、宜州刺史。笃好文学，与庾信齐名。其诗本尚华丽，入北后多写羁旅之情、故国之思，风格稍转苍凉。今存诗近五十首。有《王司空集》。

关山月[1]

关山夜月明[2]，秋色照孤城。
影亏同汉阵[3]，轮满逐胡兵[4]。
天寒光转白，风多晕欲生[5]。
寄言亭上吏，游客解鸡鸣[6]。

注释　1. 关山月：《汉横吹曲》之一，多写士兵久戍不归、家人互伤别离的内容。 2. 关山：关隘和山川。 3."影亏"句：意即汉阵与月影同亏。 4."轮满"句：意即胡兵随月轮盛满。 5. 晕：月亮周围形成的光圈。 6. 鸡鸣：即《相和歌辞·鸡鸣篇》。此处化用《鸡鸣篇》"荡子何所之，天下方太平"之意，言太平之世来之不易。游客：即荡子。

赠周处士[1]

我行无岁月[2]，征马屡盘桓[3]。
崤曲三危岨[4]，关重九折难。
犹持汉使节[5]，尚服楚臣冠[6]。
巢禽疑上幕[7]，惊羽畏虚弹[8]。
飞蓬去不已，客思渐无端。
壮志与时歇，生年随事阑[9]。
百龄悲促命，数刻念余欢。
云生陇坻黑[10]，桑疏蓟北寒[11]。
鸟道无蹊径，清汉有波澜。
思君化羽翮[12]，要我铸金丹[13]。

注释 1. 周处士：周弘让，梁前期曾隐居于句容茅山。 2. 无岁月：指归期无望。 3. 盘桓：徘徊不前。 4. 崤：崤山，在今河南洛宁县北。岨：同“阻”，险要。 5. 汉使节：指苏武持节牧羊事。 6. 楚臣冠：指钟仪囚晋而仍戴南冠事。 7. 幕：帐幕。“巢禽”句：语出《左传》，意谓覆巢之危。 8. 惊羽：即惊弓之鸟。《战国策》曰：“惊弓之鸟难安。”此指对生死未卜的惊惧。 9. 阑：尽。 10. 陇坻：山的侧坡。 11. 蓟北：泛指北方地区。蓟，古县名，在今北京西北。 12. 羽翮：鸟，此指黄鹤。 13. 金丹：古代方士炼金石而成的丹药。

渡河北[1]

秋风吹木叶，还似洞庭波[2]。
常山临代郡[3]，亭障绕黄河[4]。
心悲异方乐[5]，肠断陇头歌[6]。
薄暮临征马，失道北山阿。

注释 1. 渡河北：北渡黄河。 2.“秋风”二句：化用《九歌 · 湘夫人》意境，言河上叶落，风景似江南故国。 3. 常山：汉代北部边关名，在今河北蔚县南。代郡：秦所置郡名，在今河北蔚县及山西东北一带。 4. 亭障：古代防守边境的堡垒。 5. 异方：指北方。 6. 陇头歌：乐府《梁鼓角横吹曲》之一。

庾 信

庾信（513—581），字子山，南阳新野（今河南新野）人。庾肩吾之子。曾为梁昭明太子东宫侍读、萧纲东宫抄撰学士。梁元帝即位，出使西魏，梁亡，留仕西魏。其早期诗以宫体名世，风格绮艳，入北以后受北人清刚之气熏染，加之亡国之痛、乡关之思，诗风变得沉郁苍凉。今有《庾子山集》。

舞媚娘[1]

朝来户前照镜，含笑盈盈自看[2]。
眉心浓黛直点[3]，额角轻黄细安[4]。
只疑落花慢去，复道春风不还。
少年唯有欢乐，饮酒那得留残[5]。

注释　1. 舞媚娘：乐府曲名，《乐府诗集》收入“杂曲歌辞”。　2. 盈盈：仪态美好貌。　3. 浓黛：古代女子用来画眉的青黑色颜料。　4. 轻黄：古代女子额头的涂饰物。细安：仔细打扮。　5. 留残：残留。

乌夜啼[1]

促柱繁弦非《子夜》[2]，
歌声舞态异《前溪》[3]。
御史府中何处宿[4]？
洛阳城头那得栖[5]！
弹琴蜀郡卓家女[6]，
织锦秦川窦氏妻[7]。
讵不自惊长泪落[8]，
到头啼乌恒夜啼。

注释　1. 乌夜啼：乐府《西曲歌》之一。　2. 促柱：急弦。支弦的柱移近则弦紧，故称。繁弦：繁杂众多的弦。　3.《前溪》：《前溪歌》，吴声舞曲。　4. 御史府：汉御史府中有柏树，常有乌鸦在上面栖宿。　5. 洛阳城：后汉都洛阳，有“城上乌，尾毕逋”的童谣。　6. 卓家女：卓文君。　7. 窦氏妻：秦州刺史窦滔妻子苏蕙，字若兰，曾织锦作回文诗赠滔。　8. 讵（jù）：难道。

奉和山池[1]

乐宫多暇豫[2]，望苑暂回舆[3]。
鸣笳陵绝浪[4]，飞盖历通渠[5]。
桂亭花未落，桐门叶半疏[6]。
荷风惊浴鸟，桥影聚行鱼[7]。
日落含山气，云归带雨余。

注释　1. 此诗为萧纲《山池》的奉和之作。　2. 乐宫：长乐宫，汉宫阙名，在今西安市西北汉长安故城东南隅。此借指南朝梁代的宫苑。暇豫：悠闲逸乐。　3. 望苑：博望苑，汉武帝为戾太子立。回舆：坐车回游。　4. 鸣笳：吹奏笳笛。古代贵官出行，前导鸣笳以启路。绝浪：犹巨浪。　5. 飞盖：指车。历：经过。通渠：四通的水道。　6. 桂亭、桐门：疑皆山池周围的亭榭名。　7. 行鱼：游鱼。

奉报穷秋寄隐士[1]

王倪逢啮缺[2]，桀溺偶长沮[3]。
藜床负日卧[4]，麦陇带经锄[5]。
自然曲木几[6]，无名科斗书[7]。
聚花聊饲雀[8]，穿池试养鱼[9]。
小村治涩路[10]，低田补坏渠。
秋水牵沙落，寒藤抱树疏。
空枉平原骑[11]，来过仲蔚庐[12]。

注释　1. 奉报：报答。穷秋：深秋。隐士：作者自己。此诗为报答赵王宇文招来访及赠诗《穷秋寄隐士》而作。　2. 王倪、啮（niè）缺：相传为尧时二位贤人，隐居不仕。　3. 桀溺（jié nì）、长沮（jǔ）：春秋时的两位隐者。　4. 藜（lí）床：藜茎编的床榻，指简陋的坐榻。负日：晒太阳。　5. 麦陇：麦田。带经锄：带着经书锄地，形容勤奋好学。用汉末诸生常林故事。　6. 曲木几：用屈曲的树木做成的矮小桌子。　7. 科斗书：蝌蚪文字。　8. 饲雀：喂养鸟雀。　9. 穿池：开凿池塘。　10. 涩路：不通畅的路。　11. 平原：战国时赵国公子平原君赵胜，善养士，以贤闻于诸侯。此指赵王宇文招。　12. 仲蔚：张仲蔚，汉代著名隐士。此作者自谓。

拟咏怀（选六）

其一[1]

惟忠且惟孝，为子复为臣。
一朝人事尽[2]，身名不足亲[3]。
吴起常辞魏[4]，韩非遂入秦[5]。
壮情已消歇[6]，雄图不复申[7]。
移住华阴下[8]，终为关外人[9]。

注释 1. 此题共二十七首，此诗原列第五首。 2. 人事：人间事，此指梁的社稷。 3. 不足亲：不值得留恋。 4. 吴起：战国魏人，初为鲁将，后为魏将，驻守西河。因受魏相公叔痤谮毁而离魏奔楚。 5. 韩非：战国韩之诸公子，奉命入秦，被害而死。 6. 壮情：豪情。 7. 雄图：指复兴梁朝的计划。 8. 华阴：古县名，北周属弘农郡，在今陕西省东部。作者时任弘农郡守。 9. 关外：指函谷关或潼关以东地区。关外人：汉武帝时，楼船将军杨仆屡建边功，曾以长期作为关外人为耻。此指作者仕周而无功于梁，深以为耻。

其二[1]

畴昔国士遇[2]，生平知己恩。
直言珠可吐[3]，宁知炭可吞[4]。
一顾重尺璧，千金轻一言。
悲伤刘孺子[5]，凄怆史皇孙[6]。
无因同武骑[7]，归守灞陵园[8]。

注释 1. 此诗原列于第六首。 2. 畴昔：往昔。国士：一国中才能最优秀的人物。 3. 珠可吐：《淮南子·览冥训》有“隋侯之珠”的故事，后来比喻受恩图报。 4. 炭可吞：指报恩，化用《战国策·赵策》豫让吞炭的故事。 5. 刘孺子：指汉宣帝玄孙刘婴，年二岁被王莽立为平帝的继承人，号孺子。 6. 史皇孙：汉武帝孙，戾太子刘据子。死于巫蛊之狱。 7. 武骑：指司马相如，在汉景帝时曾任武骑常侍。 8. 灞陵园：汉文帝陵园。司马相如曾为文园令。

其三[1]

榆关断音信[2]，汉使绝经过。
胡笳落泪曲[3]，羌笛断肠歌。

注释 1. 此诗原列于第七首。 2. 榆关：榆中之关，在今内蒙古鄂尔多斯境黄河北岸。 3. 胡笳：我国古代北方少数民纤腰减束素，别泪损横波[4]。
恨心终不歇，红颜无复多[5]。
枯木期填海[6]，青山望断河[7]。

族的管乐器。 4. 横波：比喻女子流动的眼神，此指眼睛。 5. 红颜：指青春年华。 6. 枯木填海：即精卫填海的故事。 7. 断河：阻断黄河。此二句谓南归故国的希望渺茫。

其四[1]

摇落秋为气[2]，凄凉多怨情。
啼枯湘水竹[3]，哭坏杞梁城[4]。
天亡遭愤战[5]，日蹙值愁兵[6]。
直虹朝映垒[7]，长星夜落营[8]。
楚歌饶恨曲[9]，南风多死声[10]。
眼前一杯酒，谁论身后名[11]。

注释 1. 此诗原列于第十一首。 2. 摇落：凋残、零落。全句化用宋玉《九辩》诗句，借指梁亡时的悲怨气氛。 3. 湘水竹：即湘妃竹。 4. 杞梁城：春秋时莒城，化用杞梁妻哭倒城墙事。 5. 天亡：谓上天使其灭亡。 6. 日蹙：一天比一天减缩。 7. 直虹：犹长虹。垒：营垒。 8. 长星：大行星。此指梁朝败亡的预兆。 9. 楚歌：楚人之歌。此用项羽四面楚歌典故。 10. 南风：南方音乐。“南风”句：语出《左传》，指南方音乐柔靡不振。 11. “眼前”二句：化用张季鹰“使我有身后名，不如即时一杯酒”的故事以自况。

其五[1]

日晚荒城上，苍茫余落晖。
都护楼兰返[2]，将军疏勒归[3]。
马有风尘气，人多关塞衣[4]。
阵云平不动，秋蓬卷欲飞。
闻道楼船战[5]，今年不解围。

注释 1. 此诗原列于第十七首。 2. 都护：官名，是设在边疆地区的最高行政长官。这里泛指边将。 3. 疏勒：汉代西域诸国之一，故地在今新疆喀什一带。 4. 关塞衣：战袍。 5. 楼船：高大的战船。

其六[1]

萧条亭障远[2]，凄惨风尘多。
关门临白狄[3]，城影入黄河[4]。

注释 1. 此诗原列于第二十六首。 2. 萧条：寂寥冷落貌。亭障：防守边境的堡垒。 3. 白狄：春秋时狄族的一支。此秋风别苏武[5]，寒水送荆轲[6]。
谁言气盖世，晨起帐中歌[7]。

泛指北方少数民族。　4. 入：映入。　5. 别苏武：指李陵送别苏武离开匈奴时的场面。　6. 送荆轲：指燕太子丹于易水送别荆轲的场面。　7. "谁言"二句：化用项羽《垓下歌》。

奉和永丰殿下言志（选一）[1]

弱龄参顾问[2]，畴昔滥吹嘘[3]。
绿槐垂学市[4]，长杨映直庐[5]。
连盟翻灭郑[6]，仁义反亡徐[7]。
还思建邺水[8]，终忆武昌鱼[9]。

注释　1. 此题共十首，此诗原列第八首。永丰殿下：梁武帝侄子萧撝，曾封永丰侯。殿下：汉隋之际对诸侯王的通称。　2. 弱龄：弱冠之年。参：参与。顾问：供帝王咨询的侍从之臣。　3. 畴昔：从前。滥吹嘘：滥竽充数。　4. 学市：供学生交易的市场，又称"槐市"。　5. 直庐：旧时侍臣值宿之处。　6. 连盟：犹联盟。翻：反过来。灭郑：《史记·郑世家》载，郑国攻打韩国，负黍投靠郑国，韩国败兵，后来负黍复归韩国，郑国被韩国灭亡。此指侯景以十三州来投靠梁，后来梁最终又因侯景而亡的事实。　7. 徐：周代国名，在今泗洪县。徐偃王行仁义反被楚国所灭。此指梁武帝佞佛而梁国灭亡。　8. 建邺：梁国都，在今南京市。　9. 武昌：郡县名，属郢州。此二句用"宁饮建业水，不食武昌鱼"民谣，表达作者的故国之思。

舟中望月

舟子夜离家[1]，开舲望月华[2]。
山明疑有雪，岸白不关沙。
天汉看珠蚌[3]，星桥视桂花[4]。
灰飞重晕阙[5]，蓂落独轮斜[6]。

注释　1. 舟子：船夫。　2. 开舲(líng)：打开船窗。　3. 天汉：银河。珠蚌：能产珍珠的蚌，比喻明月。　4. 星桥：神话中的鹊桥。桂花：代指月亮。　5. 灰：特指芦草灰。重晕：日、月周围光线经云层中冰晶折射而形成的光圈，为祥瑞之兆，也称"重轮"。阙：同"缺"。　6. 蓂(míng)：

蓂荚，每月一日至十五日日生一荚，十六日以后日落一荚，古代以此记日。独轮：月轮。

晚　秋

凄清临晚景，疏索望寒阶[1]。
湿庭凝坠露，抟风卷落槐[2]。
日气斜还冷，云峰晚更霾[3]。
可怜数行雁，点点远空排。

注释　1. 疏索：寂寞无聊。　2. 抟（tuán）风：旋风。　3. 霾（mái）：昏暗貌。

寄王琳[1]

玉关道路远[2]，金陵信使疏[3]。
独下千行泪，开君万里书[4]。

注释　1. 王琳：字子珩，平侯景有功，为梁室忠臣。　2. 玉关：玉门关，在今甘肃敦煌市西。　3. 金陵：建康，梁国都。　4. 书：信。时王琳在郢城练兵，志在为梁雪耻。

重别周尚书（选一）[1]

阳关万里道[2]，不见一人归。
唯有河边雁，秋来南向飞[3]。

注释　1. 此题共有两首，此诗原列于第一首。周尚书：周弘正，字思行。弘正自陈聘周，南归时庾信以诗赠别。　2. 阳关：古关名，在今甘肃敦煌市西南古董滩附近，位于玉门关南，故称。　3. 南向飞：喻指周弘正南归。

北朝民歌

企喻歌（选一）[1]

男儿欲作健[2]，结伴不须多。
鹞子经天飞[3]，群雀两向波[4]。

注释 1. 此题共四首，此诗原列于第一首。企喻歌：《企喻歌》《木兰诗》等六曲为北朝乐府横吹曲，《乐府诗集》收入"梁鼓角横吹曲"。这些乐曲大多产生于十六国及北魏时期，其中不少是少数民族民歌。后来通过战争、外交、民间交流等方式流传到南朝，经过梁代乐官的加工润饰，成为梁鼓角横吹曲。 2. 欲作健：犹言想当好汉。 3. 鹞（yào）子：鹞鹰，一种猛禽，像鹰而略小。 4. 波：同"播"，逃散。两向波：分散逃开。

折杨柳歌辞（选二）

其一[1]

上马不捉鞭[2]，反折杨柳枝[3]。
蹀座吹长笛[4]，愁杀行客儿。

注释 1. 此题共五首，此诗原列于第一首。 2. 捉：握。 3. 杨柳枝：言折下柳枝以相赠别。 4. 蹀（dié）：蹀躞，小步走貌。座：同"坐"。此句说走走又坐下吹长笛，以抒发离别之情。

其二[1]

健儿须快马，快马须健儿。
跸跋黄尘下[2]，然后别雄雌[3]。

注释 1. 此诗原列于第五首。 2. 跸跋（pī bá）：马蹄击地的声音。 3. 别雄雌：分辨胜负。

折杨柳枝歌（选一）[1]

门前一株枣，岁岁不知老。
阿婆不嫁女[2]，那得孙儿抱。

注释　1. 此题共四首，此诗原列于第二首。 2. 阿婆：母亲。女：女子自谓。

捉搦歌（选一）[1]

谁家女子能行步，
反著夹禅后裙露[2]。
天生男女共一处，
愿得两个成翁妪[3]。

注释　1. 此题共四首，此诗原列于第二首。 2. 夹：夹衣。禅（dān）：单衣。3. 翁妪：老翁老妇的并称。

陇头歌辞三首

其一

陇头流水[1]，流离山下[2]。
念吾一身，飘然旷野。

注释　1. 陇头：陇山头。陇山，亦名陇坂，在今陕西省陇县西北。 2. 流离：山水四散流下的样子。

其二

朝发欣城[1]，暮宿陇头。
寒不能语，舌卷入喉。

注释　1. 欣城：地名，具体地点不详，应距陇山不远。

其三

陇头流水，鸣声幽咽[1]。
遥望秦川[2]，心肠断绝。

注释 1. 幽咽：微弱的哭泣声，此形容低微的流水声。 2. 秦川：指关中，今陕西中部一带。

木兰诗[1]

唧唧复唧唧[2]，木兰当户织。不闻机杼声，唯闻女叹息。问女何所思？问女何所忆？女亦无所思，女亦无所忆。昨夜见军帖[3]，可汗大点兵[4]。军书十二卷，卷卷有爷名。阿爷无大儿，木兰无长兄。愿为市鞍马[5]，从此替爷征。

东市买骏马，西市买鞍鞯[6]。南市买辔头[7]，北市买长鞭。朝辞爷娘去，暮宿黄河边。不闻爷娘唤女声，但闻黄河流水鸣溅溅。旦辞黄河去，暮宿黑山头[8]。不闻爷娘唤女声，但闻燕山胡骑声啾啾[9]。万里赴戎机[10]，关山度若飞。朔气传金柝[11]，寒光照铁衣。将军百战死，壮士十年归。归来见天子，天子坐明堂[12]。策勋十二转[13]，赏赐百千强[14]。可汗问所欲，木兰不用尚书郎[15]。愿驰千里

注释 1. 木兰诗：北朝乐府民歌，始见《乐府诗集》，收入“梁鼓角横吹曲”。 2. 唧唧：叹息声。 3. 军帖：征兵的文书和名册。 4. 可汗（kè hán）：古代西北少数民族对君主的称呼。 5. 市：购买。 6. 鞍鞯（jiān）：马鞍与马鞍垫子。 7. 辔头：驾驭牲口的嚼子的缰绳。 8. 黑山：山名，在今北京市昌平区境的天寿山。 9. 燕山：指横亘今北京及河北、辽宁间的燕山山脉。 10. 戎机：军事行动。 11. 朔气：北方的寒气。金柝（tuò）：刁斗。军用铜器，三足一柄，白天用以烧饭，夜晚用以打更。 12. 明堂：帝王宣明政教、举行大典的地方。 13. 策勋：记功。十二转：古代朝廷把功勋分为若干等级，每升一级为一转，十二转是形容功勋卓著，并非确数。 14. 强：更多。 15. 尚书郎：汉代以来，尚书分领各种事务，称为“分曹”，任各曹事务的官员叫尚书郎。北魏尚书郎位从五品中。

足[16]，送儿还故乡。

爷娘闻女来，出郭相扶将[17]。阿姊闻妹来，当户理红妆。小弟闻姊来，磨刀霍霍向猪羊[18]。开我东阁门，坐我西阁床。脱我战时袍，著我旧时裳。当窗理云鬓[19]，对镜帖花黄[20]。出门看火伴，火伴皆惊惶。同行十二年，不知木兰是女郎。

雄兔脚扑朔[21]，雌兔眼迷离[22]。两兔傍地走[23]，安能辨我是雄雌？

16. 千里足：指驼、马等代步之物。 17. 郭：外城。相扶将：互相扶持。 18. 霍霍：磨刀声。 19. 云鬓：柔美如云的鬓发。 20. 帖：同“贴”。花黄：古代妇女在额头贴上或涂上黄色的山、月、花等形状的妆饰。 21. 扑朔：跳跃的样子。 22. 迷离：朦胧，捉摸不定。 23. 傍地走：一起在地上走。

敕勒歌[1]

敕勒川，阴山下[2]。天似穹庐[3]，笼盖四野。天苍苍，野茫茫。风吹草低见牛羊。

注释 1. 敕勒：古代少数民族名，北齐时居朔州（今山西省北境）。敕勒歌：北齐斛律金所唱敕勒族民歌。此歌本鲜卑语，后被人译成汉语。《乐府诗集》收入“杂曲歌辞”。 2. 阴山：阴山山脉，起源于河套西北，绵亘于今内蒙古南境一带。 3. 穹庐：毡帐，游牧民族居住的帐房，今俗称“蒙古包”。

隋

卢思道

卢思道（535—586），字子行，范阳涿（今河北涿州市）人。隋开皇元年官至散骑侍郎。其诗以七言见长，风格刚劲，开初唐七言歌行的先声。今存诗二十八首。有《卢武阳集》。

从军行[1]

朔方烽火照甘泉[2]，长安飞将出祁连[3]。犀渠玉剑良家子[4]，白马金羁侠少年。平明偃月屯右地[5]，薄暮鱼丽逐左贤[6]。谷中石虎经衔箭[7]，山上金人曾祭天[8]。天涯一去无穷已，蓟门迢递三千里[9]。朝见马岭黄沙合[10]，夕望龙城阵云起[11]。庭中奇树已堪攀[12]，塞外征人殊未还。白雪初下天山外，浮云直上五原间[13]。关山万里不可越，谁能坐对芳菲月。流水本自断人肠，坚冰旧来伤马骨。边庭节物与华异，冬霰秋霜春不歇。长风萧萧渡水来，归雁连连映天没。从军行，军行万里出龙庭[14]。单于渭桥今已拜[15]，将军何处觅功名。

注释　1. 从军行：乐府《清商三调·平调曲》之一，多写军旅辛苦生活。　2. 朔方：代指匈奴。甘泉：甘泉宫，汉代皇帝的离宫，在今陕西淳化县甘泉山上。　3. 飞将：指汉代飞将军李广。祁连：天山。　4. 犀渠：用犀皮制成的盾牌。　5. 偃月：即偃月阵，阵形如半月状。右地：指西部地区。　6. 鱼丽：即鱼丽阵。左贤：左贤王，匈奴部族长官名。　7. 石虎：虎形之石。汉将军李广射猎时，见草中石，以为虎，一箭射去，矢入石中。　8. 金人：匈奴人祭天用的神像。霍去病曾经缴收匈奴休屠王祭天金人。　9. 迢递：遥远。　10. 马岭：关名，在今山西太谷东南马岭山上。　11. 龙城：地名，在今辽宁朝阳一带。　12. 庭中奇树：化用《古诗十九首》“庭中有奇树”的诗意。　13. 五原：关塞名，在今内蒙古境内。　14. 龙庭：匈奴祭天的地方。　15. 单于：匈奴君长名。渭桥：渭水上的桥梁，在长安北。汉宣帝时匈奴单于来朝，在渭桥拜见皇帝。

薛道衡

薛道衡（540—609），字玄卿，河东汾阴（今山西万荣）人。历仕北齐、北周，入隋后官至司隶大夫，后得罪隋炀帝而被杀。其诗兼南北诗风之长，刚健厚重，精巧华美，与卢思道齐名。今存诗二十一首。有《薛司隶集》。

昔昔盐[1]

垂柳覆金堤[2]，蘼芜叶复齐。
水溢芙蓉沼[3]，花飞桃李蹊[4]。
采桑秦氏女[5]，织锦窦家妻[6]。
关山别荡子，风月守空闺。
恒敛千金笑，长垂双玉啼。
盘龙随镜隐[7]，彩凤逐帷低[8]。
飞魂同夜鹊[9]，倦寝忆晨鸡。
暗牖悬蛛网[10]，空梁落燕泥。
前年过代北[11]，今岁往辽西[12]。
一去无消息，那能惜马蹄[13]？

注释　1. 昔昔盐：隋、唐乐府曲名，《乐府诗集》收入“近代曲辞”。昔昔：犹夜夜。盐：犹艳。　2. 金堤：坚固的堤岸。　3. 沼：池塘。　4. 桃李蹊：生长着桃李树的路。语出《史记 · 李将军列传》：“桃李不言，下自成蹊。”　5. 秦氏女：即《陌上桑》中的秦罗敷。　6. 窦家妻：指晋窦滔妻苏若兰作《织锦回文诗》以赠其夫。　7. 盘龙：镜上的雕饰图案。此句言思妇不顾梳妆，用不着镜子。　8. 彩凤：帐帷上的花纹。　9. 同夜鹊：化用曹操《短歌行》“月明星稀，乌鹊南飞，绕树三匝，何枝可依”诗意，言思妇心神不定。　10. 暗牖（yǒu）：昏暗的窗户。　11. 代：隋代州治，在今山西代县。　12. 辽：辽水，今辽宁省境内。　13. 惜马蹄：爱惜马蹄而不回家。反用苏伯玉妻《盘中诗》“何惜马蹄归不数”句意。

敬酬杨仆射山斋独坐[1]

相望山河近，相思朝夕劳。
龙门竹箭急[2]，华岳莲花高[3]。
岳高嶂重叠，鸟道风烟接。
遥原树若荠[4]，远水舟如叶。
叶舟旦旦浮，惊波夜夜流。

注释　1. 杨仆射：杨素，曾任尚书右仆射。素前有《山斋独坐赠薛内史》，此诗为酬答诗。　2. 龙门：山名，在今洛阳市南。　3. 华岳：华山，有莲花峰。　4. 荠：荠菜。

露寒洲渚白，月冷函关秋[5]。
秋夜清风发，弹琴即鉴月[6]。
虽非庄舄歌[7]，吟咏常思越。

5. 函关：函谷关。 6. 即：面对。鉴月：皎洁明净的月光。 7. 庄舄（xì）歌：事见《史记·张仪列传》，越人庄舄在楚为官，吟唱越歌以寄托乡思。

人日思归[1]

入春才七日，离家已二年。
人归落雁后[2]，思发在花前。

注释 1. 人日：农历正月初七。 2. 落：居。

杨　素

杨素（？—606），字处道，弘农华阴（今陕西华阴）人。在隋代曾任太子太师，封楚国公。今存诗十九首，格调秀朗，笔力劲健。

山斋独坐赠薛内史（选一）[1]

居山四望阻，风云竟朝夕。
深溪横古树，空岩卧幽石。
日出远岫明[2]，鸟散空林寂。
兰庭动幽气[3]，竹室生虚白[4]。
落花入户飞，细草当阶积。
桂酒徒盈樽[5]，故人不在席。
日暮山之幽，临风望羽客[6]。

注释 1. 此题共有两首，此诗原列于第一首。山斋：山中居室。薛内史：薛道衡，隋初曾任内史舍人。 2. 远岫：远山。 3. 动幽气：浮动着静静的香气。 4. 虚白：语出《庄子·人间世》：“虚室生白，吉祥止止。”此指一种澄澈明朗的境界。 5. 桂酒：用玉桂浸制的美酒，此泛指美酒。 6. 羽客：能飞的仙人，此指故人薛道衡。

赠薛播州（选二）

其一[1]

北风吹故林，秋声不可听。
雁飞穷海寒[2]，鹤唳霜皋净[3]。
含毫心未传[4]，闻音路犹敻[5]。
唯有孤城月，徘徊独临映[6]。
吊影余自怜[7]，安知我疲病。

注释　1. 此题共十四首，此诗原列于第十首。薛播州：当为薛番州，指薛道衡。薛受隋炀帝猜忌，于大业元年至大业二年转任番州刺史。番州，隋改广州置。2. 穷海：极远的瀚海。瀚海：内蒙古大沙漠。　3. 唳（lì）：鹤高亢的鸣叫。　4. 含毫：指濡笔作书。　5. 敻（xiòng）：远。6. 徘徊：指月亮在空中缓缓移动。　7. 吊影：对影自怜，比喻孤独寂寞。

其二[1]

衔悲向南浦[2]，寒色黯沉沉。
风起洞庭险，烟生云梦深[3]。
独飞时慕侣，寡和乍孤音[4]。
木落悲时暮，时暮感离心[5]。
离心多苦调，讵假雍门琴[6]。

注释　1. 此诗原列于第十四首。2. 南浦：南面的水边。后常指送别之地。3. 云梦：云梦泽，在今湖北南部、湖南北部一带。　4. 乍：忽然。　5. 离心：离别后凄凉悲伤的心情。　6. 假：借。雍门琴：事见刘向《说苑·善说》，相传战国齐人雍门子周鼓琴使孟尝君生国破家亡之悲而痛哭流涕。此指哀伤的曲调。

孙万寿

孙万寿（559？—611？），字仙期，信都武强（今河北武强）人。隋文帝时，滕王曾荐引为文学，坐衣冠不整，配防江南，行军总管宇文述召典军书，后官至大理司直。今存诗十首，风格清新刚劲。

早发扬州还望乡邑[1]

乡关不再见，怅望穷此晨。
山烟蔽钟阜[2]，水雾隐江津。
洲渚敛寒色，杜若变芳春[3]。
无复归飞羽[4]，空悲沙塞尘。

注释　1. 还望：回望。　2. 钟阜：紫金山，在今南京市东。　3. 杜若：香草名。　4. 飞羽：鸟类。

东归在路率尔成咏

学宦两无成[1]，归心自不平。
故乡尚千里，山秋猿夜鸣。
人愁惨云色[2]，客意惯风声[3]。
羁恨虽多绪[4]，俱是一伤情。

注释　1. 学宦：为学与做官。　2. 惨云色：犹言因心中愁绪使云色变得惨淡。　3. 客意：离乡在外之人的心怀、意愿。惯：犹习以为常。　4. 羁恨：羁旅之愁。

杨　广

杨广（569—619），隋炀帝，一名英，弘农华阴（今陕西华阴）人。隋文帝第二子。开皇二十年，以阴谋废夺杨勇太子位，仁寿四年，弑父自立，在位十四年。大业十四年，为宇文化及所杀。今存诗四十余首，多为其即位后所作，诗风清新流丽。有《隋炀帝集》。

春江花月夜（选一）[1]

暮江平不动，春花满正开。
流波将月去，潮水带星来[2]。

注释　1. 此题共有两首，此诗原列于第一首。春江花月夜：乐府《清商曲辞·吴声歌》之一，为陈后主所创。　2. 将：带。

“流波”二句：都是描绘月亮和星星在水中的映象。

早渡淮

平淮既淼淼[1]，晓雾复霏霏[2]。
淮甸未分色[3]，泱漭共晨晖[4]。
晴霞转孤屿，锦帆出长圻[5]。
潮鱼时跃浪，沙禽鸣欲飞。
会待高秋晚[6]，愁因逝水归。

注释　1. 淼淼（miǎo）：水势浩大貌。2. 霏霏：指雾气浓密盛多。　3. 甸：指平畴。　4. 泱漭（yāng mǎng）：朦胧貌。5. 圻（qí）：通“埼”，河岸。　6. 会待：犹等到。

野　望

寒鸦飞数点，流水绕孤村。
斜阳欲落处，一望黯消魂[1]。

注释　1. 黯：心神沮丧貌。

王　胄

王胄，字承基，琅邪临沂（今山东临沂）人。生卒年不详，在陈曾任太子舍人、东阳王文学，入隋后官至朝散大夫。大业九年，杨玄感谋反失败被杀，王胄得罪徙边，逃回江南，被吏捕杀。今存诗二十首。

别周记室[1]

五里徘徊鹤，三声断绝猿[2]。
何言俱失路，相对泣离樽。
别意凄无已，当歌寂不喧[3]。
贫交欲有赠[4]，掩涕竟无言。

注释 1. 周记室：生平不详，其官职当为记室参军。 2.“五里”二句：前句化用古诗《孔雀东南飞》“五里一徘徊”句意，后句化用三峡民歌“猿鸣三声泪沾裳”句意，表达朋友离别的痛苦。 3. 当歌：化用曹操《短歌行》“对酒当歌”句意，指在离别酒宴上吟唱的歌曲。 4. 贫交：贫贱时交往的朋友。

虞世基

虞世基（552？—618），字茂世，会稽余姚（今浙江余姚）人。陈代曾任尚书左丞，入隋任内史侍郎，进位金紫光禄大夫。宇文化及杀隋炀帝，世基亦遇害。今存诗十九首。

出塞（选一）[1]

上将三略远[2]，元戎九命尊[3]。
缅怀古人节，思酬明主恩。
山西多勇气[4]，塞北有游魂[5]。
扬桴度陇坂[6]，勒骑上平原。
誓将绝沙漠，悠然去玉门。
轻赍不遑舍[7]，惊策骛戎轩[8]。
懔懔边风急[9]，萧萧征马烦。
雪暗天山道，冰塞交河源[10]。
雾烽黯无色[11]，霜旗冻不翻[12]。
耿介倚长剑[13]，日落风尘昏。

注释 1. 此题共有两首，此诗原列于第二首。出塞：汉乐府《横吹曲》之一，相传为李延年造。此诗为作者对杨素《出塞》的和诗。 2. 三略：指黄石公传授张良的兵书《三略》。 3. 元戎：元帅。九命：周代的官爵分为九个等级，称九命。 4. 山西：指崤山以西。古人认为“山东出相，山西出将”。此指杨素的将才。 5. 游魂：指突厥兵。 6. 桴（fú）：鼓槌。 7. 轻赍（jī）：随身携带的少量粮食。不遑舍：没有空休息。 8. 惊策：挥舞马鞭。骛（wù）：奔跑。戎轩：兵车。 9. 懔懔：寒冷貌。 10. 交河：古城名，在今新疆吐鲁番。 11. 烽：烽火。 12. 翻：飘扬。 13. 耿介：正直。

入 关[1]

陇云低不散[2]，黄河咽复流[3]。
关山多道里，相接几重愁。

注释 1. 入关：汉乐府《横吹曲》之一，为李延年造。 2. 陇云：陇山之云。 3. 咽：阻塞。

侯夫人

隋代女诗人，生卒年不详，隋炀帝宫女。

春日看梅（选一）[1]

香清寒艳好[2]，谁惜是天真[3]。玉梅谢后阳和至[4]，散与群芳自在春。

注释 1. 此题共二首，此诗原列其二。 2. 寒艳：犹冷艳。好：美。 3. 天真：天然纯真。 4. 阳和：春天的暖气。

无名氏

送 别[1]

杨柳青青著地垂，
杨花漫漫搅天飞。
柳条折尽花飞尽，
借问行人归不归？

注释 1. 据崔琼《东虚记》，此诗作于隋炀帝大业（605—617）末年。诗写暮春将尽，盼望游子归来。